यहाँ वितस्ता बहती है

D1880569

यहाँ वितस्ता बहती है

चन्द्रकान्ता

वाणी प्रकाशन

प्रकाशन के उत्कृष्टतम 62 वर्ष

पेपरबैक पहला संस्करण : 2011
पेपरबैक दूसरा संस्करण : 2025

vaniprakashan.com

वाणी प्रकाशन
4695, 21-ए, दरियागंज, नयी दिल्ली-110 002
फ़ोन : + 91 11 23273167, 23275710
शाखाएँ
अशोक राजपथ, पटना-800 004, बिहार
कॉफ़ी हाउस कैम्पस, महात्मा गांधी मार्ग, प्रयागराज-211 001, उत्तर प्रदेश
महात्मा गांधी अन्तरराष्ट्रीय हिन्दी विश्वविद्यालय, वर्धा-442 001, महाराष्ट्र
sales@vaniprakashan.in
vaniprakashan@gmail.com

Yahan Vitasta Bahti Hai
by Chandrakanta

ISBN : 978-93-5000-516-3
Novel

© लेखकाधीन

मूल्य : ₹ 325

इस पुस्तक के किसी भी अंश का किसी भी माध्यम में उपयोग करने के लिए प्रकाशक से लिखित अनुमति लेना अनिवार्य है।

जी.एस. ऑफ़सेट, दिल्ली-110 095 में मुद्रित

वाणी प्रकाशन का लोगो मक़बूल फ़िदा हुसैन की कूची से

राजनाथ की यह कहानी

राजनाथ की अगली पीढ़ियों के नाम,

तमाम अपनापे और उम्मीदों के साथ!

शुरू करने से पहले

'यहाँ वितस्ता बहती है' उपन्यास में मैंने राजनाथ की कहानी कही है। इस कहानी के साथ मेरे अतीत का बेहद अपना अन्तरंग हिस्सा जुड़ा होने के बावजूद यह उपन्यास ही है, जीवनी नहीं, इस उपन्यास के माध्यम से मैंने पीछे मुड़कर देखा है, अपनी कुछ नितान्त निजी स्मृतियों के कोष रिक्त कर दिये हैं। अपनी यादों को खुद से अलग कर मैं मुक्त भी हुई और एक हद तक खाली भी। इस खालीपन को उपन्यास पूरा होने पर तहेदिल से महसूसा। लेकिन पीछे मुड़कर क्यों देखा? कौन-सी विवशता थी? जबकि सामने देखने को काफी कुछ पड़ा है? मन में यह प्रश्न उठने के साथ ही 'अज्ञेय' जी की कुछ पंक्तियाँ जेहन में आती हैं। उन्होंने 'चाय पीते हुए' कविता में लिखा है :

'आपने कभी
चाय पीते हुए
पिता के बारे में सोचा है?
अच्छी बात नहीं है
पिताओं के बारे में सोचना
अपनी कलई खुल जाती है।'

सचमुच! लगता है राजनाथ के बारे में सोचकर—मैंने भी अपनी कलई खोल दी है। लेकिन पीछे मुड़कर देखना और अपनी स्मृतियों के कोष रिक्त करना तो लेखक की मजबूरी है स्मृतियों की कच्ची मिट्टी उसे निरन्तर आकार देती रहती है। वर्तमान में जीते और भविष्य के सपने सँजोते भी वह स्मृतियों को खँगालता रहता है, किसी छूटी हुई प्रकाश-रेखा को दोबारा देखने-पहचानने की खातिर। खुद को खोजता-बीनता, अपने होने के अर्थ ढूँढ़ता है। और स्मृतियों से ऊर्जा पाता है। स्वयं अज्ञेय जी ने भी तो माना कि ऐसा कोई नहीं जो पीछे मुड़कर नहीं देखता।

मेरे मन के किसी कोने में विश्वास-सा कुछ छिपा बैठा है कि पीठ पीछे की रोशनी आगे के रास्तों के अँधेरे भले हटा न दे, पर कम ज़रूर करती है। वह चाहे

काले मेघ में चमकती बिजली की कौंध ही क्यों न हो। कुछ दूर तक अँधेरे को चीर देती है, बशर्ते कि हम उस चौंध से बिदककर आँखें बन्द न कर लें।

यों राजनाथ की तमाम खूबियों-खराबियों के बीच गुज़रते मैं किसी सामजशास्त्रीय निष्कर्ष पर पाठकों को नहीं ले जाती। वह मेरा अभीष्ट भी नहीं। इस अतीत के अवलोकन में मैंने, इस उपन्यास के माध्यम से अपनी स्मृतियों का प्रभाव देखना चाहा है। मैंने अपनी कुछ यादें, अपने से अलग कर पाठकों को सौंप दी हैं। हो सकता है वे भी अपने पिताओं के बारे में सोचकर अपनी कलई खुलने से न डरें बल्कि अतीत को ठोंक-बजाकर देखें और आँख खोलकर सही-गलत का जायज़ा लें। चाहे वह अतीत हो या वर्तमान, डर हटाना जरूरी है। क्या पता आपको आसपास ही कोई प्रकाश लीक नज़र आये जिसे अपने अँधेरों के खिलाफ इस्तेमाल कर सकते हों...

चन्द्रकान्ता

एक

वह सामने देख रहे हैं न आप? वह पंचमज़िला बारादरियोंवाला मकान, जिसकी खिड़कियों पर धूप-पानी से बदरंग कई भारी चिकें झूल रही हैं! मकान क्या कोठी है साहब! वितस्ता के किनारे जालीदार जाफ़रियों से सजा यह भवन किसी ज़माने में कितना शानदार रहा होगा, सोच सकते हैं आप? अब मौसम की मार ने दाग-धब्बे दिये हैं तो क्या? वह कहते हैं न कि खँडहर बताते हैं इमारत कभी बुलन्द थी।

एक अंग्रेज यात्री ने इस मकान का चित्र खींचकर उसे अख़बार के पूरे पन्ने पर छाप दिया था। वितस्ता के किनारे खड़े सैकड़ों मकानों में उसे यही मकान पसन्द जो आ गया था। बाद में उस चित्र को शीशे मढ़े फ्रेम में जड़कर घरवालों ने उसे घर की बैठक में टाँग दिया था। चीज़ ही वह ऐसी दिलकश थी कि जो देखे, बिना तारीफ़ किये रह न पाये। चिकने काग़ज पर, कई बारादरियों, जालीदार खिड़कियों, गवाक्षों व ज़ाफ़रियोंवाला, ऊँचा और ऊँचा उठता हुआ मकान, जिसकी भूर्जपत्रोंवाली छत पर पीले फूलों के बीच बैठा पूनम का चाँद हँस रहा था।

इस मकान में एक बार मेरी सहेली निर्मल आयी थी। यों तो वह भी कोठी में रहती थी। बज़ीरबाग की लता-गुल्मों से सजी कोठी में, जहाँ चारों ओर बँगले खड़े हैं और बीच में थोड़ी-सी फूल-पौधोंवाली हरियाली धरती। बस, इसके पार नज़र को कुछ बाँधता ही नहीं। वह दुमंजिला-इकमंजिला कोठियाँ भी कोई रहने की जगहें हैं? यह मकान देखकर तो निर्मल की छोटी-छोटी चमकदार आँखे हैरत से कौड़ियों की तरह बाहर निकल आयी थीं। बारादरी से बाहर झाँकते ही मुँह से ठण्डे उच्छ्वास की तरह फूट पड़ा था, 'आह! क्या डल झील के नज़ारे हैं।'

बिल्कुल ग़लत भी नहीं थी निर्मल। पाँचवीं मंजिल के टॉवर से देखिए तो एक तरफ यानी कि पूर्व में शंकराचार्य पर्वत के ऊपर आकाश छूता शिवमन्दिर दिखाई पड़ेगा, जहाँ हर श्रावण पूर्णिमा को भक्तजनों का मेला लगता है और हर सुबह हाइकिंग के शौक़ीन जवानों और रूमानी जोड़ों की तफ़रीह होती है। उत्तर दिशा में

हारी पर्वत की गिरिमालाओं पर किले को घेरती दूर तक फैली दीवार नज़र आयेगी, जिसे उस सर्वधर्म समभावी मुग़ल बादशाह ने बनाया है, जो मन्दिर, मस्जिद और गुरुद्वारे को एक ही किले पर क़ायम कर अपने यक़ीन को सच में बदलना जानता था और यह भी समझता था कि जब कभी मज़हबी जुनून के तहत विभिन्न सम्प्रदायों के लोग आपस में सिर-फुटावलें करेंगे, तो इसी एक शामियाने तले अपने-अपने अल्लाह-ईश्वर को याद कर अपनी बेवकूफ़ियाँ भी महसूस करेंगे। इस मकान के दक्षिण में शिव मन्दिर का ऊँचा सुनहरा कलश चमचमाता है और पश्चिम में दोनों किनारों पर खड़े कतारबद्ध मकानों के बीच हंसिनी की चाल गुजरती धीर गम्भीर वितस्ता बहती है।

यहाँ वाले वितस्ता को माँ कहकर पूजते हैं गोकि शहरभर का कूड़ा-कचरा भी इसी में डाला जाता है और शायद 'माँ', नाम इसलिए भी सार्थक हो जाता है कि बच्चों की तमाम ग़लतियों- ग़फ़लतों को माँ माफ़ करती है और गलाज़तों को खामोशी से अपने दुपट्टे से ढक देती है।

वितस्ता के सीने पर डोलते हैं—'दुल्हन से सजे शिकारे', 'पालदार नावें', पेरिस ब्यूटी', 'हनीमून', 'लव-इन-टोकियों' और वेनिस के गंडोला टाइप 'डोंगे और बाहचें'। उधर थोड़ी दूर, नदी पार, सेक्रेटेरियट के हरे मखमली बाग में खड़े हैं लम्बे-ऊँचे चिनार और सफेदों की कतारें! चाँदनी रातों में कभी नदी पार साहिबों का दीवाना छोकरा, जो बाँसुरी पर करुण राग छेड़ता है तो हरिप्रसाद चौरसिया की बाँसुरी के साथ विस्मिल्लाह ख़ान की शहनाई और अमजद अली खाँ का सरोद एक साथ याद आ जाते हैं। हवा के झोकों के साथ पानी पर तैरते स्वरों का गुम्फन मिली-जुली सिम्फनी से तन-मन और जेहन को अजीब सरुर से भर देता है।

यह सब तो है यहाँ बिलाशुबह, पर साथ ही कुछ और भी है जिस पर नज़ारा देखते नज़र जाये तो लगे ज्यों गुड़ खाते नमक की डली मुँह में चली गयी। पर निर्मल की नज़र उस तरफ ठहरी नहीं, शुक्र है! निर्मल की नज़र तो 'बाहचों' पर भी फिसलकर रह गयी। जरा ठहर जाती तो आसमान में उड़ते उसके नन्हें पंखों में एकाध काँटा ज़रूर गड़ जाता।

वो गनी हाँजी की बीवी है न जेबा! भरे-भरे जिस्म की गदरायी औरत, जिसकी ठोड़ी पर काला तिल देखकर लगता है किसी ने चाँद के मुँह पर दिठौना लगा दिया हो, इस सामनेवाली 'बाहच' में ही रहती है बिल्कुल मकान के ऐन सामने। देखनेवाली चीज़ है भई! श्यामभाई कहते हैं, "मरी किसी अन्तःपुर की नायिका लगती है। इसे तो किसी रनिवास में होना चाहिए था..." अब मर्द तो बेचारे

स्वभाव से मजबूर हैं, कहीं कोई परी चेहरा दिखे तो नज़रें ठिठक ही जाती हैं, पर औरतें भी एक बार मुड़कर इस ओस धुले गुलाब को देखने का लोभ संवर नहीं पाती। वो कहनेवाले जो कह गये, "कटि का कंचन काटि के, कुचन मध्य धरि दीन।" जी हाँ, तराशे हुए अंग और जिल्द ऐसी बेदाग कि ब्यूटी पारलर की तमाम मसाज मालिशों और पैकों पर ख़ाक डाल दें। मगर कमबख़्त की जुबान! तौबा, तौबा! धारदार कैंची की तरह चलती है कतर-कतर। छाँट-तराशकर वो गालियाँ बकती है कि बदजुबान मर्द भी सुनें तो सिर झुकाकर चुपचाप खिसक जायें शरम के मारे, उस पर होश उड़ानेवाले मूक संकेतों और जी जलानेवाले फिकरों का जो इस्तेमाल होता है, उसकी तो पूछिए ही मत। बाहर-भीतर लपक-लपककर कितने तो काम एक साथ निपटा लेती है। एक हाथ से आपस में झोंटे खींचती आयशा-हसीना को दो-चार घूसे मारती, दूसरे से देगची में पकते सालन को लकड़ी के करछुल से चलाते उसकी नज़रें किनारे पर दाना चुगती मुर्गियों की चौकीदारी करती रहती हैं।

मजाल है कि नूरी अपनी मुर्गियों को छोड़ दे उसके दड़बे में। मुर्गे को तो वह सह भी लेती है। ठीक है, दाना-दुनका खायें, चोंच-चाँच लड़ायें, तो भी फ़ायदे की ही बात है। पर ये मरी मुर्गियाँ? फोकट में कुर-कुर करतीं कान के कीड़े मार देंगी, ऊपर से दानों का नुकसान बेमिसाल, हासिल आया गोबर!

यों खुला दड़बा है किनारे पर। नूरी कहती भी है, "किसी के बाप की ज़मीन-जायदाद है, जो मना करे मेरी मुर्गियों को टहलने से वहाँ?"

"मेरे बाप की नहीं तो तेरे खसम की भी नहीं है मुँहजली। यह तो ना-बीना को भी नज़र आये कि मेरी मुर्गियाँ सालों से राज कर रहीं है इधर। तू क्यों घुसा रही है अपनी मुर्गियों को बीच में (संकेत)।"

"अरी छोड़ देखी हैं तेरी वालियाँ, जाकर छिपा ले अपने दामन के अन्दर... (जवाबी संकेत)।"

अब इस बातों में क्या रखा है साहब! दोनों अपनी जगह सही हैं। नूरी की मुर्गियों को अधिकार है आजादी से टहलने का, अखिर 'वीमेंस लिब' के जमाने की मुर्गियाँ हैं। ज़ेबा को भी क़ानूनी हक़ है उस जगह को अपना कहने का, जिस पर उसकी मुर्गियों का क़ब्जा कई पुश्तों से है। जमीन क़ानून तो लागू ही हो गया है देश में। जो काश्त करे उसकी खेती।

बेचारे घर के मर्द तो खटने जाते हैं दिहाड़ी-मज़दूरी को या कश्तियाँ लेकर सवारियाँ ढोने। बाहचों में राशन का नाज बटता है, सो उनका ध्यान उधर रहता

है। आखिर रोजी-रोटी का सवाल है। यों भी जब कभी ज़ेबा-नूरी, दो चार हमउम्र वीर बालाओं को लेकर, एक-दूसरे को ललकारतीं, युद्ध क्षेत्र में कूद पड़ती हैं और चेहमेगोइयों कनबत्तियों से शुरुआत करतीं, घूंसे-मुक्के तानतीं, एक-दूसरे के बाल नोचने तक आ जाती हैं, तब भी कोई मर्द, अगर पास हुआ तो मजाल है कि बीच में दख़ल दे! तौबा कीजिए! मर्द ने दख़लअन्दाजी की कि अपनी बीवी ही डण्डा लेकर पिल न पड़ेगी?

और ये लो! चुटकी बजाते ही दोनों फ्रण्टों में बिना सन्धि पत्रों पर हस्ताक्षर किये सुलह हो गयी। श्यामभाई हँसते हैं, "सबके अपने-अपने वैल्यूज हैं भई! डोंगेवालियों से लेकर कोठेवालियों तक! इसमें कोई क्या 'कमेण्ट' कर सकता है?"

इस बीच नूरी अपने कुक्कड़-कुक्कड़ियों को हड़का देती है, "शिः शिः जब देखो, इधर ही मरने आते है..." झपटकर मुर्गों की गर्दन पर एक झन्नाटेदार झापड़ रसीद कर देती है, इन्हे तो अपनी वालियाँ काटती हैं। चले आते हैं तोहफे देने इन्हीं सिरसड़ियों को... बेचारी नूरी कम दुःखी नहीं है। उसके मुर्गे अपनी घरवालियों के साथ घर संसार बसायें तो अण्डे-चूजे भी अपनों को ही मिलेंगे न। पर यह अपनी-परायी औरतवाली बात आदमज़द नहीं समझते तो जनाब, पंक्षी क्या खाक समझेंगे?

बहरहाल! बात आयी-गयी हो गयी, जेबा ने टोकरी उठाकर मुर्गियों को ढक दिया, सुलह-झगड़े दोनों सूरतों में। झगड़े में कोई कोर कसर रही हो तो सुबह सवेरे टोकरा उठाकर उसी सिरे से शुरु करेंगे, जहाँ पर आज टोकरा उलटाया गया है, पर अभी साँझ हो गयी। हर काम का वक्त होता है न! अब वे जाकर टब्बर-टावरों को खिलाने-सुलाने के झंझट में जुट जायेंगी। लेकिन साथ ही अगर किसी मर्द ने बीच में टाँग अड़ाने की कोशिश की हो तो उससे सवाल-जवाब करना भी भूलेंगी नहीं देर रात तक बाहचों में चिक-चिक, चख-चख सुनाई पड़ेगी।

कई कानून, कई तरीके, कई तकाजे, सबके अपने बनाये, अपने तबकों, अपने मुहल्लों और अपनी दीन-बिरादरी के। आप दखल देकर क्या कीजिएगा? यह तो बहती वितस्ता है, सह लेती है सभी कुछ; रंग-बा-रंग! नहीं तो क्या आसपास जो कुछ घटता है, वह सभी काबिले-बरदाश्त है? अच्छा बुरा जाने दीजिए, पर सहने की भी एक सीमा होती है न!

इधर घाट की निचली सीढ़ी पर देखिए, जनेऊधारी पण्डित नन्दलाल पानी में कमर तक डूबे, सूर्य की ओर टकटकी बाँधे सूर्य वन्दना कर रहे हैं। दोनों हाथों से पानी उछाल पितरों को पानी देते हैं, जनेऊ धोते गायत्री मंत्र का स्तवन करते हैं,

'ॐ-भूर्भवः स्वः', इतना धीमें कि कुछ गज़ दूर रात के मैले तन को बहते पानी से छपक-छपक उजला करती नूरी-ज़ेबा न सुन ले। जनेऊ धारण करवाते समय पुरोहित, गुरुजन यों ही कान में गायत्री मन्त्र डाल देते हैं क्या? पात्र-कुपात्र का ध्यान रखना भी तो ज़रूरी है। यह दीगर बात है कि अपने धार्मिक संकल्पों के बीच वह कनखियों से ज़ेबा-नूरी का पानी में मछली-सा तैरता उघड़ा बदन देखना भूलते नहीं। अब यह वही बात हुई न! कि राह चलते आपको नोटों का बण्डल पड़ा मिला, आप दुरुस्त दिमाग़वाले हैं तो ज़रूर उठायेंगे, यह समझकर कि देने वाले ने दिया, हमने किसी की जेब तो नहीं काटी?

चार क़दम हटकर देवकी राख-मिट्टी से घसे ढेर सारे बर्तन नदी में डुबो-खँगाल धोये जा रही है और सूर्य की पहली किरणों में पीतल के भगोनों की लिश्क देखकर खुश हो जाती है। राख-मिट्टी से गन्दा पानी गलती से नन्दलाल के नंगे बदन को छू ले तो शिवजी के तीसरे नेत्र-सी आँखें क्रोध से देवकी को भस्म न कर दें? सो पानी किस धार कहाँ बहता है, इसका ध्यान रखना कतई जरूरी हो जाता है।

लो, पास ही मुहम्मदी मिट्टी का घड़ा धो-धाकर पीने के लिए ताज़ा पानी भर लेती है। न जी, किनारे का गन्दा-मैला पानी नहीं, बीच धार का बहता जल ले लेती है, नाव के परले सिरे पर बैठकर, बहते पानी में कोई दोष नहीं होता यों भी, फिर वहाँ का पानी सुच्चा होता है। किनारे पर तो भंगी-चमार घरों-नालियों का मैला-कूड़ा भी नदी में बहा देते हैं।

तो जी, हमारी सहेली ने यह सब न देखा, सिर्फ़ डल झील के नजारे देखे और ठण्डी उसाँस भरी। स्वर्ग-स्वर्ग उसके रोम-रोम से फूट पड़ा।

ज़रूर इन डल झील के नज़ारों के स्वर्ग को इस पंचमंजिला इमारत के निर्माता राजनाथ कौल ने भी देखा होगा। नहीं तो भला यह चौबीस घण्टों की चख-चख, खटर-पटर, मुर्गेवालियों से लेकर जनेऊधारियों तक की चीख-पुकार और वह पीछे, जिधर हमने देखा नहीं—ताँगे, साइकिल, रेडेवाले, 'मिशिररि मकॉय', ओदुरुय दोदखो यखो' वगैरह-वगैरह की अनवरत आवाजों बीच ठट्ठ के ठट्ठ लोगों से भरी सड़क और सड़क के किनारे बज़ाज, किराना, लुहार, दर्जी, कुन्दन इत्रवाले और वह सुनार का बच्चा! जरा कोई लड़की उझक के देखे खिड़की-झरोखे से, कि एकदम रबर के बबुए-सा खड़ा हो जायेगा। आँखें तो खिड़कियों-से चिपक ही जायेंगी।

घर में खूबसूरत पत्नी और चार-छः नन्हे-मुन्ने बाल-गोपाल हों तो नज़रों पर कोई तो लगाम लगानी चाहिए कि नहीं? लेकिन नहीं, आदत से लाचार हैं। अब

सिर से 'फारिग-उल बाल' अधेड़ों के ये हाल हैं तो आप उगती उम्र के लौडों को क्या दोष दें, बकौल ताराचन्द, जो मन्दिर की दीवार पर टाँगे लटकाये नाटक की मुद्रा में खिड़कियों-दरवाजों पर, जहाँ भी, साड़ी-ओढ़नी की झलक दिखाई पड़े, नजर टिकाये फुरसत में बैठते हैं। इस माहौल में बेचारी लड़की जात किसी भी झरोखे से मुण्डी बाहर निकाल ले, तो बेशर्म ही कहलायेगी न! सो यही बात जान-समझकर खुले दिल व दिमाग़वाले राजनाथ कौल को एक ही उपाय सूझा। उन्होंने हर एक खिड़की-दरवाज़े पर भारी-भारी चिकें डलवा दीं।

राजनाथ कौल के जिग़री दोस्त हैं—शंकर लाल। मध्यम कद-काठी, शान्त प्रकृति व स्थिर बुद्धि के मालिक। जानते हैं वक़्त का रेला अपनी गति से चला जायेगा, सो हरदम परेशान-हैरान रहकर वक्त को कोसने से अपनी सेहत खराब करने के सिवा कुछ होनेवाला नहीं है, सो मुस्कराकर स्वीकारात्मक मुद्रा धारण किये बदलते जमाने के साथ क़दम बढ़ाने की हर मुमकिन कोशिश करते हैं और साथ ही दूसरों की उलझी सुलझाने को भी तैयार रहते हैं। राजनाथ कौल के घर में शंकरलाल के बिना न खैर-खुशी मनायी जाती है, न गमी। उनके घर की किस बात से बेखबर हैं वे? चिकोंवाली बात पर वे कहते हैं, "क्या करते राजभाई, आदमी कितने ही खुले दिल व दिमाग का हो, अब राह चलतों से सवाल-जवाब तो नहीं किया जा सकता? पर अपनी बहू-बेटियों को अदब-क़ायदा सिखाना भी बेहद जरूरी है। गलत-सलत लोगों की सोहवत से बचाना भी मुनासिब है कि नहीं?"

"जी, सही फरमाया!" सुननेवाला और क्या कह सकता है? इसीलिए राजनाथ ने खिड़कियों पर डबल चिकें डलवायी और घर में ताकीद करवा दी कि 'कोई लड़की, सड़क, मन्दिर और डोंगेवालियों की तरफ खुलनेवाली खिड़कियों से झाँकेगी नहीं।' यानी कि तीनों तरफ से, जहाँ से हवा-रोशनी का आगमन होता है, झाँकना मना है।

राजनाथ बड़े विद्वान और शाइस्ता इनसान हैं। चिड़ी-चिरोंटों को पिंजरे में बन्द करके कह देना कि तुम खुले आसमान को मत देखो कि उधर गिद्ध-चीलें मंडराती हैं, अपने में ही उन्हें बेतुका लगा होगा। क्योंकि वे जानते थे कि आदमी का स्वभाव है जानना, देखना और खतरों से खेलना। अपनी बात उन्हें खुद भी न जँची होगी, लेकिन वे अपने ढंग से इस मामले में मज़बूर थे।

इस मज़बूरी को शंकरलाल जानते हैं। एक बार ताराचन्द वकील ने पूछा था उनसे, "भला राजनाथ जैसे शाइस्ता विद्वान ने इस माहौल को बसने के लिए कैसे

चुना, समझ में नहीं आता। उनका शाहाना ढंग, रहन-सहन, खान-पान और सोच, लेकिन उनके चौतरफ़ा यह छिछोरापन, शोर-शराबा कैसा लगता है उन्हें इधर?"

शंकरलाल ने कुछ सोचते हुए पतले होंठ भींचे, भौंहें इकट्ठी कीं और वकील की जिज्ञासा का समाधान करने की कोशिश की, "ऐसा है वकील साहब, आप जानते हो कि राजभाई उन लोगो में से हैं जो वातावरण ढूँढते नहीं, बल्कि माहौल बनाते हैं। वे जानते हैं कि जिन्दगी है तो सही-गलत, अच्छा-बुरा, सब कुछ है। पर चुनाव आपका अपना है, सही गलत के बीच। यह आपके नज़रिये, आपकी क़ाबिलियत पर निर्भर करता है।

"वह बात तो ठीक है मगर..." ताराचन्द को बात कुछ पची नहीं।

शंकरलाल ताराचन्द को अधबीच ही रोककर कहने लगते हैं, "और इस मामले में दरअसल राजभाई के पास कोई विकल्प भी नहीं था। ये तो आपको मालूम ही होगा कि वे अपने पिता के भक्त रहे हैं, उनके मुख से निकला हर शब्द ज्यों ब्रह्मवाक्य हो। कलियुग के श्रीराम समझो। उनके पिता बबलाल की एक झोंपड़ी थी उधर सड़क के किनारे। उन्होंने स्वर्ग सिधारते एक वादा लिया था बेटे से..."

"स्वर्ग सिधारते वादा? यानी कि जैसे अपनी फ़िल्मों में मृत्युशय्या पर लेटे माँ या पिता, सुपुत्रों से प्रामिज कराते हैं कि फलाँ लड़की से शादी करना, नहीं तो हमारी आत्मा मरकर भटकेगी..."

ताराचन्द कलियुगी हैं, पेशे से वकील। क्या करें, धन्धा ही ऐसा कि बात को पचाने से पहले जिरह करेंगे।

"भाई ताराचन्द! तुममें वैसी श्रद्धा तो है नहीं, सो तुम बात की तह तक नहीं पहुँचोगे। पर यह सच है कि बबलाल ने वादा लिया था बेटे से कि बुजुर्गों का यह आसन, यह निशानी छोड़ना नहीं। कहा था कि इस घर पर भोलेबाबा की कृपा है। न इस घर को आग का खतरा है और न चोर-लुटेरों का भय। और सबसे बड़ी बात कि इस घर के सामने वितस्ता बहती है। समझो कि उनकी इच्छा के आगे झुकना पड़ा राजभाई को। तभी उन्होंने बुजुर्गों की जगह छोड़ी नहीं, बल्कि उसी कुटिया की जगह महल खड़ा कर दिया। समझे कि नहीं?"

महल तो था, ताराचन्द वकील कैसे न मानते? पर यह तीन तरफ़ से अनवरत चलनेवाली किच-किच—बमचख़ और क़िस्म- क़िस्म के शोर, इससे दिमाग़ भन्ना जाता है उनका। क्योंकि वे राजनाथ के उन मित्रों में से हैं, जिन्होंने खुली जगहों में भीड़-भड़क्के से दूर, पार्कों की हरियाली और पहाड़ों के खामोश सायों में अपने बंगले खड़े कर दिये हैं, जहाँ शाहाना चिनार के नक्काशीदार पत्तों बीच गुगी गु गू

गु और पोशनूल 'श्रीकृष्ण गोपियों' की गुहार से सुबह उनकी नीदों पर दस्तक देते हैं। हवा के खुशनुमा झकोरे खिड़कियों-दरवाज़ों को थपका, सोये हुओं को सहला-दुलराकर जगाते हैं। एक नफासत है फिज़ाओं में, समझिए।

और राजनाथ के यहाँ का हाल तो पूछिए ही मत, कभी ताराचन्द राजनाथ के यहाँ छुट्टी का दिन बिताते हैं। दोस्ती का तकाज़ा है, लेकिन रातें? हे भगवान! एक बार ताश खेलते महफ़िल जम गयी थी देर तक, तो राजनाथ के अनुरोध पर रात यहीं गुजारी थी उन्होंने। पर क़सम ले लीजिए कि वे पलक तक झपक सके उस रात, सोने की बात तो दूर। आधी रात तक सड़क पर लोगों का आवागमन, साइकिलों-ताँगों की ट्रिनन-ट्रिनन, 'हतबी'– 'हतमाहरा', हटो-बचो। उधर मन्दिर में देर रात तक भजन-कीर्तन और सुबह के तीनेक बजे फिर से सस्वर पाठ, आरती के थाल बजने शुरू। उस दिन तो कोई उत्सव था सो पौ फटने से पहले ही लाउडस्पीकरों पर फ़िल्मी गानों का क्रन्दन चालू हो गया था। ताराचन्द ने राजनाथ से कहा भी, "बिरादर! धर्म-कर्म की बात तो सही है। हम भी नास्तिक नहीं हैं, पर यह लाउडस्पीकरों पर फ़िल्मी गाने किस धर्म के मुताबिक बजाये जाते हैं, 'जादूगर सैयाँ, छोड़ मोरी बैंयाँ' और वो 'तेरा तीर ओबेपीर, दिल के आर पार हैं' रातभर कैसे-कैसे तो तीर अपने दिल के आर-पार होते रहे और आप लोग खर्राटे भरते रहे नींद में बेखबर! भला कैसे सह पाते हो यह कनफोड़ सदाएँ, जो दमामों की तरह ऐन दिल के ऊपर बजती हैं...आखिर मुहल्ले में रहते हो। कोई आवाज क्यों नहीं उठाते इसके विरोध में?

ताराचन्द जानते हैं कि राजनाथ हमेशा समाज की कुरीतियों के विरोध में अपनी आवाज उठाते हैं। उनकी जिन्दगी भी कुछ इस तरह की है कि उँगलियाँ उठती हैं लोगों की उनकी तरफ, पर वे उन बातों की परवाह नहीं करते। जो उन्हें सही लगता है, वही काम करते हैं डंके की चोट पर। लेकिन यह धर्म-कर्मकांड वाली बातें गले न उतरने के बावजूद वे इन मामलों में अब चुप रहना सीख गये हैं। कहा था कई बार मन्दिर के प्रबन्धकों से, "भई, बच्चों की परीक्षाएँ होती हैं, आये दिन लाउडस्पीकरों की कनफोड़ आवाजें उनकी पढ़ाई में खलल डालती हैं, फिर इन फ़िल्मी गानों से तुम्हारे शिवशंकर क्या प्रसन्न होंगे। वे तो भक्तों की तपस्या से रीझते हैं, सत्कर्मों, सद्विचारों से खुश होते हैं, बल्कि ये नासमझ अबोध बच्चे इन उल्टे-सीधे गानों से गुमराह ज़रूर हो सकते हैं।"

प्रबन्ध समिति वालों ने उन्हें बीच में ही रोककर नाराजगी जाहिर की थी, 'फ़िल्मी गाने बन्द करवा सकते हैं पर भजन कीर्तन तो फुल वाल्यूम पर चलेगा ही

चलेगा, आखिर धर्म का मामला है। भक्ति-ज्ञान का प्रचार-प्रसार करना ज़रूरी है। यों भी आजकल के छोकरों में श्रद्धा-भक्ति तो है नहीं, पढ़ने का तो बहाना है। कम-से-कम इस बहाने कान में श्लोक-स्तुति के शब्द तो जायेंगे। फिर आप धर्म का प्रचार क्यों रोकना चाहते हैं? मस्जिदों में जो अज़ान की आवाज गूँजती है, उससे आपके बच्चों की पढ़ाई में खलल नहीं पड़ता? हिन्दू धर्म तो इसीलिए रसातल में जा रहा है कि आप जैसे पढ़े-गुने बुजुर्ग विद्वान् नास्तिकों की-सी बातें करते है...”

राजनाथ ने माथे पर चन्दन लेप किये, सिर पर गाँठ पड़ी चोटी धारण किये ब्राह्मण समाज को देखा, उनकी बातें सुनी और चुप हो गये। उनकी लाल आँखों में महर्षि दुर्वासा और भृगु ऋषि का कोप था। उनसे बहस बेकार थी। उनके सामने कबीरदास और श्रीरामकृष्ण परमहंस की नहीं चली। शायद इसीलिए राजनाथ को लगा कि अपनी तर्कशक्ति का प्रयोग अन्यत्र करना बेहतर होगा।

और इसमें दो राय नहीं कि राजनाथ ने अपनी जिन्दगी में तर्क शक्ति का प्रयोग सही जगह किया। अच्छे वे मन-स्वभाव दोनों से थे, पर वक्ते जरूरत बुरे भी बन गये, बनना ही था। एकाध जगह चुप रहे भी, जहाँ लगा कि रेगिस्तान में फल बोना वक्त की बरबादी है और बन्दर को अदरक का स्वाद समझाना नादानी! लेकिन अपनी आँखों के सामने अन्याय होते वे देख नहीं सकते थे। उन्होंने गाँधी बाबा का यह कथन अपने जीवन में उतार लिया था कि अन्याय करना बुरा है, पर अपने-सामने अन्याय होते देखना उससे भी बुरा है। उन्होंने कुछ वसूल बनाये, उन पर खुद चले और दूसरों को भी चलने के लिए कहा, एक बेहतर समाज का सपना देखा। लड़े भी, जीते भी और थके टूटे भी, लेकिन तमाम उम्र उन्होंने हार नहीं मानी। उन्होंने कोशिश बरकरार रखी। यह क्या अपने आप में मामूली बात है?

दो

हार मानने की गुंजाइश नहीं थी या स्वभाव नहीं था—यह बहस का मुद्दा है, लेकिन आखिर तक उन्होंने हार नहीं मानी, यह सच है। वे जानते थे मुझे क्या करना है। या यों कहिए वे वही करते थे, जो उनका विवेक तय करता था करने को। उनकी बूढ़ी मामी, उम्र ने जिनकी कमर पर लात मार, नज़र पर धुधला परदा टाँक दिया था, उनके बचपन के संस्मरण, क़िस्से-कहानियाँ सुनाया करती थीं, “राजा की बात कर रहे हो, मेरे राजा की?”

राजनाथ को वे अपने बेटों से भी ज्यादा चाहती थी। ब्याह कर आयी तो ननद का लड़का हुआ। आँख-कान खुलते ही नयी दुल्हन से जाने कैसे परच गया नन्हा राजा कि पहली पहचान में ही उससे चिपक गया, मामी ने भी माँ की तरह ही सीने से लगाया। वह कहती भी थी, 'जन्म देनेवाली से तो पालनेवाली सगी होती है। कोख के दर्द से कलेजे का दर्द बड़ा...'

कानों से वे बहुत कम सुना करतीं, इसीलिए अपने अन्दर की दुनिया में क़ैद अक़्सर मुस्कराती रहतीं। उम्र के समदर में स्मृतियों के जाल डालतीं वे अक़्सर नीली-सुनहली मोतियोंवाली रंग-बिरंगी मछलियाँ पकड़ने में मशगूल रहा करतीं, सिर हल्के-हल्के नकार की मुद्रा में घड़ी के पेंडुलम की तरह डोलता रहता और वे तन्मय होकर राजनाथ के बचपन की कहानियाँ सुनाया करतीं, "राजा की बात कर रहे हो? इसके सुभाव को क्या कहूँ? बालहठ तो देखी-सुनी चीज़ है। पर यह लड़का? राम भजो! नन्हा-सा था ठुमक-ठुमक चलना सीखा था, बात के नाम पर बस बबा-ममा ही कर लेता। नन्हें होठ हिलाकर दसियों मोती दिखाता। मैं जब अपना सिंगारदान खोल कंघी-चोटी कर रही होती तो मेरे पास ही बैठा रहता। कमल के फूल-सी आँखों से टुकुर-टुकुर ताकता, कब मामी कंघी उठाये, कब तेल की शीशी, कब कजरा-बिन्दी...वो सभी कुछ..." मामी यौवन की यादों के दौरान बीच-बीच में शरमा जाती, तो उम्र से बोसिदा कपोलों पर आते-जाते रंगों की थिरकन बड़ी रहस्यमय लगती। गोया कह रही हो, सजना-सँवरना तुम क्या जानो स्कूल-कॉलेज जानेवाली छोकरियों! बाजार से क्रीम-पाउडर लाकर थोप दिया चेहरे पर और हो गया शृंगार, जैसे आटे की बोरी से चूहा डूबकी लगाकर निकला हो। हम तो अपने हाथ से हल्दी-चन्दन, घिसती, दस चीजें उसमें मिलाकर उबटन बनाती। नवेली दुल्हन जहाँ कदम रखती, केसर-कस्तूरी की गन्ध से वह जगह महक उठती। बहरहाल! (विषयान्तर करना आजी-मामी का अधिकार था जो चेहरे की झुर्रियों ने उसे दिलाया था।) घूम-फिरकर वे दोबारा राजनाथ की बातों पर आ जातीं।

"एक बार मेरे सिंगारदान से इत्र की शीशी निकालकर खेल रहा था। मैंने ध्यान न दिया खेल-खेल में ही ढक्कन खोल दिया, सो मैंने ज़रा झपटकर शीशी हाथ से लेनी चाही, कहीं इत्र ढुल न जाये और घरभर में महक न फैल जाये, शर्म भी लगती थी बड़ों के सामने। पर बाबा रे! किसके साथ डाँट-डूँट चलती? मेरे चेहरे पर ज़रा-सा रौब देखा तो गुस्से से शीशे खिड़की से बाहर फेंक दी और वो जोर लगाकर चीख मारी कि मैं शर्म और डर से पानी-पानी हो गयी। सोचा, घर के

लोग क्या समझेंगे? ज़रूर कहेंगे कि हाथ उठाया होगा नन्हें बच्चे पर! इधर मैं मनुहार करूँ, न रो बेटा, तुझे चिजी दूँगी, उधर वह चीखता जाये बरोब्बर। काकनी भागी-भागी आयी चीख सुनकर और राजा को गोद में उठाकर पुचकारा। घरभर में बेकार की बात पर हल्ला मच गया। तब से तो कोई चीज उठाता तो मनुहार-पुचकार करती। दे मेरे लाल, दे मेरे गोपाल! पुचकार-दुलार से मान जाता, जो काम कराओं कर लेता, पर डाँट-फटकार तो वह सुननेवाला न था! उल्टे हमीं पर धौंस जमाता बन्दर-घुड़कियाँ दिखाकर!"

मामी छोटी-छोटी बातें रस ले-लेकर सुनाती, "और वो क़िस्सा सुनाया है मैंने जब राजा पहली बार स्कूल गया, नहीं न?" गोकि मामी कई बार पहले भी यह किस्सा सुना चुकी होती, अब हुआ यों कि चारेक साल का हुआ राजा तो इसके मामू ने कहा—स्कूल जायेगा, पढ़ेगा-लिखेगा, कुछ अछर-ज्ञान सीखेगा। राजा के लिए नये कपड़े सिलवाये, मक्खनज़ीन का कुरता, अनारी, उस पर काली धारियाँ आड़ी। मैंने ही पसन्द किया था। कन्हैया जैसा रूप था राजे का, काले रंग का कपड़ा और सात धातु का कड़ा पहनाया करती थी मैं। तो जी, कपड़े बने राजा के लिए। सिर के लिए आयी टोपी लाहौरी! हाँ, लाहौरी! उसके मामू, गये थे एक बार माल बेचने-लाने लाहौर। यह पाकिस्तान-वाकिस्तान कहाँ बना था तब! उधर देखी फुँदनेवाली, सलमे-सितारे जड़ी गोल टोपी। बोले—मेरे राजा को भली लगेगी, ले आये मैंने कहा—पढ़ने जायेगा स्कूल तो पहना दूँगी उस दिन।

सो राजा गया स्कूल। परताप स्कूल, वो बड़ेवाले। मामू साथ गये चीज-बस्त लेकर। वो ही स्लेट, पेंसिल, तख्ती, पपा पपा, अब याद नहीं ठीक से, बस्ते में डालकर। बच्चों में शीरनी बाँटी खूब सारी। सो जी, एक दिन गया तो खुश रहा, पर दूसरे दिन लौटा तो मुँह इत्ता-सा निकला हुआ। मैं इसके मामू से बोली, न भेजूँगी बच्चे को स्कूल-वस्कूल। देखो तो एक दिन में मुरझा गया मेरा लाल। जाने कैसे ज़ालिम रहा करें वहाँ। क्या पता धूप-पानी में खड़ा करें नन्हें बालों को, पर इसके मामू न माने। बोले—अकूटंटी में अफ़सर बनाऊँगा इसे, खूब पढ़ना-लिखना है इसे। जो इसे घर बिठाये, वो इसका दुश्मन...

इधर राजा रोये—मैं न जाऊँ स्कूल मामी, मैं तेरे पास बैठकर कहानी सुनूँ। प्रहलाद भक्त की, राजा रामचन्द्र की, सोनाकेसरी और अकनंदुन की। कहानी मैं सुनाया करती थी न! मेरा जी भर आया, पर मामू इसके माने न। तो लो, दूसरे दिन की बात सुनो—इधर मैंने हाथ-मुँह धुलाकर राजा को चार कौर खिलाये, दही-भात के, राजमा-शलगम के साथ। पसन्द था उसे मेरे हाथ का बना। वह जूता

पहनने गया कमरे में, और मैं लगी घर के धन्धों में। कोई दसेक मिनट बीत गये होंगे इस बीच कि राजा के मामू आये ढूँढते-ढाँढते और बोले—राजा किधर गया? मैं हैरान, कहाँ गया? स्कूल ही तो! ना। मामू देख आये थे। ऊपर-नीचे देखा, पास-पड़ोस छान मारा, गुहार लगायी पर उधर हो कोई तो पलटकर आवाज दे न! घबराये हम। मेरी तो साँस ही रुकी समझो। छाती पीटने लगी, कहीं घाट पर खेलने तो नहीं गया? उसके मामू ने चद्दर कन्धे पर डाला और भागे ढूँढने, जिधर सींग समाया। महदू हाजी, रमज़ान जू और ब्रजकृष्ण को भी ढूँढ़ने भेजा। क्या कहूँ, आधा सेर खून सूख गया हमारा।

आधेक घण्टे में राजा को लेकर लौटे, गुस्से में अंगार। राजा सुबक-सुबककर मुझसे लिपटा जाये। मैंने सीने से लगाया, मुँह में अपना दूध दिया मनाने को। उसके मामू से पूछा, 'राजा क्यों रो रहा है', तो मुझी पर बरस पड़े 'तेरे लाड ने ही बिगाड़कर रखा है बच्चे को। चार-पाँच साल का लड़का और तू मुँह में दूध दे रही है। पढ़ेगा नहीं, दरबदरी करेगा।' अब जो भी मुँह में आया, उगल दिया। गुस्से में ऊँच-नीच का ध्यान थोड़े रहता है? बाद में राजा से सारी बात पूछी तो बोला, 'मैं नाथ जी के घर गया था दीने से खेलने। मामू कान खींचकर ले आये। मैं भागा आगे-आगे, वो पीछे-पीछे दौड़े...'

"अब लो सुनो, राजा निके-निके पैरों से दौड़ता जाये भागता जाये, मामू पीछे-पीछे दौड़े हाँफते-काँखते, चप्पल हाथ में पकड़े और राजा को छू न पाये। बड़ी मुश्किल से हब्बाकदल चौक में पकड़ लिया तो मारे होंगे दो-एक झापड़। अब जिस राजे को ऊँचे बोल सुनने की आदत नहीं, उसे जोर से छू भी लिया तो बड़ी बात हुई समझो। नन्हीं-सी जान, थक गया तो ही छू पाये मामा। ऐसा है हठी, ना बोले तो ना, जोर-जबरदस्ती उसके सामने ना चले।"

"बाद में कैसे गया स्कूल राजा?" प्रश्नकर्ता पूछने से बाज न आता।

"बाद में?" वे उम्र के बारीक जालों से ढके पपोटे झपकाकर महीन-महीन मुस्करातीं, "वो तो मैंने समझाया, प्यार-दुलार से। किस्से-कहानियाँ सुनायीं, राजा-महाराजाओं की, ज्ञानी-ध्यानी श्रीकृष्ण भगवान् की, खूब पढ़े-लिखे महापुरुषों की। ढेर सारी शीरनी-मिश्री रखा करती थी कुर्ते की जेब में, सिरहाने के नीचे, तब कहीं मान गया। यों ठोक-पिटाई से माननेवाला तो वह नही था।"

हाँ, जोर-जबरदस्ती राजनाथ के साथ चल नहीं सकती थी। जो बात मन को जँचती, जिस काम का मर्म समझ में आता, वही काम वे कर लेते। घर के बड़े भी इस बात को समझ गये। शायद इसीलिए बचपन की तमाम नासमझी और

बालहठ के बावजूद वे बहुत जल्दी समझदार बन गये थे और बड़ी ज़ल्दी उन्होंने अपना एक रास्ता तयकर लिया था।

कुछ बच्चे स्वभाव से अतिरिक्त संवेदनशील होते हैं। यह संवेदनशीलता उन्हें इस या उस किनारे धकेल देती है। एक बनी बनायी, दूसरे की सुझाई लीक पर वे आँख बन्द कर चल नहीं पाते, राजनाथ ने भी अपनी लीक आप बनायी। तमाम लीकों को श्रद्धा देते हुए भी वे अपनी ही लीक पर चले। यह दीगर बात है कि उनके मन में एक झील लहराती थी। जो लोग उनके भीतर झाँकने की कूबत रखते थे, वे उन्हें जीतना भी जानते थे।

मामू के घर से जब राजनाथ अपने घर आये, तो प्राइमरी पास कर चुके थे। आखिर उन्हें अपने घर ही आना था। माँ अपने पहलौठी के बेटे को कितनी देर आँख की ओट रख सकती थी? इधर इस बीच मामी के भी दो बच्चे हो गये थे। यह दूसरी बात है कि मामी राजनाथ को ताउम्र अपनी कोख-जना बेटा ही मानती रही और प्राण त्याग के समय भी उनके मुँह से अपने बच्चों के नाम की जगह राजनाथ का ही नाम निकल पड़ा था। बहरहाल!

सो प्राइमरी के बाद बबलाल ने मिडिल स्कूल में दाखिला दिलवाया पर आगे उनकी आर्थिक स्थिति जवाब दे गयी। संसार में रहकर भी संसार की तिकड़मों से कोसों दूर, राम-नाम में रमे महात्मा से उनके बबलाल दैनिक जरूरतें-भर पूरी करना अपना धार्मिक-सांसारिक दायित्व मानते थे। मोटा-झोटा पहना, साग-भात खाया और राम का नाम लिया। लम्बी-चौड़ी ज़रूरतें उनकी न थी और लम्बे-चौड़े मनसूबों से वे नावाकिफ ही थे।

शंकरलाल कहते हैं, "बबलाल तो रामरस रंजित साधु थे। उनकी जरूरतें ही कितनी थीं? शरीर पर फिरन-पाजामा और एक जोड़ी कुरता। दूसरे जोड़े का क्या किया जाता है, ये वह उम्रभर समझ न सके। हाँ दस्तार वे ज़रूर पहना करते थे नियम से बाकी अपना भजन-पूजन में लगे रहते रात-दिन।" ताराचन्द वकील भी मान जाते कि कुछ था उनमें। शान्ति-सी मिलती थी उनके पास बैठकर। मुँह पर तेज था। लम्बी सफ़ेद दाढ़ी, ऋषि-मुनियों का-सा वेश!

"भगवान की कृपा थी उन पर," शंकरलाल कुछ ज्यादा ही भक्त रहे हैं बबलाल के, "वह तो याद होगा तुम्हे, जब पड़ोरा में बद्री के घर आग लगी थी। वही मकान जो राजनाथ के घर के साथ लगा है पीछे की तरफ।"

"ओ हाँ! क्या भूलनेवाली बात है वह? ज़बरदस्त आग लगी थी लपटें ऊपर आकाश तक उठ रही थीं। बहुत नुकसान हुआ था बद्री बेचारे का। चिटचिटाती

चिंनगारियाँ आसमान को रंग गयी थी। पूरे मुहल्ले में दहशत छा गयी थी।"

"और यह भी तुम्हे याद होगा कि राजभाई के घर की दीवार को लपटें छू तक न पायीं। महान आश्चर्य की बात! ज़रा-सा कालिख़ का निशान रह गया एक तरफ बस! ज्यों किसी ने दीवार के साथ ईटें जोड़ खाना पकाया हो, उतनी ही धुएँ भर की कलौंछ। कोई विश्वास करेगा? बबलाल आग बुझाने की तरकीब सोचने के बदले अपने भोले बाबा को गोद में लिये मन्दिर की प्रदक्षिणा करते रहे। शान्त-स्थिर! ज्यों उन्हें कोई भी खतरा न हो। उनकी गोद में स्वयं भगवान् विराज रहे थे। भला उन पर कोई आँच कैसे आ सकती थी? सतयुग की यह श्रद्धा, भक्त, प्रहलाद का-सा विश्वास कि आग के बीच से भगवान स्वयं निकाल लेंगे! वह आस्था- विश्वास भी बेजोड़!"

यो राजनाथ के छोटे बिरादर शामभाई मुस्कराकर ताराचन्द से कहते हैं, 'बबा के विश्वास ने करिश्मा जरूर किया, पर हम भी हाथ पर हाथ धरे बैठे नहीं। हम जानते थे, गाँड हेल्प्स दोज, हू हेल्प देमसेल्वज। हमने दमकल बुलवाये, पानी से भीगी दरियाँ दीवारों पर डाल दी, जिससे आग की लपटें इधर को आतीं तो बुझ जातीं। उससे भी अग्निशमन में कुछ फर्क तो आ ही गया होगा?'

राजनाथ ने खुद बड़ी दौड़ भाग की थी उस दिन। लेकिन अग्निशमन कैसे हुआ, इस पर वे बहस नहीं करते। वे तर्क और आस्था के बीच उठते विवाद में हिस्सा नहीं लेते। यह बात नहीं कि उनकी तार्किक क्षमता में कोई कसर है, पर वे जानते हैं कि तर्क की अपनी जगह है और आस्था की अपनी जगह। दोनों दो ध्रुव होते हुए भी कोई विरोध नहीं, क्योंकि दोनों मनुष्य की अपरिमित शक्तियाँ हैं और हमारी जिन्दगी में दोनों की कमोवेश बराबर हिस्सेदारी है।

करते थे पहले-पहले राजनाथ विरोध भी, एम. ए., पी-एच. डी. की डिग्री जो थी हाथ में। किताबी ज्ञान का खुमार था उन दिनों, पर बाद में जिन्दगी के अनुभवों ने नया ज्ञान दिया। तभी समझ में आया कि घर की दीवार के साथ अग्नि की लपटें उठते वक्त बबलाल क्यों भोले बाबा को गोद में लिये आँख मूँद समाधिस्थ बैठ सके और आग बुझ जाने पर उनकी मटियाली आँखों की कोरों से पानी की धार क्यों वह आयी। उस जल से ठाकुर का प्रक्षालन कर बबा ने नन्हें भोलेनाथ को माथे से लगा ठाकुर-द्वारे के ऊँचे सिंहासन पर बिठा दिया और बुदबुदाये, 'मुझे विश्वास था।'

क्या विश्वास था? कितना बचकाना विश्वास था कि भोले बाबा उसके परिवार को बचाने आयेंगे।

नहीं, विश्वास था कि भोले बाबा उनकी अगाध आस्था की रक्षा करेंगे। अपनी छोटी दुकान पर, अपना पुश्तैनी पश्म बुनने का धन्धा सँभालते भी बबलाल तन्मय रहते, जैसे पूजा कर रहे हों। हर काम में उनकी बेजोड़ निष्ठा थी, परिवार था तो उसकी मूलभूत ज़रूरतें भी तो उन्हें ही जुटानी थीं। लेकिन उनकी जरुरतें सीमित थीं, इसलिए वे बेटे राजनाथ की महत्त्वाकाँक्षाएँ समझ नहीं पाते थे या यों कहें कि समझ नहीं सकते थे।

मिडिल पास करवाकर वे शायद चाहते कि बेटा भी अपना पुश्तैनी धन्धा सँभाले, या बहुत हुआ तो किसी प्राइमरी स्कूल में अध्यापक का काम करे। तीसरी बात तो उनके दिमाग में आ ही नहीं सकती थी।

"हाँ भई! उस वक्त हमारी लेवल के ज्यादा लोगों की नज़र उससे आगे जाती भी नहीं थी। हायर एजुकेशन थी भी कहाँ प्रदेश में। कॉलेज-वालेज तो बाद में बने, सो भी ग्रजुएशन तक ही। आगे दिल्ली-लाहौर जाना पड़ता था ऊँची पढ़ाई के लिए। एक वे सीताराम कौल थे। मिडिल पास किया था, उन्हीं का खासा रुआब था। उसकी वजह से पूरा खानदान ही 'मिडली' नाम से जाना जाता था।"

ताराचन्द किस बाद से बेख़बर हैं? पैसा-टका भी कितना रहता था लोगों के पास?

"लेकिन राजभाई भी उद्यमी थे गज़ब के! अपना रास्ता उन्होंने आप ही निकाला। नहीं तो क्या आपने सुना है कि लड़का खुद दसवीं में पढ़ रहा है और आठवीं-नौवीं कक्षाओं के ट्यूशन भी कर रहा है? वह माधव साहिब के लड़के दीना, जवाहर याद हैं, साल के छः महीने जिनकी नाकें बहा करती थीं? आप तो खैर बड़े-बड़े ओहदों पर पहुँच गये। उन्हीं को पढ़ाया करते थे राज भाई..."

नाक बहने की बात पर ताराचन्द को याद आया, "ओ हो हो! वह जवाहर! अरे भई याद कैसे नहीं होगा। उसकी शादी अपनी तोषी की ननद की लड़की से हुई है। मैं शादी में गया था, लड़कीवालों की तरफ़ से। लगन मण्डप पर भी नाक से शूँ-शूँ कर रहा था तो पिता श्री ने जेब में से अपना रुमाल निकालकर थमा दिया था।"

राजनाथ पास होते तो मुस्कराकर कहते, "हाँ, कुछ नज़ले की शिकायत रहती थी जवाहर को उन दिनों, पर था बड़ा जहीन लड़का। तरक्की भी की उसने। डायरेक्टर-एजुकेशन बन गया पर गुमान नहीं ज़रा अब भी। जब भी मिलता है, इज्ज़त देता है..."

यों इज्ज़त राजनाथ को कौन नहीं देता? नाम, शोहरत, इज्ज़त—यही तो कुल

जमा-पूँजी है राजनाथ की। उम्र-भर पढ़ने-पढ़ाने का काम किया है। बच्चों से वे अक्सर कहा करते, "मैं एक सेल्फमेड मैंने हूँ। जो कुछ पाया, अपनी मेहनत-मशक्कत से पाया, यों बबलाल का आशीर्वाद था मेरे साथ..."

राजनाथ भीगी आवाज से बच्चों को बताते कि किस तरह मृत्युशय्या पर लेटे उनके बबलाल ने उन्हें अन्तिम आशीष दिया। पास बुलाकर काँपते हाथों से सिर पर हाथ रखा और उखड़ती साँस से आखिरी शब्द खींच निकाले, "जीवे त्वम् शरदः शतम्।"

अपना श्रम और पिता का आशीष, इन्ही दो कारणों से उन्होंने जिन्दगी में बहुत कुछ पाया, अच्छी नौकरी, पद, प्रतिष्ठा, सभी कुछ। बात सुन बच्चे मुस्कराते। पर नाती-पोते आश्चर्य में भर उठते, पिता आदर के पात्र हैं, पर...? पिता के आशीष से जीवन में सफलता? राजनाथ इतिहास-पुराणों से कथाएँ सुनाते। हमारे यहाँ प्रत्यक्ष दर्शन से ज्यादा परोक्ष दर्शन का महत्त्व है, इसे मिथकों और गाथाओं से समझाने की कोशिश करते। देवताओं में विवाद छिड़ने की कथा। किस देवता की पूजा पहले हो? शिव-पार्वती का फैसला कि जो सर्वप्रथम ब्रह्माण्ड के सात चक्कर लगायेगा, वही सर्वप्रथम पूजा जायेगा और जब सभी देवता अपने तीव्रगति के वाहनों पर ब्रह्माण्ड का चक्कर लगाने चल पड़े, मूषक पर सवार स्थूलकाय गणेश ने अपने माता-पिता शिव-पार्वती के सात चक्कर लगाये और ब्रह्माण्ड के चक्कर लगाने की घोषणा की। उनके अनुसार माता-पिता सर्वोपरि हैं और आज भी पूजा में आदिदेव गणेश को पहले पूजा जाता है इसका कोई तो अर्थ होगा। मेरे जीवन में तो इसका अर्थ है बच्चों।"

उन्होंने धन कमाया भी और खुले हाथ परोपकार के लिए लुटाया भी। यह उन्हें जाननेवाले दावे के साथ कहते हैं।

धन कमाया कितना, यह घर का मुँहलगा नौकर गुलामअली जिसे बच्चे 'गुलकाका' कहकर पुकारते थे, जानता नहीं भी हो, पर लुटाया कैसे? यह वह बखूबी जानता था। राजनाथ के बच्चों को वह अक्सर बाबू साहब की दानवीरता की दास्तानें सुनाता?

"शनि, मंगल को सुबह-सुबह यह गेरूबाबा आता है न, जो बड़ी मीठी आवाज में 'राम नाम लड्डू है गोपाल नाम घी' गाता है..."

"वह 'हरि का नाम मिसरी तू घोल-घोल पी'? बच्चों को क्या भूल सकता है लड्डू बाबा? उन्हें लड्डू का चूरमा जो प्रसादी में देता है।"

"हाँ! इसी लड्डू बाबा पर बाबू साहब अक्सर मेहरबान रहे हैं। एक

मकरसंक्रान्ति के दिन यह बाबा सुबह-सुबह हमारे घर चला आया। बड़ी ज़बरदस्त ठण्ड थी उस दिन। बर्फ़ सिरों के ऊपर तक जमी हुई और ऊपर से गिरती जाये बरोब्बर। बड़ी माँ ने दान-संकल्प के लिए रखे थे कुछ कपड़े-लत्ते, कांगड़ी, कुछ सीधा वगैरह, जैसे हर साल दिया करते हैं, बाबू साहब अपने पंडित जी को इस दिन। तो जी उसी वक्त आ गया यह लड्डू बाबा, सर्दी से काँपता थर-थर, बैठे हुए गले से आवाज़ खींचता, राम नाम लड्डू है...' बाबू साहब ने उसे एक सूती गेरुआ चद्दर में ठिठुरता देखा, तो बिना आगे-पीछे देखे दान की सामग्री उठाकर उसकी झोली में डाल दी। ऊपर से कन्धे पर धरी अपनी नयी बंडपुरी चादर भी उतारकर उसे ओढ़ा दी। ऐसी दया भरी है दिल में। यों बड़ी माँ थोड़ा नाराज हुई उस दिन। ऐसी भी क्या दया कि जो चीज सामने पड़ी हो, उसी को उठाकर दे दो किसी भी राह चलते को? देना ही था तो कोई पुराना कम्बल चद्दर दे देते, पर बाबू साहब से कौन सवाल जवाब करे? बड़ी माँ को मानते बहुत थे, पर करते अपने मन की ही थे।

बड़ी माँ ने कहा उस दिन, हिम्मत करके, घर में बच्चों का पुराना कम्बल रखा था, वही देते। यह नयी चादर उठाकर दे दी। फिर गुरु जी का दान भी उसे दे दिया। वह क्या समझेंगे?

बाबू साहब ने मीठा-सा झिड़क दिया, 'दिल बड़ा रख भागवान! खुला हाथ रखोगी तो देनेवाला भी खुले हाथ देगा। रही गुरुभाई की बात! उसके लिए नयी सामग्री आ जायेगी। बस, खुश? देना, रीति-रस्म के लिए नहीं होता, ज़रूरत के लिए होता है। पीर पुखी ही गुनाह है लेने के लिए और वही धर्म भी है' ऐसे में बाबू साहब बड़ी माँ को अपने बचपन की बातें सुनाने लगते। कैसे-कैसे किन-किन तकलीफ़ों-मुश्किलों से गुजरा बचपन। पिता साधु-सन्यासी से कम कहीं, दुनियादारी का उन्हें बहुत कम ज्ञान। माँ कभी *सदरकंज़-भात खाकर गुज़ारा करती, कभी भात की पीच साग के साथ घोलकर पी लेती, पर परोसते समय कोई ब्राह्मण भिखारी आता तो बबलाल उसे अपने साथ बिठाकर दो कौर ज़रूर खिलाते। कभी उनके मुँह पर शिकन नहीं देखी। दरअसल उसी छोटी उम्र से ही बाबू साहब ने बाँटकर खाने की बात सीख ली थी। इस पर बड़ी माँ क्या कह सकती थीं?"

गुलकाका ने ही कहा कि बाबू साहब बड़े 'यारबाश थे। अब 'यारबाश' से

---

*काजी

उनका क्या तात्पर्य था, ये तो बच्चे लोग क्या समझें। पर इतना वे जानते थे कि बाबू जी के बड़े पक्के दोस्त हैं। दोस्ती भी ऐसी कि दिन में लड़ें तो शाम को एक-दूसरे के घर चाय पीने ज़रूर हाज़िर हो जायें। मन में कोई मलाल ज़्यादा देर रह ही नहीं पाता था।

राजनाथ के एक पक्के दोस्त थे एन्थोनी साहब। लम्बे-दुबले, लहीम-शहीम, ज्यों किसी ने सींक पर चमड़ा मढ़ दिया हो। दूर तक देखती छोटी-छोटी आँखों पर सुनहरा फ्रेमवाला गोल चश्मा पहना करते थे। वे राजनाथ को मानते भी बहुत थे। जब कभी राजनाथ के भाई श्यामजी अपने भ्राता से किसी कारण से या अकारण असंतुष्ट होकर कहते, 'भाई साहब को तो श्रद्धा-भक्ति है ही नहीं।' तो एन्थोनी साहब महीन-महीन मुस्कराकर, सीने पर क्रास का निशान बनाते, 'ही इज ए ट्रूली रिलिजियंस मैन। मे ही लिव लाँग।'

श्यामभाई उनसे चिढ़ते थे थोड़ा, "अब ऐसे दोस्त हैं जिन्हे धर्म का अर्थ तक मालूम नहीं, तो क्या कहें?" श्यामभाई के चिढ़ने के पीछे कारण थे। वे ठाकुरद्वारे में नियम से 'घण्टा-डेढ़ घण्टा पूजा करते थे। आदिदेव गणेश की स्तुति से आरम्भ कर शिव-पार्वती, विष्णु आदि देवी-देवताओं की आराधना कर, नन्हें शिवजी, गणेश कुमार आदि ठाकुरों का दूध-दही से स्नान-पूजन कर परम श्रद्धा से आरती का थाल बजाते। भगवद्गीता चूँकि घरभर का प्रिय धार्मिक ग्रन्थ था, सो सप्तश्लोकी गीता अवश्य पढ़ते। 'वसुदेव सुतं देवं कंस चाणूर मर्दनम्...' और 'मूकं करोति वाचालम् पंगुम् लंघयते गिरिम, यत्कृपा तमहं वंदे परमानंद माधवम्' श्लोक कई बार उच्चारते। व्रत-उपवास भी बराबर श्रद्धा से करते। परन्तु राजनाथ सुबह नहा-धोकर दसेक मिनट प्राणायाम की मुद्रा में ध्यान करते और 'शरण भगवन' कहकर ठाकुरद्वारे में माथा टेककर अपने धन्धों में लग जाते। व्रत-उपवास में निष्ठा ही नहीं। अगर इसी को धार्मिक होना कहते हैं तो श्यामभाई क्या, कोई भी कर्मकाण्डी ब्राह्मण इसे कैसे मान सकता था? यह बात नहीं कि वे रोज-रोज लज़ीज़ पकवान बनवाकर खायें, पर व्रत नहीं रखेंगे। उनसे तो बल्कि श्यामभाई तरह-तरह के पकवान खाने के शौकीन थे, परन्तु उपवास के दिन तो वे दूध-फलाहार के सिवा कुछ भी न छुएँगे।"

यह सब जानते हुए भी राजनाथ के ये क्रिस्तानी दोस्त और हमपेशा प्रोफेसर एन्थोनी कहते, 'रिसरेकशन के दिन जब भगवान लोगों के पाप-पुण्य का लेखा-जोखा देखेंगे, तो राजभाई को ज़रूर स्वर्ग में जगह मिलेगी, गॉड के पास। ही विल बी विद गॉड फार एवर!

अब रिसरेकशन के दिन क्या होगा, इसके विषय में तो हम कुछ जानते नहीं। हम यह मानकर चलते हैं कि ऐसी दूर की, लोक-परलोकवाली बातें तो स्वर्ग सिधारकर ही 'जानी जा सकती हैं। हम अभी इस पार ही हैं, मरकर जी उठे तो बता देंगे। यों रिश्ते की एक लड़की को 'ना बदली' हो गयी थी। आप मानों-न मानो, मरकर जी उठी थी वह। उसने अपने अनुभव सुनाये थे, जिसमें स्वर्ग-नरक की बातें पुष्ट तो नहीं हुई पर इतना अन्दाजा लगा ही कि चित्रगुप्त के दूतों से भी गलतियाँ होती हैं। चूँकि डॉक्टर ने जब चुन्नी की नब्ज़ टटोल उसे मृत घोषित कर दिया, घण्टेभर बाद ही वह अँगड़ाई लेकर आँख-नाक मलकर यों उठी, गोया गहरी नींद से जाग गयी हो।

स्त्री-पुरुषों से ठसाठस भरे कमरे में मातम के सुरों के बीच हक्की-बक्की चुन्नी पहले तो गुमसुम हो गयी। घरवाले भी उसे टुकुर-टुकुर ताकते देखकर डर से सहम गये। एक दो मातम मनानेवालियों के तो भय से दाँत भी बैठ गये, यह सोचकर कि लड़की को 'भूत' चिपट गया। दबी-दबी आवाज में लक्ष्मी ने भूत लगने के कई किस्से सुनाये। फलाँ कूचे में फलाँ राज़दान के बड़े लड़के की छोटी लड़की तो जलती चिता से कूद पड़ी थी और वो नील शंगलू के बूढ़े बाप का तो सुना ही होगा, कैसे टिकटी पर से कफ़न फाड़कर धम्म से कूद पड़ा...

लेकिन शुक्र है कि कुछ समझदार बन्दे थे घर में, उन्होंने डॉक्टर को बुलाया, बेटी का मुआयना कराया तो पाया कि चुन्नी की साँस-नब्ज वगैरह तो बिल्कुल सही चल रही है। डॉक्टर खुद हैरान! पर बड़ी बुजुर्गन आजी ने आदिदेव बिघ्नहर्ता का हाथ जोड़ सूचना दी, भूत लगे दुश्मनों को, पर ऐसा होता है कभी कभार। चित्रगुप्त के दूतों से भी 'गलती होती है कई बार। बाद में इस सच्चाई की पुष्टि खुद चुन्नी ने कर दी।

वह किस्सा हमने भी सुना है। चुन्नी बड़ी डरी-डरी-सी थी और खोयी-खोयी-सी अपने अनुभव मजमें को सुना रही थी, "हुआ ऐसा कि मैं कहीं दूर यात्रा पर जा रही थी। नंगे पैर, रास्ते में बड़े झाड़-झंझाड़, कील-काँटे थे..." तब माँ ने हाथ से बेटी के तलुवे सहलाकर एकाध काँटा निकाला भी था (यह भी हमने सुना है गोकि आँखो से देखा नहीं)।

"दो आदमी मेरे बाजू पकड़े मुझे जाने कहाँ लिये जा रहे थे। वहाँ एक बड़ा राजदरबार जैसा दिखा, जहाँ एक ऊँची मखमल की कुर्सी पर लम्बी सफ़ेद दाढ़ीवाला राजऋषि-सा तेजोमय व्यक्ति बैठा हुआ था, उसकी तरफ़ देखने से आँखे चुँधिया जाती थीं। उस राजऋषि ने मेरी तरफ़ गौर से देखा और अपने मुंशियों से

वही निकलवाकर नाम-पते पढ़वाये। फिर सिर हिलाते हुए बोले, 'नहीं यह वह चुन्नी नहीं है। वह तो संसार त्रिछल के घर में बीमार पड़ी है। इसका समय अभी पूरा नहीं हुआ, इसे वापस अपने घर ले जाओ..."

सो इस तरह चुन्नी की नब्ज कटकर दुबारा जुड़ गयी। और आजी ने समझदारी से सिर हिलाकर इस बात की पुष्टि की कि ऐसा होता है, हुआ है पहले भी। उदाहरण स्वरूप उसने अपने- अपने अनुभवों में से एक-दो वाकये और जोड़ दिये। बहरहाल! परामनोविज्ञान हमारा विषय नहीं है, इसमें कितना सच और कितना झूठ है, इस बहस में हम नहीं पड़ेंगे। हम राजनाथ के विषय में प्रोफेसर एन्थोनी के विचार पेश कर रहे थे। वे सुनी-सुनाई बातों पर विश्वास नहीं करते थे। भूत-प्रेत, दिव्य-आत्माओं का अस्तित्व, आत्मा का देह से अलग होना और फिर देह में बसना, स्वर्ग-नरक का फलसफा, इसे राजनाथ परामनोविज्ञान का विषय समझते थे, जो अनुसंधान की चीज थी। इसे एकदम ग़लत कहना भी अपनी अल्पबुद्धि का परिचय देना होगा।

पर प्रोफेसर एन्थोनी के कहे, बाईबल में जो वाक्य क्राइस्ट ने कहे, उस पर मन्दबुद्धि भी अविश्वास नहीं करेगा। विश्वास ही तो किसी भी धर्म की नींव है। यों हमें ज्ञानदण्ड नहीं है, पर हम सुखी भी नहीं है, क्योंकि राजनाथ की जिन्दगी जानने-समझने के लिए दूसरे माहौल को जानना लाज़िमी है, इसलिए आँख-कान खोलकर रखने पड़ते हैं। सो दूसरी दुनियावालों की बातें छोड़कर इस दुनिया में रहनेवालों की बात करते हैं कि राजनाथ ने जिन्दगी जी अपने ढंग से, पत्ता-तीखा भी सहा, वक़्त की मार भी झेली।

"झेलनी ही थी। देवगण भी जब मनुष्य योनि में आये तो सहना ही पड़ा न? चाहे वे श्रीराम हों या श्रीकृष्ण?" यह शंकरलाल, ताराचन्द से कहते हैं।

"भाई साहब के ग्रह बुरे थे। साढ़ेसाती चल रही थी। ढइया तो लोहे के पाद पर इक्कीस दिसम्बर को आरम्भ हुई थी इस पाद पर ढइया का आरम्भ होना, आप तो जानते ही हो, कितना हानिकारक होता है। शरीर पर शनि की क्रूर दृष्टि थी। राघव पण्डित जी ने कहा था, 'वृहस्पति को बलवान बनाने का उपाय करो। अब देखो तो करना क्या था?' गायत्री मन्त्र का उच्चारण ही न आठ-दस बार दिन में? वैष्णव रहना और...और गृहस्थ होने पर भी ब्रह्मचर्य व्रत का पालन, जो राजभाई ने नहीं किया न?"

ताराचन्द राजनाथ को शरारत की नज़र से देखते, "अब भैया, राज भाई संसारी हैं, कोई योगी-सन्यासी तो नहीं? अब उम्र की बात करो तो साठे पर पाठे हैं..."

"वो बात नही।" श्यामभाई कुछ उलझ से जाते, ताराचन्द राजभाई के पक्ष में बोल रहे हैं या विपक्ष में, यह समझना थोड़ा कठिन काम था, क्योंकि चेहरे के भाव तो एकसार यानी कि सपाट! सो बात समेटते हुए कहते, "ये एन्थोनी साहब 'रिलिजियस' होने की बात कह रहे हैं न, इसी पर चर्चा चल पड़ी। दरअसल कहने का मतलब यही है कि भाई साहब का विश्वास ही नहीं ग्रह-नक्षत्रों के प्रभाव पर, कोई धार्मिक आस्था ही नहीं..."

शंकरलाल सुधारते, "ग्रह-नक्षत्रों के प्रभाव से इनकार नहीं किया जा सकता भैया, पर सवाल यह है कि जानने वाले कितने हैं यह ज्योतिष-गणित?

राजनाथ बात का समापन करते "मैं तो जानता हूँ कि कर्म की गति टालने से नहीं टलती। उपायों से दुःख की घड़ी टलती तो पण्डित-शास्त्रियों के घरों में दुःख-कष्ट क्यों कर होते? गीता जी में भगवान् कृष्ण ने कहा न—कर्मण्येवाधिकारस्ते मा फलेषु कदाचन्...फिर अपने किये का स्वर्ग-नरक तो भोगना ही पड़ेगा न?"

अपने अन्तिम दिनों में ताराचन्द वकील भी इस सच्चाई को स्वीकार कर गये थे और श्यामभाई भी। वे राजनाथ को याद कर कहा करते, "ठीक कहते थे भाई कि हर आदमी का फ़ैसला जन्म से पहले हुआ करता है। उपायों से न कष्ट टलता है न मौत! जो है उसे नकारने से हालात बदलते नहीं, यानी जीना है तो भोगना भी है इससे मुक्ति नहीं!"

ताराचन्द थके हुए उदास स्वर में कहते, "क्या जिन्दगी जी राजभाई ने। जहाँ क़दम रखा, लोग आदर भाव से झुक-झुक गये। क्या इज्ज़त मिली कि राजा-महाराजाओं को भी नसीब न होगी। लेकिन दुश्मन भी कम न रहे। ज्यों पहाड़ों पर गुच्छियाँ फूट आयें। पर डटकर सामना किया। अन्त में इस मैदाने जंग में जो गिरे, सो आखिरी साँस तक लड़ते-लड़ते दम तोड़ दिया।

"हाँ भई, घुटनों के बल चलनेवाले तो वे नहीं थे। वो कहा है नः

गिरते हैं शाह सवार ही मैदाने जंग में।
वह तिफ़्ल क्या गिरे जो घुटनों के बल चले!"

तीन

शंकरलाल अपने लड़कों—रघु-शंभू को भी राजनाथ के उद्यम-परिश्रम की बातें बताया करते। कुछ वे अपनी आदत से मजबूर थे। राजनाथ उन्हें आदर्श पुरुष

लगते थे। कुछ इस बहाने अपने लाड़लों को सिखाने-पढ़ाने का मौका मिल जाता था। अपनी कहाँ तक हाँकता जाये आदमी? फिर अपनों ने तो पैगम्बरों को भी नहीं माना। बुजुर्गों की विद्वता व दानिशमन्दी की कद्र पराये लोग ही करते हैं। अपनों के लिए बस वही 'आउट आफ डेट अब्बा और सठियाया दद्दा हुआ। यह बात शंकरलाल हँसकर कहते। गोकि मन में इस बात का मलाल उन्हें न था। वक्त की करवटों पर माथे पर बल डालने से क्या लाभ? लेकिन अपनी सूझ-बूझ और विद्वता का परिचय समय और स्थितियों के अनुरूप वे ज़रूर दिया करते। जो कुछ पढ़ा-लिखा है और जिन्दगी के अनुभवों से सीखा है। उसे तो दूसरों के हित के लिए बाँटना ही हुआ न?

अब ये नये-नये लौंडे जरा-सी खाँसी-जुकाम पर दौड़े जाते हैं, डॉक्टरों की फीस जमा करने। इन्हे तो समझाया जा सकता है कि ज़रा-सी मुलहठी का काढ़ा सुबह-शाम पी लो। रात को बनफ्शे को उबाल-निचोड़ कपड़े में लपेट, गर्म-गर्म गले के गिर्द लपेट ढककर सो जाओ। या न हो तो थोड़े गुनगुने तेल की मालिश करवा लो अम्मा-दिद्दी से। देखो दूसरे दिन सभी बला दूर हो जाती है कि नहीं। सिर ज्यादा दुःखे तो दो-चार बूँद 'अमृतधारा की ले लो गोविन्द नबधारा से, नथुनों के आस-पास व गले-माथे पर मल दो। पर नहीं, इन्हें चाहिए एस्प्रीन, सैरीडॉन और कफ-मिक्सचर...

यो शंकरलाल एलोपैथी का भी गुणगान किया करते थे। पर किसी चीज़ की आदत डालना भी तो रोग ही हुआ न? यों एन्टीबायटिक्स ने जो रोगों पर कब्ज़ा करके करिश्मा दिखाया है, वो तो हैरतअंगेज़ बात है ही। डेथ रेट कितना कम हो गया है और आदमी की औसत उम्र भी बढ़ गयी है। शंकरलाल बार-बार इस बात का अफसोस ज़ाहिर करते कि गौरी की अकाल मृत्यु न हुई होती, अगर एंटीवायटिक्स अपने देश में बीसेक साल पहले उपलब्ध होते। यों 1928 में खोजे गये, पर अपने देश में पहुँचने में सालों लगने ही थे। पेंसिलीन, स्ट्रेप्टोमाइसीन...ये तो दूसरे विश्वयुद्ध के बाद ही अपने देश में आ पाये।

शंकरलाल अपने क़िस्म के अनोखे ही आदमी थे। मेडिकल साइन्स से उनका दूर का भी नाता न था। बी.एस.सी. तक जो भी बायोलॉजी, केमिस्ट्री पढ़ी थी उसी की नींव पर उनकी जानकारी टिकी थी। अख़बारों, रेडियोवर्त्ताओं, और डॉक्टरों की दोस्ती से उनके ज्ञान की श्रीवृद्धि हो गयी थी। इसी के परिणामस्वरूप वे अपने मुलाक़ातियों-दोस्तों को निःशुल्क सलाह-मशविरा देने का अधिकार पा गये थे।

"तुम्हें क्या हुआ है लोके? ये पैर खुजला क्यों रहे हो? ज़रा देखूँ? फंगल

इनफेक्शन लगता है । नंगे पैर घूमना छोड़ दो।"

"आप तो दयानन्द जी, समझकर हैं। नंगे पैर घास पर चलने से हुकवर्म की बीमारियों का खतरा क्यों मोल ले रहे हो? क्या कहा, आँखों की बीनाई में इज़ाफा होगा? हहह! यह बात अभी तक तो मेडिकल की जानकारी में नहीं आयी, अलबत्ता ये फंगल डिजीज़ेज तो हो जायेंगी..."

श्यामभाई मज़ाक में उन्हें डॉक्टर शंकरलाल कहा करते। थोड़ा चिढ़ते भी। बिना पूछे सलाह देने से जो शंकरलाल बाज़ नहीं आते, "आजी! तुम बन्द कमरों में पड़ी रहोगी तो हड्डियों की बीमारी हो जायेगी। ज़रा घण्टा-दो घण्टा दिन में धूप सेंका करो। तुम्हारे शरीर को विटामिन डी चाहिए।" अब बेचारी आजी को क्या मालूम कि विटामिन डी किस बला का नाम है। पढ़ी-लिखी है क्या?

खुली चीजें खाने से उन्हें घनघोर परहेज़ था, बरसात में ख़ीरा वे छूते नहीं थे, खाने की बात तो छोड़ दीजिए। नल में ज़रा-सा गन्दा पानी दिखाई पड़ा कि घर की महिलाओं की मुसीबत समझो। देगों के देग पानी उबालो। ऊपर से अहल्ले-मुहल्ले को भी सावधान करते जाओ, "राधाकृष्ण-ब्रजनाथ। लक्ष्मी भाभी, पानी ज़रा उबालकर पिया करो, आजकल हैजे-टाइफाइड का खतरा है।" यों उनकी सलाह अक़्सर काम कर जाती। अभी हाल ही की बात लो। राधारानी की बहू लिवर की गर्मी से बेहाल थी। न खाना सुहाये न पीना। राधारानी तमाम समझदारी के बावजूद बहू की बीमारी का राज़ न जान पायी। एक बार लगा ज़रूर कि कोई ख़ुशी की बात हो सकती है, पर नये फैशन और ऊँचे तेवर की बहू बिदक गयी, "खुशी की बात? मैं तो मर रही हू और आप अन्दाजे लगा रहे हो। मुझे लगता है कोई लिवर-प्राब्लम है। बाइल हो गया है। उल्टियों से आँते दुःखने लगती हैं..."

तभी शंकरलाल खरामा-खरामा चलते हाल चाल पूछने आये। बहू को एक नज़र देखा और राधारानी से मुख़ातिब हुए, "राधा बहन, बहू को कुछ खट्टा-तीखा खिलाओ।" सुबह-शाम ज़रा खुली हवा में घुमाने ले जाओ। नींबू फ़ायदा करेगा। तुम्हारी भाभी ने कड़म का अचार डाला है, थोड़ा मँगवा लेना। चिन्ता की कोई बात नहीं..."

बहू नाक चढ़ाकर धमक के साथ डॉक्टरनी को दिखा आयी और डॉक्टर ने नुस्खे पर मुस्कराकर 'प्रेगनेंसी' लिख दिया।

यह तो हुई बात शंकरलाल की सूझ-बूझ की, पर उनके लाडले? वे तो लाख समझाने-सिखाने के बावजूद पढ़ाई में अपनी जवानी ज़ाया करने के पक्ष में नहीं थे। पिता चाहते थे कि मेरी जिन्दगी से कुछ न सीखा तो न सही, पर दूसरों से ही

कोई सीख ले। बार-बार समझाते, "कैसे राजनाथ अपने बचपन में आधी-आधी रात तक लालटेन-दीये की रोशनी में पढ़ाई किया करते थे, तुम लोगों को क्यों स्टडी टेबल, टेबल-लैम्प वगैरह दिलवाने पर भी पुस्तक देखकर साँप सूँघता है? जानते हो, राजनाथ और मदन साहब ताँगे पर सवार होकर रावलपिण्डी के पहाड़ी रास्ते से लाहौर गये, वहाँ पढ़ाई की। अपनी योग्यता और परिश्रम से वज़ीफा पाया और सोने-चाँदी के मैडल लेकर लौट आये..."

पता नहीं रघु-शम्भू को कोई प्रेरणा मिली या नहीं, परन्तु शंकरलाल की पत्नी गुणी राजनाथ से बेहद प्रभावित हुई, समझो भक्त ही बन गयी, "राख में भी हाथ डाले तो एकाध हीरा बीनकर ले आये राजभाई और जुबान ऐसी मीठी कि बात करे तो लगे कोई अमृत उड़ेल रहा हो कान में। कहीं कोई अभिमान छू नहीं गया। बड़े-बूढ़ों का आदर करना कोई उनसे सीखे। जवान हो गये तो जहाँ बबलाल ने ठीक समझा शादी कराके पैरों में सुनहली सांकल डाल दी। बड़े खानदान की लड़की घर में आ गयी, तो राजनाथ के भाग्य पर रश्क करनेवाले भी पैदा हो गये। पर बहू का ही खोटा भाग्य कि अचानक पहली सौरी में ही जाने क्या घुन लग गया कि धीरे-धीरे सोने की देह माटी हो गयी।

'माटी ही तो' गुणी से पूछिए तो एक ही साँस में शुरू हो आखिर तक सारा किस्सा बिना अर्धविराम-पूर्णविराम के सुनाती जायेगी।

"सुभद्रा की बात क्या कहूँ, देवी थी, सती माँ! सब कुछ छोड़-छाड़कर चली गयी अपने असली घर! कुछ भी साथ न ले गयी (गोया कि आज तक कोई कुछ साथ ले गया हो या उन्हें ही साथ ले जाने की कोई गारण्टी हो) देह से उसकी क्या कहें, चन्दन-गन्ध फूटती थी। नाक-नक्श ऐसे कि स्वर्ग की रम्भा-उर्वशी न हुई, सुभद्रा हो गयी। उस पर सीधी इतनी की गऊ समझो साक्षात्!"

गुणी अपने बैलगाड़ी से भारी-भरकम जिस्म को ढच्चर-ढच्चर ढुलाते, शाटिका-से जुड़े टखनों-घुटनों पर हल्के घूंसे मारती, सुभद्रा की प्रशंसा करती और निहायत ईमानदारी* से स्वीकारती कि उस जैसी चार तो वे अकेली ही है। "क्या ही की लत्तर जैसी देह थी! पर उस देह के नाज उठाने का वक़्त ही उसे कहाँ था? सुबह चिड़ी-चिरोटों की सदाओं से आँख खुलते बिस्तर छोड़ती तो रात मन्दिर का आखिरी घण्टा बजने के बाद ही तख़्ता हुई कमर सीधी कर पाती। दिन घर के दस जनों के नाज-नख़रे उठाते बीत जाता। उन दिनों घर में कोई नौकर-चाकर तो था नही, सारा काम घर की औरतों के ही जिम्मे था। ऐसे में सुभद्रा को सजने-सँवरने

*जूही-चमेली की बेल

का मौका ही कहाँ मिलता? पर पूछो जी चाहे जिससे, कभी शिकायत की उसने? न, शिकायतें करना तो छोटे घरों की रिवायतें हैं। वह तो बीमार भी हुई, तब भी भीतर-ही-भीतर सहती रही। यह तो मैंने देखा कि चन्दू के जन्मते ही उसे जानलेवा रोग लग गया। दिन-दिन देह बर्फ़ के डले-सी घुलती गयी। वो जान का दुश्मन बेटा भी कहाँ बच पाया। पर माँ के लिए यमदूत बन गया। सो उसे भी अपने पीछे-पीछे लेता गया...”

गुणी यह भी कहती कि चन्दू मूल नक्षत्र में जन्मा था, सो बच भी जाता, तो माता-पिता पर भारी था। कुछ-न-कुछ अनिष्ट करवा ही लेता। वे कहतीं कि उन्होंने ही राजभाई से कहा कि सुभद्रा को डॉक्टरानी के पास ले जाये। सुभद्रा तो मुँह भी न खोलती, चुपचाप सहे जाती, ऐसा लिहाज, ऐसी शर्म, मैंने तो किसी दूसरी औरत में न देखी, अब तो खैर आगे क्या देखूँगी...”

भविष्य के प्रति गुणी कैसे आश्वत हो सकती थी, जबकि उनकी कोख जाये ही उनके विश्वासों को धक्के-पर-धक्के देने लगे थे। बहरहाल!

राधारानी, गुणी के प्रशंसा पुराण में एकाध अप्रशंसित बात भी जोड़ देती, क्या किया जाये, किसी-किसी की आदत जो होती है हर बात में कोई-न-कोई नून-नुक्ता और नुक्स निकालने की।

“वो तो सही है बहन, पर सुभद्रा ज़रा ज्यादा ही सीधी थी। अब सुबह-सुबह काक-पट्टी पर चिड़ी-चिरोंटों के लिए भात डालना होता तो झोंक देती खिड़की से बाहर। कभी होता था फट्टे पर भात? चौके का सच्चा पुलहरू पहने-पहने ही बाहर 'चन्दू' के कमरे में निकल आती। सच्चे जूठे की समझ भी नहीं। जाड़ों में भात-सब्जी की देगचियाँ ऐसे ढक देती कि कभी देगची का सिर नंगा कभी तला। हमेशा की हबड़-तबड़! अब इसे सुगढ़ गृहिणी के काम तो नहीं कहेंगे न? चाहे वह रात-दिन फिरकनी बनी घूमती रहती हो घरभर की टहल में!”

अब पास बैठी बहू-बेटियों को इस-उस की करनी के बहाने सही गलत का फ़र्क बताना ज़रूरी है कि नहीं? नयी पौध को कुछ सीख-सिखैवल भी कान में डालनी हुई कि नहीं? सो राधारानी सुभद्रा के माध्यम से बेटियों को भी चार बातें सिखा देती। बातचीत के दौरान बहुएँ भी पास होती। फिर वो मिसल तो मशहूर ही है कि “लड़की, तुझे कह रही हूँ पर बहू बात तेरे सुनने की है।”

गुणी इसे राधारानी की ज्यादती समझ लेती। यों भी वह राधारानी की बात से सहमत नहीं हो सकती थी। सीधी-सादी धर्मपरायण स्त्री थी सुभद्रा। क्यों सती की निन्दा करके अपना परलोक खराब करे? वह कहतीं, “राधारानी, सुभद्रा तो लाड़ली

थी माता-पिता की और घरभर की दुलारी! पाँव उठाती तो नानी अतलस बिछा देती। काम करने की आदत थी उसे? चार-चार नौकर दाइयाँ थीं नाज़ बरदारी के लिए। यह तो समझो वह सुकन्या थी कि सासरे का भार उठाया अपने नाजुक कन्धों पर। छाज-छलनी पकड़ी थी कभी माँ के घर में? आजकल की बहूरानियों-सी होती तो बात-बात में जता देतीं कि बड़े घर की लाड़ली हूँ, दाई-नौकरोंवाली कि एक नौकर रख लो, मुझसे मजूरोंवाला काम न होगा..."

इस पर राधारानी हाँ-मे-हाँ मिलाती। और लगे हाथ एकाध फिकरा अपनी बहू की नजर कर लेती, "बाबा खुश थे उससे, होना ही था। सुबह मुँह-अँधेरे घर-द्वार लीपती, आँगन बुहारती, बबलाल का हुक्का धो-पोंछकर ताज़ा कर लेती, काकनी माँ की काँगड़ी तपाकर रखती। तब तो काम भी मरे सभी उल्टे ही थे आज तो सभी सुविधा हो गयी बहू बेटियों को, हीटर, बुखारी, स्टोव, गैस घरों में आ गये..."

गुणी बात आगे बढ़ाती, "लेकिन बाद में जो बिस्तर पकड़ा तो मरकर ही छोड़ दिया। आज के जैसे इलाज भी कहाँ थे उन दिनों? छूत की बीमारी होती तो अलग रखा जाता था बीमार को! तब भी राजभाई ने तीमदारी में कोई कसर न रखी, थूक-खखार भी उठाया। बेचारी के घाव हो गये थे शरीर में। उन्हें डेटोल से धो-पोंछ लेते अपने हाथों। कौन करता है बीवी के लिए वह सब? ईश्वर न करे हमें कुछ ऐसा हो, तुम समझती हो हमारे तुम्हारे वैसा करेंगे?"

राधारानी गुणी का लिहाज़ मानती है। उम्र में ज़्यादा फर्क़ नहीं है, पर रिश्ते में बड़ी है गुणी। शंकरलाल उसके पति नाथ जी से बड़े हैं उम्र में लेकिन सच्ची बात बोलने की तो गाँधी महात्मा ने भी छूट दी, सो वह चुप भी नहीं रह सकती, "वह तो ठीक है गुणी बहन, पर उसके रहते जो राजभाई ने दूसरा ब्याह रचाया, वह बात ठीक नहीं की, कुछ भी कहो..."

अब क्या ठीक रहा क्या गलत, इसकी चर्चा तो लोग अपने तर्कों-कुतर्कों के हिसाब से ही करेंगे। आदर्श-असूल यो भी दूसरों के लिए लागू किये जाते हैं। कौन किस मजबूरी में नाठीक क़दम उठाने पर मजबूर हो जाता है, यह वही जाने जिस पर बीत जाये। जिस तन लागे वही तन जाने पीर कैसी होती है।

गुणी इस विषय पर ज्यादा बहस न कर इतना ही कह देती, "राधा रानी, आदमी की कुछ जरूरतें तो रहेंगी ही रहेंगी, कोई साधु संन्यासी तो नहीं थे राजभाई। हाँ इस-उस खेत में घुस मुँह मारनेवाले छुट्टे साँड वे न हुए। धर्म-कर्म से लगन कराया और घर में पत्नी ले आये। यह तो कोई कसूर न हुआ।"

फिर भी पूछताक्ष होगी, चेहमेगोइया होंगी, पंच सवाल पूछेंगे, फिकरेताने कसे

जायेंगे और कोर्ट-कचहरी, फौजदारी-दीवानी भी होगी। किसी को अभियुक्त बनाना हो तो वकीलों-मुंशियों की आवाजाही होगी, आखिर एक समाज में रहते हैं हम। उसके कुछ नियम-कानून हैं, जिसका आप चाहे भले उल्लंघन करो, पर दूसरों को उन्हें तोड़ते कैसे देख सकते हैं? और राजभाई के कोई सुरख़ाब के पर तो नहीं लगे थे।

"कोई क़ायदा-कानून भी तो है, दया-धर्म, दीन-ईमान भी तो है।" यह सामूहिक स्वर से किये गये प्रश्न थे। हर सामाजिक प्राणी के लिए, जिनका उत्तर राजनाथ को भी देना पड़ा और उन्होंने दिया भी।

जरूरतें यों तो ताउम्र खत्म नहीं होतीं। फिर तीस-बत्तीस की वय में बिस्तरे से बँधी पत्नी की सेवा में वर्षों गुजारनेवाले राजनाथ यदि किसी दूसरी लड़की को दिल दे बैठे तो इसमें ईमान गँवाने की बात कहाँ से आयी?

लेकिन फिर भी सुभद्रा के भाइयों ने कोर्ट-कचहरी की धमकी दी, वकीलों से मशविरा भी किया।

राजभाई ने भी दोस्त ताराचन्द वकील से सलाह की, कानून के पेंच पूछे। ताराचन्द ने प्रतिप्रश्न पूछा, जिसके लिए वे कोर्ट केस करना चाहते हैं, उससे पूछा भी है? यानी कि वह रजामन्द है? कहने को दूसरा पॉइण्ट यह भी था तुम्हारी पत्नी को छूत का रोग है। डॉक्टर जवाब दे चुके हैं, सो कानून तुम्हें दूसरा विवाह करने से रोक नहीं सकता, पर ताराचन्द ने वह सब कहा नहीं। सोचा, आगे ज़रूरत पड़ने पर बता देंगे। एकमुश्त सलाह देने की आदत नहीं रही ताराचन्द की।

इधर सुभद्रा के भाई, बहन से पति के विरुद्ध कार्यवाही करने के लिए रज़ामन्दी के हस्ताक्षर लेना चाहते थे। आखिर अन्याय हो रहा था एक अबला के साथ। युग-युग से पुरुष ने नारी को शोषित किया है, इस शोषण के जिम्मेदार पुरुषों में वे राजनाथ कौल का नाम जोड़ना चाहते थे। लेकिन सुभद्रा से पति के विरुद्ध एक शब्द भी उगलवाना क्या भाइयों के लिए सम्भव हो सका? नहीं, सुभद्रा राजनाथ पर कोई आरोप न लगा सकी। कभी मौंका ही नहीं दिया उन्होंने। और उस वक़्त तो सुभद्रा के लिए कोर्ट-कचहरियों के इंसाफ की ज़रूरत न थी, बल्कि वह सब बातें नितान्त महत्वहीन थीं।

कैसा रहा होगा वह दिन। रेशे-रेशे गिरती बर्फ़ में दबा-सिकुड़ा शहर। एक तीखी ठण्ड जिस्म के आर-पार आत्मा तक को भेदती हुई और अकेलेपन के महासागर में गले-गले डूबा राजनाथ! तन-मन से सुन्न महसूस करता हुआ। पत्नी सामने थी, जो क़दम-दर-कदम मौत के क़रीब जा रही थी। उसकी जिन्दगी का

कोई आश्वासन बचा न था, डॉक्टर हार चुके थे। राजनाथ बिस्तर से बँधी पत्नी की सेवा में रत मौत के आगमन की प्रतीक्षा कर रहे थे। मौत! जिसे सामने देखकर अँधेरी यख गुफा का दमघोंट अहसास होता है, कमल के फूलों की सुगन्ध नहीं आती। अहरबल की कोई भारी चट्टान ज्यों सिर पर गिरकर समूचे अस्तित्व को कुचल डाले, बर्फ़ीली चोटियों से तपती नज़रें सहलाने का सुकून नहीं मिलता। एक भयावह अहसास ज्यों काली हरहराती नदी में साँप, मगर, मुँह खोले लीलने को आतुर हों और आप भागना चाहते हों। इसी अहसास के बीच राजनाथ जी रहे थे।

सेवाभाव महान् भाव है, इसमें शक नहीं। पर हर युवा व्यक्ति बुद्ध नहीं हो पाता। राजनाथ संसारी थे। कमियाँ उनमें भी थीं। ज़रूरतें, हर तरह की, जिस्म से लेकर आत्मा तक की। उन्होंने अपने नितान्त वैयक्तिक ज़रूरतों को खत्म नहीं किया था। भागकर बचना सम्भव नहीं, तो भी मौत के पंजे से मुक्ति की छटपटाहट जारी रहती है। वही कोशिश राजनाथ ने भी की। इसे चाहे आप गुस्ताख़ी कहें या अधर्म या मजबूरी, यह आपकी निजी सूझबूझ और तार्किक क्षमता पर निर्भर करता है।

उस ठण्डी तूफानी रात राजनाथ ने अपनी बीमार पत्नी से क्या कहा-सुना, मालूम नहीं। पर एक ही आवाज कमरे में गूँजती रही, पतली थरथराती आवाज, "मुझे माँ के घर भेज दो, अब मैं अच्छी नहीं होऊँगी।"

सुभद्रा के गले में आवाज़ फँस गयी, आँखों की कोर से दो बूँद पानी भी ढुलक आया। या शायद राजनाथ को भ्रम हुआ क्योंकि उन्होंने उँगली के पोरों से सुभद्रा की आँखें पोंछ लीं, "क्यों पगली, ऐसा क्यों सोचती है?"

बस इतना ही! और कोई आश्वासन नहीं। इच्छा होने के बावजूद वे शब्द मुँह से निकल न पाये।

"तुम्हारा इस तरह मेरे साथ रहना भी ठीक नहीं, डॉक्टर कह रहे थे..."

सुभद्रा ने अपनी आत्मा को कचोटती बात कह दी और अपनी बात मनवाने की आखिरी तरकीब अपनायी, "तुम्हें मेरी सौगन्ध, मुझे भेज दो। हमारा इतना ही सम्बन्ध था, समझ लो।"

"सम्बन्ध क्या मात्र शरीर का ही होता है सुभद्रे?" राजनाथ जैसे अपने आप से प्रश्न कर रहे थे। सुभद्रा इस गूढ़ प्रश्न का क्या उत्तर देती? उसने मात्र अपनी इच्छा दुहरा दी।

"मैं तुम्हें और कष्ट नहीं देना चाहती, मुझे भेज दो..."

"जैसा कहोगी, वैसा करेंगे, अब चुप।" मुँह पर उँगली रखकर। "ठीक?"

राजनाथ ने उस क्षींणकाया का मनोमंथन महसूस किया। वे बड़ी देर तक झुककर उसका माथा सहलाते रहे, "सो जाओ अब, थक गयी हो। ज्यादा बोलना ठीक नहीं।"

दिन-प्रतिदिन बर्फ़ के डले सी ग़लती उस देह को राजनाथ मायके छोड़ आये, पर हर दूसरे दिन हाज़िरी देना न भूले। महीनों नहीं, पूरे दो वर्ष यह क्रम चलता रहा।

राजनाथ की माँ बेटे के कष्ट से दुःखी थी। वह एक औसत माँ थी, जो मरने से पहले बेटे की खुशहाल गृहस्थी देखने की आकांक्षा रखती थी। बच्चों-बालों की हँसी-खुशी से गूँजता संसार! लेकिन राजनाथ माँ को टालते रहे, "सुभद्रा अच्छी हो जायेगी माँ, मैंने बाहर से कुछ नयी दवाइयाँ मँगवायी हैं..."

लेकिन जो नहीं होना था, वह कैसे होता? डॉक्टर ने साफ़ कह दिया, कोई उम्मीद नहीं, शंकरलाल ने आख़िरी तसल्ली दी, "ईश्वर से प्रार्थना करो।" सुभद्रा तो अब तक जान ही गयी थी कि उसे ठीक नहीं होना है। वह डर भी रही थी कि अलग रहने की हिदायतों के बावजूद उसका पति उसके आसपास ही मंडराता रहता है। यदि वह भी बीमार हो जाये तो?

अपनी पीड़ा में पति की साझेदारी उसे संतोष भले देती हो, पर वह जानती थी कि मन के साथ तन की भागेदारी भी जरूरी है और इसके क़ाबिल वह अब अपने को बना नहीं पायेगी।

जिस दिन सुभद्रा ने ऐसा महसूस किया, उसी दिन उसने पति से अनोखा वचन दिया, "तुम ब्याह कर लो।"

राजनाथ माँ और मित्रों के विवाह के आग्रह को समझ सकते थे पर उसकी पत्नी स्वयं अपने मुँह से दूसरी स्त्री लाने की बात कर सकती है, राजनाथ इस मनोविज्ञान का विश्लेषण अभी तक नहीं कर पाये थे। किताबी ज्ञान के आधार पर इस मनोविज्ञान का विश्लेषण कर पाना नामुमकिन था।

"तुम ठीक हो जाओ।" राजनाथ ने भरे गले से पत्नी के सिर माथे पर हाथ फिरा दिया था। करुण-सा आश्वासन।

"न तुम वादा करो। मैं तुम्हारी सन्तान देखे बिना मरना नहीं चाहती।"

"सन्तान तो मेरी है न, तुम्हारा और मेरा बेटा रतन। और क्या चाहिए? जल्दी ही बड़ा हो जायेगा और हमारा सहारा बनेगा।"

"वो तो ठीक है, पर तुम्हारा घर संसार? उसका क्या होगा?" सुभद्रा ने इतना ही कहा। अपनी बहन का बेटा राजनाथ ने सुभद्रा की झोली में डाल दिया था, उसे अपनाया था, सुभद्रा ने भी बाँहें खोल उसे दुलारा, लेकिन राजनाथ का घर-संसार?

उस रात राजनाथ तन से ज़्यादा मन से थके बिस्तर पर करवटें बदलते रहे। इच्छा-आकांक्षा भी कुछ काल के लिए सुन्न हो जाती है, जब आँखो के आगे, जीवन के संघर्ष का नतीजा, कुछ चुकती हुई साँसो के साथ-साथ महाशून्य नज़र आता है। राजनाथ उस रात जिन्दगी को मोम की तरह घुलते देखते रहे। सुबह उनींदी पलकें खोलीं तो लगा जैसे बुखार के बाद जिस्म का जोड-जोड़ दुःख रहा हो।

लेकिन थकान को खुद पर हावी होने देना बुज़दिली की निशानी है। राजनाथ बुज़दिल नहीं थे। जीना जिसने स्वीकार किया, उसे तो हर धन्धे में रुचि लेनी है, हर सिलसिले को आगे बढ़ाना ही है।

चार

ज़मीनदारी के सिलसिले में मुआयने के लिए या फ़सल की खोज-ख़बर लेने के वास्ते राजनाथ को गाँव जाना पड़ता था। थोड़ी-बहुत ज़मीन ली थी उन्होंने, जिससे सालभर का अनाज हो जाता था। कुछ फल-वल भी मिल जाते थे—बादाम, आड़ू, सेब, अगर बेमौसम वर्षा और ओलों से पेड़ बच जाते तो। उनका काश्तकार बलभद्र देखरेख भी अच्छी करता था। इस प्रकार राजनाथ का शुमार छोटे-मोटे चकदारों में होने लगा था। यों खुद उन्हें ऐसी कोई ग़लतफ़हमी न थी, फिर ज़रूरत से ज़्यादा इकट्ठा करना और दूने दाम पर बेचना उनकी नीति भी नहीं थी। इधर ज़मीन-कानून बनने से काश्तकारों के दिमाग भी आसमान छूने लगे थे, पर राजनाथ उन खुशकिस्मतों में से थे जिनके काश्तकारों में ईमानदारी बची हुई थी। इसका कारण राजनाथ का स्वभाव भी हो शायद। वे गरीबों के हिमायती भी थे। सालभर धूप-ओलों में पसीना बहा, हाड़तोड़ श्रम से खेत जोत फ़सल उगानेवालों को भर पेट अनाज भी नसीब न हो, इसे वे अन्याय मसझते थे। वे नित्यानन्द से कहते भी कभी, “भैया! जमीन तो सचमुच काश्तकार की। माटी से जो सोना उगाये वह भूखा क्यों रहे?”

नित्यानन्द दर पुराने चकदार थे। पूर्वजों के चक पर ही उन्होंने सफा कदल में महल खड़ा करके रईसी के तमाम सामान जुटाये थे। नवाबों के से ठाठ, गरम हमाम, दीवानख़ाना और उसमें सोने-चाँदी मढ़े फ्रेमवाले आदमकद शीशे, मालिश करने, हुक्का भरने और जी-हजूरी करने वाले आठ-दस नौकर। पढ़ाई-लिखाई से उन्हें ज्यादा सरोकार न रहा। बस दसेक जमातें पास कर लीं, हिसाब-किताब

देखने के लिए। यों बहीख़ाता उनके पुश्तैनी मुनीम और उनकी पीढ़ी-दर पीढ़ी चली आती सन्तानें रखा करतीं, पर आखिरी सही करने का तो नित्यानन्द का ही अधिकार था।

देखा जाये तो राजनाथ और नित्यानन्द का कोई जोड़ बैठता नहीं था। एक अध्ययन-अध्यापन में रत बुद्धिजीवी, दूसरा पुश्तों से दूसरों के बहाये श्रम और पसीने पर पला अय्याश रईस! पर राजनाथ में एक खूबी यह भी थी कि समाज के हर तबके में उनके दोस्त निकल आते थे। फिर दसवीं कक्षा तक वे एक साथ प्रताप हाईस्कूल में पढ़े भी थे। यह बात अलग है कि नित्यानन्द आगे पढ़े नहीं और राजनाथ ने पढ़ाई जारी रखी।

इधर ज़मीन-कानून बनने से नित्यानन्द की पुश्तैनी जमीन का एक बड़ा हिस्सा सरकार ने मुआवजे में कुछ औनी-पौनी रकम देकर हथिया लिया था। थोड़ा-बहुत जो बचा था, उस पर भी काश्तकारों की पैनी नज़रें लगी थीं। सो वे अब अपने लड़कों को स्कूल- कालेजों में दाखिला दिलवा रहे थे, यह सोचकर कि अब ज़मीनदारी के दिन लद गये, आगे कहीं भीख माँगने की नौबत न आये, अतः वक़्त रहते संभलना ही बुद्धिमानी है। सो नित्यानन्द राजनाथ के पास कभी-कभी सलाह-मशविरा लेने आते थे।

बात शुरू होती सलाह-मशविरे से, पर समाप्त होती अक़्सर काश्तकारों की शिकायतों पर। क्या करते नित्यानन्द भी, वक़्त की करवट ने उनका सिंहासन हिला दिया था। उम्रभर जो लोग पाँव देखकर बात करते थे, वही अब आँख में आँख डालकर बात करने लगे हैं। आख़िर सहने की भी एक सीमा होती है न।

नित्यानन्द यों बहस में राजनाथ से उलझने का खतरा मोल न लेते। हाँ में हाँ मिलाने का एक फ़ायदा यह भी होता है कि आगेवाला आपकी शालीनता का क़ायल हो जाता है और आपकी तर्कशक्ति के उथलेपन से भी अनभिज्ञ रह जाता है। दोनों स्थितियों में फ़ायदा आपका ही। सो नित्यानन्द ज्यादातर नीलम जड़ी अँगूठीवाले हाथ से हुक्के की नय मुँह से निकाल सहमति में सिर हिलाते।

"सो तो भैया, बात आपने ठीक कही, न्याय-इंसाफ की। मगर एक बात मेरी समझ में नहीं आती, लाख सोचूँ तब भी नहीं।" अपनी बात सलीके से कहने का उनका अपना अन्दाज था।

"तो आप भी दिमाग को सोचने की जहमत देते हैं नित्याभाई।" राजनाथ हल्का-सा मजाक करते।

"आपकी सोहब्बत का असर है जनाब!" नित्यानन्द दो-चार कश खींच हुक्के

की नय राजनाथ की ओर घुमा देते। "वो मैं कह रहा था, एक बात मेरी समझ में नहीं आती। ये जो इतना कुछ कर रही है सरकार काश्तकारों के लिए। जमीनदार बेचारे तो अब नाम के ही मालिक रह गये। बटेर तो समझिए, अन्धे के हाथ लगी है अब तो। अब आठ-दस बीघे ज़मीनवाले भी जितने शहर में हैं, सो कहिए तो अँगुली पर गिना दें। असली मालिक तो ये काश्तकार ही हैं। इनका बदला रुख आप देखते ही होंगे।"

"बदला रुख? यानी?"

"यही, बात करने का अन्दाज। पहले तो ज़मीन पर लोटकर इ़ज़्ज़त देते थे अब..."

"हाँ ऽऽ भई! अब वो जमीनदार के कदमों पर लोटने और साष्टांग दण्डवत् करने के दिन तो लद गये, पूरे देश की जनता जागी है। मज़लूमों, हरिजनों को ऊपर उठाने के लिए गाँधी जी कितना कुछ कर रहे हैं। अपने प्रदेश में शेख साहब भी दलितों, मज़दूरों के हक़ के लिए संघर्ष कर रहे हैं। उन्हें उनके अधिकारों का बोध करा रहे हैं। पर तुम अभी भी पुरानी हवस लिए क्यों बैठे हो? वक्त बदल रहा है यह तो खुशी की बात है।"

राजनाथ की किताबी बातें सुनकर नित्यानन्द थोड़ा कुढ़ते हैं, "वक़्त की बात तो ठीक है। पर ज़मीनदार को गाली देना या उसका हक छीनना भी तो कोई कानून नहीं। अब काशी को देखो, निरंजन की ज़मीन सोना उगलती है हर साल। आबी ज़मीन है वुलर के किनारे, पर वो काशी कुछेक खरवार धान के दिखाकर आँखे चुराता है। पूछो तो जवाब हाजिर—इतना बीज खराब निकला, इतना धान बाढ़ में वहा, इतनी फसल ओलों में बरबाद हुई, इतना जानवर खा गये, अब आसपास किसी की फ़सल बाढ़ में नहीं बही, किसी का धान ओले नहीं खा गया एक निरंजन के ही खेत पर सभी आफ़तें टूटी समझो। महदे की तो पूछिए ही मत। वह तो बदज़बान, सीना ठोंककर कहता है, सालभर का नाज देते हैं, सो भी हमारी मेहरबानी समझो। लेना है तो चुपचाप लो नहीं तो जाकर कोर्ट-कचहरी करो। अब कानून हमारे साथ है..." अब आप ही सोचिए, यह रवैया बरदाश्त करने के क़ाबिल है? कहने को बात नरमी से भी कही जा सकती है। और ये लोग!"

नित्यानंद घोर निराशा में सिर हिलाते, "दस गज दूर खड़े ज़मीन ताकते बात करते थे, वही अब क़ानून-कचहरी हमीं को सिखा रहे हैं, यह कोई तरक्की की बात तो नहीं हुई। क़ानून गरीबों की भलाई करे सो तो हम भी चाहते हैं, पर बेचारे

दुनियादारों की कंगाली का सबब तो न बने, आखिर उनके भी घर गृहस्थी हैं, आल अयाल है, सौ झंझट है..."

राजनाथ नित्यानन्द का कष्ट समझते थे, उनका दिल दुःखाना नहीं चाहते थे। नित्यानन्द ने दूसरा ज़माना देखा था। शुक्र है वे आजकल के वक़्त में किसी फैक्ट्री के मालिक न हुए, नहीं तो यूनियनवालों की सही-ग़लत माँगों पर धमकियाँ, जिन्दाबाद, मुरदाबाद के नारों से लेकर, हड़ताल, काम रोको की नीतियों के अलावा गाली-गलौज, छुरीबाजी से अपना आक्रोश प्रकट करते कामगारों से सामना होता। तब बेचारे नित्यानन्द क्या करते, हमें मालूम नहीं। पर वह वक़्त के करवट बदलने की शुरुआत ही थी और शुरुआत में दुःख और आश्चर्य कुछ ज्यादा ही महसूस होता है। सहने की आदत नहीं पड़ी होती न!

लेकिन राजनाथ दूरदर्शी थे। जानते थे हालात बदलेंगे और उन्हें स्वीकार करना ही होगा, चाहे आप हँसकर करो या रोकर। वे नित्यानन्द को दिलासा देते, "आप ठीक कह रहे हैं कि हवा का रुख बदल रहा है, यह जरूरी भी है। वक़्त की रफ्तार को कोई रोक नहीं सकता। फिर आप यह क्यों नहीं सोचते कि उन लोगों ने हमारी ज्यादतियाँ सहीं है, तकलीफों के दिन गुज़ारे हैं। अच्छे दिनों पर किसी एक वर्ग की मुहर तो नहीं होती भाई। हाँ, यह बात गलत है कि कुछ ओछे लोग मौंके का ग़लत फ़ायदा उठाकर मालिकों से बदला लेने लगे हैं। सुनार की सौ और लोहार की एक वाली नीति अपना रहे हैं, समझिए..."

राजनाथ ने बदलते वक़्त के रुख को देखकर अपनी ज़मीन का कुछ हिस्सा बलभद्र को बेच दिया था, रियायती दामों में। वर्ष-भर के अनाज के लिए थोड़ी ज़मीन अपने पास रख ली थी, वह भी बलभद्र के भरोसा दिलाने पर "जब तक मैं हूँ, आप राशन का घटिया चावल क्यों खायेंगे। अपनी आबी ज़मीन पर तो बढ़िया 'नून-ब्योल' चावल उगता है..."

और बलभद्र ने राजनाथ को शिकायत का मौका नहीं दिया। दोनों के सम्बन्ध मधुर थे। राजनाथ नौकरी के सिलसिले में कभी जम्मू तो कभी मीरपुर चले आते। तबादले होते रहते, पर बलभद्र ईमानदारी से देखरेख करते। इधर साल-दो साल से राजनाथ कॉलेज से लौटने के बाद घर और ससुराल के बीच चक्करों में शेष सभी काम भूल से गये थे। सो फ़सल का मुआयना करने राजनाथ गाँव चले गये। गाँव की स्वच्छ फिज़ा में मन को थोड़ी शान्ति भी मिलती थी।

उस बार गाँव जाना राजनाथ की जिन्दगी की एक यादगार बनकर रह गया। संयोग ही समझिए वह ऋतु भी बेहद सुहावनी थी। पहाड़ो के शीषों पर बर्फ़ की

तहें पिघलकर शफ्फाक धारों में मचलकर बहने लगी थीं। ठण्डी, ठस, जमी हुई ग्लेशियर की तहें सूर्य के ताप से पिघलने लगीं और बाँध तोड़कर बहने लगीं। धरती का अन्तस हरा हो गया था। हरे चारागाहों में डेजी के पीले सफेद फूल उचक-उचककर भाप और पानी में घुलती बर्फ और आसमान के बादलों के बनते-बिगडते चेहरों को उत्सुक आँखें खोल देखते-झूमने लगे थे। हवा में बहार की गन्ध थी। नये साल की अगवानी करते नरगिस के फूलों के साथ बादाम, आडू के बौरों की सफ़ेद गुलाबी महक से हवा में खुमार भर गया था। कामदेव शायद इसी महक भरे मौसम में अपने तीरों का इस्तेमाल करते हों, तभी तो अच्छे-भले दुरुस्त दिल-दिमागवालों के भी खामखाह, दिलों में दर्द की शिकायतें होने लगती हैं।

इसी मौसम में पहली बार राजनाथ ने गौरी को देखा और देखते रह गये। नाजों-अन्दाजों व शहरी नफासत से दूर उस औसत कद काठी की अल्हड़-सी लगती गाँव की गोरी में क्या था कि राजनाथ तमाम सम्भ्रान्तता और शालीनता के बावजूद अपनी नज़रें उस चेहरे से हटा न सके? उन हल्की नीली आँखों में कौन-सा सम्मोहन था जो राजनाथ अवश से खिंचते गये? क्या यही प्रेम होता है? अचानक भीतर गहरे में कोई हिलोर-सी उठती है, बाँध तोड़ने को बेताब! मन की यह कैसी उमड़न जो न पात्र देखती है न वातावरण, न वय न वक़्त! एक निर्बध्ध उफान टीस-सा उठता है और मीठी-तीखी चुभन से दिलोदिमाग पर छा जाता है।

राजनाथ के साथ कुछ ऐसा ही हुआ था उस बार। लौटकर जब वे घर आये तो लगा कि कुछ पीछे छोड़ आये हैं। क्या छोड़ आये यह वह किसी को बता न पाये। मन के किसी खाली कोने से बेचैन आवाज़ें उठतीं और राजभाई उनका उत्तर ढूँढ न पाते। मन की बात ऐसे में दूसरे से कहकर किसी को राज़दार बनाना सुकून देता, पर राजनाथ ऐसा भी न कर पाये। जब व्यक्ति एक विशिष्ट सामाजिक अनुबन्ध में बँध गया हो तब व्यावहारिक दायित्वों के निभाव के अलावा उससे व्यक्तिगत आकांक्षाओं की अपेक्षा की नहीं जाती। खासकर राजनाथ का समाज इस बचकानी हरकत को मन की मौज के आगे कोई गहरा अर्थ देने की स्वीकृति नहीं देता। राजनाथ तीस-बत्तीस की उम्र पा गये थे। सही-गलत, नफा-नुकसान की समझ पा गये थे और दूसरों को सीख-उपदेश देने के हक़दार भी बन गये थे। उन्होंने अपने आपकों समझाना चाहा। दूसरे ज्यादा महत्त्वपूर्ण कामों में खुद को व्यस्त करना चाहा, पर वह खाली कोना बार-बार सालता रहा। कोई काँटा गड़ गया था अचानक, एहतियात से चलते-चलते भी। जी हाँ, राजभाई के साथ वह घट गया, जिसकी वह सोच भी नहीं पाये उस वक्त तक। सुभद्रा के

अलावा दूसरी स्त्रियों के नज़दीक जाने की उन्हें तब तक इच्छा हुई थी या नहीं, सो तो हमें मालूम नहीं। शायद अपनी व्यस्त दिनचर्या में इसके अवसर भी नहीं मिले थे। तीसेक वर्षों तक सिर पर बबलाल का साया भी था, जिसका होना ही एक कड़े नैतिक अनुशासन की माँग करता था। आलतू-फालतू की तफ़रीहों के लिए वहाँ गुंजाइश ही कहाँ थी? लेकिन अब यह अजूबा उनके साथ घट ही गया। यानी कि राजनाथ बलभद्र की बेटी, हल्की नीली आँखों वाली गौरी के प्रेम में पड़ गये।

वे दो-चार मास राजनाथ ने किस मनोमन्थन में काटे होंगे, इसका अनुमान लगाना कठिन नहीं है। क्योंकि सावन मास के आते ही राजनाथ दोबारा गाँव आ गये और इस बार वे शायद साथ कुछ पक्के इरादे लेकर भी आये।

बलभद्र के बगीचे में पेड़ फलों से लद गये थे। अखरोट के विशाल पेड़ के नीचे बिछाई दरी पर तकिए की टेक लगाये वे हुक्के के कशों बीच फलों की फ़सल-वसल की बातें कर रहे थे कि गौरी थाली में कच्चे अखरोटों की दूधिया गिरियाँ और भुने हुए ताजे भुट्टे लेकर आ गयी। आना तो था नन्दू को, पर वह खिलंदड़ा कहीं पाँव टिकाये भी, तो न। बलभद्र की पत्नी प्रभावती यों भी राजनाथ के गाँव आने पर अकारण ही व्यस्त और त्रस्त हो उठती थी। बड़े लोग हैं, कहीं ख़ातिरदारी में कोई कोर-कसर न रह जाये, किसी तरह की असुविधा न हो। दूध मक्खन तो घर में रहता ही है, ऊपरवाले की कृपा है, पर भैंस के दूध की नरम-ताजा क्लाड़ी और गुच्छियाँ वह अलीजू से मँगाती है, वो नारायणनाग की तरफ़ से गूजरों के कोठों से ले आता है, पहाड़ी के ऊपर बसे। कोई सौगात तो देगी हुई न अतिथि जो साल छः महीने में एक बार, बाल बच्चों के लिए? वे घरवालों का-सा नेह देते हैं जो उन्हें। फिर कौन रोज-रोज आने वाले हैं वे उनके घर?

अब नन्दू के लिए प्रभावती कितनी देर प्रतीक्षा करती? उसका पति ही आवाजें मारकर हल्ला न उठाता? मर्द लोग औरतों की मज़बूरियों-परेशानियों को समझते नहीं, किसी भी काम में देर-सवेर हुई कि गरजने लगे अपने-पराये के सामने। सो प्रभावती ने गौरी को मनाकर भेज दिया। सलीकेदार लड़की है, हाथ-वाथ भी ढंग से धुला देगी। पहनने-ओढ़ने का ढब है, सिर छाती चुन्नी से ढककर आँखे नीची कर मेहमानों से बात करती है, समझकर मन में तसल्ली सी भी हुई। एक बार लगा था कि जवान-जहान बेटी को पराये मर्द के सामने न भेज दे, पर वही बात न कि होनी बड़ी बलवान। सो खींच ले गयी इस-उस बहाने।

राजनाथ ने गौरी को इस बार नयी नज़र से देखा। पिछली बार तो झलकभर

ही देखी थी। तपी हुई धरती पर ज्यों ठण्डी फुहार पड़ी हो। गौरी की आँखों में भी शायद किसी आकांक्षा का अक्स हो, किसी अबोल आकांक्षा की मुखर स्वीकृति। तब उन तरल आँखों के सुकूनदेह अहसास में क्या राजनाथ को पुरुरवा की तरह नहीं लगा होगा कि "दाह मात्र ही नहीं, प्रेम होता है अमृत शिखा भी...?"

राजनाथ का ध्यान गौरी के रुप रंग की ओर नहीं गया, पर आँखो के नीले आकाश में मन का पंछी खो गया। बलभद्र ने बात की, "ये अपने बगीचे के ही हैं, चख लीजिए..."

राजनाथ अचकचाये, हाथ थाली की ओर बढ़ाया। गौरी ने भी राजनाथ को देखा था, उनकी बेतकल्लुफ नज़र ज्यों भीतर तक टटोल रही हो। वह तो पसीना-पसीना हो गयी। "क्यों देख रहे थे?" गौरी के हाथ-पैर काँपने लगे थे। ओह! कैसा तो लगा था उसे। ज्यों कोई हाथ बढ़ाकर खींच रहा हो अपनी तरफ। आँखों का मौन ज्यों वाचाल हो उठा हो, "आ जाओ गौरी, आ जाओ मेरे पास न, इतनी दूर नहीं, इधर मेरे क़रीब..."

गौरी उस वक़्त चली गयी, पर संध्या समय दोबारा नदी किनारे तक निकल आयी। राजनाथ घूमते-घूमते अक्सर उस तरफ़ चले जाते थे। गौरी घर में नहीं रह सकी। लिहाज, शर्म संकोच, पता नही, कुछ भी आड़े क्यों न आया। लगा कोई पुकार रहा है, "आ जाओ नन्नी... आ जाओ, कल मैं चला जाऊँगा।" तब नन्नी सूने-सूने गाँव में कैसे दिन गुजारेगी?

नन्नी मिली थी राजनाथ से पत्थरों पर फिसलती-मचलती नदी किनारे शम्भू की बाड़ी में। झूठ-मूठ पानी भरने गयी, झूठ-मूठ शम्भू की बेटी से मिलने गयी। राजनाथ भी तो उसका इन्तजार कर रहे थे। टेलीपैथी से उन्होंने एक-दूसरे के मन की बात जान ली थी। कैसे रुकती वह घर में?

लेकिन राजनाथ चिर-परिचित की तरह उससे मिले थे। एक-दूसरे की थाह पा ली थी उन्होंने।

"गौरी, तुम्हारी आँखे बहुत अच्छी हैं। नीले आकाश का-सा रंग!

गौरी ज्यों भीग रही हो अच्छाबल की ठण्डी फुहारों से। नये-नये प्यार में ज़्यादा संकुचित थोड़ी मुखर?

छोटी-छोटी बातों के बाद राजनाथ ने एक बड़ी बात कह दी थी, "गौरी, मेरे घर चलोगी?"

गौरी नासमझ-सी देखती रही थी, बिना कोई प्रश्न किये।

"मेरे साथ ब्याह करोगी?" राजनाथ ने बिना भूमिका बाँधे सीधे मन की बात

कह दी और गौरी के कपोल दहक उठे थे, "यों मैं उम्र में तुमसे काफी बड़ा हूँ, सोच लो...!"

नन्नी उर्फ़ गौरी गिरते-पड़ते घर चली गयी। क्या सोचे वह? पूरे जेहन पर राजा साहब हावी हो गये थे। सब तरफ़ उसे राजा साहब ही नज़र आते। हर जगह उन्ही की आवाज, उन्हीं की हँसी, उन्हीं की बोलती आँखें एक सम्मोहिनी गन्ध जो गौरी को वहीं-वहीं चलने को मजबूर करती जहाँ पर राजनाथ के पाँव के निशान पड़ गये थे। गौरी का मन कभी खिलखिलाकर हँसने को होता, कभी आँखो की कटोरियाँ छलक-छलक पड़तीं। राजा साहब ने कहा था—सोच लो। क्या सोचे गौरी? उसका कुछ भी तो अपने वश में नहीं रहा। फिर लड़कियाँ भला सोचती हैं ऐसी बातें? सोचें भी तो किससे कहें? मुँह खोलकर अपने मन की बात कहना बेशर्मी नहीं होगी?

चिनार की छाया में बैठ उसने मुँह उठाकर गुगी की आवाज़ सुनी। गु गू गु...! गौरी उससे बतियाने लगी। क्या कहूँ राजा साहब से? तू ही बोल न! किससे कहूँ कि मैं बौरा गयी हूँ?

गुगी ने उत्तर में मीठी-सी सदा दी गु गू गु...और शरमाकर पत्तों के बीच छिप गयी।

हाँ अचानक गौरी और राजनाथ एक-दूसरे को चाहने लगे थे।

गौरी की दीदी बाद में उन दोनों के 'प्रेम' के किस्से सुनाया करती। अपनी छोटी बहन से वह प्यार भी बहुत करती। किस्से गढ़ने में माहिर थी।

गौरी की तरफ़ अँगुली से इशारा करती वे ज्यों कोई महान् आश्चर्य की बात सुना रही हों, "इस पगली को जाने क्या हो गया अचानक? जन्म दिन था इसका। सोलहवाँ पार कर सत्रहवाँ लगा था। लाला ने कुरती बनवायी थी नयी, आसमानी रंग की बोस्कीवाली। नन्नी पर खिलता भी था खूब वह रंग। पर यह ज़िद्दन माने तब न! बोले, नहीं पहनूँगी और रोने लगे बिला वहज...

"काकी हैरान! माँ समझी कोई टोना-टोटका कर गया नन्नी को। कभी पलटकर बोली नहीं आज तक। आज अचानक क्या हो गया? परी जैसी तो लगती थी। काकी बोली, 'कहीं वीर तले का मसान तो नहीं लाँघ आयी संध्या बेरी?' कोई न कोई कारण तो होगा ही। पर मुझे कुछ शक हो गया।"

हर बड़ी बहन की तरह गौरी की बड़ी बहन भी खुद को बड़ी बुद्धिमती और अनुभवी समझती थीं।

तो उन्हें शक हो गया कि लड़की ऊपर 'कुछ नहीं दीदी, के मन में कोई गाँठ पड़ गई है। उसने गौरी से पूछा 'क्यों री, अचानक तेरे को क्या हुआ बैठे बिठाए?

किसने किया टोना-टोटका? नाम पता तो बता?" गौरी की दीदी बताती, 'पहले तो साफ मुकर गई लड़की, कुछ नहीं बहना, "पर मैं भी बात बुलवाकर रह गयी। मुझे कुछ शक हो गया था। कान में भनक पड़ी थी कि वह राजाभाई से बतिया रही थी शम्भू की बाड़ी में। और फिर वह इश्क-मुश्क छिपता है भला कहीं? आँखें ही बेईमान खोल देती हैं राज़!"

यानी कुछ हो गया था नन्नी उर्फ़ गौरी को। कुछ, जो उस उम्र में अचानक ही हुआ करता है किसी-किसी को।

"यों राजाभाई थे भी सुन्दर, जैसे कामदेव ने रूप धरा हो साकार। फिर बोली भी उनकी मोहिनी। सो मैं ताड़ गयी। कुछ तो दाल में काला है..." दाल में काला! बस, इतना ही नज़र आया था गौरी की दीदी को या परिवार के अन्य जनों को। सचमुच, भीतर की थाह पाना, बहुत अपनों से भी कहाँ हो पाता है? गौरी की दीदी लम्बी-चौड़ी भूमिका बाँधने के बाद इतना ही बताती, "नन्नी अचानक राजनाथ के प्रेम में पड़ गयी थी। पड़ क्या गयी, गिरफ्तार हो गयी। अपनी उम्र से लगभग दो गुनी उम्र के व्यक्ति से गौरी प्रेम कर बैठी थी। लेकिन प्रेम में उम्र का क्या गणित जोड़ना? प्रेम की भावना तो समाज के सभी क़ायदे-कानूनों से ऊँची चीज है। वे दोनों मन के रिश्ते से जुड़ गये थे। उससे बड़ा और कौन अनुबन्ध होता है?"

गौरी को न खाना सुहाए, न हँसी-मजाक। सखियों से भी कतराती जाये। अकेली गुमसुम बैठी रहे, खयालों में क़ैद। किसी काम-धाम में मन ही न लगाये। सो अपनी लाडली बहन की सिफ़ारिश की गौरी की दीदी ने। माता-पिता तो पहले दंग रह गये। बेटी की हिम्मत पर। कहाँ यह गरीब की जाई, छुटकी चढ़ी है दीवार पर आसमान का चाँद छूने! राजा साहब जमींदार, शहर के पढ़े-गुने बड़े लोग और वे गाँव-गंवई के छोटे काश्तकार। कोई जोड़ बैठता नहीं। छोटे मुँह बड़ी बात क्या करें?

पर नन्नी के भीतर देने-पाने की दुर्निवार इच्छा उमड़ आयी थी। वहाँ छोटा-बड़ा धनी-निर्धन का प्रश्न ही कहाँ पैदा होता था? उसे लगा था कि उस इच्छा के सैलाब को वह थाम न सकेगी। वह उसे तिनके की मानिन्द उड़ाकर ले जायेगा। इसे कोई थाम सकेगा तो वे राजा साहब ही हो सकते हैं।

राजनाथ गौरी की मनःस्थिति समझ सकते थे, इसीलिए उन्होंने आप ही उसकी मुश्किल आसान कर दी। यहाँ उनकी नज़र अपने पुराने मुँहलगे नौकर गुलामअली पर पड़ी।

गुलामअली ने नन्नी के माता-पिता से बात की। बात क्या की, साफ कह दिया, "अल्लाह-ताला ने सीधी नज़र की है आप लोगों पर। समझो, बेटी राज

करेगी। नहीं तो क्या राजा साबह को लड़कियों की कमी है?”

गौरी उर्फ़ नन्नी की सुनी शारदा माँ ने, भगवान भोले बाबा ने। उसने तो गौरी की हमेशा सुनी है न?

गौरी की दीदी अपने ज्ञान का अंशदान करती जोड़ देतीं, “उसी के द्वार पर तो माथा टेकने जाती थी रोज, सूर्य उगने से पहले, ढेर-ढेर गेंदे-गुलाब और धतूरे के फूल डलिया में भरकर। और माथे पर ‘ऊँकार’ लिख देती थी गुलाब की नन्हीं नाजुक पत्तियों से।”

सो गाँव की गौरी चली आयी पिया के घर! कैसे, किस तरह, इसका क़िस्सा गुलकाका बच्चों को सुनाते हैं कभी-कभार, बच्चों के जिद करने पर।

पाँच

गुलकाका उर्फ गुलाम अली, वल्द यूसुफ अली यों तो राजनाथ के घरेलू नौकर हैं। रखा था, बाजार से सौदा-सुलफ लाने के लिए, छोटे-मोटे काम करने के लिए। बलभद्र के ही गाँव का है, बल्कि उसी ने भेज दिया था कहकर कि आदमी ईमानदार है, बेचारे की सैतेली माँ है। मुट्ठी-भर भात के साथ दस कड़वे बोल खिलाती है। बाप तो है पर वो ही बात ना कि माँ सौतली हो तो बाप भी सौतेला हो जाता है, सो अगर कुछ काम दे सकें तो बेचारा दो रोटी खायेगा, जान लगाकार काम करेगा और ईमानदारी की गारण्टी मैं देता हूँ...”

यों गुलकाका आया था नौकर की हैसियत से, सौदा सुलुफ लाने, पर बन गया धीरे-धीरे घर का सदस्य, बच्चों का काका, राजनाथ का राज़दार। कुछ अपनी स्वामिभक्ति कुछ अपने भीतर की मज़बूरी था तो अकेला निपट! न जोरू न जाता, अल्ला मियाँ से नाता, समझिए।

बच्चों को उसने गोद खिलाया, लोरी गाकर सुलाया ‘बो बिल्ला बो बो, बिश्त बिल्ला बो बो...’ से लेकर-कूरी-कूरी तबाशीरी’ गाकर अपना गला थकाया है। घुटने मोड़कर दो हाथ और दो पैरों से चलकर कुत्ता बिल्ली घोड़ा बना है, म्याऊँ-म्याऊँ और भौं-भौं की आवाजों से बच्चों को रिझाया है। उन्हें चलना-बोलना सिखाया है, बल्कि उनके ठुमक-ठुमक चलते कई बार वह भी लड़खड़ाकर गिर गया है। उनके टखने-घुटने बचाते अपने घुटने छिला कटा गया है। बच्चे उसे घेरकर कहानियाँ सुनाने का आग्रह करते है। शेर-बिल्ली की कहानियाँ तो वह सुनाता ही है। उस चालाक बन्दर की कहानी भी, जो तराजू में एक तरफ़ कम दूसरी तरफ़

ज्यादा रोटी तौलते, उसे बार-बार बराबर करते वक्त ज्यादा टुकड़ा खा लेता और अन्त में ज़रा-सा टुकड़ा बचने पर मेहनताने के रूप में वह भी माँगकर ले गया। वह चुहिया रानी की कहानी, जो खूब सारे ज़ेवर पहने मायके जा रही थी। जिसके कान पर गुस्सैल चूहे ने सिलबट्टा मारा और कान काट लिया। कैसे वह नन्ही-सी चुहिया रोती-कलपती चूहा डॉक्टर के पास कान सिलवाने गयी और डॉक्टर से कान सिलवा, लम्बें-लम्बें झुमके पहनकर हँसी-खुशी मायके चली गयी। लड़ीशाह के लोकगीत सुनाकर वह अभिनय के साथ बच्चों का मनोरंजन करता, "हवाई जहाज आव मुलकि काश्मीर, यिमव वुछ तिमव कोर, तोबा तकसीर..." (हवाई जहाज मुल्क काश्मीर में जब पहली बार आया तो लोगों ने इस अजूबी चिड़िया को देखकर तौबा की।)

लेकिन गुलकाका सच्ची-मुच्ची की कहानियाँ भी सुनाता। खूब बघार-मसाला मिलाकर उन्हें चटपटा बनाता। बच्चों को वह बाबू साहब के कई किस्से सुनाता।

गुलकाका बुजर्गों की तरह बात चबा-चबाकर बोलता, खूब खींच-खींचकर। बीच में दस बात इधर-उधर की जोड़कर बच्चों की उत्सुकता बढ़ा देने में वह माहिर है।

"फिर, फिर क्या हुआ गुलकाका?"

"अरे भई, क्या बताएँ। बाबू साहब कोई काम मुझसे पूछे बिना करते ही न थे। घर में जो भी काम हुआ, पहले मुझे बुलाया जाता। कभी घर में दावत हुई, बड़े-बड़े अफ़सरों की, तो मुझे ही दस काम सौपें जाते। गुलकाका यह करो, गुलकाका वह करो, इस पर नज़र रखो, उसको हिदायत दो। वो बड़ी-बड़ी देगों-हण्डों में खाना पकता। शामी कबाब, गोश्ताबा, रिस्ता, तबकनाट! तब खानसामे का काम मुझे ही करना होता।"

"तुम, खानसामा?" वह पट्टेदार लाल सफ़ेद पगड़ी पहने, तुर्रेवाली? बच्चे मुँह पर हाथ रखकर हँसते खी-खी। उन्हें विश्वास ही न आता। इधर बाबू साहब ने वह दावतें ही बन्द जो कर दी थीं।

"और नहीं तो?" बड़े-बड़े मिनिस्टर आते, अंग्रेजी, फारसी बोलनेवाले साहब लोग। दीनू-श्यामू क्या तेल-बघार सने कपड़ों में, सब्जियों की बाल्टियाँ भर-भर सामने आते? यह कोई शादी-ब्याह में दाल-चावल और पनीर के 'रोड़े' परोसना था? 'गोश्ताबा' पकता था। गोश्त पीट-पीटकर महीन पीसना होता फिर धीमी आँच पर दूध में पकाया जाता, स्पेशल मसाले डालकर चीनी-शीशों के नक्काशीदार डोंगों वगैरह में सजाया जाता। होता उनसे यह सब? सँभलते इनसे कप सासर,

छुरी चम्मच बगैरह?

"क्या साजो-समान रहता था खाना-खाने और परोसने का। मालूम भी है कुछ, उधर पहाड़ों के पार वाले शहरों से लाते थे बाबू साहब। दिल्ली-पंजाब से। वो क्या बोलते—कटलरी, चीनी शीशों के प्लेट, फुल-प्लेट, हाफ-प्लेट फूल पौधोंवाले। वाह! देखकर ही तबीयत खुश हो जाती थी। आजकल वैसी चीनी-शीशे का नाजुक नक़्क़ाशीदार समान कहाँ? चीनी के प्लेटों के बीच से नज़र पार हो जाती, ज्यों काँच के बीच से देख रहे हों। मेरे साथ दो-तीन जने और बुलाये जाते, परोसने के लिए, पर जिम्मेदारी तो मेरी ही रहती न?"

गुलकाका विषयान्तर करने का अधिकार भी रखते। कहीं से शुरूकर कहीं पहुँच जाते। बाद में घूम-फिरकर असली मुद्दे पर लौट आते, "एक बार शेख साहब को बुलाया बाबू साहब ने खाने पर। शेख साहब मालूम है न? अरे अपने मुख्यमंत्री शेरे कश्मीर! बड़े आदमी हैं, पर बाबू साहब को झुककर आदाब करते हैं। उन्होंने कॉलेज में पढ़ाया जो है। शेख साहब गुरु को इज़्जत देते हैं। उनके साथ कई मिनिस्टर भी थे। क्या बतायें क्या खाना पका। वो क़िस्म क़िस्म के मेवेवाला शाही पुलाव, वह दानेदार फ़िरनी। आज भी केसर की मुश्क नाक में बसी हुई है। और वह सजावट की बात तो पूछो ही मत! पूरा घर दुल्हन की तरह सजाया गया था। कमरों में रंग-बिरंगे कालीन बिछाये गये थे। कुछ तो घर के थे, कुछ खिज़ार मुहम्मद आली कदलवाले से किराये पर लिये गये थे। वो तो दूसरी बात है कि खिज़ार मुहम्मद ने कालीनों का किराया नहीं लिया। इतना लिहाज़ मानते थे बाबू साहब का। बाबू भी लड़कवालों की पढ़ाई का खयाल जो रखते थे। नहीं तो कोई व्यापारी देगा नया माल इस तरह दूसरों को ओढ़ने-बिछाने वास्ते और सो भी फोकट में? और तुम्हे क्या बताएँ कि कौन-कौन से साजिन्दे बुलाये गये थे सूफियाना कलाम सुनाने के लिए। सीढ़ियों पर क्या मखमल के टाट बिछाये गये थे..."

"मखमल के टाट?"

बच्चे तो बच्चे ही हैं। कोई बात समझ में न आये तो टोकेंगे ज़रूर। पर गुलकाका के बरदाश्त से बाहर की चीज़ है यह रोक-टोक।

"हर बात में टाँग अड़ाती है यह-चुन्नी, चिड़िया की टाँग जितनी। लड़की लोगों को बात सुननी चाहिए, ज्यादा सवाल-जवाब नहीं करना चाहिए।"

ज़्यादा सवाल-जवाब क्यों नहीं करना चाहिए? लड़कियों की ही आदतें बिगड़ने की सम्भावना माता-पिता को त्रस्त क्यों किये रहती है और ससुराल जाने

पर मुँह पर अँगुली रख और कान में रूई ठूँस बडों की सही-गलत उन्हीं को सुनने-सहने का विधान क्यों है? आदि इत्यादि बातों के फलसफों में जाने के बाद गुलकाका बच्चों को खुश करने की गरज़ से कहते, "लो आज तुम्हें सुनाते हैं बाबू साहब की शादी की कहानी।"

"बाबू की शादी? तुम्हें मालूम है? बारात में तुम भी गये थे...?"

अब यही बात तो गुलकाका को नागवार गुज़रती है। इन नादान बच्चों को कौन समझायें कि गुलकाका किस बात से बेख़बर हैं? जुम्मा-जुम्मा आठ दिन हुए पैदा हुए, अभी तो सर भी गीला ही है। यह 'सर गीला होना' गुलकाका का मनपसन्द मुहावरा था, जिसे ये छोटे बच्चों के प्रकरण में अक्सर इस्तेमाल करते थे। लेकिन फिर भी बच्चों के पेट में बात तो रहेगी नहीं, किसी-न- किसी बहाने उसे उगल देंगे।

लेकिन यह चुनौती गुलकाका कैसे स्वीकार न करते?

"मुझे नहीं मालूम होगा? ये देखो इस अक़्ल की दुश्मन को! अरी, मेरे बिना तो पत्ता भी नहीं हिलता था अड़ोस-पड़ोस में, अपने घर की बात तो खैर फ़र्क ही है।"

"तो बाबू की शादी पर भी घर वैसे ही सजा था? मखमल के टाट सीढ़ियों पर, कमरों में फूलोंवाले ग़लीचे और मेहमानों को खाना परोसते ख़ानसामे, और केसर की मुश्कवाला शाही पुलाव..."

"रुको-रुको, ज्यादा मत बोलो, मेरे मुँह में पानी आ रहा है..."

गुलकाका बच्चों की बढ़ती जिज्ञासा पर ब्रेक लगाकर दुबारा नये सिरे से शुरू हो जाते, "नहीं मेरे नूर चश्मो! ऐसा नहीं था। बाबू साहब की शादी पर तो बात ही कुछ दूसरी थी।"

और गुलकाका बयान करने लगते, "बड़ी गुपचुप-सी शादी थी वह। एक डोंगे में हम घर के ही आठ-दस जने बाबू साहब के साथ दुल्हन लाने गये थे। वुलर किनारे का वह गाँव था, मौसम बड़ा ही सुहावना। हवा के हल्के झकोरों से झील की छाती पर थिरकता हमारा डोंगा और हम लोग कमल के फूल, कमल ककड़ी, खिलवत्तर और सिंघाड़े खींच-खींचकर तोड़ते जाते। बाबू साहब ने उस बार मना भी नहीं किया, सोचों में डूबे थे वे। सिर्फ मेरी ड्यूटी लगा रखी थी देखने, एहतियात रखने की। कोई पानी की तरफ़ ज्यादा न झुके। कहीं ख़ामखाह कोई वारदात न हो। झील वुलर तो गहरी भी बेअन्त! पर वुलर राजा की मेहर थी हम पर। मौसम खुशगवार रहा और हम राजी-खुशी पहुँच गये, बड़ी माँ के गाँव। छोटा-सा गाँव, तीस-चालीस हिन्दू व सौ-दो-सौ मुसलमान घरों की बस्ती। खूब

सारी आबी ज़मीन में लहलहाते खेत। पत्थरों पर फिसलती नदी के किनारे वीर, कीकर और सफ़ेदों के बीच सर्पाकार कच्ची पगडण्डी पर चलते हमारे जूते कीचड़ से सन गये। छोटे- बाबू का पैर एक पानी के डबरे में छप्प से गिरा और सफेद झक चूड़ीदार टाँगो तक कीचड़ से लथपथ हो गया। वे नाराज हो गये। थोड़े, बोले, "कहाँ-से-कहाँ पहुँच गये हमारे भाई साहब अपने लिए नायाब हीरा ढूंढ़ने। यह तो पूरा जंगली गाँव है। पक्की सड़क तक नहीं..."

अपने शंकरलाल साहब भी साथ थे। उन्होंने हँसकर कहा, "भई, भाई फरहाद तो शीरी के लिए पहाड़ खोदने चले गये। मजनू तो दीवाना हो गया लैला को पुकारते। आप अपने राजभाई को उनसे पौना तो नहीं समझते?"

बाबू साहब उत्तर में जरा-सा मुस्कराये। गुलकाका को राजनाथ की मुस्कराहट याद रह गयी थी, क्योंकि सभी के चेहरे तो गम्भीर बने हुए थे।

शायद प्रेम ऐसी ही चीज है जो उदारता से भर देती है। दिलों में कोई कील नहीं रहती, कोई मैला-कूड़ा नहीं।

राजनाथ ने बलभद्र को हिदायत दी थी कि मजमा इकट्ठा नहीं करना है। रीति-रस्म को निभाना-भर है, बस। कोई आयोजन नहीं चाहिए। बलभद्र भी सयाने थे, हालात को समझ गये। राजनाथ यों भी शादी-ब्याह के मामले में व्यर्थ के तामझाम और शोर-शराबे को पसन्द नहीं करते थे। सो उन्होंने पुरोहित से कुछ मन्त्र पढ़वाये, लग्न हुआ, अग्नि के सात फेरे लगे, दस-बारह जनों ने भोजन किया और दुल्हन को शादी का जोड़ा पहनाकर घर ले आये। गाने-बजाने के वे शौकीन थे, पर उस वक़्त वह भी नहीं हुआ।

गुलकाका के शब्दों में कहें तो, 'उस वक़्त तो बात ही फ़र्क थी।'

अब बात क्या फर्क थी। यह सब गुलकाका बच्चों को समझा नहीं सकते थे, या शायद समझाना चाहते नहीं थे। पर बच्चे बड़े होते-होते समझ गये कि बाबू साहब के पीछे उनके ससुरालवाले ही हाथ धोकर नहीं पड़े थे, बल्कि दूसरों के पीछे लट्ठ लेकर पड़ने वाले कुछ अतिरिक्त उत्साही समाज सुधारक भी उनमें शामिल थे जो अख़बारों की सुर्खियों में छपने की खातिर हवा में तलवारें भाँजते हैं। वे बाबू साहब की नींद हराम करने पर तुले हुए थे। लेकिन उन्होंने फैसला कर लिया था।

सचमुच राजनाथ का फैसला पत्थर की लकीर ही जाता था। वे उन लोगो से थोड़ी दूर ही रहना पसन्द करते जो दूसरों के गम में दस काम छोड़कर हाय-हाय करने चले आते पर दूसरे की खुशी देखकर सीने पर साँप लोटता महसूस करते। जिन लोगों को उनके इस रिश्ते से कुछ फर्क पड़ता, उनसे उन्होंने इजाजत ली थी,

पिता तो पहले ही स्वर्ग सिधार चुके थे। पर माता का आशीर्वाद उन्होंने लिया था। दोस्तों को अपने मन की बात बता दी थी और सच तो यह कि सुभद्रा से भी उन्होंने इजाज़त ली थी।

वह सीधी-सादी समर्पिता स्त्री, जो पति के सिवा किसी दूसरे पुरुष के अस्तित्व को नहीं जानती थी, जो पति के हर अच्छे-बुरे काम को सिर-माथे रखना ही अपना आखिरी धर्म समझती थी और अब शरीर के दगा देने पर पति के सुखी भविष्य के लिए प्रार्थना करती खुद को निहायत दीन व असहाय समझने लगी थी, उसे पति ने एकदम महत्त्वपूर्ण बना दिया था।

"तुम चाहो तो।"

यानी कि तुम चाहो तो हाँ, तुम न चाहो तो ना! अचानक राजनाथ ने उसे अपने अधिकारों का बोध करा दिया था। ज्यों कोई रहस्य खोल दिया हो सुभद्रा के सामने। उस सीधी-सी स्त्री के सामने जो अपने सीधेपन के कारण अक्सर, रिश्ते की ननदों- देवरानियों तक में उपहास की पात्र बना ली जाती। जिसका कोई भी काम उनकी कसौटी पर खरा नहीं उतरता। उस बिस्तर में धँसी चन्द हड्डियों की स्वामिनी ने उस वक्त कैसा महसूस किया, मालूम नहीं, मन की बात उसने खोलकर कही नहीं। हाँ, धीमें से कुछ शब्द पति तक पहुँचा दिये। भीगे शब्द, अन्तर से निकले उच्छ्वास की तरह आर्द्र, "मैंने कहा न कि तुम्हारी सन्तान देखे बिना मैं मरुँगी नहीं।"

सुभद्रा का फैसला सुन उसके भाई बौखला उठे थे, "तुमने हाँ क्यों कह दिया, नहीं क्यों नहीं?" तर्कों और दलीलों से उसे आश्वस्त करना चाहा कि उसकी आखिरी साँस चुकने से पहले दूसरा विवाह करने पर राजनाथ कानूनी सजा के हकदार बन सकते थे। लेकिन सुभद्रा कानून के दाँव-पेंच नहीं जानती थी और शायद जिन्दगी का दाँव हारने पर कानून भी उसकी कोई मदद नहीं कर सकता था। ऐसे में अपने प्रेमी पति को वह किस कारण कठघरे में क़ैद कर लेती? पति ने सब कुछ दिया तो था। उसी की झोली छोटी पड़ गयी थी। एक नन्हा-सा बेटा, जो कुछ ही दिनों में नाता तोड़ गया! अब यह गलती हुई देह। जीने का कौन-सा कारण बचा था जो वह पति के रास्ते में ढोक-चट्टान बनकर अड़ जाती?

इन हालातों में जब राजनाथ गौरी को ब्याह कर लाये तो ज़ाहिर है कि मन की तमाम मज़बूती के बावजूद उनके सुख पर मनहूस छाया डोलती रही। लेकिन घटनाओं को तो घटना होता है। वक़्त को अपनी निर्बाध गति से बढ़ना होता है।

सो गोरी चली आयी अपने प्रिय के घर, अपना गाँव अपना घर-आँगन

छोड़कर। पिता के घर का चुग्गा चुक जो गया था उसके लिए। नयी ज़िन्दगी में कदम उठाते, अपने अनछुए स्वप्नों, आशाओं, अपेक्षाओं की टोह लेती गोरी ज्यों नींद में चल रही हो। सुनहरी झालर और ज़री के फूलोंवाली साड़ी में झलमलाती उसकी कुँवारी देह और उसके भीतर अजानी आशंकाओं और अकारण भय से लबरेज स्नेहिल मन। ज्यों उसका सम्पूर्ण अस्तित्व रहस्य भरे आगत की सम्भावनाओं से लरज़ रहा हो। साथ ही देने पाने की बेअंत आकांक्षाओं से नस-नस झनझना रही हो।

उसने एक सपना देखा था जो अचानक सच हो गया था। सुख उसकी झोली में समा न पा रहा था, बन्द मुठ्ठियों से फिसलता जा रहा था। सुख शायद चीज़ ही ऐसी बेमुरौवत है कि मुठ्ठियाँ कितना भी कस लो, अँगुलियों की झिरियों से रेत की मानिन्द रिसता ही चला जाता है।

उस रात सागर-सी गहरी-नीली आँखों ने भुला दिये होगें राजनाथ के गम, कुछ देर के लिए ही सही। किये होगें वादे उन दोनों ने उस रात, जब चाँद वितस्ता की लहरों के साथ लुका-छिपी खेल रहा था। जब नदी के पार कोई बाँसुरी का स्वर तैरकर उन तक पहुँच गया होगा और बिस्मिल्ला खान की शहनाई गूँजी होगी उन दो प्रेमियों के मन में और उस आवाज़ में ज़हर बुझी आवाजें दब गयी होंगी। तपती किरणों ने पिघलती बर्फ में मुँह धँसाकर अपनी तपिश बुझाई होगी। जिस रात गाँव की अल्हड़ नन्नी राजरानी बनकर ऐश्वर्य की हक़दार बन गयी। उसी रात भीतर की संजोयी प्यास अपने प्रेमी पति को सौपकर उसने समर्पण की आख़िरी शर्तें पूरी कर अपने को एकदम भरापूर्ण महसूस किया होगा। पूर्णता की सभी शर्तें पूरी हो गयी होंगी। कौन रहा होगा बाक़ी तब उन दो के सिवा सृष्टि में? जब भीतर के अथाह सागर की हिलोरों में एक तान हो गये होंगे वे दो!

लेकिन सच कितना बदलिहाज़ होता है कभी-कभी, कुछ देर तो आदमी को भूलने देता। कुछ देर तो इस खुरदरी ज़मीन पर भी सुख के गुनगूने आबशार फूटते। क्या घटता इस नामुराद सच का, अगर कुछ देर छिप के बैठता किसी पहाड़ चट्टान की ओट?

वह सच जो जल प्लावन के बाद भी बचा था, वह था कि सुभद्रा अभी ज़िन्दा थी। ज़िन्दगी की तेज़ी से चुकती साँसे गिन रही थी और सुभद्रा के भाई बंसी और श्यामलाल राजनाथ की जान के दुश्मन बन गये थे। उनके साथ समाज का एक बड़ा वर्ग राजनाथ के विरुद्ध वाही-तबाही बकने लगा था। राजनाथ उसे भूल नहीं पा रहे थे, या इस तरह कहें कि राजनाथ का समाज उसे भूलने नहीं दे रहा था।

बार-बार उन्हें अहसास कराया जाता कि तुमने अपराध किया है। तुम्हें इसकी सज़ा भुगतनी होगी।

पर राजनाथ एक बार जो तनकर खड़े हो गये, सो समझिए चट्टान बन गये। घर में बड़े-बूढ़ों से लेकर नौकर-चाकरों तक को हिदायत दी गयी कि गौरी के सामने कोई आलतू-फ़ालतू, दिल दुःखाने वाली और अपमानजनक बात न की जाये। फाज़िल लोगों को घर में बिठाने की कोई ज़रूरत नहीं। जो आयेगा, सीधा बैठक खाने में आकर मुझसे मिलेगा। ज़नानखानें में बिना मतलब कोई नहीं जायेगा।

फालतू लोगों के क़िस्से, चेहमेगोइयाँ, फिकरे-ताने सुनने से उन्होंने इनकार कर दिया।

शंकरलाल के शब्दों में कहें तो, "उन्होंने फर्म स्टैड ले लिया कि वे कुछ नहीं सुनेंगे। जिसे जो करने का मन हो, करके देख ले, हम सब देख-समझ लेंगे।"

छः

वह कहा गया है न कि सेर-भर खाना पचाता है आदमी, पर ज़रा-सी बात पचाना मुश्किल। फिर कुछ लोगों की आदत जो होती है इधर-उधर की चटपटी-मसालेदारी, चार लोगों के बीच सुनाकर लोगों का ध्यान आकर्षित करने की, वक़्त कटी का तरीका समझिए फ़ालतू बैठे लोग-लुगाइयों का। सो बाहर क्या हो रहा है, क्या कहा-सुना जा रहा है, इसकी खबर किसी-न-किसी संध से ज़नानखाने तक पहुँच ही जाती और गौरी चाहने पर भी अपने कान बन्द न कर पाती। 'अजी, वो सुभद्रा का भाई, सुना है, कोर्ट- कचहरी के चक्कर काट रहा है, जल्दी ही सम्मन आयेगा राजभाई के नाम।"

"भई क्या करे, कान बन्द तो नहीं किये जा सकते। हम बिल्लू की शादी में गये थे जैनदार मुहल्ला। उधर बात हो रही थी, दस जनियों बीच। कमलाश्वरी की बहन कह रही थी कि एक को बिठा रक्खा है मायके में और दूसरी के साथ 'हनीमून' क्या जाने क्या होता है, वही मनाया जा रहा है..."

"मुझे तो अच्छा नहीं लगता लोग-लुगाइयों की ऐसी-वैसी बातों पर कान देना, पर राजभाई का नाम लेकर कोई आँय-बाँय बके तो कैसे सह सकती थी मैं? आप सुन सकते हैं। वही, बन्सी की वाही-तवाही। कह रहा था, बहन हमारी बीमार है तो क्या, पाँचेक साल जहाँ रुके वहाँ कुछेक मास और नहीं रुक सकते थे? बहन

को तो मरना ही था, इसके जीते जी तो बेचारी का दिल न दुःखाना था। कुछ तो राजभाई को दया-धर्म की सोचनी थी, कुछ समाजी फर्ज भी होता है। आखिर उन जैसे आदमी ही तो समाज में मिसाल क़ायम करते हैं...”

“सो तो ठीक है, पर आदमी की कुछ ज़रूरतें भी तो होती हैं।” कहनेवाली मुस्कराती हुई कनखियों से नयी बहू के दहकते कपोल देख लेती।

“राजभाई मर्द हैं। मर्द को भला औरतों की क्या कमी? वह तो बुलबुल हैं, जिस डाल पर बैठे उस डाल सोहे। फिर उनके पास पैसा है, शोहरत है—ये मैं नहीं कह रही, बंसी कह रहा था। विश्वास न हो तो पूछ लेना शुभारानी से। यों भी हम औरतों को इन बातों से क्या लेना देना।” कहनेवाली कुशल अभिनेत्री, की तरह आवाज़ में बोल के मुताबिक उतार-चढ़ाव ले आती।

हाँ, लेना-देना नहीं था। पर उससे क्या? ये बातें जो पेट में फुदकती रहती हैं, इन्हें उगले बिना चैन कहाँ।

बतकहियों का सार तत्त्व यह कि परदे के पीछे हर खता मुआफ। बड़े लोगों को अधिकार भी है और ज़माने से चली आयी रिवायतें भी हैं। “मर्द ठहरा भौरा, दस डाल बैठे तो भी दोषी नहीं होता। फिर हमारे कई राजा महाराजाओं को तो जाने दो, घर-गृहस्थ छोड़े साधु-संन्यासियों तक ने क्या किया है। मन तो पुरुष का है, सो डोलेगा ही। इन्द्र का मन नहीं डोला था सती अहिल्या पर। और वह अपने विश्वामित्र तपस्वी, मेनका पर रीझे कि नहीं?

लेकिन राजभाई ने मन्त्र पढ फेरे डालकर गैरकानूनी काम किया। इसे माफ तो नहीं किया जा सकता न?

यानी कि चित्रपट पर दर्शकों के सामने एक बेदाग़ तस्वीर आनी चाहिए। संस्कार, सभ्यता और खानदानी इज्ज़त की खातिर, आने वाली पीढ़ी को श्रद्धावनत करने की ख़ातिर, स्वर्ग में विराजते पूर्वजों की आत्मशान्ति के लिए।

लेकिन दुहरी जिन्दगी के ये मापदण्ड राजनाथ ने स्वीकार नहीं किये। पूर्वजो की आत्मशान्ति की गारण्टी वे न दे सकते थे, पर उन्हें विश्वास था कि आनेवाली पीढ़ी संस्कार और सभ्यता को नये सिर से परखेंगे और जरूरत पड़ी तो बदलते सन्दर्भों में नये अर्थ भी देंगे।

राजनाथ ने विचित्र-सा निर्णय लिया। कुछ दिन उन्होंने तमाम मिलने-जुलने वालों के लिए घर के दरवाजे बन्द कर दिये।

अपनी ओर से दुःख उन्होंने सुभद्रा को भी नहीं दिया, शक्ति-भर खुद ही सह लिया। अब इस निर्दोष स्त्री को, जिसकी हल्की नीली आँखों में आकाश का

विस्तार था और मन-कमल पुष्प-सा निष्पंक, जिसने उनके जीवन की रिक्तता को अपने सम्पूर्ण समर्पण से भर दिया, उसे वे दुःख पहुँचाने की बात कैसे सोच या सह सकते थे?

यों भी राजनाथ को शादी के कुछेक दिनों बाद ही लगने लगा था कि गौरी नाते-रिश्तेदारों की चुभती बातें सुनकर मुरझाने लगी है। घर के भीतर की महिलाओं के मन में भी आशंकाएँ उठने लगी थीं कि यह जंगल की चंचल हिरणी सम्भ्रान्त घर के दायित्व कैसे निभायेगी? हमारे घर के आचार-व्यवहार कहाँ समझ पायेगी? लेकिन कोई समझा या न समझा गुणी गौरी को समझ गयी थी। वह कहती, "मैंने राधा बहन से भी कह दिया और आप से भी कहती हूँ कि गौरी उतनी अनाड़ी नहीं थी जितना उसे समझा गया था। उसने राजनाथ के घर का तौर-तरीका घूँघट उठाने से पहले ही समझ लिया था। राजनाथ का परिवार भी खासा बड़ा था। उसमें भाई-बहनों, उनके परिवारों के अलावा भी कई असली-नकली चाचे-ताये व उनके फ़रज़दे जो इस-उस बहाने वहीं जमे रहते, शामिल थे। राजनाथ सभी को एक साथ इकट्ठा रखने में फिलहाल सफल हो गये थे। सो गौरी जान गयी थी कि इस घर को अपना बनाने के लिए उसे तमाम कोशिशें करनी होगी। छोटों-बड़ों की सुननी-सहनी होगी। स्वप्नों के आकाश से सच की धरती पर उतरना होगा जो यों भी बड़ी खुरदुरी होती है।"

राजनाथ उसे कभी-कभी समझाते, "सुन गौरी, तू एक बड़े घर की स्वामिनी है। इधर-उधर की बातों पर कान मत दिया कर। कुछ लोगों का स्वभाव होता है, अकारण दूसरों का दिल दुःखाने का। बैठे-ठाले, खुशहाल लोगों की जिन्दगी में खुड़पेंच निकालते हैं। अपने गरेबान में तो कोई झाँकता नहीं। परनिन्दा ओछे लोगों का स्वभाव होता है।"

गौरी समझ गयी थी कि उसका प्रेमी पति उसके साथ है। फिर दुःख शिकायत क्यों?

उसने राजनाथ को सुख दिया। हरी-भरी गृहस्थी का भरपूर सुख। शिकायत का मौका न दिया। नहीं, अपनी तरफ़ से तो नहीं। अब राजनाथ के घर में नौकर-चाकर हो गये थे। पर वह अपने हाथ से खाना पकाती, चावल के आटे के पारदर्शी दुहरे फुलके, शाहजीरा नमक डालकर गौरी को ही बनाने आते थे। यह श्यामभाई की पत्नी लक्ष्मी से पूछिए। वह धर्म-कर्म में रहनेवाली स्त्री है, पर निन्दा से दूर रहती है। अपनी उम्र से कई बरस छोटी जेठानी के बारे में कहती है कि वह घिया-तोरी की सब्जी भी बनातीं तो उसमें अनोखा स्वाद घुल जाता। चूल्हे की आँच

के पास खाना बनाते उसका मुख सिन्दूरी हो उठता। हल्के भूरे बालों की घुँघराली लट दायें कपोल तक ढुलक आती। शहर की सम्भ्रान्त महिलाएँ इस अछूते रूप को देखकर मन में कुढ़ा करतीं और खामखाह उसके उठने-बैठने में कोर-कसर निकाल लेतीं। राजनाथ इस बात को जानते थे, तभी उसे समझाकर कहते, "खिड़की की चिकें डालकर बैठा करो गौरी। हर तरह के लोगों का घर में आना-जाना होता है..."

उत्तर में हँसकर गौरी खिड़की के पल्ले ही बन्द कर देती। घर में साधिकार घुसते मुँहलगे ब्राह्मण-पुरोहितों से भी वह ज़रूरत से ज़्यादा न बोला करती। घर की महिलाएँ जन्मोत्सव-विवाहोत्सव से लेकर नये चूल्हे पर खाना पकाने, नये वस्त्रालंकार धारण करने व स्वप्न-फल बाँचने सम्बन्धी शुभ दिनों की पूछताक्ष किया करतीं। पुरोहित जी भी बात-बात में मीठी चुहल, हँसी-ठिठोली करना अपना जन्मसिद्ध अधिकार समझते। रिश्ते की देवरानियाँ-जेठानियाँ जब किसी पर्व-त्यौहार पर इकट्ठा होतीं तो जन्म-पत्रियाँ दिखाने से लेकर हथेलियाँ बाँचने-छुआने में भी कोताही न करतीं। घर के विद्वान ब्राह्मणों में एक श्रीकंठ भाई भी थे, जिनकी विद्वता से राजनाथ भी प्रभावित थे, पर जिनकी नज़रे इनायत अक्सर सुन्दर महिलाओं पर हुआ करतीं। राजनाथ के घर को तो उन्होंने डर के मारे छोड़ दिया, पर बेटियों के ससुराल जाकर, अहल्ले- मुहल्लेवालियों को भी मुग्ध कर दिया। किसी का हाथ देखा, किसी का भाग्य। पर गौरी को न भाग्य बँचवाने में उत्सुकता थी और न हथेली दिखाने में दिलचस्पी। राजनाथ ने उसे एक ही बार कहा था, "जो होनी होती है, वह होकर रहती है, बड़े महापुरुष और देवता भी मनुष्य योनि में आकर होनी को अनहुआ न कर सके? श्रीराम, सीता अपहरण को टाल सके? श्रीकृष्ण महाभारत के नरसंहार को रुकवा सके? तुम जान लो कि सात धातु के कड़े पहनने, गले में ताबीज लटकाने और व्रत-उपवास करने से न मौत टलती है और न मुसीबतें..."

राजनाथ गौरी को भगवद्‌गीता के श्लोकों का अर्थ समझाते और गौरी हथेली पर ठोड़ी टिकाये ध्यानमग्न सुना करती। मेलों-पर्वों पर मन्दिर या बागों की सैर की इच्छा तो राजनाथ पूरी करवा ही लेते। कई ताँगों में भरी घर-भर की महिलाएँ, बच्चे, दो-तीन पुरुषों के सरक्षण में कभी-कभार सिनेमा भी देखने जाते। 'बाक्स' बुक करवाये जाते। भरत-मिलाप, रामराज्य, बिलवा मंगल जैसी फिल्में देख महिलाएँ चमत्कृत होतीं। पर गौरी की कुम्भ मेले जाने की इच्छा वे पूरी न करवा सके। भीड़भाड़वाले धार्मिक या मौसमी मेलों में शरीक़ होना राजनाथ को बिल्कुल नापसन्द था। पर श्यामभाई पर धुन सवार थी कि इस महापर्व पर वे स्वर्ग

महिलाओं की सुरक्षा-सुविधाओं का प्रबन्ध करेंगे और उन्हें गंगास्नान का अवसर देंगे। पर होनी कुछ ऐसे खेल-खेल गयी कि राजनाथ को भाई से बहस करने की ज़रूरत न पड़ी।

...दरअसल उन दिनों गौरी का पाँव भारी था। घर में कुम्भ मेले में जाने की तैयारियाँ हो रही थीं। घर-परिवार की महिलाएँ गौरी की दशा पर खेद प्रकट कर रही थीं कि वह इस महापर्व में उनके साथ सम्मिलित नहीं हो सकती थी। गौरी भी थोड़ी उदास थी। कितनी लम्बी प्रतीक्षा के बाद कुम्भ मेला लगता है। वह ठीक होती तो गंगास्नान का पुण्य लाभ उठाती। ऊपर से श्याम भाई बराबर कुम्भ-स्नान का महत्त्व समझाते, गौरी का मन ललचाते रहते। शरारत तो उनके स्वभाव में ही थी, "सुनो भाभी, स्कन्दपुराण में कहा है:

सहस्त्रं कार्तिके स्नानं, माघे स्नानं शतानिच।
लक्ष प्रदक्षिणा पृथव्याः, कुम्भस्नानेन तत्फलाम्।।

पत्नी का मुरझाया चेहरा देखकर राजनाथ ने उसे दिलासा दिया। उसे कुम्भ-पर्व की कहानी सुनायी। देवासुर संग्राम, दोनों ओर के महारथियों का हताहत होना, तब आपसी सलाह-मशविरे से समुद्र-मन्थन की योजना बनाना, जिससे अमृत प्राप्त कर देव-असुर दोनों अमृत्व हासिल कर सकें।

गौरी विस्मित सुनती रही। उसकी आँखों के आगे मन्दराचल पर्वत की मथनी नागराज वासुकि की रस्सी और कच्छपावतार महाविष्णु की पीठ के महादृश्य उभरते गये। कच्छपावतार की पीठ पर मन्दराचल को स्थिर कर देव-दानवों ने वासुकि से समुद्र मन्थन शुरू किया तो भारी घर्षण से गैस, अग्निगन्ध, विद्युत निकली। फिर निकला हलाहल हिष, जिसे भगवान् शिव ने गले में रख लिया, सारे संसार के कल्याण के लिए जिससे उनका कण्ठ नीला पड़ गया और ये नीलकण्ठ कहलाये। फिर मन्थन से निकली लक्ष्मी, रम्भा, विश्वकर्मा, कामधेनु गाय, कौस्तुभमणि, ऐरावत हाथी, पुष्पक विमान, चौदह रत्नों आदि के साथ धन्वंतरि अमृतकुम्भ लेकर निकले, जिसकी देव-दानव प्रतीक्षा कर रहे थे। पर इन्द्र का पुत्र जयंत ऊपर के हाथ से अमृत-कुम्भ लेकर भाग गया। तब दैत्यों ने जयन्त का पीछा किया। जयन्त कुम्भ को लेकर यहाँ-वहाँ घूमता रहा। इन बारह दिनों में जयन्त ने जहाँ-जहाँ कुम्भ रखा, उन बारह स्थानों पर उस पुण्य क्षण की स्मृति में पर्व मनाया जाने लगा। इन बारह स्थानों में चार पृथ्वी पर हैं, हमारे भारतवर्ष में! शेष स्थल देवलोक में हैं। ये स्थान हैं—हरिद्वार, प्रयाग, उज्जैन और नासिक। कुम्भ पर्व का आधार यही कलश कथा है..."

गौरी ज़्यादा पढ़ी-लिखी नहीं थी, पर बुद्धि उसकी कुशाग्र थी। राजनाथ उसके साथ तर्क नहीं करते, बल्कि कथा-कहानियों के माध्यम से उस तक अपनी बात पहुँचाते। समुद्र मन्थन की कथा सुनाकर राजनाथ ने गौरी को कुम्भ मेले का उद्देश्य समझाया जो कि उसकी ननद, देवरानी ने कभी जानने की कोशिश ही नहीं की।

राजनाथ बोले, "अमृत कुम्भ की कल्पना एक प्रतीक है गौरी। इस संसार में मनुष्य होकर रहना कोई हँसी-खेल जैसा आसान काम नहीं है। इस शरीररूपी कुम्भ में सद्विचारों का जो अमृत भरा है, उसे सबके साथ समान भाव से बाँटा जाना चाहिए। यही इसका उदेश्य रहा होगा। सद्-असद् विचार हमारे मनों में हैं, विष-वारुणी और अमृत की तरह, महत्त्व कुम्भ का नहीं उसके भीतर अमृत का है।" राजनाथ खुद भी इस बात पर बल देते, नहीं तो लाख कुम्भ स्नान करें, भीतर की मैल न गयी तो कोई पुण्य लाभ नहीं हुआ।

पति से कुम्भ पर्व का महत्त्व समझकर गौरी को लगा कि उसने गंगा स्नान कर लिया लेकिन घर में आये दिन वक़्त-बेवक़्त की कौंच और ईर्ष्या भरे फतवे गौरी को सहने-सुनने पड़ते, उससे गौरी की मुक्ति नहीं थी। राजनाथ भी इन अन्दरूनी कौंचों से उसे बचा न सकते थे। लक्ष्मी ज़रूर समय-समय पर ललध्यदी और रूपभवानी की मिसालें देकर उसे दिलासा देती कि ससुराल की उल्टी-सीधी तो ललध्यदी ने सुनी, सास-ससुर, ननद-देवर की ज़्यादती तो रूपभवानी ने भी सही। हमें तुम्हें तो सुनना ही हुआ। यह तो हमारे समाज की रीति-नीति ही है बहुओं को सुनाना। इसमें अपना मन ख़राब करने की क्या ज़रूरत? इस कान से सुन उस कान निकाल दिया करो। वह सुनकर अनसुना भी कर लेती, पर एक बार वह मजाक-मजाक में ही गलती कर बैठी और गलती का दण्ड उसे भुगतना भी पड़ा। घर में कोई हस्तरेखा विशेषज्ञ आये थे। पितामह का वार्षिक श्राद्ध था। पुरोहित पण्डे पूजा-पाठ व भोज के लिए इकट्ठा हो गये थे। उन्हें ख़िला-पिलाकर घर की औरतें खाली हुईं तो कुछ महिलाएँ भविष्य जानने को ललक उठीं। सो महिलाएँ चाव से अपनी हथेलियाँ पढ़वा रही थीं। गौरी अपने काम में व्यस्त थी।

"गौरी बहन, तुम अपना भविष्य नहीं जानना चाहती?" तारा अरनी को टहोका देती गौरी की प्रतिक्रिया देखना चाहती थी।

गौरी ने देखा और आँखें झुका ली। क्या कहती? कहने से घर के कायदे-कानून में दरार पड़ सकती थी और घर की मालकिन से ऐसी अपेक्षा नहीं की जा सकती थी। (भले ही घर के दूसरे सदस्य उस कायदे को तोड़ दें)।

अरनी ने शायद मज़ाक़ में कह दिया, "इसे तो देवर जी सभी कुछ बताते-समझाते हैं। दूसरों से पूछने की क्या ज़रूरत है। गीता ज्ञान, रामायण, महाभारत...?"

"हाँ, हमारे वालों को फुर्सत ही कहाँ है हाथ-पैर देखने की। वे तो बस बिस्तरे में घुसते ही खर्राटे भरने लगते हैं..."

"क्या खर्राटे ही भरते रहते हैं भैया जी?"

गौरी भी मजाक़ में कह गयी एक बार। पर तारा इसे अपनी तौहीन और अपने बच्चों को नज़र लगानेवाली गुस्ताखी समझ बैठी।

तारा कुछ ज़्यादा ही नाराज हो गयी थी। उसे लगा था कि गौरी उसके छः बच्चों की ओर इशारा कर रही है। गुस्से में सुन्दर नथुने फुलाते, उसने त्यौरियाँ चढ़ायी थी, "सो तो ईश्वर की देन है दीदी, जिसे दे वह बड़भागी। हमारी शादी हुई तो ये हाईस्कूल पास किये थे और मेरा चौदहवाँ लगा था। वक़्त की सन्तानें हैं हमारी, कोई बुढ़ापे में तो औलादें पैदा नहीं की हमने। फिर हमारी माँ ने सात बेटे जने। मज़ाल है, किसी ने उनके जायों पर अँगुली भी उठायी हो। इधर तो अपनों के ही सीने पर साँप लोटता है..."

तारा के ज़हर बुझे बोल सुन गौरी पहले तो आश्चर्य से उसे देखती, समझने की कोशिश करती रही कि उससे क्या कसूर हो गया। बाद में समझ गयी कि मज़ाक-मखौल का अधिकार उन्हें है, क्योंकि वे गौरी से पहले ब्याह कर आयी हैं और गौरी को यह हक नहीं दिया गया है।

गौरी ने यों कोई चुभने वाली बात नहीं कही थी, पर तारा को लगा ज्यों कहा हो—क्यों जी, तेरे मियाँ जी जब बिस्तरे में घुसते ही खर्राटे भरने लगते हैं तो यह तीन-चार लौडे क्या मायके से दहेज में लेके आयी हो?

गौरी शायद तारा का गुस्सा सह लेती, इस कान सुन उस कान निकाल देती पर एक वाक्य उसे गहरा चुभ गया, "वक़्त की सन्तानें हैं, कोई बुढ़ापे में तो औलादें पैदा नहीं की..."

लगा उसके पति पर छींटाकशी की जा रही है। गौरी इसे सह न पायी। उसका क्रोध कपोलों में उमड़ आया, उसने कह ही दिया, "यह बात तो आप अपने जेठ जी से कह लेतीं, मुझे सुनाने से क्या फ़ायदा?"

यों गौरी की सहनशक्ति भी गज़ब की थी। घर के ही ताने-तिश्ने सुनते वह कुछ आदी भी हो गयी थी। अब वे उसे ज्यादा परेशान नहीं करते थे, क्योंकि वह जानती थी कि राजनाथ उसे प्यार और सम्मान देते हैं, जो उन्हें नहीं मिला, इससे

थोड़ी-बहुत ईर्ष्या स्वाभाविक ही है। पर कभी-कभी तो मज़ाक भी बरदाश्त की हदें पारकर लेता। रिश्ते में भी कुछ ननदें-जेठानियाँ तीर छोड़ने से बाज़ नहीं आतीं, "बड़ी दूर चले गये लल्ला जी दुल्हन ढूँढने। इधर बड़े-बड़े ख़ानदानी लोग अपनी बेटियाँ देने को तैयार थे। ऊपर से हँसुली से लेकर पाज़ेब तक सोने से मढ़ देते लड़की को, पर जाने क्यों लल्ला जी को गाँव-जवार ही पसन्द आ गया?"

"लल्ला जी तो ठहरे पुरुष, मिजाज के शौकीन, चाहे जिसे पसन्द कर लिया। यों गाँव-गँवई की लड़कियाँ भी कम चालाक नहीं होतीं, फिर भला सोने की खान के पीछे कौन न दौड़े?"

"पता नहीं, हमें तो यही मालूम है कि इधर राजभाई राजी ही नहीं हुए। बोलते थे, सुभद्रा के रहते कुछ नहीं होगा और उधर जाकर सभी कुछ भूल गये..."

रिश्ते की तारा, लीला, गौरी से नहीं, गौरी के भाग्य से जलती थी। यह जंगली गाँव की गँवार लड़की पलक झपकते राजभाई के घर संसार की मालकिन बन गयी, राजरानी समझो। उधर उपले पाथते...नदी से पानी भरते और क्या पता, ढोर-ढंगर चराते दिन बीतता होगा और इधर सिंगार-पटार किये महारानी बनी बैठी है, एक से एक बढ़िया जोड़ा पहने, दो-दो नौकर ख़ातिरदारी को।

"गौरी के भाइयों को ही देखो, वह बलभद्र काश्तकार भी जब घुटनों तक फिरन डाटे, चदरा कन्धे पर जमाये, फटी बिवाइयोंवाले कीचड़ सने पैरों से राजभाई की बैठक में घुसता है दूर तक कालीन पर कीचड़ सने पैरों के निशान पड़ जाते हैं...."

"हाँ बहन, किस्मत अपनी-अपनी। किसे दोष दें? मिले तो छप्पर फाड़कर, न मिले तो चाहे कुहनी से धरती खोदो...."

ननद कहती, "रूप भी तो पाया है भाभी ने। किस परी से कम है?"

"हाँऽऽ, हूर की परी बन जाती है हर ऐरी-गैरी, जब कोई नाज़बरदार मिल जाये।"

अब जली-कटी तो लीला सुनायेगी ही। रूप उसका भी उन्नीस नहीं गौरी से, पर उसके पति जो लात-डण्डों से ही बात करते हैं। उसका क्या करे वह? उजली सूरत मैली न हो तारा की, जिसका पति किसी भी जवान लड़की को देखकर भूखे कुत्ते की तरह लार टपकाने लगता है? सहने को तो सह जाती है वह। सहे न तो कहाँ जाये? नातेदारी-बिरादरी में औरत ही तो दोषी समझी जाती है जो घर से बाहर कदम निकाले। दुनिया तो मर्द की हुई न? पर इस सबसे कलेजे में जो आग लहकती है, जो ज्वालामुखी सुलगता है उसका धुआँ तो कभी-कभार बाहर आयेगा ही।

यह धुआँ गौरी के भाग्य को देखकर ज्यादा तीखा होकर उनकी अपनी ही आँखों में गड़ने लग जाता। उन बेचारियों का भी क्या दोष?

हतप्रभ गौरी कितनी देर नासमझ रहती? हर औरत का जो घर-संसार का सपना होता है, उसमें सावन के झूलों की पीगें और नरगिसी गन्ध का उन्माद होता है। छुई-मुई के फूल-सा नाजुक, मदहोश करती गन्ध से सराबोर उस संसार में धूल-धुएँ का क्या काम? लेकिन स्वप्न जैसा आधा सच आधा झूठ यह संसार, धूल-गुब्बार और कील-काँटों से खाली नहीं: यह बात हवा के पंखों पर उड़ते प्यार करनेवाले जब जान जाते हैं तो भीतर कुछ टूटना शुरू हो जाता है। चिनार के साये में पुरवाइयों के झकोरों बीच लेटे, उन्मुक्त पाँखियों की चहक सुनते, सुस्ताने के बाद अचानक नंगी धूप के सहारा में पाँव-पाँव चलना आसान नहीं होता। लेकिन सुस्ताए भी आदमी कितनी देर? ख़्वाबों की दुनिया में कितनी देर सोया रहे? जागना तो ज़रूरी है, अनवरत यात्रा जो लिख गयी होती है भाल में!

सो देवरानियों-जिठानियों और नाते-रिश्ते की, अपनी-पराइयों की चेहमेगोइयों ताने-तिश्नों, हिदायतों और हमदर्दियों के बीच गौरी घर का राजपाठ सँभालती रही। अपनी मुस्कराहट बनाये रखी, अपने मन के कुम्भ को उसने विषाक्त न होने दिया। धीरे-धीरे उसकी मज़बूती देख आवाज़ें धीमी पड़ती गयीं। लोग समझ गये कि अब तो देर हो गयी, अब बोलने से कोई फ़र्क पडनेवाला नहीं, जो होना था सो हो गया।

गौरी ने राजनाथ को प्यारी-सी बेटी दी। राजनाथ के घर में बच्चे की इयां याऽऽ गूँजी, तो गौरी का माथा मातृत्व की आभा से दीप्त हो उठा। उस दिन तमाम दोस्तों, नाते-रिश्तेदारों के बीच बधाइयों, शुभ-कामनाओं के साथ खुशियाँ मनाते हुए भी राजनाथ सुभद्रा को न भूले। उसने कहा था, "तुम्हारी सन्तान देखे बिना मैं मरूँगी नहीं।"

राजनाथ घर से किसी बहाने निकल पड़े और सुभद्रा के घर गये। यह शुभ सन्देश सुनने का पहला अधिकार उसी का था। वहाँ किसी ने राजनाथ का स्वागत न किया। साले-सलहजों ने तो बात भी न की, बल्कि देखकर मुँह फेर लिया। राजनाथ को भी स्वागत की उम्मीद या ग़लतफ़हमी न थी। वे सीधे सुभद्रा के कमरे में गये। पास जाकर कान के नजदीक मुँह ले जाकर बोले, "सुभद्रे, तुम्हारी बेटी हुई है, सुन रही हो?"

बिस्तर पर पड़ी मुट्ठी-भर हड्डियों में हरकत हुई, सुभद्रा ने आँखें खोली, बोझिल आँखें, जैसे गहरी नीद से किसी ने जगाया हो, स्वर पहचाना और गले से

खींचकर आवाज निकाली, "मै जानती थी, मैने कहा था न? उसका नाम...उसका नाम रति रखना..."

सुभद्रा शान्त थी, वितस्ता की तरह निःसंग बोधिसत्व की तरह निष्काम बहुत ऊँची फिर भी बहुत पास। राजनाथ ने उस वक्त क्या खुद को उसके सामने बौना महसूस न किया होगा?

वह सुभद्रा का अन्तिम संवाद था पति के साथ और इस संवाद ने राजनाथ के भीतर एक बारीक काँटा गड़ा दिया। कहीं गहरे में एक छोटी-सी कुरेदन, एक तीख़ी कौंच, अदेखा ज़ख्म हो गया, जो बाद में जाने-अनजाने छूने-छिलने से टीसता था। कारण? कारण थे भी और नहीं भी। कारण दरअसल मन नाम की चीज गढ़ लेता है। होना-न होना उसे परिभाषित करने पर निर्भर करता है, मानो तो है, न मानो तो नहीं।

सात

यों राजनाथ कोई भी बात, चाहे वह कितनी ही महत्त्वपूर्ण क्यों न हो, दिल को लगाकर न बैठते थे। पक्के कर्मयोगी! शंकरलाल के शब्दों में, 'योगः कर्मसु कोशलम्, उनका मन्त्र था। थे तो संसारी! सुख में खुशी और दुःख में गमी का अहसास किसे नहीं होता? पर वे अक्सर उस सन्त व्यापारी की बात सुनाया करते जो मालवाहक जहाज डूबने पर भी आँख बन्द करके 'शुक्र परवरदिगार' बोला था। और खूब माल समेत जहाज़ सकुशल लौटने की ख़बर पाकर भी आँख बन्द करके 'शुक्र परवरदिगार' ही बोला था और कोई शब्द नहीं। यानी कि आँख बन्द कर उसने अपने मन की थाह पा ली थी कि सुख और दुःख, दोनों स्थितियों में उसका मन चंचल नहीं हुआ, डोला नहीं। सुख और दुःख को समान रूप से वहन करनेवाले या कम-से-कम उस स्थिति तक पहुँचने की कोशिश करनेवाले थे राजभाई।

उनके आसपास ही एक वृहत् परिवार उग आया था। उसी में एक की ऐसी, दूसरे की वैसी रागस्याएं-परेशानियाँ सुलझाते काफ़ी वक़्त निकल जाता था। यों उनके आसपास के सभी बन्धु-बान्धव उनसे खुश हों, ऐसा तो कहीं किसी के साथ नहीं हुआ, उनके साथ कैसे होता? कई दूर के भानजे-भतीजों को जी-तोड़ कोशिशों बाद दसवीं-बारहवीं तक खींच ले जाने में वे सफल हो गये थे और इधर-उधर से सिफ़ारिशें जुटाकर उन्हें अपने पैरों पर खड़े होने लायक बना दिया था। वे ही

अक्सर गोल घेरों में बैठकर कहते, "मै डॉक्टर न बन गया होता अगर मामा थोड़ा हाथ रखते मेरे सिर पर?"

"और मैं? मैं क्या उम्रभर सी ग्रेड क्लर्क बनकर रहता पब्लिक वर्क्स डिपार्टमेण्ट में, अगर चाचा जी चाहते तो?..."

लेकिन इसके बावजूद राजनाथ अपनी तरफ़ से कोशिश जरूर करते। वे सुपात्र देखकर निर्णय लेते। जिसका जैसा माद्दा होता उसे पहचानकर जो कुछ भी बनता, उससे वे पीछे नहीं हटते थे, राजा रजवाड़े तो वे नहीं थे और न ही प्रशंसा के भूखे, जो अनाप-शनाप सिक्के बाँटते फिरते। यदि वे राजा भी होते तब भी हमें शक है कि वे अहम् की तृप्ति या बाहवाही लूटने की खातिर दौलत बिना सोचे लुटाते। वे उस दयावान राजा की कथा प्रसंगवश सुनाते जो बन्दी पक्षियों को स्वतन्त्र करने के लिए पक्षियों के मालिकों को स्वर्ण मुद्राएँ देते थे और बदले में प्रशंसा पाकर तृप्त होते थे। मन्तव्य तो उनका भला था पर मुद्रा के लालच में लोग पक्षियों को पकड़-पकड़कर राजा के पास ले जाने लगे। इस परिणाम को देख एक साधु चिन्ता में पड़ गया, वह राजा के पास गया और उससे कहा, "राजा, तेरे इस पुण्य कार्य के पीछे बाहवाही लूटने का सुख भी शामिल है। तेरे अहम् की तुष्टि के लिए निरीह पक्षी दुःख पाते हैं, क्योंकि लोग मुद्रा के लालच में जाल डाल-डालकर उन्हें बन्दी बनाते हैं और तेरे पास ले आते हैं। ऐसी दया किस काम की?" उनका विवेक जैसा कहता, उसी हिसाब से उनके निर्णय होते, इन मामलों में वे नाना प्रकार के चाचों के भतीजों के साडू-सलहजों से मशविरे नहीं करते थे। जिससे ज़ाहिर है कि उनके बन्धुओं को हमेशा तकलीफ रहती।

शिकायती तो थे ही उनके इर्द-गिर्द, राजनाथ के छोटे-मोटे दुश्मनों की भी कमी न थी। उनसे दुश्मनी की एक खास वजह यह भी थी कि जब दीने चपरासी के लड़के बिल्ले को आपने पढ़ाई का खर्चा दिलवाया, नन्दू क्लर्क के शम्भू को 'हेडो मेमोरियल' में दाखिला दिलवाया मुकुन्दराम की अधेड़ लड़की सीता की शादी में हजार रुपया खर्च किया तो हमारे बबलू में ही क्या कमी थी? उसे कम-से-कम कॉलेज में 'ट्यूशन फीस' ही माफ करवाते।

"हमने तो आपसे कभी कुछ माँगा नहीं। माँगनेवाले तो हम अपने बाप से भी नहीं हैं पर आप तो दीन-जहान का भला करने का दम भरते हैं। आपको अपने साये में बैठा बिट्टू नज़र नहीं आया? तीन बार मैट्रिक में रह गया। एक ज़रा-सी सिफ़ारिश से उसका भी बेड़ा पार हो जाता। आप खुद पर्चे बाँचते हैं। क्या होता एक नम्बर के आगे जरा-सा ज़ीरो बढ़ा देते? कुछ जेब से खर्चना तो नहीं पड़ता

न? अब अपने नाते-रिश्तेदारों के लिए तो इतना सभी करते हैं।"

"क्या हुआ जो मेरे विजय ने ताराचन्द की लड़की की चुन्नी पर ज़रा-सा एसिड डाल दिया। इत्ती-सी चमड़ी ही तो जल गयी, कोई आँख-कान से तो नहीं गयी वह? अब जवान-जहान लड़के-लड़कियों से छेड़खानी नहीं करेंगे तो क्या आप और हम करेंगे? यह न सोचा कि चलो, बच्चे हैं, जरा डाँट-डूँटकर, हिदायत देकर छोड़ दें। बस, सीधे कॉलेज से रस्टिकेट ही कर दिया एकदम!"

"और वह मेरा चमना? उसने क्या किया? ज़रा-सा काग़ज का टुकड़ा रखा था कमीज की बाँह में। दो-चार 'इक्युवेशंस' लिखी थीं उस पर। कोई महाभारत तो नहीं लिखा था? इन्होंने तो उसे परीक्षा भवन से ही बाहर करवा दिया। बच्चे का पूरा साल चौपट हो गया। और तो और बिरादरी में हमारी नाक भी कट गयी। हम भी तो आल-आयलवाले हैं। समाज में नाते-रिश्ते करने हैं, यह तो सोचा होता। लोग साबुत की साबुत किताबें रखते हैं मेजों के नीचे, सो कोई देखता नहीं। लेकिन अदावत थी आपको हमसे, क्या कहें?"

शुक्र है तब तक परीक्षाभवन में चाकू-छुरे रखने का चलन नहीं था, नहीं तो उनके ये मित्र कहते कि क्या हुआ एक रामपुरी चाकू ही तो रख़ लिया मेज पर, कोई दोधारी तलवार तो नहीं रखी।

बहरहाल! भिन्न-भिन्न कारणों से परिजन नाराज थे। जिया भट्ट का लड़का, इस कारण नाराज़ था कि राजकाका पण्डे-पुरोहितों की उम्रदराज लड़कियों के लिए वर जुटाने में वचन-धन से मदद करते हैं पर मैं, जो उनकी ससुराल की तरफ़ से रिश्तेदार हूँ और चालीस पार कर रहा हूँ, मेरा अकेलापन उन्हे महसूस नहीं होता। एकाध कन्या मेरे लिए भी जुटा देते। अब जिया का लड़का ग़लत भी नहीं था, वह जो सुबह-शाम खिड़कियों पर बैठा 'दो दिलों को यह दुनिया, मिलने ही नहीं देती, नुमा गीत दर्द-भरे सुरों में गाता रहता था और चूल्हे की गीली लकड़ियों से भरी जवानी में धुआँ-धुआँ हो रहा था, उसका दर्द राजनाथ को महसूस करना ही चाहिए था। एकाध कानी, लंगड़ी भी नहीं जुटायी उसके लिए तो वे क्या दोस्त समझें उन्हें, हँ?

दुश्मनों की नाराज़गी के कारण तो समझ में आ सकते हैं पर उन दुश्मनों की नज़र में जो दोस्त थे, उन दोस्तों को भी कम शिकायतें नहीं थी, अक्सर वे जब इस-उस घर में चाय की चुस्कियों या तम्बाकू के सुट्टों बीच गप्पें लगा रहे होते, राजनाथ का जिक्र आ ही जाता था। ऐसे में जब राजनाथ का कोई नया-नया भक्त उनकी उदारताओं का ज़िक्र करने लगता, तो वे एकदम बिफर जाते और

अपनी-अपनी पिटारियों में से नाराज़गियों, गिलों-शिकवों के रंगारंग कारण निकालकर हमदर्दों के आगे पान की गिलौरी की तरह पेश करते, "यह देखिए यह किया है एहसान मेरे बिल्ले पर। इसे आप कहते हैं पढ़ाई का खर्चा देना? अरे भई, महीने की फीस माफ़ कर दी और पढ़ने को चार-छः पुस्तकें लाकर दीं तो क्या हो गयी पढ़ाई? मिल गयी डिग्री—तमगे? लड़के को अव्वल आने के लिए ट्यूशन की ज़रूरत नहीं पड़ेगी? कॉलेज जायेगा तो क्या नया पैण्ट-कोट नहीं चाहिए, या कुरते-पाजामें में ही अपनी भद्द उड़वाता चला जायेगा? यह नहीं सोचना चाहिए था उन्हें?"

"और मेरी सीता की शादी क्या हुई कि लोगों ने मुझे निकम्मा ही समझ लिया। अरे, दो-एक हज़ार से लड़की ससुराल में रच-बस जाती है क्या? साल-भर के तीज-त्यौहारों में ही कितना खर्चा आता है, इसका कुछ अन्दाजा भी है उन्हें? उम्र-भर तो लड़कीवालों को खटना ही है। वह किसी ने कहा है न, 'लड़की अनब्याही तो खाये माँ-बाप का भात, ब्याही तो खाये माँ-बाप की आँत'—यह सब तो राजभाई जानते हैं, विद्वान जन हैं। कुछ बोलों तो कहेंगे, "रिफॉर्म करो, सोशल रिफॉर्म। समाज सुधार" अब आप ही बताओ, निभते हैं हम ग़रीब लोगों से यह बड़े लोगों के चोंचले? दान-दहेज न दें तो लड़की को कौंच-कौंचकर ख़त्म न कर दें सास-ससुर? जीना मुहाल न कर दें? बिना दहेज की लड़की को वो क्या कहते हैं 'कच्ची मछली' कहा जावे, गले उतरेगी वह बिना बघार-मसाले? फिर सदियों पुरानी रीत है हमारे बुजुर्गों ने मानी, हम न मानेंगे?"

कभी कोई छोकरा बीच में दख़ल देकर कहता, "चोंचलें! इसे आप चोंचले कहते हैं? समाज में सुधार लाने की कोशिशें हमें ही तो करनी हैं। इस लेन-देन के कारण कितनों की ज़िन्दगी नरक बन गयी है। फिर यह सयाने, लड़की को मछली कहकर ख़ाने की चीज़ क्यों मानते हैं? उनके घर में भी तो बेटियाँ होंगी..."

बस, जिस छोकरे ने मुँह खोला, उसकी शामत आयी समझो, "लो, ऐ लो, इस मेंढकी को भी जुकाम हो गया है। बड़ी बातें सुनों, अरे, वो नरक-स्वर्ग तो कपाल पर खुदकर आता है। फिर बड़े लोगों को ही यह सुधार-उधार की बातें सोहती हैं। नाम होता है चार जनों के बीच, अख़बारों में फोटो छपती हैं। बाकी ये लोग रिफॉर्म क्या करेंगे? भेंट चढ़ावे ही दे दें हजारों-लाखों के। कई लोग तो शादी से पहले ही 'मँगनी', 'सगुन' पर ट्रकों में भर-भरकर सामान भेजते हैं सोफासेट से लेकर किचन सेट तक। और उस दिन खादी की साड़ी में लिपटी लड़की का लगन कराकर शाहीदाना रुख अख्तियार कर लेते हैं। हम सब जानते हैं, ये नेताओं के

ढंग। हम से मत बुलवाओ अगला-पिछला हरेक का। वह राधे वकील ने क्या किया? सुदर्शन बहादुर ने तो चाँदी का हवाई जहाज बनाकर उसमें सोने का खोल चढ़ाये, लड़के की जन्मपत्री भिजवा दी। जब जन्मपत्री वापस करनी थी तो। कुछ छिपा है तुम लोगों से। फर्नीचर वगैरह के नाम पर बीस-बीस हज़ार भेजनेवाले हम तो नहीं हो सकते।"

कुछ भी कहे कोई, राजनाथ ऐसों में शुमार नहीं हैं। यह बात शंकरलाल ही नहीं, नित्यानन्द दर भी मानते हैं। देने को तो राजनाथ भी हज़ारों की रक़म बेटियों को दे सकते थे, पर वे मानते रहे हैं कि शिक्षा बड़ा धन है, बच्चों को अच्छी शिक्षा, अच्छे संस्कार दो, तो वे अपने जीवन को आप ही बना-सँवार सकते हैं। तब उनमें आर्थिक क्षमता भी आती है और नैतिक शक्ति भी। जो राजनाथ को जानते हैं उन्हें यह भी मालूम होगा कि उनकी बेटी की मँगनी टूटी थी इसी सुधार-उधार के चक्कर में। पहले तो लड़केवालों ने हाँ कर दी, सोचा राजनाथ खाते-पीते आदमी हैं, समाज-सुधारक हैं सो दिखावा नहीं करेंगे, जिंस न सही, नकद तगड़ी रक़म दे ही देंगे। आख़िर समाज में उनकी इज्ज़त-आबरू है, पर बाद में इस उससे भीतरी बात जानने की कोशिश की तो राजनाथ को भनक पड़ गयी। वे शगुन वापस कर आये, बोले, "नहीं भाई, दूसरों को सीख देता हूँ, आप ही अपने कहे खिलाफ़ कदम कैसे उठाऊँ?"

समाज में फ़जीहत भी हुई लड़की का मामला ज़रा नाजुक मामला होता है। संगी-साथियों ने कहा कि बात न टूटे तो अच्छा हो। पर राजनाथ अड़ गये, "नहीं भाई, जो लोग गृहलक्ष्मी से ज़्यादा प्यार धन-दौलत से करते हैं, उनके यहाँ लड़की देना तो मैं अपराध समझता हूँ, उधर तो लड़की कभी सुखी नहीं रह सकती।"

अपने बेटे की शादी के वक़्त भी राजनाथ अपने सिद्धान्तों पर अटल रहे। उन्होंने निहायत सादे ढंग से कमलपत्र पर केसर- कुमकुम, मौली, फूलमाला और एक चाँदी का रुपया शगुन के लिए भेजा। कोई गहना, कपड़ा, पैसा कुछ भी नहीं। गुणी, जो राजनाथ के घर की हर बात से वाकिफ़ है, हैरानी में ठुड्डी पर हाथ रखकर कहती है, "बस! एक रुपया, केसर-कुमकुम, मौली और गुलाब- जूही की माला दुल्हन के लिए। उधर से भी दूल्हे के लिए यही सब। हाँ, गुट्ठी-भर इलायची-बदाम भी रिकाबी में। शादी में दो-चार साड़ियों और एक-दो गहनों के साथ लड़की को घर ले आये। कहाँ वह दुल्हन की मुँह दिखाई की रस्म, दूल्हे की सतरात में घड़ी से लेकर चाँदी के बर्तन, सूट-बूट और हज़ारहा चीजें। लड़कियों को भी ऐसे ही विदा किया। बल्कि सास बेचारी शौक़ से आई दुल्हन का घूँघट

उठाने और बहूरानी को शर्मसार नज़रों से धरती ताकते देख हैरान हो गयी। ठुड्डी पकड़कर चेहरा उठाया, आँखों में झाँका और दोबारा घूँघट चेहरे पर डाल दिया।" अब बहू के पास मुँह दिखाई के लिए कोई रकम, कोई जेवर हो तो न वह सास के हाथ में थमा देती।

गुणी यह भी कहती कि लड़कियों की सासें अभी तक, यानी कि बहुओं के बाल-बच्चेदार बनने तक भी ताने देने से बाज़ नहीं आतीं। भगवान की दया से अभी तक जीती हैं, यद्यपि मेरी तरह उम्र का हिसाब अब भूल गयी है। फिर भी कभी-कभार कहती है, "कितने शौक़ से तुम्हारा घूँघट उठाया था मैंने बड़ी बहूरानी, पर तुम्हें टुकुर-टुकुर ताकते देख मेरी जिठानी ने क्या-क्या न सुनाया मुझे? कहा, "तू ही छिपाती है, ऐसा हुआ है कभी कि सास को बहू ने मुँह दिखाई न दी हो? नातेदारनियाँ कहती रहीं, भारी लिफ़ाफ़ा थमाया होगा समधी ने, आख़िर समधी भी कोई ऐरा-गैरा तो न था। पर मैं क्या कहती? कहती भी तो क्या कोई विश्वास करता कि अपने पल्ले तो कानी कौड़ी भी न पड़ी—एक नंगी बुच्ची लड़की के सिवा..."

लेकिन राजनाथ ने व्रत लिया था कि वे बातों से डिगेंगे नहीं। बिल्कुल सादे समारोह में बच्चों की शादियाँ होंगी। वे कहते भी, "विवाह तो दो आत्माओं का मिलन है, भालू-बन्दर का खेल नहीं कि डुगडुगी बजाकर मजमा इकट्ठा करो। उनके घर भी बारात में लड़केवालों से घर के दस-बीस जने ही आये। एक घर से एक सदस्य। साधरण सात्विक भोजन, तीन-चार सब्जियों के साथ। इधर तीस-तीस सब्जियाँ बनाने का बेतुका रिवाज चल पड़ा था, जितने ज्यादा पकवान, उतना समधी ज़्यादा रुतबेवाला गिना जाता। राजनाथ ने इस बेतुकी प्रथा का विरोध किया।"

अपनी बहू-बेटियों को उन्होंने सामाजिक ज़िल्लतों से बचाने की कोशिश की। मेज़-कुर्सियों की तरह ख़रीददारों के सामने पेश करके उनके सम्मान से खिलवाड़ नहीं होने दिया, यद्यपि लडकियों को इस-उसके घर ले जाकर दिखाने का रिवाज उन दिनों चल पड़ा था। राजनाथ पहले बड़ों से बात करते, फिर सब तरह से इत्मीनान होने पर लड़के-लड़की का एक-दूसरे से परिचय कराते। जब उन्हें इत्मीनान हो जाता कि अमुक दो व्यक्ति एक-दूसरे को पसन्द करेंगे और जीवन में सच्चे संगी बनने का यत्न करेंगे तो वे उन्हें एक बार ज़रूर मिलने की इजाज़त देते, यद्यपि विवाह से पहले स्वच्छन्द प्रेम में उनका विश्वास नहीं था। वे कहते भी थे, "बेटियाँ घर की शोभा होती हैं, एक की बेटी दूसरे की बहू। बेटों को भी उन्हें

समुचित मान-मर्यादा देनी चाहिए।"

बहरहाल! वह क्या समझते थे और क्या नहीं यह तो उनके और उनके भगवान् के अलावा उनके कुछ दोस्त अहबाब ही जानते-समझते थे। अधिकाँश लोग उनकी बातें पसन्द करने के बावजूद, उनके कथन की सत्यता पर ज़रा कम ही विश्वास करते। यह उनकी अपनी विवशता थी। अलग-अलग मिलने पर वे राजनाथ को साक्षात् देवता-स्वरुप मानने से भी हिचकते न थे, पर पीठ पीछे किसकी ऐसी-तैसी नहीं होती? लोग तो राजा को भी बाज़ वक्त घसियारा कहने से नहीं चूकते। फिर जहाँ चार जने इकट्ठा होकर एक सुर में बोलने लगें तो पाँचवा सुर भी किसी-न-किसी गिले-शिकवे को याद कर हाँ में हा मिला ही देता।

इस बिरादरी में राजनाथ का कोई शिष्य कोई नयी-नयी मसें भीगा छोकरा ईमानदारी की बात करे तो भला आप ही बताइए कि पक्के सिरवाले बुजुर्ग उसे कैसे सुनेंगे? सहने की बात तो छोड़िए। आख़िर वक्त के कई चेहरे, कई रंग, कई उतारचढ़ाव देखे हैं उन्होंने। धूप में तो बाल सफ़ेद नहीं किये। राजा-महाराजाओं के राज्य से लेकर अंग्रेजों की हुकूमत देखी और अब कांग्रेस-जनता वगैरह-वगैरह का राज भी देख ही रहे हैं। क्या समझायेंगे ये कल के लौंडे उन्हें?

ओमी की तो अक्सर शामत आ जाती है, इस छोकरे की समझ तो ठीक-ठाक है, पर पाचनशील कुछ कमजोर है, ऊपर से राजनाथ का भक्त! एकाध बात उनके बरखलाफ़ सुनी कि चिंहुक उठा, "राजा साहब कोई सचमुच के राजा रईस तो नहीं हैं और न ही कोई खज़ाना धरा है उनके घर में, जो हर राह चलते को बाँटते फिरे..."

एक बार दीनानाथ जी के सामने ऐसा ही कुछ कहा कि छोकरा पिटते-पिटते रह गया। दीनानाथ तो हुक्के की नय उठाकर उस पर दो चार वार करनेवाला ही था, पट्ठा उनके इरादे सूँघकर तीर की तरह निकल भागा। ये तो बेचारे दीनानाथ अब उम्र की मार से बेज़ार हैं, घुटने भी अब साथ नहीं देते। हुए न जवान, तो बता देते कि राकेट के सामने तीर की क्या बिसात! अरे, डल झील क्या चीज है, वुलर क्रास किया है उन्होंने अपने ज़माने में। मिशन स्कूल के छात्र रहे हैं, तैराकी में शील्ड जीता था। हाथ कंगन को आरसी क्या? फोटो देख लें, कैसे मन्त्री जी के हाथ से इनाम ले रहे हैं..."

"अब ये दो पसली का छोकरा मुझसे जबान लड़ाता है...वक्त की बात!

अब कोई मज़लिस में समझाता दीनानाथ को, "छोड़िए नाथ जी, आप भी क्या मुँह लगते हैं इन जुम्मा-जुम्मा आठ दिन पहले पैदा हुए छोकरों के। राजनाथ ने पाला है इसे बेटे की तरह आप तो जानते हो कबाइली हमले के वक्त उधर

मुहरा-बारामूला से उसे उठा लाये थे। पढ़ा-लिखाकर किसी क़ाबिल बन गया तो जबान भी खुल गयी। यों लड़का शरीफ है, पर राजनाथ के बरखिलाफ एक शब्द भी नही सुनेगा। नमक का हक़ अदा कर रहा है। समझे..."

"अजी, नमक का हक़ अदा करे उनके गोड़ दबाकर। हमसे क्या लेना-देना, हमने तो अपने मान-सम्मान की ख़ातिर राजा- महाराजा के आगे सिर नहीं झुकाया। लल्लो-चप्पो हमसे अपने अफ़सरों की नहीं हुई भले पूछो मुहल्ले में जी चाहे जिससे भी।"

अब मुहल्ले में कई जानकार सामने बैठे हों तो लिहाज मुरौवत में मारे धर्मसंकट में ही पडेंगे न? फिर काने को काना कहना भी कोई धर्म नहीं। दिल दुःखानेवाली बात बुजुर्ग यों भी करते नहीं, बिना मतलब के!

शंकरलाल ऐसे लोगों से खुश नहीं थे। वे कहते भी थे, "राजभाई क्या इन्हें जानते नहीं, ऐसे एहसान फ़रामोश पीठ पीछे अपने बाप को भी नहीं बख़्शते, पर सामने दस्त-बस्त नमस्कार और जी-हुजूरी करने में इन लोगों का कोई सानी नहीं होता। कभी-कभी ऐसे लोगों पर उन्हें गुस्सा भी आता, मन करता ओल-पोल खोंल दें, पर किसे ढके आदमी और किसे उघाड़े? सोचते, ऐसे लोगों पर गुस्सा करना भी बेकार। अपना ही ब्लडप्रेशर बढ़ाना समझिए। आप दीवार से सिर मारें तो अपना ही कपाल फाड़ेंगे न? सामनेवाला जब सिर की जगह कुम्हड़ा लगाये बैठा हो तो!

राजनाथ कभी-कभी उनके भले के लिए समझाने के अन्दाज में कहते, "शम्भूभाई, नन्दू को ट्यूशनें लेने दो। उसकी अपनी मदद भी हो जायेगी और आगे घर की ज़रूरतें पूरी करने में तुम्हारा हाथ भी बटायेगा। अब तुम्हारी पुरोहिती के दिन लदते नज़र आ रहे हैं, सो उसे इस धन्धे से मुक्ति दो। मुझसे जो भी होगा करूँगा। पर उसे भी अपने पैरों पर खड़ा होने का मौक़ा दो..."

"दीनानाथ जी, आपका बेटा तीन बार दसवीं में फेल हो गया। उसका मन पढ़ाई में नहीं लगता। किसी काम-धन्धें में क्यों नहीं डालते उसे? कोई हुनर सीखेगा तो चार पैसे कमायेगा, आगे किसी का मुहताज नहीं रहेगा। सभी बी. ए. एम. ए. हो जायें, यह किसी शास्त्र-पुराण में नहीं लिखा है। फिर दफ्तरों में क्लर्की, मुहर्रिरी या मास्टरी करने के अलावा भी कई धन्धे हैं..."

"और जगन्नाथ जी, आप सरला बेटी के लिए टेवा मिलाना छोड़ दीजिए। वर-वधू की जोड़ी स्वयं भगवान् बनाते हैं। प्रेमनाथ का लोका ज़हीन लड़का है, शरीफ भी है। सरला सुखी रहेगी उसके साथ। ग्रहों-नक्षत्रों को मिलाते आपको

चारेक साल तो हो गये। मेरी मानिए तो दोनों की जन्म कुण्डलियाँ श्रीगणेश के चरणों में रख़कर बात पक्की कर लीजिए। मैंने खुद भी बेटियों की जन्म कुण्डलियाँ नहीं मिलायीं। ईश्वर की कृपा से सभी अपने-अपने घरों में खुश हैं..."

लेकिन जगन्नाथ जी कैसे राज़ी हों। सदियों से जो विश्वास मनों में आड़े बैठे हैं उन्हें एक राजनाथ के कहने से ढहाया नहीं जायेगा। क्या पता कल लड़की को क्या-क्या भुगतना पड़े? जान-बूझकर मक्खी निगलना होता है किसी से? ये तो राजनाथ जाने क्या बातें करते हैं। टाल रहे हैं समझिए। कहीं उनसे मदद न माँगी जाये...

जगन्नाथ जी को अपनी बेटी के सन्दर्भ में और दीनानाथ को अपने निखट्टू बेटे के लिए राजनाथ से उम्मीदें हों तो वह कहाँ तक पूरी हो सकती है, इसका अन्दाजा उन लोगों को नहीं था। यों तो बेसिक एजुकेशन पर गाँधीजी भी ज़ोर दे रहे थे पर लार्ड मैकाले ने हिन्दुस्तानियों को जो क्लर्क बनाने की ठानी थी, उसका असर उनके दिलो-दिमाग़ पर छाया हुआ था। इसके अलावा उन लोगों के दिलों में यह विश्वास आड़े बैठा था कि राजनाथ चाहें तो कुछ भी कर सकते हैं। उनके पास धन सम्पदा है, पद प्रतिष्ठा है, बड़े अफ़सरों से मेलजोल है या जादू की छड़ी है कि ज़रा-सा छू दें और 'खुल जा सिम-सिम' कहें, अलीबाबा चालीस चोरोंवाली कहानी की तरह, तो खज़ाने के द्वार खुल जायेगें फटाक् से।

फिर क्या कारण है या कठिनाई है कि उनकी समस्याओं को वे हल न करें? जब वे दानी महात्मा बनते ही हैं तो क्या वे ही कुपात्र हैं?

लेकिन सच तो यह है कि राजनाथ ने कभी अपने आपको दानी-महात्मा नहीं कहा, या ऐसा कोई भी ढोंग न रचा कि लोग श्रद्धावनत होकर उनके पैर धोने आ जोयें। इन सब बातों से उन्हें जन्मजात चिढ़ थी। वह किसी महात्मा कहलानेवाले पीर-फकीर के चरण छूने कभी नहीं गये, इस पर कइयों ने उन्हें नास्तिक, श्रद्धाहीन, अधार्मिक आदि-इत्यादि भी बताया।

वे यदि किसी की मदद करते तो उसकी पात्रता देखकर और मन में घुमड़ती करुणा के कारण ही। चाहे वह उनका अपना कोई नाते-रिश्तेदार होता या कोई अनजान ग़रीब-गुरबा। ओमी में उन्होंने योग्यता देखी और फटेहाली से द्रवित होकर उसे अपने घर में जगह दी, किसी प्रतिदान की आशा से कम और मन की विवशता से अधिक। ऐसे साधनहीन लड़कों को देखकर शायद उन्हें अपना अभावों में बीता बचपन याद आ जाता हो। क्या पता, वे किसी को कारण तो बताते नहीं थे।

राजनाथ की इसी कमज़ोरी या ख़ूबी को देखकर उनके इर्द-गिर्द लोगों का हुजूम इकट्ठा होता रहता। अब चाचे-ताये, भानजे-भतीजे ही नहीं, दूर-पार के कभी न देखे-सुने रिश्तेदार बिना इत्तला दिये वक़्त-बे-वक़्त नमूदार हो जायें अपना खस्ता हाल सुनाने और 'तुम्ही हो दाता, तुम्हीं पिता हो, तुम्हीं हो बन्धु सखा हमारे' का वाचन करने लगें तो राजनाथ अपने छोटे काले सेफ का ढक्कन खोल, कुछ पत्रम-पुष्पम् जितना भी दिन-वक़्त इजाजत दे, दिलाकर मुक्त हो जाते। चाहे वे कई झंझटों में व्यस्त हों, गरीब परवर, बन्दा नवाज कहकर कोर्निश करने वाले उन तक पहुँच ही जाते।

वक़्त-बे-वक़्त प्रकट होते इन 'अपनों' पर कभी वे झुंझला भी उठते, आखिर इनसान थे, उल्टी-सीधी माँगों पर फटकार भी देते। पर फिर भी उनके भीतर कुछ था कि लोग फटकार खाकर भी चार दिन बाद दोबारा हाज़िर हो जाते। लोग जानते थे कि राजनाथ अपने ही दिल से मज़बूर हैं। ज़रूरतमन्द को खाली हाथ लौटना उन्हें किसी भी हालत में मंजूर नहीं होगा।

अपने भीतर की इस मज़बूरी से राजभाई कई बार ठगे भी गये। बकौल शंकरलाल "ठगा जाना कोई बड़ी बात थी भी नहीं, उनका जैसा तौर-तरीका था, उस हिसाब से। पर उन्होंने कभी किसी के बरखिलाफ कोई कानूनी कदम उठाने की सोची भी नहीं। सोचते तो कुछ-न-कुछ करवा ही सकते थे। प्रतिष्ठित लोगों तक उनकी पहुँच थी और वकील ताराचन्द तो उनके लंगोटिये थे ही।"

पोस्टमास्टर मुकुन्दलाल को ही लीजिए। राजनाथ उनसे उस तरह के व्यवहार की उम्मीद तो कर ही नहीं सकते थे जैसा उन्होंने किया। व्यवहार क्या, सीधा अँगूठा ही दिखा दिया समझिए।

"इस पोस्टमास्टर ने बेटी की शादी पर राजभाई से दो हज़ार रुपये उधार लिये। दो हज़ार बड़ी रक़म होती थी उन दिनों। सोने का भाव सौ रुपया तोला था। पैसे में बरकत भी थी। राजनाथ का हाथ उस वक़्त गोकि थोड़ा तंग था पर मुकुन्दलाल बड़ी मुसीबत में नज़र आये, फिर दूर के रिश्तेदार भी हैं। अलाँ-फलाँ के साढ़ू की सलहज के भतीजे! गिड़गिड़ाकर दीनभाव से चरण छुए, आप ही का आसरा है कहकर पिटे चेहरे से अपना ख़स्ता हाल बयान किया, "रुपया उधार ले रहा हूँ। दो-एक साल में प्राविडेण्ट फण्ड की बाकी रकम मिलते ही आपका कर्ज़ा चुका दूँगा।" गायत्री छूकर कसम भी खायी। बिरादरी की लड़की यों भी अपनी बेटी के समान होती है, सो राजनाथ पसीज गये और रुपये दे डाले, बिना रसीद-कागज लिखे। राजनाथ कोई सूदखोर बनिये तो थे नहीं कि बहियों में हिसाब-किताब दर्ज

कर अँगूठे लगावाते रहते, आख़िर ज़बान भी कोई चीज़ होती थी। याददाश्त के लिए अपनी डायरी में नोट कर लिया। बस, बात कही, समझों काम पक्का हो गया।

लेकिन जब कई वर्ष मुकुन्दलाल ने रक़म का ज़िक्र ही नही किया तो राजनाथ ने याद दिलाई। मुकुन्दलाल बेहद भोला चेहरा बनाकर पहले तो अनजान बन गये। "रुपये, मैंने लिये थे? भला कब? मुझे दो हजार रुपयों की ज़रूरत क्यों पड़ी भला? आपको ज़रूर कोई ग़लती लगी है..."

राजनाथ ने मुकुन्दलाल को गौर से देखा, सही सलामत नज़र आये, याददाश्त ख़ो गये हों, ऐसा भी कोई आसार दिख़ाई नहीं पड़ा, मामला समझते देर न लगी। भोलेपन की आड़ में पैसा हज़म करने की चालाक कोशिश है। गुस्सा आया तो ज़रूर पर उन्होंने अपना बड़प्पन न छोड़ा। ऐसे आदमी पर गुस्सा करना भी व्यर्थ था, जो लिहाज-शर्म के साथ ईमान भी घोलकर पी गया हो।

राजनाथ ने एक बार कोशिश की, मुस्कराकर बोले, "भई, मुकुन्दलाल, वो कहा है न कि भगवान्! मुझे दो तरह के आदमियों से बचा लें। एक उससे जो नदी पार से गाली बके, दूसरे उससे, जो सामने बैठकर झूठ बोले। पर मैं तो तुम से यही कहूँगा कि घर जाकर थोड़ा ठीक से याद करो। बेटी की शादी के वक़्त की बात है। तुम्हारी याददाशत ज्यादा कमज़ोर नहीं है।"

मुकुन्दलाल भी पक्के खिलाड़ी थे, खाये-खेले और उस पर फोकट में तने-कसे। यानी कि शंकरलाल के शब्दों में कहें तो 'हंडरेड परसेंट शेमलेस।'

अगले दिन उसने लड़के के हाथ राजभाई के नाम रुक्का भेज दिया, "राजभाई, आप तो विद्वानजन हैं। पढ़े-गुने व्यक्ति! आपको नये क़ायदे-क़ानून भी मालूम ही हैं। अपने देश में जो नया कानून बना है उसके हिसाब से मेरे ऊपर आपका कोई कर्जा रहा भी हो कभी, तो वह कब का माफ़ हो गया है। कितने साल बीत गये? फिर कोई लिखाई-पढ़ाई है आपके पास? यों अपनी नोटबुक में आप कुछ भी लिखने को आज़ाद हैं। मैं तो समझा था आप भी बेटीवाले हैं, सो अपनी तरफ़ से लड़की को भेंट समझकर दिया समझेंगे। पर मैं हैरान हूँ कि आप जैसे दानी जन, इत्ती छोटी-सी रकम इत्ते सालों तक याद रखे रहे?"

राजनाथ ने काग़ज़ पढ़ा, हुक्के के दो तीन कश जल्दी-जल्दी खींच लिये और रुक्का फाड़कर रद्दी की टोकरी में डाल दिया। मुकुन्दलाल के बेटे से कहा, "जरा नयी चिलम भर दो।" लड़का उत्तर के इन्तजार में चिलम पर फूँकें मारता रहा और राजनाथ चुपचाप धुँआ छोड़ते रहे। क्या मालूम क्या सोचते रहे। शायद उन्हें तही

फ़कीर व्यापारी याद आया हो, जिसका मालवाहक जहाज डूब गया और ख़बर पाने पर वह आँख मूँदकर 'शुक्र परवरदिगार'बोला। शुक्र कि उसके मन में दुःख-क्रोध के दैत्य ने उसके विवेक पर हमला नहीं किया, वे निर्विकार बने रह सके।

तब मुकुन्दलाल के लड़के ने पूछा, "काका साहब! मैं चला जाऊँ?"

"हाँ, बेटे जाओ, देर हो रही है" राजनाथ शान्त स्वर से बोले। बस, इतना ही राजनाथ ने और कुछ नहीं कहा!

आठ

राजनाथ ने कुछ शौक़ पाल रखे थे। गुलकाका से तो हमने सुना ही है कि राजा साहब बड़े यारबाश थे। शंकरलाल भी अक्सर कहा करते, "अपने राजभाई शौकीन तबीयत के आदमी रहे हैं।" अब यारबाश' या 'शौकीन तबीयत' से आप कोई चालू-सा, गूढ़-सा अर्थ निकालें, तो यह आपकी मर्ज़ी है। पर 'यारबाश' से गुलकाका का मतलब जो था सो यह कि उनके कई गहरे दोस्त थे। जिनके साथ उठना-बैठना, खेलना-खाना उन्हें प्रिय था। दावतें खिलाने का ज़िक्र भी हम सुन चुके हैं। इसके अलावा उनके खास शौकों में था संगीत' सुनने का शौक। यों रेडियों पर बजते फ़िल्मी गाने वे कम ही सुना करते थे। फ़ालतू वक़्त भी कहाँ था उनके पास? फिर वे 'आये भी वो गये भी वो, खत्म फसाना हो गया' गाने उन्हें छूते भी न थे। पर वह कुन्दनलाल सहगल की गूँजती आवाज, बेगम अख़्तर की सोज़भरी गज़लें, ठुमरियाँ मल्का पुखराज का नग़मा, "अभी तो मैं जवान हू..."

जनाबे हफीज़ जालंधरी भी क्या लिख गये कि मल्का पुखराज ने एक-एक लफ्ज को जिन्दा कर दिया। "ये काली-काली बदलियाँ/उफक पे हो गयी अयाँ/वो इक हुजूमें मयकशाँ/है सूए मयकदा खाँ/ये क्या गुमाँ है बदगुमाँ/समझन मुझको नातवाँ/ख़याले जुहद अभी कहाँ/अभी तो मैं जवान हूँ..."

भाई नित्यानन्द तो इस नगमे पर, नगमेवाली की आवाज़ पर और नगमेवाली के रूप-सौन्दर्य पर कुछ इस क़दर फ़िदा थे कि राजनाथ उनकी हालत देख़ तरस खा जाते।

यों तो सूफिजयाना, कलाम सुनते राजनाथ भी किसी दूसरी दुनिया में पहुँच जाते। सन्तूर के सौ तारों पर गूँजते कलाम पूरे माहौल को संगीत से भर देते। बेदर्द दादे चानि, सूर हो सपदान...' (ओ बेदर्द! तेरे दर्द के कारण राख हुए जा रहे हैं...) सूफी सन्तों ने प्रेम को ऊँचाइयों तक लेकर उसे दर्द की इम्तहा तक पहुँचा

दिया था, वो दर्द, जो दिलों को बेआवाज़ आरे की तरह चीरता लहूलुहान कर देता है, पर वह दर्द कमबख़्त ही ऐसा ज्यों अफ़ीम का नशा हो, बूँद-बूँद पीने को मन ललचता रहे।

वह स्वरों की जादूभरी नगरी थी, जिसमें प्रवेश कर आदमी मैं-तू भूल जाता है, जहाँ तेरा-मेरा कुछ नहीं रहता। अहं ब्रह्मस्मि! आत्मा-परमात्मा का विलय हो जाता है। चर-अचर एक रूप, एक तान, एक लय हो जाता है। क्या मालूम कैसी स्थिति थी वह, जहाँ बोल-लहजा तो शुरूआत में याद रहते हैं और फिर केवल संगीत के सात सुरों का गुँफन नस-नस में गूँजता है, अनहद नाद-सा!

बात शायद कुछ ऊँची हो गयी। पर राजनाथ दीवाने थे संगीत के, इसमे दो राय नहीं। शास्त्रीय संगीत उन्हे पसन्द था, उस्ताद बड़े गुलामअली खाँ, सिद्धेश्वरी, बेगम अख़्तर को वे शौक़ से सुना करते। जब कभी दोस्तों के साथ पिकनिक का प्रोग्राम बनता, मुहम्मद वली को मय कारिन्दों न्यौता दे आते, "उस्ताद! आज चिनारबाग में आपका कलाम सुनने की ख़्वाहिश है। आपको ज़हमत देने आया हूँ।"

सच्चे उस्ताद को दाद देने वाले शार्गिद मिल जायें तो और क्या चाहिए। यों उस्ताद भी जानते थे कि सजे-धजे डोंगे में झीलों की बहार का सुख लूटने का मज़ा तो मिलेगा ही, साथ में शाही रोगनजोश और लज़ीज़ यख़नी का स्वाद भी भरपूर मिलगा। ऐसी पिकनिकें राजनाथ निशात-शालीमार में नहीं मनाते थे, वहाँ चहल-पहल ज्यादा रहती थी और इर्द-गिर्द मज़मा इकट्ठा करना उन्हें पसन्द नहीं था। हाँ, हारवन, गाँधरबल में सिन्ध के किनारे, मानसबल में या बादाम आड़ू की बरजस्त बौरों की महक तले, हवा से सरगोशियाँ करते चिनारों के साये में ऐसी महफिलें सजती। दरियाँ बिछती, तकिये सजते, चमचमाते हुक्के ताजा होते, गरम-गरम रोगनजोश और ख़स्ता बाकर खानियों और सीक कबाब के दौर चलते। गला खुलने के लिए गरम कहवा तो चाहिए ही तलख! उस पर मिसरी, कालीमिर्च भी हाज़िर रहती। ऐसे में वली जू को सूफ़ियाना कलाम सुनाने का मूड बन जाता। ऊँची आवाज़ में वे सुर उठाते, दूर पहाड़ों से टकराकर आवाज़ लौट आती, ज्यों गुम्बद में आवाज गूँज उठे। हो ऽऽऽ! ऽऽऽ! पोश फलि बागस, पोश तय बॅली, यंबरज़ल अज़ यियि, सॅलिये...

बागों में फूलों की बहार आ गयी है, इन फूलों की बहार में ओ मेरी प्रियतमा! तू आमन्त्रित है! फिज़ा में फूलों की महक, आबशारों की सदा, अल्हड़ हवा के झकोरे पत्तों से सरगोशियाँ करते हुए, पंक्षी चोंच से चोंच मिलाये डालों की ओट

छिपे, ज्यों कोई राज़भरी बातें कर रहे हैं...आज तुझे आना ही है मेरी माशूका!

सन्तूर के सौ तार फिज़ा को गुँजा देते। वली जू की आँखें बन्द हो जातीं। हर उठान के साथ लम्बी सफ़ेद दाढ़ी, सीने पर धीमे से पंखा झलती और वे खुद सूफियों की जमात में जा बैठते। दूर तक फैले चिनार-बाग में तब रंगारंग वालियाँ चिटकने लगतीं। गुलाब गुलचीनी, गुलदाउदी के फूल झर-झर रास्तों में बिछ जाते। आबशारों की सदा माशूक की अगवानी करती और माशूका फूलों के गलीचे पर कदम रखती धीमे-धीमे चली आती। उसका रूप क्या कहें, कोई कहनेवाली बात नहीं, महसूस करने वाली शै है।

माथे पर टिकुली है, कानों में नवरत्नों जड़ी बालियाँ, लेकिन वह रूप का तेज़ ऐसा कि आँखें चौधिया जाती हैं और प्रेमी अबूझ, अचीन्ही प्यास के दाह से आकुल पुकार रहा है, उसे रग-रग में महसूस कर रहा है, पर उसे छू नहीं सकता। छूने का अर्थ है राख होना, फना होना। गोकि यह भी सच है कि फना के बाद ही मिलन होगा। लेकिन जब तक देह है, तब तक इस असीम, अथाह प्यास का दाह सहना है। यह प्यास देह रहते खत्म नहीं होती।

लेकिन इस दर्द का एक अलग ही सोज़ है इस प्यास का भी एक आतंक भरा सुख! आह से उपजे गान को आदमी बार-बार गाता है, सुनना चाहता है।

राजनाथ रस मर्मज्ञ न भी हों पर रस का आस्वादन करना वे हर आदमी का हक समझते थे। जिन्दगी को बेहतर ढंग से जीने-भोगने में जो भी शौक साथ दे, उसे बाहें फैलाकर अंकोर लेते। हाँ, ऐसे शौक़ उन्होंने नहीं पाले, जिनसे दूसरों को ख़ामख़ाह परेशानी हो।

आत्मा तक उतनेवाली ठुमरियाँ और दादरे सुनने के लिए उन्होंने घर में ग्रामोफ़ोन भी लगाया। गुलकाका के शब्दों में मेड इन इंग्लैड-जर्मनी-जापान रेडियो भी राजा साहब के ही घर में आया, शहर में सबसे पहले। ग्रामोफोन में रिकार्ड के ऊपर सुई घूमना चालू करती तो किसिम-किसिम के गाने सुनने को मिलते। राजा साहब बच्चों को भी सुनवाते ग्रामोफोन।'

गुलकाका तो बच्चों की भीड़ में ही निवास करता था। ज़ाहिर है, वह बच्चा नहीं था, पर रहता उनके बीच इसलिए था कि राजा साहब अक्सर सुई चालू कर आराम फरमाते और गुलकाका का जिम्मा होता रिकार्ड पूरा होने पर सुईवाला हैंडल उठाकर स्टैंड पर रख देना। यह ज़िम्मेदारी का काम गुलकाका बड़ी शान और अकड़ से निभाता। और बच्चों को ग्रामोफोन से दस-पन्द्रह कदम दूर बिठाकर एहतियात बरतता, कहीं चुन्नी-मुन्नी सुई में हाथ न लगाये। बच्चों का क्या,

छू-छूकर देखेंगे आवाज कहाँ से आ रही है। लाउडस्पीकर के बीच मुँह आँख घुसाकर गाने वाले को बिला वजह ढूँढ निकालने की कोशिश करेंगे और सुई से छेड़छाड़कर आवाज़ को लम्बा खिचायेंगे। अच्छा भला गाना, हे कातबे तक़दीर...' खिंचकर तक...तक...तक...दी...ऽऽऽ में खिंचकर टूटता जायेगा तो नन्हें शैतान ताली पीट-पीटकर मज़ा लेंगे। अब एक-दो बार तो राजनाथ बच्चों का खिलंदड़ापन सह भी लेते। क्या करते, बड़ी उम्र में बच्चों का मुँह देखा था सो वे कुछ ज़्यादा ही लाड के हक़दार बन गये थे। पर संगीत तो बच्चों का खेल नहीं है न? इसीलिए गुलकाका बाज़ बनकर मंडराया करता इस काली चिड़िया पर।

संगीत से भी ज्यादा मजेदार शौक़ था राजनाथ का इतवारोवाला ताश-पार्टी का शौक़। लगभग हर रविवार, उनके यहाँ ताश की चौकड़ी इकट्ठा होती। एन्थोनी साहब कहते हैं, "राजभाई की डायवर्स हाबीज़ हैं।" रमी खेलना उन्हें न सुहाता था। पैसे लगाकर खेलने की लत उन्हें बुरी लगती थी। पर चार दोस्तों के साथ दो-तीन घण्टा छुट्टी के दिन, वे ट्रम्प या ब्रिज खेला करते। रमी के बारे में कहते कि यह तो शोहदों का खेल है। पर ब्रिज में थोड़ी दिमाग़ी कसरत का आनन्द आता। ताराचन्द वकील के हाथ में तीन इक्के और एकाध बादशाह आता तो वे लिटिल स्लैम से कम तक बिड छोड़ते नहीं। राजनाथ के पार्टनर बनते तो वे ताराचन्द के उचकने-चहकने का अर्थ पन्द्रह-सोलह पॉइन्ट से ज्यादा कभी न गिनते। खासकर जब दूसरे लोग भी बिड दे रहे होते। ताराचन्द झल्लाते, कुढ़ते, खीजते, पर राजनाथ शान्तिपूर्ण मुद्रा बनाये गेम बिड पर सिलसिला बन्द कर देते। बाद में ताराचन्द उलाहना देते, "राजभाई, यों तो बड़ी हिम्मत है आप में, पर ताश खेलते ज़रा डरते हैं।"

"डरता हूँ? मेरा हाथ देखा है? दो गुलाम हाथ में लिये बैठा हूँ। बस! वे तुम्हे ग्रैंड स्लैम तक तो नहीं पहुँचा सकते।"

"पहुँचा तो सकते हैं भाई साहब! बशर्ते आदमी में थोड़ा 'नैक' हो। काउंट्स को मारिए गोली, दुश्मनों को थोड़ा ब्लफ कर चारों खाने चित, तो किया जा सकता है, इसी में अपना काम बन जाता है..."

राजनाथ ताराचन्द खिलाड़ी से ज़्यादा ताराचन्द वकील को समझते थे। खेल में भी अपने पेशे की चतुराई छोड़ न पाते। वही वकीलोंवाली बहसें! स्याह को सफेद सिद्ध करने के लिए कोई-न-कोई दलील, कोई-न-कोई पेंच ढूँढ निकालेंगे। पर राजनाथ जब ताराचन्द के विरोध में खेलते तो उनके स्लैम पर ज़रूर डबल-रि-डबल होता। शंकरलाल नित्यानन्द, एन्थोनी, जो भी पास होते चमकती आँखों से

देखते और ठहाके लगाते। ओवर विड करने पर पार्टनर से सवाल-जवाब होते, एक-दूसरे को कठघरे में खड़ा कर दिया जाता। दोषी पार्टनर किसी-न-किसी नियम की दरार से निकल भागने की कोशिश करता।

ताराचन्द अक्सरदंद-फंद करते, "मैं तो भई कापलान- शिनवुल्ड खेल रहा था। जाहिर है, मेरे हाथ में बारह-चौदह काउंट्स, कलर का इकुवल डिस्ट्रिब्यूशन है, वीक नोट्रम्प है...

लेकिन ज़्यादातर वे स्ट्रांग नो ट्रम्प, स्ट्रांग क्लब ही खेला करते।

"तू तो यार फिर से कलबर्टसन से शुरू कर दे। ये गोरेन, कापलन तुम्हारे बस का नहीं।"

"बस का नहीं? अरे भई दस साल से बराबर ब्रिज खेलता रहा हूँ थामसन साहब अपने खेल के क़ायल हैं..."

थामसन-टामसन का हवाला देकर वे अपना सिक्का जमाना चाहते पर जमता नहीं, लेकिन ताराचन्द हार मानेंगे नहीं। ऐसे में पार्टनर से नाराज़ी होती। एक चुपचाप खिसकने के लिए जूते हाथ में लेकर सीढ़ियाँ उतरता, दूसरा हुक्के की नय लिये उसे वापस बुलाने, धमकाते हुए पीछा करता। एक इधर शेरखाँ बनता दूसरा उधर अकड़फूँ, देखनेवाले मज़ा लेते। हँसी, ठहाके और विनोद के माहौल में चाय-पकौड़ियों और गरम-गरम समोसों के दौर चलते। सिरीराम चाय का समावार लेकर बैठक में इधर-उधर घूमता रहता और गुलकाका जूठे बर्तन समेटता, हुक्का ताज़ा करता।

ताश-पार्टियों के अलावा फुर्सत के वक्त गप्प-बाज़ी भी होती। गप्पें ऐसी नहीं कि मरी नूरा को तो अन्तःपुर की नायिका होना चाहिए। क्या मेनका-रम्भा लगती है...भइया! क्या नूर बख्शा है देनेवाले ने कि देखनेवाला नज़र भर देखे तो फ्लैट हो जाये...वो चलायें नज़र के तीर तो ख़ादिम ज़ख्मी हुए बिना कैसे रहे...? वगैरह-वगैरह! नहीं भई! राजनाथ की मज़लिस में ऐसे छिछोरे संवाद नहीं बोले जाते।

मिज़ाज उनका बड़ा शाइस्ता था। औरतों के बारे में बेहूदा बातें वे नहीं करते। कभी कोई हादसा हुआ भी हो किसी औरत को लेकर, पर यार-दोस्तों में बैठकर उसे रस ले लेकर बयान करना उन्हें ग़ैर मर्दाना बात लगती। फूहड़पन से उन्हें नफ़रत थी। यह अपने श्यामभाई की ही खूबी थी कि चार महिलाओं में घुसकर उनके बनाये पकवानों की प्रशंसा से शुरू कर उनके नखशिख वर्णन तक पहुँचकर, कइयों का दिलोदिमाग़ जीतने की कोशिश करते। राजनाथ को वह कला आती नहीं थी।

"लीलावती! ये तुम्हारी मंझली बहू, क्या नाम तुलसी, क्या ख़स्ता रोगनजोश पकाती है। मैं तो दंग रह गया देखकर!"

"आपने चख़ा तो नहीं होगा!" लीलावती शर्मिंदा हो जाती, बहू के हाथ का पकाया खाना अभी कहाँ खिलाया है उन्हें!

"अरे, वो खाने की क्या ज़रूरत है, खुशबू से ही मेरा दिमागतर हो गया। वाह! वह रंग-रूप, शाही मसालों की महक! क्या कहने! चीज़ अपनी तारीफ़ आप ही कराती है। ये दीनू, सीता क्या बनायेंगे वैसा खस्ता रोगनजोश! और वह संदली रंग का दानेदार केसर-गन्धवाला पुलाव। एक-एक दाना जैसे पुकार रहा हो, "मुझे देख लो! इसे कहते हैं पुलाव! अब रोगनजोश कबरगाह को जाने भी दें तो वह निका-निका वोस्तहाख, हरा-हरियाला, जो परसों तुमने खिलाया। मैं तो इसका स्वाद भूलूँगा नहीं उम्र-भर!"

अब लीलावती की मंझली बहू मामू ससुर जी से दिल खोल प्रशंसा पुराण सुने तो जाहिर है अपनी पाक विद्या के ज्ञान पर फूलकर कुप्पा हो ही जायेगी। लेकिन पाकविद्या पर ही श्यामभाई संवादों की इतिश्री नहीं करते। वह तो भूमिका होती है।

"शीला भाभी! बहुएँ तो तुम पता नहीं कहाँ से चुनकर लाती हो, हजारों में एक है। किधर से ये नायाब हीरे ढूँढ़े हैं तुमने? बड़ी वाली लक्ष्मी है तो छोटी सरस्वती। क्या व्रत-अनुष्ठान करती हो कि ऊपरवाले ने सम्पदा बरसायी है तुम्हारे घर पर? ज़रा अपनी भाभी को भी बता दो इसका राज। अपने घर में भी चाँदना हो..."

गरज़ कि महिलाओं पर अमृत वर्षा करने में कुशल श्यामभाई अपने इर्द-गिर्द महिला-मण्डल को मंडराता पाते और नरम-गरम हाथों से मनचाहे पकवानों का सेवन करते। लेकिन श्यामभाई को मुस्करा-इतराकर, मना-मनाकर, खिलानेवालियाँ भी राजनाथ से चार क़दम का फ़ासला रखतीं। लिहाज़-शर्म का पर्दा करतीं। राजनाथ भी इसी में खुश थे। एक वृहद परिवार का अनुशासन रखने में इससे मदद मिलती। और कम-से-कम उलझने पैदा होतीं।

श्यामभाई की अपनी जिन्दगी थी, राजनाथ इसमें दख़ल नहीं देते थे। अब यह उनकी खुशक़िस्मती थी या कमनसीबी, इस पचड़े में हम नहीं पड़ेंगे, क्योंकि गौरी जैसी खूबसूरत प्रेमिका-पत्नी पानेवाले राजनाथ को भृकुटि-कटाक्षों की ज़रूरत महसूस होती होगी, इसमें हमें ज़रा शक ही है। बहरहाल!

दोस्तों के साथ करने को तो हज़ार क़िस्म की बातें थीं। कई तरह के दोस्त थे, स्वभाव, संस्कार और व्यक्तिगत रुझान के अनुरूपवार्ताएँ चलतीं। नित्यानन्द वक्त के बदलाव से चिन्तित थे। ज़माने के दौर के साथ पर्दे में ढकी औरतें, खुले में

आकर मर्दों की बराबरी करने लगी थीं। महजूर, आज़ाद, आरिफ*, नादिम आदि कवियों के प्रेमगीत यों तो शादियों में छकरियों तुम्बकनारियों पर गाये जाते थे। उसे सुनना अच्छा भी लगता था पर अब आज़ाद साहब का, 'त्रावी प्रेनी क़िस्से तय अफ़सायन, थावी ज़ेल्य-ज़ेल्य पंजरे तै ज़ोलनाय...' (पुरानी कहानियाँ और अफसाने छोड़ दे सखी, अपने पिंजरें और बेड़ियों को जलाकर बाहर आ) जैसे नगमों पर लड़कियाँ अमल भी करने लगी थीं। नादिम साहब ने भी औरतों के दिमाग को कम हवा न दी। इधर प्रदेश में सहशिक्षा ने जबसे ज़ोर पकड़ा था, नये-नये हादसे होते रहते थे। उदाहरण पेश करने में सबसे आगे रहते। राजनाथ-एन्थोनी कॉलेजों में पढ़ाने के बावजूद इन बातों की उतनी खोज-खबर न रखते जितनी नित्यानन्द!

"अब देखिए, अपने विजय ने लेबोरेटरी में एक्सपेरिमेण्ट करते ज़रा-सा छेड़ दिया होगा नाथ की कौशल्या को। मैं तो इसे कोई अपराध नहीं मानूँगा। भला आग और घी साथ रहेगा तो कोई-न-कोई लपट तो निकलेगी। मालूम है उस लड़की ने क्या तमाशा खड़ा कर दिया?"

शिकायत एन्थोनी तक पहुँची थी, पर तमाशे के बारे में वे अनभिज्ञ थे, "तमाशा? हमें तो मालूम नहीं पड़ा। दरअसल..."

"अजी, आप लोग खैर-खबर रखते भी हैं कुछ एन्थोनीभाई? लड़कियों को शह दी है आपने। नहीं तो मज़ाल था कि वे मुँह उठाकर लड़कों को देख भी लेतीं? इधर तो पूरी मर्दमार बनती जा रही हैं लड़कियाँ।"

"आख़िर हुआ क्या नित्याभाई? कोई खून-खराबा हुआ?"

"खून-ख़राबा ही समझिए। वह तो नागिन बन गयी। खींचकर एक झापड़ मारा बेचारे को कि गाल पर अँगुलियों के निशान पड़ गये लड़के के। आसपास पूरा क्लास इकट्ठा हो गया..."

"चलो, आगे से छात्र लड़कियों से ज़रा अदब से पेश आयेंगे।"

नित्यानन्द चिढ़ते, "यह तो कोई तारीफ़ करने लायक बात न हुई भैया। औरतों को हमारे कवियों और साहित्यकारों ने कितनी ऊँची जगह दी। 'नारी तुम केवल श्रद्धा हो, वगैरह-वगैरह, पीयूष श्रोत-सी बहा करो, जीवन के सुन्दर समतल में...' आप तो ज्यादा जानते हैं..."

"लेकिन आजकल के छोकरे जब जीवन को सुन्दर समतल रहने न दें तो बेचारी लड़कियों का क्या कसूर?"

"वकील साहब! आप तो वकालत करेंगे ही, आपका धर्म है। पर मुझे

---

*शादियों पर बजाने वाले वाद्य

अफ़सोस है कि लड़कियाँ अब अपनी मर्यादा छोड़ने लगी हैं। कहाँ वह गुरुदेव रवीन्द्र की लाज से ढकीं ममतामयी नारियाँ जिन्हें देखकर वे बोले थे, 'वुमन व्हेन यू वॉक बिज़िली इन युवर हाउस होल्ड सरविसिज़, युवर वॉइस सीमज़ लाइक दैट ऑफ ए हिलस्ट्रीम रनिंग थ्रू इट्स पेब्लज...! नन्हें पत्थरों के ऊपर दौड़ती पहाड़ी नदी का-सा स्वर! वाह! क्या कल्पना है! और मुकाबले में देखिए ये कर्कशा लड़ाकू औरतें! चरित्र की बात करें तो..."

नित्यानन्द भी अपनी जगह अपनी सोच से मज़बूर थे। उनके खानदान में पीढ़ियों से औरतों को कोमलांगी, अंकशायिनी, लाज के पर्दे में ढकी असूर्यपश्या ही माना गया था, अब वे उसे बाजार में सिर उघाड़े, पुरूषों से हास-परिहास और मुक्त वार्तालाप करते कैसे देख सकते थे? सदियों से औरत पुरुष को रिझानेवाली सामग्री रही है। पुरुष को अपने नाज़ो अदाओं से रिझाती, लुभाती, वही तस्वीर नित्यानन्द के ज़ेहन में चिपक गयी थी। पुरुष आशिक, स्त्री माशूका-वे मज़ाज को कोट करके कहा भी करते, "इश्क का जौके नज़ारा मुफ्त में बदनाम है, हुस्न खुद बेताब है जलवे दिखाने के लिए" सो इन ढके-छिपे जलवों तक ही वह औरत को महदूद रखना चाहते थे। सहशिक्षा में ही उन्हें घोर अनैतिकता नज़र आती। वे दुःखी थे कि अंग्रेजी शिक्षा ने नारी की लाज का पर्दा उठाकर उसे मर्द जात से रू-ब-रू होना सिखा दिया। राजनाथ उन्हें शान्त करते। इतिहास, पुराणों से उदाहरण देकर समझाते कि हमारी नारी असूर्यपश्या नहीं रही है। नैतिकता के मानदण्ड भी समय के अनुरूप बदलते रहे हैं।

"तुमने तो भैया सुना होगा लीलावती का नाम। विद्याधरी ने तो आदि शंकरचार्य को शास्त्रार्थ में हरा दिया था। मंडन मिश्र की यह विदुषी पत्नी क्या असूर्यपश्या थी? और वह गार्गी, मैत्रेयी..."

शंकरलाल जोड़ देते, "चारित्रिक कुत्साओं की बात करें तो वे घर के अँधेरे बन्द कमरों में ज्यादा पनपती हैं। यह चन्द्रधर के घर का किस्सा तो आप से छिपा नहीं, गोकि हमें कहना नहीं चाहिए हम भी बहू-बेटी वाले हैं। पर आपकी बात का जवाब है उस घर का किस्सा। उधर लड़कियाँ पर्दो में ही रहती हैं पर हक़ीम-दाइयों का आना-जाना बराबर जारी रहता है..."

राजनाथ बात का समापन करते, "चारित्रिक पतन को सहशिक्षा के साथ जोड़ना ठीक नहीं है नित्याभाई। इसके कारण तो आर्थिक संकट और सामाजिक वर्गभेद हैं। छुप्पन-छुप्पी खेल में पुरुष-स्त्री की एक-दूसरे के प्रति अतिरिक्त उत्सुकता बनी रहती है। खुलकर बातचीत करने से एक दूसरे का स्वभाव समझने

का मौका मिलता है, एक साफ़ सही रिश्ता बनता है। आपके सामने प्रमाण हैं—भारतकोकिला सरोजनी नायडू को देखिए। स्वतन्त्रता संग्राम मे वे पुरुषों के साथ बराबर लगी रहीं। गाँधी जी भी उनसे प्रभावित हुए, बल्कि गाँधी जी ने नारी शक्ति का आवाहन किया स्वतन्त्रता संग्राम में भाग लेने के लिए। जवाहरलाल के साथ कमला नेहरू ने भी आज़ादी की लड़ाई में हिस्सा लिया।

नित्यानन्द का सोच कितना बदला, कितना बिगड़ा, हम नहीं जानते पर राजनाथ की गोष्ठियाँ उनके तंग सोच के बाहर जगह पाती रहीं। राष्ट्र की बदलती स्थिति के अनुरूप बातों के मुद्दे बदलते रहते थे। जब दूसरा महायुद्ध जोरों पर था, विश्व के कई देश संकट के दौर से गुज़र रहे थे, बात-बात में राजनीति बहस का विषय बनती। शंकरलाल कहते हैं कि राजनाथ भले ही आज़ादी की लड़ाई में शामिल न हुए हों पर उन दिनों उनके दिलोदिमाग पर मुल्क ही छाया रहता था। ताश-पार्टियाँ, पिकनिके, वगैरह जैसे एकदम छूट गयी थीं। चार जने मिलते तो अख़बारों की बातें करते, रेडियो पर कान लगे रहते। इंग्लैंड ने जर्मनी पर हमला कर दिया था और भारत की अंग्रेजी सरकार युद्ध में शामिल हो गयी थी कांग्रेस से पूछे बिना।

राजनाथ उन दिनों बेचैन नज़र आते। तानाशाह हिटलर और मुसोलिनी की महत्त्वाकांक्षाओं के कारण लाखों जानें काग़जी पुतलों की तरह होम हो गयी थीं। रूसियों ने नाज़ी फ़ौजी का जिस बहादुरी से सामना किया वह विश्व के इतिहास में एक बेजोड़ घटना थी। लेनिनग्राद में रूसियों का मुकाबला उनके अपार साहस, शौर्य और आत्मशक्ति की बेजोड़ मिसाल थी। उधर अमरीका ने नागासाकी, हिरोशिमा पर अणुबम गिराकर नये आतंक की सृष्टि कर दी थी।

राजनाथ एन्थोनी से कहते, "सब तानाशाही दिमागों का फ़ितूर है भाई, उसी का नतीजा भुगत रही है दुनिया। हिटलर को विश्वविजेता बनने का भूत सवार न होता तो लाखों निदोष जर्मन युद्ध में भूने न जाते। महत्त्वाकांक्षाओं की लगाम ढीली छोड़ दो तो यही अंजाम होता है, सर्वनाश!

"मगर रूस ने भी सबक सिख़ाया ज़ालिमों को!" एन्थोनी जोड़ देते, "मरते-कटते भी जो रूसी फ़ौजें डटी रही, उनके पास क्या था? आत्मशक्ति ही न? अपने पर विश्वास। लड़ो या मरो! राशन के अभाव में भूख, सर्दी और बीमारी से घिरे, उन्होंने क्या न सहा? आदमियों को छोड़कर सब कुछ खाया। भूख कितनी भयंकर चीज़ है, ये वही जान सकते हैं जिन्होंने राशन न मिलने पर चमड़े के जूते तक चबा डाले।"

"वे लोग हार स्वीकार करना नहीं चाहते थे। उन्होंने हिटलर को बता दिया कि रूस पर आक्रमण कर उसने जिन्दगी की भारी भूल की है। जिसका नतीजा नाज़ियों के सर्वनाश में सामने आया।

श्यामभाई भी कभी-कभार वार्ता में शामिल होते, "और वो जब हार की खबर मिली तो हिटलर ने अपने हाथों अपनी पत्नी को ज़हर पिला दिया।" श्यामभाई आकाश की ओर हाथ जोड़कर भगवान् को याद करते, "त्राहि-त्राहि! कौन भला मरना चाहता है बेमौत, सो भी एक आततायी के हाथों! भले ही वह उसका पति ही क्यों न हो!"

तुम्हे शायद मालूम न हो भैया, वह औरत पहले हिटलर की मिस्ट्रेस थी, ईवा, ईवा ब्रान! यही नाम था न राजभाई? क्या खूब साथ निभाया उस तानाशाह का। उम्र में उसकी बेटी के बराबर थी, सुना है। सत्रह-चालीस का भी कोई मेल है?"

नित्यानन्द इस तरह के रिश्तों की ख़ैर-ख़बर रखते ही थे, बोले, "बस, मरने से कुछ दिन पहले ही उन्होंने विधिवत ब्याह कर लिया। बीस अप्रैल को हिटलर का जन्मदिन था, सत्तावनवाँ, जो उसने ईवा के साथ मनाया। तीस अप्रैल, 1945 को जब सोवियत सेनाएँ हिटलर के बंकर से सौ गज़ दूर बमवर्षा कर रही थीं, तो कहते हैं उसने अपने विमान चालक से विदा ली। चन्द मिनट बाद पिस्तौल चलने की आवाज़ आयी और देखने वालों ने दरवाज़ा खोलकर देखा ईवा और हिटलर सोफ़े पर लुढ़के पड़े थे।"

राजनाथ यह भी कहते कि सुभाष बोस की तरह हिटलर की मृत्यु के सम्बन्ध में भी विपरीत मत हैं, कुछ तो कहते हैं वह अर्जेन्टीना में इवा के साथ रहने लगा था। जो भी हो ईवा हिटलर से प्रेम करती थी और उसने अन्त तक उसका साथ न छोड़ा।

"प्यार करती थी, साथ मरने के लिए?"

इस विषय पर ताराचन्द थोड़ी बहस ज़रूर कर लेते, इससे विषयान्तर हो जाता और कुछ समय के लिए बात का माहौल बदल जाता। लेकिन फिर भी अपने देश की आन्तरिक अशान्ति इस मित्र-मण्डली को चैन से बैठने न देती।

वर्षों से घर में रोज़ शाम वे लोग झुण्डों में इकट्ठा होकर सरकार के रवैये की टीका-टिप्पणी करते रहे, अंग्रेज व्यापारियों के भारत आने से लेकर आज़ादी प्राप्त करने तक अनेकों मुद्दों का विश्लेषण होता।

"यह जो अंग्रेज सरकार ने कांग्रेस को पूछे बिना हिन्दुस्तानी फ़ौज को लड़ाई में झोंक दिया था, इसका नतीजा अच्छा नहीं निकलनेवाला था।" एक आदमी बात

की शुरुआत करता।

"अच्छा क्या निकलना था भैया, कांग्रेस मन्त्रियों ने त्यागपत्र दिये। उन्हें बन्दी बनाया गया।" राजनाथ सुधारते।

"अंग्रेज जान गये कि कांग्रेसियों को अब गोलमेज़ कान्फ्रेंस के फैसलों से फुसलाया-बहलाया नहीं जायेगा।

"तीसरी गोलमेज कान्फ्रेंस में तो कांग्रेस ने हिस्सा भी न लिया।

"1935 में गवर्नमेन्ट ऑफ इण्डिया एक्ट पास कराके, सरकार ने प्रान्तों को ऑटोनोमी दी। पर भारतीय इन भीख़ के टुकड़ों से खुश होनेवाले न थे। गाँधी जी के नेतृत्व में राष्ट्र में चेतना की नयी लहर जो दौड़ी थी।"

गाँधी जी की बात आते ही उनके जीवन और चारित्रिक गुणों का गुणगान होने लगता। राजकोट स्टेट के दीवान का बेटा मोहनदास कर्मचन्द गाँधी, जो इंग्लैंड से शिक्षा प्राप्त करके आये, दक्षिण अफ्रीका वकालत के लिए गये और वहाँ भारतीयों की दशा सुधारने में जुट गये। चरित्र की दृढता तो उनके स्वभाव में थी। राजनीति में तो वे रॉलेट एक्ट के विरोध में आये। और देश का नेतृत्व किया। वे मूलतः सन्त थे, मन में करुणा की झील लहराती थी।

वे लोग 'गाँधी एरा' की बात करते डॉ. सतपाल और डॉ. किचलू की बात करते। जनरल डायर के नेतृत्व में अंग्रेज़ों द्वारा जलियांवाला बाग में निहत्थे लोगों की हत्या पर त्राहि-त्राहि करते, गाँधी जी के असहयोग आन्दोलन और मुहम्मदअली व शौकतअली के ख़िलाफ़त मूवमेण्ट का विश्लेषण करते। 1928 के साइमन कमीशन के बायकाट के मुद्दों पर बहसें होतीं, इसका विरोध करते लाठी चार्ज से लाला लाजपतराय की मृत्यु पर दुःखी कौन नहीं हुआ। गाँधी जी की सिविल डिसओबीडिएंस में दाँडी मार्च का जिक्र तो होता ही था। नमक-कानून तोड़ने के अपराध में अंग्रेजों की दमन नीति पर वे लोग क्षुब्ध होते। साठ हजार लोगों का बन्दी बनाया जाना कोई मखौल है? 1934 में गाँधी जी का राजनीति से किनारा करना वगैरह-वगैरह बहस के मुद्दे हुआ करते। इतिहास के पन्ने पलटे जाते।

गरज़ यह कि राजनाथ का घर राजनीति की प्रयोगशाला बनी रहती। उन दिनों बच्चे राजनाथ से खेलने को तरसते। ग्रामोफ़ोन किसी कोने में पड़ा धूल चाटता रहता। रेडियों का भाव बढ़ गया था। अख़बार तो वेदमन्त्रों की तरह नियमित पढ़े जाते। कभी रात के नौ बजे या सुबह आठ बजे के समाचार के वक़्त कोई बच्चा या महिला ग़लती से ऊँची आवाज़ निकालकर समाचार सुनने में बाधा डालते, तो बच्चों को तो डाँट पड़ती ही पड़ती, उनकी माँओं को भी दो-चार कड़े

बोल सुनने का हकदार होना पड़ता, "कम-से-कम बच्चों को तो सँभाला करो भागवन्तियों!"

गौरी भी पति से उन दिनों डरी-डरी-सी रहती। वह क्विट इण्डिया मूवमेण्ट, होमरूल या पूर्ण स्वराज की पेचीदगियाँ नहीं जानती थी। इंग्लैंड ने जर्मनी पर आक्रमण क्यों किया, जापान जर्मन से किसलिए मिला? पर क्विट इण्डिया मूवमेण्ट में हजारों लोगों की मृत्यु उसे अवसाद से घेर लेती। गाँधी जी की वह परमभक्त थी। तभी तो जब गाँधीबाबा शीतलनाथ में पधारे थे, वह राजनाथ की मनाही के बावजूद ठट्ट-के-ठट्ट लोगों बीच, बचते-बचाती उनके दर्शन को पहुँच गयी थी। यह दीगर बात है कि वहाँ भीड़ में उसके कन्धे छिल गये। किसी का डेजहोरु* कट गया, किसी का दुपट्टा छिन गया, यहाँ वहाँ नोचने मसलने की बारदातें हुईं जैसा कि भीड़-भड़क्के में होना लाज़िमी था, पर 'गौरी खुद को बचाती गाँधीबाबा के दर्शन कर आयी। उसकी उम्र भर की हौंस पूरी हो गयी। राजनाथ की संगिनी राजकाज की गतिविधियों से बेख़बर कैसे रह सकती थी? कई न समझ में आनेवाली बातें सुनते एक दिन उसने घर-भर की चहक के बीच सुना कि देश स्वतन्त्र हो गया है!

आज़ादी का दिन उसे यों भी याद रहता। पर उस दिन रिचा का जन्म हुआ इसलिए वह दिन और भी अहम् बन गया।

देश की आज़ादी में राजनाथ ने कितना योगदान दिया, यह हम नहीं जानते, क्योंकि वे अपने कॉलेज में बराबर पढ़ाते रहे, जेल जाने का मौका उन्हें न मिला। यों वह देश-प्रेमियों की बातें अक्सर किया करते। उन्होंने कोट-पैण्ट पहनना छोड़ दिया था। विदेशी वस्त्रों का यों भी उन्हें ज्यादा मोह न था। गोकि अब उनकी आर्थिक स्थिति बेहतर थी। चाहते तो शौक पूरा कर सकते थे। जैसा कि उनके दोस्त किया करते थे, पर उन्होंने सूती कपड़े पहनना ही पसन्द किया। गर्मियों में कुर्ता-पाजामा और नेहरू जी से प्रभावित होकर जवाहर जैकेट पहनना उनका शौक़ बन गया था और सर्दियों में बन्द गले का अचकन-चूड़ीदार उन्हें पसन्द था। एक गुलाब जेब में रखते तो बिल्कुल नेहरू जी लगते। सूरत सीरत से भी उनकी फ़ोटोकॉपी लगते थे।

राजनाथ ने अपने बच्चों को भी सादगी से रहने का चलन सिखाया, वे मानते थे कि यदि देश का हर नागरिक अपना कर्तव्य ईमानदारी से करे तो वही देश-सेवा

*कश्मीरी महिलाओं के विवाहित होने का प्रमाण।

होगी। हरेक नागरिक को युद्धक्षेत्र में जाकर लड़-मरने या जेल जाने का अवसर नहीं मिलता।

लेकिन देश को आज़ादी मिलने के साथ-साथ जो सदमा पहुँचा, जो खून-खराबा हुआ, उसने राजनाथ के मर्म पर चोट कर दी। उनके कई संगी-साथी लाहौर में या तो मार गये या बेघरबार होकर शहर-शहर भटकते रहे।

बँटवारे के तुरन्त बाद काश्मीर पर कबाइली आक्रमण से काफ़ी लोग बेघर हो गये। एक तरफ़ कबाइली बारामूला तक दूसरी तरफ़ शालटेंग तक आ पहुँचे। ये तो वे बेवकूफ़ ज़र, ज़ेवर और जोरू के चक्कर में मार खा गये। नहीं तो सीधे दनदनाते हुए राजधानी पर धावा बोल सकते थे। इतना अचानक हमला था वह! प्रदेश के महाराजा ने प्रदेश का भारत से इलहाक़ करा दिया और स्वयं प्रदेश की सीमा से बाहर चले गये। यह तो शेरे-कश्मीर शेख अब्दुल्ला की सूझ-बूझ, समझदारी व लोगों के प्रति वफ़ादारी थी जो रातोंरात उन्होंने जनता का नेतृत्व किया और भारतीय सेना की सहायता से कबाइलियों को मुज़फ्फराबाद तक पीछे वापस धकेला गया। जिस दिन श्रीनगर वासियों ने बारामूला तक कबाइलियों के आने की बात सुनी वह रात पूरे शहर के लिए मौत के सन्नाटे की रात थी। राजा के पलायन के बाद लोग भय और त्रास से घिरे वक़्त के पल-पल को अपनी छाती पर गुज़रते महसूस कर रहे थे। क्या होगा? कैसे होगा? बहू-बेटियों का हश्र क्या अपनी आँखों देख पायेंगे? कई लोगों ने घरों में ज़ेवर-रुपयों की पोटलियाँ बाँध रखी थीं। कइयों ने ज़हर की पुड़िया तैयार रखी थी, घर में जो तीर-तलवार-चाकू-बल्लम थे, उन्हें इकट्ठा कर खुद दो को मारकर मरेंगे, पर बहनों माँओं को ज़हर देकर पहले सुला देंगे। लेकिन राजनाथ ने ऐसा कुछ भी न किया, वे बच्चों को दिलासा देते रहे, "सब ठीक होगा"। शायद सोचते थे, मरने से पहले क्यों उन्हें मार दें? अगले दिन जब हिन्दुस्तान के बमवर्षक विमान शालटेंग तक आये कवाईलियों पर बमबारी कर रहे थे, राजनाथ का पूरा परिवार पाँचवी मंज़िल के टॉवर से आग और धुएँ की लपटें देख रहा था। राजनाथ बच्चों-बड़ों को समझा रहे थे, "अब तो घबराने की कोई बात नहीं है न, शेख़ साहब मसीहा बनकर हमारे लिए आ गये हैं!

लोगों ने मुहल्लों में कमेटियाँ बनायीं, अमन कमेटियाँ, हलका कमेटियाँ, जो मुहल्लों में अमन व भाईचारा बनाये रखने की कोशिशें करते। राजनाथ ने इस काम में काफ़ी दिलचस्पी ली। रातों को मुहल्ले के जवान लड़के और अधेड़ पुरुष गश्त लगाकर लोगों का मनोबल बढ़ाते, "हमलावर खबरदार, हम काशमीरी हैं तैयार,"

इंकलाब ज़िन्दाबाद-वगैरह-वगैरह के नारे लगाये जाते। भय से आक्रांत लोगों में तसल्ली का अहसास होता।

मुजफ़्फ़राबाद में राजनाथ के अज़ीज दोस्त रघुनाथ कौल रह गये। जिनकी प्रतीक्षा करते उसकी पत्नी पगला गयी। सालों वह पति के लिए भात पकाकर रखती, रोज डाकिये से चिट्ठियों की पूछताछ करती और बेटों से गुस्सा होने पर आँसूभरी आँखों और मानभरे सुर में उन्हें धमकाती, "आने दो बाबू को, तुम्हारी सारी शिकायतें न सुना दूँ तो तुम्हारी माँ नहीं, घर की आया होऊँ।" बहुएँ कभी सिर में तेल डालती, कपड़े पहनाती तो नयी ब्याही लड़कियों की तरह सकुचाकर कहती, "क्या कोई चिट्ठी आयी है बाबू की? जो तुम मुझे सजा रही हो! अब सजाना ही है तो वह मेंहदी रंग का शाल ओढ़ा दो न, छबी कढ़ाई का। उन्होंने नुमाइश से मेरे लिए लिया है।"

इस तरह रघुनाथ की पत्नी इन्तज़ार करते-करते थककर सो गयी पर रघुनाथ न लौटा। क्या पता रास्ते में कबाइलियों की गोली का शिकार हुआ हो। लौटनेवालों ने तो कहा था कि वहाँ से भाग आया था। झुण्ड-के-झुण्ड शरणार्थी भागकर शहर में बसने आये थे। लुटे-पिटे, खाली हाथ, तन पर कुरते मात्र, नंगे पैर। जो जिस हाल में था, जान बचाकर भाग आया था। उन शरणार्थियों को शहर में फिर से बसाने की समस्या पैदा हो गयी थी। कबाइलियों द्वारा भगाई गयी औरतों को फिर से अपने-अपने घरों में बहाल करने की समस्या ज़्यादा विकट थी। इन 'लाजवन्तियों की समस्या आर्थिक से ज़्यादा सामाजिक थी। यों तो सरकार ने सुरक्षा का प्रबन्ध कर कइयों को वापस अपने गाँव घरों में बसाया था, पर जिनके घर जलाये गये, पूरे परिवार गोलियों से भून दिये गये, उन्हें शहरों में नये सिरे से शुरुआत करनी थी। ऐसे बेसहारा लोगों के लिए राजनाथ ने कुछ दोस्तों के साथ मिलकर सुधार समित का गठन किया।

नौ

सुधार समिति की योजना यों पहले से बनायी गयी थी, पर तब तक उसमें भाषणबाजी ज्यादा थी, काम कम होता था। दरअसल समिति में कई तरह के लोग थे, जिनमें कुछ लोग काम कम करने और यश ज़्यादा कमाने के विचार से इस संस्था में शामिल हुए थे।

यों इस समिति का मक़सद सामाजिक कुरीतियों को दूर करना था। बेसहारा,

मजबूर लोगों की यथाशक्ति सहायता भी वे किया करते। यह गैर-सरकारी संस्था समाज के दानी-प्रतिष्ठित सज्जनों के सहयोग से चलती थी। वे लोग दहेज-प्रथा की सताई लड़कियों के लिए लड़ते थे। उन दिनों हर समस्या के लिए लोग सरकार का मुँह नही ताका करते थे, हर पेंच अदालतों में सुलझाने का चलन नहीं था। लोगों में एक-दूसरे के लिए मानवीय चिन्तायें थी। सभी भाई बन्धु अपने-अपने घर-परिवारों में सुखी रहें, स्वार्थ था, तो इतना ही था।

राजनाथ दहेज प्रथा के कट्टर विरोधी थे, यह बात, जैसा कि हम जानते हैं उन्होंने अपने घर से लेकर बड़े समाज तक स्पष्ट कर दी थी कि बहुएँ घर की लक्ष्मी होती हैं, बाज़ार में बिकनेवाली गाज़र-मूलियाँ नहीं। लेकिन फिर भी यह सच है कि दान-दहेज या 'ह्योत-द्योत' के मारे लड़कीवालों की जान साँसत में रहा करती और कई लडकियाँ ससुराल में नारकीय जीवन गुज़ारने को अभिशप्त थीं।

रैनवारी में एक राधे मुंशी रहा करते थे, जिनकी नाक की नोक पर ऊँचे खानदान का नशा चढ़कर बोलता था। गजब के अकड़फूँ लेकिन बकौल ताराचन्द, "औलाद ने उनकी लम्बी नाक ही कटा दी।" उनकी धर्मपत्नी ने भी, जो खुद सूर्पनखा थीं, बाकी बची-खुची का सफ़ाया करने में कोई कसर बाक़ी न रखी।

राधे मुंशी की पत्नी धनवती, गोकि नाम की धनी थीं। पर स्वभाव से बेहद मक्खीचूस और लालची! बेटा डॉक्टरी पढ़कर आया तो शालों के व्यापारी तुर्की शामलाल की सुन्दर सुशील कन्या से बेटे का लग्न कराया। तुर्की साहब ने अपनी हैसियत के मुताबिक दान-दहेज तो दिया पर राधे मुंशी और धनवती देवी ने नाक-भौं सिकोड़ी, "बहस! बीसेक तोला सोना और पन्द्रह साड़ियाँ बेटी को और चार-छः चीज़ें दामाद को देने में ही दम निकल गया? सास को तोले भर की चेन मुँहदिखाई! यह तो सरासर अपमान हुआ है!" बेटा, माँ के कहे बेहद सुशील। पर असल में बेहद चुप्पा और घुन्ना। माँ कहती—बेटा लाल कभी आँख उठाकर माँ से बात नहीं करता। पिता की सूरत से भी शायद नावाकिफ़। यों भी पिता के चेहरे पर ऐसा कुछ नहीं होता कि ताकने का मक़सद पूरा हो। पर जाने कहाँ क्या ग़लत हो गया कि दो प्यारी गुड्डियों का ज़िम्मेदार पापा बनकर राधे मुंशी का लाल जी एकदम गैर ज़िम्मेदार बात कर गया। सिर झुकाकर कमीज़ का तीसरा बटन देखता माँ से एक सुहानी सुबह पत्नी की ओर इशारा करके बोल उठा, माँ! इसे वापस मायके भेज दो!

"यानी?" एक बार चतुर-चालाक नीतिकुशल माँ भी सकते में आ गयी। फैसला लेने में पूरे चार साल लगे बेटे को? भोंदू कहीं का।

"मैं इसे तलाक़ देना चाहता हूँ।" माँ ने देखा बेटा अचानक बोलना सीख़ गया है। और पहली रोटी माँगी है, तुतलाकर, सो कुछ तो करना ही पड़ेगा।

बुजुर्गों ने सुना और कहा, "ऐसे में धनवती माँ को चाहिए कि बेटे को कुछ विवेक-बुद्धि की बातें सिखाये, दूरदर्शिता का प्रकाश फैलाये। नन्ही बच्चियों के अबोध बचपन और सुशील पत्नी के भरे यौवन को एक ज़िम्मेदार पिता और पति का आश्रय दे। पर माँ मुँह पर अँगुली दिये चुप रही। खामोशी भी अनेकार्थी हुआ करती है फिर धनवती की चुप्पी का अर्थ बेटा अपनी तई और बहू अपनी खातिर, अपने हिसाब से समझ गये। बहू ऐसी सास जी से उम्मीद भी क्या कर सकती थी जो माघ मास के ठिठुरते दिनों में शीतल जल से स्नान करवाकर बहू का तपता तन और खौलता मन दुरुस्त किये रहती हो? बहू सुबह बर्तनों के जूठे ढरे मलने शुरू करती और रात सास जी के गठिया के मारे जोड़ों की मालिश करते गुजार देती। मालिश करते, गोड़-जाँघ दबाते कभी बहू की आँख लगती तो सास जी प्यार से सिरहाना सरकाती, धरती माँ की ओर इशारा करती, "अब रात ही कितनी बाकी रह गयी बहू, इधर ही पैर पसार ले। थोड़ा आराम कर, सुबह जल्दी उठना भी है। ये मेरे पैर, ओ माँ! मेरी तो जान ही निकली जा रही है!

यानी कि पति के कमरे में जाने की ज़रूरत ही क्या है? लाल जी भी दस बजते ही शयनकक्ष की चिटकनी लगाकर सोने लगे थे। उन्हें माँ पर गुस्सा था, पत्नी पर क्रोध था या अपनी निजी ज़रूरतों के वक़्त पर पूरी न होने पर झुंझालाहट थी, ये वे शरीफज़ादे कभी खुद भी नहीं समझे। अब पत्नी आधी रात किवाड़ खड़काकर पति से शयनकक्ष के बन्द द्वार खोलने की प्रार्थना करे, यह बात बहूरानी के ज़ेहन को भी गवारा न होती। आख़िर वह उस पति के दो बच्चों की माँ भी थी। यों सास जी बहूरानी की इस समस्या का समाधान कर ही देती, तकिया थमाकर और बहूरानी शरीर और मन से इतनी थक चुकी होती कि आज्ञापालन करने के सिवा दूसरी बात सोचना भी उसे बोझ-सा लगने लगता था। ये तो ऊपरवाले की इच्छा थी कि पतिदेव को कभी-कभार एक अदद नारी देह की ज़रूरत महसूस होती और ऐसे में वह पत्नी की ओर लपक लेता। यों प्रेम-प्यार की गुंजाइश तो धनवती जी रहने नहीं देती।

लेकिन बहूरानी बी. ए. पास करते-करते रह गयी थी सो छली सास के छल-कपट और पति देवता की ताड़ना-जलालत जब लात-बेंत तक आ पहुँची तो बहूरानी ने बग़ावत कर दी। सास जी के शब्दों में कहें तो, 'लाज शर्म बेच खायी'। उसने खम ठोंककर चार मुहल्लेदारानियों को सुनाकर कहा कि वह औरत है धोबी

का पाट नहीं। यह बात एक से दूसरे ने सुनी और सुनते-सुनते सुधार-समिति के कानों में जूँ की तरह रेंगी। उन्होंने इस मामले में टाँग अड़ायी और विभा बहू को राधे मुंशी के घर में गृहलक्ष्मी की जगह दिलाने की कोशिश की, जिसकी कि वह हकदार थी।

मुहल्ले के जवानों-अधेड़ों में भी जोश आ गया। उन्होंने सास जी के पुतले जलाये। शेरो-शायरी के ज़रिये उनके कारनामें घर-घर तक पहुँचाकर दूसरी सासों को धमकाने की हद तक खबरदार कर दिया। राधे मुंशी को समिति में बुलाकर पूछताछ की। लाल जी बेटे को धर्म, कानून, लोकलाज वगैरह का सिला देकर पत्नी के प्रति ममता जगाने की कोशिश की। पर वही बात हुई कि घोड़े को नदी किनारे पकड़कर ले गये पर उसे पानी पीने पर राजी न कर सके। लाल जी डराने-धमकाने और फजीहत होने पर पत्नी को घर तो लाया पर विभा बहू 'पानी बिच मीन पियासी' ही रह गयी। यों भी समिति वाले शयनकक्ष के भीतरी रहस्यों को कैसे जान पाते, सुलझाने की बात तो दूर रही। कुछ दिन लगा सब ठीक-ठीक चला। पर धनवती सास फ़जीता सहकर कब तक चुप रहती? भीतर-भीतर ज्वालामुखी सुलगता रहा। एक दिन विभा बहू अपने कन्ता से सभी उम्मीदें छोड़ माँ के घर लौट आयी। डॉ. बाबू बच्चियों की परवरिश के लिए महीना देते रहे।

राजनाथ विभा बेटी के घर जाकर समझा आये, उसे बी.ए. पास करने की सलाह दी। दूसरी शादी से उसने साफ़ इनकार कर दिया। एक से ही वह जन्म-जन्मान्तर तक भरपाई थी। वह मुक्ति चाहती थी, आगे बी. ए. पास कर वह स्कूल में पढ़ाने का काम करती रही और बेटियों को पालती रही। और शायद बेहतर ढंग से अपना जीवन बिताने लगी।

इस प्रकार सुधार समिति ने काम करना आरम्भ कर दिया था, सुधार समिति को बहुत ज्यादा सफलता न भी मिली हो, पर समाज में बदलाव का अहसास जगाने में वे कामयाब ज़रूर हो गये। वे लोगों की आर्थिक-सामजिक समस्याओं पर ग़ौर करते। राजनीति में उनका दख़ल न था। कबाइली आक्रमण के बाद जब गाँवों से शरणार्थियों का हुजूम शहर में चला आया तो उन्हें बसाने की समस्या पैदा हो गयी। समितिवालों ने उस वक़्त काफ़ी चुस्ती दिखाई। वे लोग सदस्यों को घर-घर भेजकर धन, कपड़े, बर्तन-भाड़े जो भी मिलता, इकट्ठा कर लेते और शरणर्थियों के घरों-कैंपों में जाकर बाँट आते राजनाथ स्वयं भी बारामूला, मुहरा आदि गाँवों में जाकर शरणार्थी-कैम्पों का मुआयना करते अपने घर से भी कुछ-कुछ सामान निकालकर ज़रूरतमन्दों में बाँटा करते। सुदूर गाँवों में पहाड़ों के भीतर बसे

सौ-पचास घरोवालें गाँवों की दशा तो बदतर ही थी। वहाँ तक सरकारी सहायता पहुँच भी न पाती। यों भी सरकारी मदद ऊँट के मुह में ज़ीरे के समान ही थी। बीच में कफ़न बेचकर खाने वाले भी ऐसे आपातकालीन अवसरों से लाभ उठाने की ताक में हमेशा से रहते आये हैं, आज भी हैं और तब भी थे, तादाद थोड़ी कम ज़रूर थी।

राजनाथ बड़े उत्साह और लगन से इस परोपकार के काम में जुट गये। उनकी श्रद्धा को देखकर उनके कई साथी थोड़ा चिढ़ भी गये। शंकरलाल गवाह हैं। उनसे पूछिए तो कहते हैं, "हाँ, भई? चिढ़ना-कुढ़ना तो चलता ही रहता है झंडाबरदारों में। वे लोग झण्डे लेकर आगे निकलते हैं, नारे देते हैं, जूलूस निकालते हैं, वादे करते हैं, भाषणबाज़ी होती है सिरों पर सेहरे बँधवाने और गले में फूल-मालाएँ पहनने की हवस समझिए। पर राजनाथ जानते थे कि गरीब के लिए भाषण से ज्यादा राशन की अहमियत होती है। इसके अलावा राजनाथ समाज सेवा के मेहनताने के रूप में संस्था के पैसे से पिकनिक-पार्टियाँ मनाना अपराध समझते थे। अब कुछ सुधारक भूखे पेट रहकर सुधार करने के पक्ष में नहीं थे। यह तो राजनाथ को ही भूत सवार था निखालिस सुधार का।

सुधार-समिति में एक सुदर्शन कौल रहा करते थे। उन्होंने ब्रजकृष्ण, जवाहर, विजय आदि उत्साही व कलाकार युवकों को लेकर एक नाटक मण्डली का गठन कर लिया था। ये लोग सामाजिक, ऐतिहासिक और पौराणिक नाटकों का मंचन कर अर्द्धशिक्षित, अशिक्षित नर-नारियों में सांस्कृतिक चेतना जगाते थे। धर्म के व्यावहारिक पक्ष पर बल देते। रामायण, सत्यवादी हरिशचन्द्र, सत्यवान-सावित्री आदि विषयों का मंचन करते, दहेजप्रथा के विरोध में भी कई नाटक लिखे और मंचित किये गये। ये लोग भी अक्सर शाम को राजनाथ के पास सलाह-मशविरे के लिए आया करते। चार-आठ आने की टिकट पर देखे जानेवाले ये नाटक अक्सर लोग बिना टिकट देख लिया करते, क्योंकि दर्शकों में कोई सत्यवान का भाई-भतीजा या सहपाठी निकलता, तो कोई राजा हरिशचन्द्र का नाती-पोता। कोई श्रीकृष्ण का भानजा होता तो कोई सीता-सावित्री का संगी-साथी, जिन्हें अभिनेताओं से पहले ही 'परमामेन्ट पास' मिले होते। यहाँ यह बताना ज़रूरी है कि सीता-सावित्री वगैरह सभी अभिनेता दाढ़ी-मूँछवाले लड़के ही होते, जिन्हें नाटक में भाग लेने से पहले दो बार दाढ़ी-मूँछ मुड़ाकर पेण्ट मला जाता, पर तब भी उनका चेहरा गहरे रूज के नीचे नीली आभा से दमकता-लिश्कता रहता। यों तो बिना दाढ़ी-मूँछ उगे लौडों से ही स्त्री पात्रों का काम करवाना शुरू होता, पर कई वर्ष इस

नाटक-मण्डली के सफलतापूर्वक नाटकों के मंचन के दौरान लौडों की भी दाढ़ी-मूँछ उग ही आती। बहरहाल, इस उलझन भरी स्थिति का इलाज स्वयं सुधार का दम भरनेवाली सुधार-समिति में भी नहीं था, सो विकल्प में ग़म खाना ही रह जाता था।

नाटकों में दहेज की सताई मासूम लड़कियों को स्टेज पर दिखाया जाता। सुखी गृहस्थी में ममतामयी सास और आज्ञाकारिणी बहुओं की अहमियत को पात्रों द्वारा दर्शाया जाता, जिससे अक्सर दर्शक प्रभावित हो उठते। स्टेज की बहू के मोटे-मोटे ग्लिसरीनी आँसुओंवाले करूण चेहरे के दुःख से करुणा विगलित महिलाएँ अपने पल्लुओं से नाक-आँख पोंछती शीतलनाथ के हाल से बाहर निकलतीं और दो-चार दिन बहुओं की थाली प्यार से परोसा करतीं। जब तक कोई तीज-त्यौहार, जन्माष्टमी शिवरात्रि न आती, तब तक नाटक का अक्षुण्ण प्रभाव बना रहता। पर शिवरात्रि के पावन पर्व पर बहुओं के मायके से अखरोट-रोटी शगुन और जन्माष्टमी पर दही-फल, शगुन के समय नाटक-वाटक भूलकर अधिकांश ममतालु सासों की ममता कपूर-सी उड़ जाती और वे तत्काल अपनी पुरानी जगह, अपने चिरंतन आसन पर आसीन होकर बहू के मायके से आये सामान की मीन-मेख निकालना शुरू कर रणचंडियों का रूप धारण कर लेती।

राजनाथ यह सब देखते-समझते थे। वे जानते थे कि जब तक शिक्षा का समुचित प्रसार न होगा तब तक पुरानी रूढ़ परम्पराएँ नहीं बदलेंगी। सास-बहू की तनातनी इसलिए भी चलती रहेगी कि सास-बहू पीड़न को यह कहकर बरकरार रखेगी कि हमने भी तो सहा है। बदलाव युवा वर्ग में लाना भी बेहद ज़रूरी है। इस नयी पीढ़ी पर राजनाथ को बड़ी आस्था थी। स्वयं लड़का-लड़की जब खम ठोंककर दहेज का विरोध करेंगे, तभी यह लेन-देन की कुप्रथा समाप्त हो सकेगी। वह यह भी जानते थे कि सुधार की शुरुआत अपने घर से ही करनी चाहिए। परउपदेश देने में बहुतेरे कुशल होते हैं। बिल्लियों के उत्पात से त्रस्त चूहे मशविरे तो खूब देते हैं, पर बिल्ली के गले में घण्टी बाँधनेवाले कितने होते हैं?

लेकिन इस सबके बावजूद यह भी सच है कि राजनाथ के साथ कुछ दोस्त थे, जिन पर राजनाथ जैसा ही सुधार का भूत सवार था। सुदर्शन कौल, कृष्ण जू तो थे ही, जिन्होंने बिल्लियों के गलों में घण्टी बाँधने का काम किया, गोकि वृहत्तर समाज इन्हें 'नकटों के नाम से सम्बोधित करता था, वही पीठ-पीछे की चिकौटी!

यहाँ भी राजनाथ ने हद ही कर दी। दिखावे की बात तो दूर, राजनाथ ने जो भी पत्रम्-पुष्पम् बेटियों को दिया, अपने अनोखे ढंग से ही दिया। थोड़े बहुत के तो सभी बच्चे हक़दार होते ही हैं, कानूनन भी। सो राजनाथ ने कुछ रक़म कैश

सर्टिफिकेट में जमाकर बेटियों-दामादों के नाम कर दी। रक़म यों तो साधारण-सी थी, पर उसे भी गुप्त रखा गया। रति-रिचा को भी काफ़ी दिनों, बल्कि वर्षों बाद मालूम पड़ा कि पिता ने उनके नाम कितना धन ख़ाते में रखा है।

शंकरलाल अपनी बेटियों को समझाते हुए कहते, "राजनाथ की बेटियों ने भी राजनाथ के मिशन में सहयोग दिया। वे ही माँगने बैठ जातीं, हठ पकड़ लेतीं, ये चन्दनहार, वो बाजूबन्द, गुलूबन्द, नेकलेस-वेकलेस चाहिए, तो पिता बेचारा देने पर मज़बूर हो ही जाता न? धरी रहतीं सारी सुधार-उधार की बातें ताक पर! कितने लाड से तो पाला था बेटियों को।'

"मुझे क्या मालूम नहीं?" शंकरलाल की पत्नी गुणी जोड़ देती, "वह क्या कहें, आँख पर मक्खी नहीं बैठने देते थे राजभाई बेटियों के, सुबह आठ बजे तक भी लड़कियाँ सोई पड़ी रहतीं, पर मज़ाल है कोई उन्हें जगाने, उनकी नींद में खलल डालने की हिमाकत करे! और वो बादाम-इलायची डले दूध के प्याले लिये पीछे-पीछे घूमना खुद राजभाई का! खासकर गौरी की मौत के बाद! वह क्या तुम भूल ही गये? कौन करता है बेटियों को इतना लाड कि वे सिर चढ़ जायें, आखिर जाना तो उन्हें पराये घर ही होता है न? दूसरों की सेवा-टहल में! छाज-छलनी ही तो पकड़नी होती है आगे, कितना भी पढाओ-लिखाओ।"

शंकरलाल लम्बा-सा हुंकारा भरकर सोच में पड़ जाते, "हाँ, कितना भी लाड़ किया हो, पर बिगड़ने न दिया बच्चों को।"

"वही, अपने यहाँ कहावत है न, खाने को पुलाव दो मीठा और हाथ धोने को गाय का मूत!' गुणी अपने विलक्षण मुहावरे के साथ बात आगे बढ़ाती। पर शंकरलाल के मन में एक चिन्ता ताउम्र बनी रही कि राजनाथ के बाद क्या राजनाथ का शुरू किया काम उसके बेटे-बेटियाँ पूरा कर पायेगें? एक पीढ़ी में तो समाज परिवर्तित नहीं होता। जड़ों तक सड़ी हुई रीति-नीतियाँ, जो समाज की रंगो में रच गयी होती हैं, रूढ़ नैतिकताएँ, पारम्परिक अन्धविश्वास, जिन्हें आँख बन्द करके ही आगे बढ़ाया जाता है। वे वर्षों घर-परिवारों के मधुर सम्बन्धों में विषबीज का रोपन करती रहती हैं और एक आदत की तरह निभायी जाती हैं। इन्हें समाप्त करने में तो पीढ़ियों का सहयोग चाहिए। पारिवारिक अन्धविश्वासों को लेकर राजनाथ घर की महिलाओं को अक्सर कथा-कहानियों के माध्यम से समझाया करते, अर्धशिक्षित महिलाओं के साथ दर्शन और सिद्धान्त की व्याख्या वे अक्सर नहीं ही करते थे। पर बात समझाना भी बेहद ज़रूरी होता तो कथा-कहानियों का जैसा उत्तम माध्यम और क्या हो सकता था? आँख और दिमाग बन्द कर पुरानी

पीढ़ियों के विश्वास और रीति-नीतियों को ग्रहण करने के बारे में वे उस घर की कहानी सुनाया करते थे जहाँ एक सास अपने पति के श्राद्ध के समय भोजन जूठा होने के डर से घर की बिल्ली को टोकरे के नीचे बन्द कर देती थी। मकसद यही था कि भोजन जूठा न हो, बिल्ली पकवान देखकर मुँह न मारे। पर जब सास की मृत्यु हुई और गृहस्थ की जिम्मेदारी बहूरानी के हाथ में आ गयी तो बहू ने हू-ब-हू सास के क़दमों पर चलने का इरादा कर लिया। बात तो ठीक भी थी किसी सीमा तक, पर सास का जब श्राद्ध का दिन आया तो इस बीच घर की बिल्ली भी देह छोड़कर चली गयी। बहूरानी पड़ोसन के पास गयी और बड़े पसोपेश में पड़कर सारा हाल बयान कर दिया, “बहन, टोकरी तो मेरे पास है, सास जी की ही रखी हुई है। पर कृपा करके अपनी बिल्ली आज के लिए उधार दीजिए...”

गरज यह कि किसी भी बात का मर्म समझे बिना उस पर विचार किये बिना उसे परम्परा नहीं बनाना चाहिए। घर की महिलाएँ शिवरात्रि पर पन्द्रह दिन घर धुलाई-सफाई करती हैं, हँसती-बोलती-पकवान बनाती हैं, पूजा-अर्चना करती हैं और पुरुष सलाम के दिन घर के छोटों, ब्राह्मणों या अन्य कामगारों को दान-दक्षिणा ‘खर्च’ के रूप में देते हैं, यह सब ठीक है, इसे निभाना भी चाहिए। क्योंकि इससे हमारी धार्मिक आस्था की सन्तुष्टि के साथ-साथ सामाजिक अदान-प्रदान भी होता है। बड़े-बूढ़े, महिलाएँ, बच्चे, सभी एक साथ कौड़ियाँ खेलते हैं, हँसते-बोलते हैं।

पुरातन को एक बीमारी की तरह छोड़ना नहीं होता, पर साथ में नवीनता का भी समावेश होना चाहिए। ऐसी नवीनता जो पुरातन का नमन करती हुई निरन्तरता से जुड़ी रहे। यह क्या कि आपको एकादशी के दिन मछली न मिले तो शिवरात्रि की रीति न निभी? त्रयोदशी के दिन आपने चावल के आटे के विशिष्ट आकार की रोटियाँ न बनायीं तो अखरोट के घड़े की पूजा न होगी? यह बाहरी बातें हैं, धर्म और रीति इससे बहुत ऊपर। हमारी आस्था बाह्याडंबरों में न होकर किसी पर्व के मुख्य सन्देश और अर्थ में होनी चाहिए। दशहरे-दीपावली का मर्म वे ‘तमसो मा ज्योतिर्गमय, असतो मा सद्गमय, मृत्यम् मा अमृतमगमय’ की व्याख्या करके समझाया करते। बहरहाल! हम राजनाथ के मित्र शंकरलाल की चिन्ता के बारे में बात कर रहे थे। उनकी चिन्ता के कई कारण थे। इधर जब से नव धनाढ्य वर्ग उभरकर आने लगा है, दान-दहेज, भेंट-उपहारों की शक्ल अख्तियार कर भयानक रूप धारण कर गया है। मीठा ज़हर फैलने लगा है समाज की रगों में और दुःख यह कि इस विषकन्या के रूप पर लोग रीझ रहे हैं, इसकी तासीर वह नहीं समझ पा रहे। राजनाथ के जीते जी ही उनके सुपुत्र की बेटी की शादी में वो

अतिशबाजियाँ छूटीं कि मीलों तक आवाज़ें गूँजी। पूरा शहर आमन्त्रित किया गया। यों बैंड-बाजों का हंगामा न भी हुआ हो, पर भेंट-उपहारों में हज़ारों का आदान-प्रदान हुआ। राजनाथ उस समय बिस्तरे से बँध गये थे, तो क्या, कानों से तो सुनते ही थे। क्या सोचा होगा उन्होंने उस वक़्त? क्या उनके बच्चों के अवचेतन मन में पिता के प्रति क्षोभ, आक्रोश या नाराज़गी थी? पिता की नीतियों का समर्थन करनें के बावजूद वे स्वयं उनके शुरू किये गये काम को पूरा करने का साहस क्यों न जुटा पाये? वे चाहते तो क्या स्वयं अपने बच्चों की शादियों में पूरे शहर में दीपावलियाँ न मना सकते थे? उनके दोस्त, अहसानमन्द ही बाजों-गाजों का मुफ्त इन्तजाम कर लेते, उनके तो मुँह खोलने भर की देर थी। भेंट-चढ़ावों से तो उन्हें जन्मजात चिढ़ थी। जिस राजनाथ ने एक बार गौरी के किसी अनजाने व्यक्ति से एक फल की टोकरी, बिना पूछताछ किये घर में रखवाने के अपराध में, घरभर के सामने उसे अपमानित किया था और निरपराध पत्नी को स़फाई देने का मौक़ा भी नहीं दिया। क्योंकि वे इस तरह की भूलों को भी अपराध मानकर चलते थे, वे ही राजनाथ भेंट-चढ़ावे कैसे स्वीकार कर सकते थे? चाहे वह बच्चों को उपहार रूप में ही दिया गया क्यों न हो, उसके पीछे मन्तव्य तो दूसरा रहता है न?

राजनाथ ने उस वक्त क्या सोचा होगा? जो इमारत तमाम लगन और श्रम से उन्होंने खड़ी कर दी थी, क्या उनके जीते जी ही उसकी नींव की ईंटें खिसकने न लगी थीं? लेकिन वे तब कुछ कहने की स्थिति में न थे। बूढ़े थके, दन्तविहीन शेर को बिल्ली से ज़्यादा अहमियत कौन देता है?

हाँ, शंकरलाल ने ज़रूर राजनाथ के बेटे से पूछा था, "इतना तामझाम करने की क्या ज़रूरत थी भला?"

बेटा एक इज्ज़तदार वर्ग से सम्बन्धित था अपने पिता की ही तरह। एक ऊँचे सरकारी पद पर आसीन था। लिहाज़ मुरौवत कहिए या शील संस्कार, विरासत में काफ़ी कुछ पाया था। सो सम्मानपूर्वक बोला, "क्या करता चाचा जी, बेटी को अपने से ऊँचे ख़ानदान में ब्याह दिया। कुछ उनका, कुछ अपना, दोनों के 'प्रेस्टिज' का सवाल था, समझिए एक तरह की मज़बूरी थी..."

यानी कि एक औरात क़िस्म की मजबूरी, जिसे वक़्त के साथ बदलने की ख्वाहिश व दानिशमन्दी के बावजूद वे जीत न सके। जीतने की इच्छा न थी या साहस नहीं था। एक नया समाज, जिसमें 'प्रेस्टिज' या सामाजिक साख की जगह सबसे ऊपर थी, शेष बातें गौण। यह 'प्रेस्टिज' शब्द दूसरी पीढ़ी के लिए अचानक ब्रह्मवाक्य बन गया था। इसे मन्त्र की तरह रटना और इसके लिए हर सम्भव मूल्य

अदा करना ज़रूरी होने लगा था। वे भी और उनके पिता जी भी, दोनों अपनी-अपनी जगह सही थे। लेकिन फिर भी दोनों के सही होने के बावजूद उनकी विचारधाराओं में टक्कर थी, द्वन्द्व था, मनोमन्थन था। शायद मोहन राकेश ठीक ही कह गये कि "वास्तविक संघर्ष सही और गलत के बीच न होकर, सही और सही के बीच ही होता है।"

जो भी हो, बेटे अपनी बातें अपने तर्कों से प्रमाणित करते। अपने रवैये की सफ़ाई देते। दूसरों से ऊपर दिखने-रहने की स्वभावगत विवशता को वे अपने विचारों-मुहावरों से पोसा करते, "क्या करते? हमारे विभाग के एक साधारण से कर्मचारी सुधीर ने अभी-अभी बेटी का ब्याह रचाया, एक फ्लैट दहेज में दे दिया, हम से तो एक छकड़ा भी ख़रीदा न गया। बस, तीस-चालीस तोला सोना और चालीस-पचास साड़ियों में बेटी को विदा कर दिया। पता नहीं कैसे इकट्ठा करते हैं लोग इतनी दौलत? हमसे तो इतना भर भी जुटाया गया, तमाम कोशिशें करने पर।"

अपने प्रश्नों के उत्तर भी वे आप ही दिया करते, "करते हैं भई! क्या करें, करना ही पड़ता है। हाथ की जगह पाँव और पाँव की जगह हाथ का प्रयोग करना पड़ता है। जिसे पैर से ठुकराना चाहिए, उसे बाँहे फैलाकर गले लगाना होता है। ऐसी कितनी मेजें हैं जिनके ऊपर-नीचे सद्-असद् व्यापार नहीं चलता? जहाँ भी थोड़ी बहुत गुंजाइश होती है, लोग-बाग कोशिश कर लेते हैं..."

महिलाएँ भी इस सामाजिक साख के भूत से त्रस्त रहा ही करतीं। वे अक्सर ऐसे प्रश्नों के उठने से पहले ही अपने और दूसरों के दिमाग़ के डिब्बे बन्द करने के प्रयत्न करतीं, "वो पृथ्वी ओवरसियर को आप जानते हो न? उसकी बीवी! हम भी कहाँ जानती थी, अभी पिछले मास ही सत्या की शादी में देखा। चार हाथ की असली ज़री स्कर्ट-पल्लू वाली बनारसी साड़ी पर दस तोले का जड़ाऊ नेकलेस पहन रखा था। बाहों में दो-दो कड़े शेर के मुँहवाले, बंगाली डिज़ाइन के और वह इंजीनियर वखलू की बीवी तो असली तोषे-ताप्ते से कम कोई शॉल ओढ़ती ही नहीं। कहती है, रफल, रिंगशाल हमें चुभता है। वाह-वाह री शाहज़ादियाँ! एक हम हैं, चार साल से पतिदेव सीनियर इंजीनियर के पद पर हैं—पब्लिक वर्क्स डिपार्टमेण्ट में। पर कसम ले लो जो मैचिंग शॉल, सैंडिल की बात भी कभी दिमाग में आयी हो। तोषे-ताप्ते की बात तो छोड़ ही दो। साड़ी भी तो दो-तीन सौ से ज़्यादा की खरीदती नहीं। हमसे तो ओवरसियर, मेठों की बीवियाँ भलीं!" गरज़ ईमानदार आदमी हर जगह जवाबदेह! वह खुद क्या खायेगा-पहनेगा और बेटियों को क्या देगा?

नित्यानन्द दर तो जागीरदार रहे एक ज़माने में, पर अब तो, वो क्या कहें कि चादर इतनी छोटी हो गयी समझो कि सिर के ऊपर खींचे तो पैर नंगे हो जायें और पाँव ढकें तो सिर उघड़ा रह जाये। पर अगले कह गये जो कि हाथी मरा भी तो सवा लाख का। सो बेटियों की शादी में कर्ज़ा-वर्ज़ा लेकर धूम-धड़ाका किया। घर के आँगन में बाहर आतिशबाजियाँ छूट रही थीं, पर भीतर नित्या भाई पसीने से सराबोर हो रहे थे, क्या पता अपनी उम्र में उधारी चुका सकेगा या अपनी आल-औलाद को कर्ज़े की विरासत सौंपकर कूच कर जायेगा। यों शादी से पहले एक दोस्त के नाते राजनाथ उनकी बेटी के सास-ससुर से मिले थे। नित्यानन्द की आर्थिक स्थिति का खुलासा भी कर दिया था। सुशीला बेटी के गुणों की प्रशंसा के साथ बदलते वक्त के रुख की ओर इशारा कर दिया था। ससुर जी कुछ समझे-न समझे पर लिहाज मुरव्वत में आकर चुप रह गये लेकिन सास जी तुनककर बोली, "भाई साहब! माना कि अब हमारे समधी साहब की जागीर ज़ब्त हो गयी है, पर हैं तो आखिर पुश्तैनी जागीरदार ही न?" यानी वही बात कि हाथी मरे भी तो सवा लाख़ का। ाारा जी ने नुक्ता 9ी जोड़ा, आग जैसे नौकरी पेशा तो नहीं हैं नित्यानन्द भाई। सो आप क्यों बेकार उनकी चिन्ता में अपनी सेहत खराब किये जा रहे हैं..."

नित्यानन्द का दामाद भी निखट्टू ही था। वो उन युवकों में था जिनके वंशानुक्रम और परिवेश दोनों सामन्ती थे। राजनाथ ऐसे माई के लाल को क्या समझा सकते थे? लेकिन कई पढ़े-लिखे होनहार युवक ज़रूर राजनाथ की बातों से प्रभावित हुए थे। वो रैना साहब का फरज़न्द, जिसके ससुर जी कार-बंगला देकर दामाद को खरीदना चाहते थे, उसने तो शादी के दूसरे दिन ही लड़कीवालों का सारा दहेज ट्रक में भरवाकर वापस लौटा दिया, कार की चाबी और बंगले के काग़ज़ात छुए बिना। माता-पिता ने एतराज़ किया, घर में अनशन हुआ, रोने-पीटने तक की नौबत आ गयी, घर आयी लक्ष्मी को कौन इस तरह ठुकराता है? पर बेटे ने पूरे समाज के सामने, उन्हें सबक सिखाया और एक सादी साड़ी में लिपटी दुल्हन को लेकर विदेश चला गया।

ग़णी यहाँ लड़के की माँ-सुलक्षणी को इस फज़ीहत की ज़िम्मेदार समझती है। वह जो अपने बेटे का स्वभाव जानती थी, उसे अपने पति को समझाना था न? ज़रूरत भी क्या थी उन्हें दान-दहेज की? देनेवाले ने किस चीज़ की कमी रखी है उनके घर में? एक ही लड़का है, वह भी ऊपरवाले की कृपा से अच्छा खाता-पीता है, भला इतना लालच क्यों और किसके लिए? ज़रूरत न हो तो भी नोच-खरोंच

लो लड़की वालों को। अच्छा किया मदन ने। अब नकचढ़ी सुलक्षणी अहले-मुहल्ले में त्यौरी चढ़ाये बिना सीधे मुँह बात तो कर लेगी। वह कहा है न कि अपना फल ही पेड़ को झुका देता है। मदन है भी समझदार।

राधारानी गुणी की तरह डंके की चोट बात नही करती। मन में लोभ तो इतना नहीं जितना कि अपने पतिदेव पर अविश्वास है। फिर वे दो बेटियों की माँ है, बेटा तो एक ही है। देना तो उसे भी पड़ेगा, जो जितना जैसे भी बन पड़े। समाज में कितने उदार-विवेकवान लड़के वाले हैं जो नंगी-बुच्ची लड़की को शौक़ से बहू बनाएँ और फिर उसे घर की लक्ष्मी का दर्जा दें? सत्या की सास तो मँगनी के दिन ही आशीष देती बोल पड़ी थी, "जीते रहें, हमारा फलों का वृक्ष फले-फूलें, इतने-इतने फल लगें कि हम ज़रा-सा हाथ ऊँचा कर ढ़ेरों-ढेर तोड़ सकें।"

यह चालाकी और नीतिभरा विश्वास सत्या की सास का ही तो नहीं था, जो उसे दोषी ठहराया जाये, बुजुर्गन आजी भी तो शादी-ब्याह का प्रसंग उठने पर कहा करती, 'वोंटिस मांगिज़ि केंह, छोचिस क्याह मंगिज़ि?" यानी कि माँगना भी एक सम्मानजनक, मान्यताप्राप्त अधिकार हो गया लड़केवालों का!"

लेकिन राजनाथ ने इन नीतिपूर्ण मुहावरों और संवादों को सुनने से भी इनकार कर दिया। कइयों ने उन्हें ढीठ समझा, कइयों ने नकटा और कइयों ने दबी जुबान में कह ही दिया, "अरे, यह सब दिखावे के असूल हैं। नक़दी देखी किसी ने, जो उन्होंने अपनी बेटियों को दी? बुद्धू तो हमें बनाया जा रहा है, उन्होंने तो यों न दिया वों दिया...बात तो एक ही हुई न?"

"हाँ, राजनाथ को क्या कमी है धन-दौलत की? जो अहले-मुहल्ले की मदद करे, नाते-रिश्तेदारों में बाँटता फिरे, वह क्या अपने बच्चों को पच्चीस-तीस हज़ार भी न दें? और वो जो बारात में आये दस-बीस जनों को सिर्फ़ दो-तीन सब्जियों के साथ खाना खिलाया, वो क्या था?" ज़ाहिर है कि शंकाएँ अनेक प्रकार की थीं।"

"बड़ा आदमी जो भी करे, लोग प्रशंसा ही करेंगे। वाहवाही लूटने का सुख मिलेगा। नहीं तो क्या राजनाथ जन्मदिनों और पितरों के श्राद्ध के मौक़ों पर इससे ज्यादा लोगों को आमन्त्रित नहीं करते जितने कि लड़की के बारात में आये थे? लज़ीज पकवान नहीं खिलाये हैं उन्होंने ऐसे मौकों पर?

"वाहवाही लूटने का सुख? नहीं!" गुणी सुधारती, "राजभाई शादी-ब्याह को भाँडों का जश्न नहीं मानते। वे कहते हैं शादी दो पवित्र आत्माओं का मिलन है। अग्नि की साक्षी में यज्ञ, धूप और वेदमन्त्रों से पावन किया हुआ बन्धन, इसे सादगी और सौम्यता से ही निभाना चाहिए। दूसरी बात राजनाथ यह भी बताना

चाहते थे कि देखादेखी की जो आदत है समाज में रहते लोगों की, सो इस तरह एक मिसाल क़ायम की जा सकती है, जिससे किसी ग़रीब को अपनी जाई बोझ न मालूम पड़े। एक आदमी अगर रास्ता बनाता है तो दस-बीस जन उस राह पर ज़रूर चलेंगे। राजनाथ यही बताना चाहते थे और उनका क्या मन्तव्य हो सकता था? कौन-सी आकांक्षा हो सकती थी?

दस

आकांक्षाएँ और महत्त्वाकांक्षाएँ-ऊँचे आकाश-सी बेअन्त होती हैं। बच्चे-बूढ़े विद्वान्, अनपढ़ सभी अपनी-अपनी आकांक्षाओं के शिकार होते हैं, शायद इच्छाएँ हदें नहीं जानती। कुछ आकांक्षाएँ गौरी की भी रही होंगी, गोकि उसकी तमाम समझ में आने वाली ज़रूरतें राजनाथ ने पूरी कर रखी थीं और बराबर उसकी सुख-सुविधा का ध्यान रखा करते थे। फिर भी कुछ रहा होगा जो अपूर्ण रहा, अधूरा रहा, पूर्णता की चाह करने वाले अक्सर इस सत्य को भूल जाया करते है कि पूर्णता किसी भी सम्बन्ध में नहीं होती और यही भूल उनके दुःखों का मूल कारण बन जाती है।

राजनाथ ने गौरी की झोली में पाँचेक प्यार के फूल डाल दिये। वह तो राजनाथ-गौरी, दोनों को नन्हें नितिन का दुःख देखना था जो वह कच्ची-अधखिली उम्र में ही टिटनेस की बीमारी का शिकार हो गया। नन्हा-तुतलाता बच्चा जब अस्पताल ले जाया गया तो माँ का जम्पर कसकर पकड़ लोट गया, पैर पटके, मुट्ठियाँ भींची, गले से लिपट गया। अस्पताल के नाम से जाने उसकी नन्हीं- सी रूह क्यों काँपने लगी थीं। क्या मालूम उस अबोध बच्चे को आगत का पूर्वाभास हो गया हो, "न माँ, नयी जाऊँगा, अस्पताल नयी जाऊँगा..."

और एक बार जो गया, सो लौटकर न आया। अपनी आखिरी पुकारों की कटारें माँ के सीने में घोंपकर वह गज़-भर मिट्टी में सो गया। गौरी एक लम्बें अरसे तक नन्हें के हाथ अपने शरीर पर महसूस करती रही। दूध की धारें भीतर-ही-भीतर बहती रहीं। छातियाँ दुःखती रहीं, तन-मन पर नन्हें बोलते-से स्पर्श खुद गये, "माँ, मैं जाऊँगा तो लौटकर तेरे पास नही आऊँगा! गौरी बौरा गयी, पगला गयी। रोना चाहकर भी आँसू न बहा पायी। क्यों भेजा था उसने अपने लाल को बूचड़खाने? जाना ही था तो माँ की गोद में बैठकर चला जाता। उसकी आखिरी साँसों को ममता का स्पर्श मिल जाता...

दुःख की घड़ी में तर्कहीन भावुकता ममता को अक्सर अपनी लपेट में ले लेती

है। लेकिन राजनाथ पुरुष थे, औरतों की तरह रोना-विलाप करना उन्हें सोहता नहीं। राजनाथ गौरी को सान्त्वना देते रहे, फिर भी यह सच है कि भीतर-ही-भीतर राजनाथ स्वयं भी रोते रहे। बाहर के रोने पर आदमी का बस तो हो सकता है, पर भीतर के रुदन पर किसका वश चलता है?

बच्चे सभी माता-पिता को प्यारे होते हैं, पर बच्चों के प्रतिमोह तब कुछ ज्यादा ही होता है जब वे एक लम्बी प्रतीक्षा के बाद, बड़ी उम्र में आ जाते हैं। लम्बे इन्तज़ार के बाद पायी चीज़ की क़द्र भी आदमी कुछ ज्यादा करता है। यह भी एक कारण था कि राजनाथ विवेकशील विद्वान् और समाज सुधारक होने के बावजूद सन्तानोत्पत्ति पर अंकुश न लगा पाये। (यों उन दिनों परिवार नियोजन के प्रति लोग सचेत भी नहीं थे) बच्चों के प्रति उनका मोह असीम था। बच्चे ज़रा-सी भी रोने की आवाज निकालें कि राजनाथ का खाना खाते थाली में हाथ रुक जाता। बल्कि नन्हें शैतान भी अपने पिता की इस आदत या कमजोरी को सूँघकर कुछ अतिरिक्त समझदार हो गये थे। माँ ने ज़रा-सा डाँट दिया या मनपसन्द चीज़ पाने में थोड़ी देर हुई कि झट ऊपर बैठकखाने तक जाती सीढी पर बैठकर ऊँचे सुर से भैरव राग छेड़ दिया। जानते जो थे कि आलाप सुनकर पिता जी यार-दोस्तों को छोड़ नंगे पैर नीचे दौड़े आयेंगे, माँ को हिदायतें देकर बच्चों को पुचकारेंगे और उनकी छोटी-सी जिद पूरी हो जायेगी।

नन्हें फूलों को जन्म देकर गौरी ने भी कभी शिकायत न की, बल्कि वह राजनाथ के सुख और अपनी सन्तुष्टि में ही वृद्धि करती रही। पर दसेक वर्षों में पाँचेक बच्चों को जन्म देने में गौरी की देह साथ न दे पायी और एक बार शरीर ने साथ छोड़ दिया तो मन भी कुम्हलाने लगा, गोकि इसके प्रत्यक्ष कारण न थे, पर क्या यह सच नहीं कि जीवन में प्रत्यक्ष से ज्यादा अप्रत्यक्ष घटता है? अप्रत्यक्ष, जो खून में मिलकर कैंसर के कीटाणुओं-सा फैलता है और जीवन की उर्जा को सोख लेता है, वही अप्रत्यक्ष गौरी के जीवन में भी घटता गया।

उनकी महत्त्वाकांक्षाओं में एक 'महत्त्वाकांक्षा', गौरी की दीदी जैसा जानती थी, यह थी कि वह प्रेमी पति का निर्बाध संग साथ चाहती थी, यानी कि तन की भागीदारी के साथ मन की साझेदारी, जो उस समय की अर्धशिक्षित या साधरण अक्षर ज्ञानवाली औरतों के लिए आकाश के चाँद को पाने की कामना करने जैसी असाध्य इच्छा थी या शायद ऐसी इच्छाओं का उन्हें बोध ही न था। घर-गृहस्थी, बच्चे और यदा-कदा पति की सेज का साथ, इससे ज्यादा सौभाग्य की कौन-सी चाह हो सकती थी उनके लिए? यानी कि उन्हीं के कहे अनुसार। लेकिन गौरी

यहाँ भी अपनी उन हमजोलियों-सखियों और संगिनियों से अलग थी। अलग न होती तो अपनी उम्र से दुगुनी उम्र के राजनाथ को अपना अछूता कुँवारा तन-मन सौंप देती? उस समर्पण के साथ ही तो आकांक्षाओं का भी जन्म हुआ था। पति-पत्नी के रिश्ते के अलावा वह प्रेमी-प्रेमिका का सम्पूर्ण समर्पण था। उसने 'सिमोन द बुआ' नहीं पढ़ी थी। नारी-मुक्ति आन्दोलन की भनक तक उसे न मिली थी। सार्त्र के अस्तित्ववाद का सपना भी उसे न आया था। वह तो बस अपने प्यार का हक पाना चाहती थी। यानी विवाह के बाद घर-गृहस्थी की स्वामिनी होने के बावजूद उसके मन का कोई कोना खाली-खाली लग रहा था। वह पति के वक्त का कुछ हिस्सा अपने लिए भी चाहती थी और यह चाह नितान्त स्वाभाविक होने के बावजूद जेठानियों-देवरानियों की भाषा में 'पति को मुट्ठी में रखने की चालाकी' या खसम को भेड़ बनाकर रखने की नीयतें' वगैरह-वगैरह थीं। राजनाथ यद्यपि विवेकशील व्यक्ति थे और अपनी पत्नी से प्यार भी करते थे। पर वे अपने को इतना बाँट चुके थे कि गौरी को उसका यह नितान्त निजी और सर्वथा उचित अधिकार भी उसे दे पाने में चूक जाते। परिणाम यही होता कि गौरी दिन के उजाले में पति का चेहरा देखने को, उसके दो बोल अपने लिए सुनने को तरसती रहती।

कितना कुछ उमड़ता तो रहता था उसके भीतर। वह सब घर-बच्चों, सास-ननद और रिश्तों की तमाम जेठानियों-देवरानियों की दुनिया में घुटकर रह जाता। कितने प्रश्नों के उत्तर वह चाहती थी जो अनबूझे ही, अनुत्तरित ही रह गये। राजनाथ शाम ढले तक इतने थके होते कि कोई संवाद हो ही नहीं पाता। यों पति-पत्नी में संवाद की प्रथा को तब महत्त्व भी नहीं दिया जाता था, सोचकर, कि पति-पत्नी को घर-गृहस्थी के टण्टों में तो माथा फोड़ना ही पड़ता है। फिर एक बार पत्नी बनकर स्त्री में ऐसा नया भी कुछ रह नहीं जाता जिसे जानने की जिज्ञासा बनी रहे। पति-पत्नी के सम्बन्ध को विद्वानजन भी निभानेवाला रिश्ता ही मानते थे। सहचर का नाता होकर भी उनमें असामंजस्य है। श्यामभाई के कथनानुसार सृष्टि की रचना के बाद, यानी पृथ्वी, पर्वत, सागर, जीव-जन्तु, चाँद-तारों व आदि पुरुष और उस प्रथम पुरुष के लिए जब प्रथम नारी रची गयी, तब ज़रूर पुरुष पहली नज़र में मुग्ध होकर नारी को देखता रहा, वह तो आज भी होता ही रहता है, पर उसकी माँगों से घबराकर पुरुष उसे वापस परमात्मा के पास ले गया था। लेकिन उसके बिना भी जीवन सूना हो गया। इसी कारण दुबारा परमात्मा के पास जाकर पुरुष उसे लौटा लाया। क्या करता, उसके साथ भी दुःखी उससे दूर भी

दुःखी। सो यह औरत का क्लेश पुरुष ने खुद चुना। अब भुगत रहा है। परमात्मा ने भी इसी शर्त पर नारी को लौटा दिया कि "अब तुम दोनों सदा के लिए साथ रहोगे।" सो सहचर बनकर भी दोनों में असामंजस्य बना हुआ है।

दलील चाहे जैसी भी हो, आम पुरुष के मन में घर कर गयी थी। शायद पत्नियाँ भी इसे मानकर ही चलती थीं। गौरी जैसी कुछेक औरतों के मन में ही गिठाने पड़ती थीं। जो सुलझाये भी न सुलझती। नहीं तो औसत गृहणी अपने आल-जाल में मगन ही रहती थीं।

राजनाथ कॉलेज से लौटकर घर आते तो दोस्तों, मुलाक़ातियों से घिरे रहते। गौरी खिड़की की चिक ज़रा-सा हटाकर, अस्त होते सूर्य की आख़िरी किरणों को मकानों की कतार के पीछे छिपते देखती और सोचती, आख़िर वह क्या चाहती है? अपना आत्मविश्लेषण धीरे-धीरे उसकी आदत बनती गयी।

क्या वह रोज़-रोज़ नये गहने बनाना-तुड़ाना चाहती है? नहीं।

वह तो एकाध चेन से ही सन्तुष्ट है। जड़ाऊ गुलबन्द गले में चुभता है, कितने शौक़ से तो दिया है पति ने। पर वह पहन कहाँ पाती है?

तो क्या नयी-नयी साड़ियाँ, शॉल और फिरन?

न, पड़े तो हैं बक्सों में पश्मीने-रफल के सुन्दर कढ़े हुए शॉल, कितना पहने? कहाँ पहनकर जाये रोज़-रोज़? नन्हें बच्चों के साथ, रेशम-पश्मीना पहनना होता भी कहाँ है? उल्टे कीड़ों से बचाव करने का काम बढ़ जाता है। धूप दिखाओ, नेपथलीन बॉल रखो, यह करो, वह करो।

फिर तू चाहती क्या है? सैर-सपाटे, घूमना-फिरना, झीलों की हवा खाना?

हूँ...म, शायद..न...नहीं...वह भी नहीं।

गौरी के भीतर प्रश्नोत्तर चलते रहते। जाते तो हैं अक्सर गर्मियों में कश्तियाँ डोंगे लेकर। लेकिन ढेर सारे लोगों बीच खाने-खिलाने और अपनों-परायों के हो-हुल्लड़ में गौरी की सभी इच्छाएँ बुझ जाती हैं। अपने प्रेमी पति को वह ढूँढ नहीं पाती अपने आसपास, जिसके साथ से झीलें थिरकने लगतीं। हवाएँ इशबर-शालीमार की बर्फ़ीली पहाड़ियों से टकराकर अपने हल्के पंखों पर उन्हें उड़ा लेतीं, साथ-साथ, और वे दूर आकाश की गहरी नीली झील में हंस के जोड़े की तरह उन्मुक्त बिहार करते भीड़-भाड़ देखकर तो मचलती हवाएँ भी गौरी को छुए बिना ही लौट जातीं।

गौरी अपने भीतर उठते प्रश्नों पर अपने आपको डाँटती– कितना ऊलजलूल सोचती है तू गौरी? इसमें तेरे पति का भी क्या दोष? उनके यहाँ तरीका है।

नाते-रिश्तेदारों और यार-दोस्तों को साथ लेकर चलने का। घरवाले भी इसके आदी हो गये हैं। आखिर वे एक बड़े परिवार के स्वामी हैं, उसके प्रति भी उनके दायित्व हैं। वर्षों से बना कायदा है उनके घर में। एक बड़ा सजीला डोंगा लेकर नाते-रिश्तेदारों, कुछ लंगोटिए यारों को सपत्नीक लेकर झीलों-बागों की सैर को चलेंगे। अब औरतें तो लगी रहेंगी पकाने-खिलाने के इन्तजाम में, नौकरों को आदेश देने में, साग-सब्जी काटने-छीलने में या अपनी चेहमेगोइयों-कनबत्तियों में। आख़िर उन्हें भी अपने ढंग से घूमने-फिरने और पिकनिक मनाने की आज़ादी चाहिए न? सो मर्द लोग बीच में टाँग क्यों कर अड़ायेंगे? उनके सोच के हिसाब से स्त्री पुरुष की दुनिया अलग-अलग थी, दो ध्रुवों पर केन्द्रित। बाक़ी जो गृहस्थ के धन्धे हैं—यह वह करने-कराने का रिश्ता है, वह तो घर की चारदीवारी में ही निष्कंटक रूप से सम्पन्न होता है। बेशक दायें-बायें बच्चे अधसोये-अधजागे आँखें मलते अँधेरे में घूरते रहते हों। बाल तो भगवान् के स्वरूप होते हैं सो बाल और भगवान् से क्या पर्दा? आखिर गृहस्थाश्रम का धर्म तो पालना ही हुआ! अपने धर्म पालन में वे कोताही तो नहीं करते?

सो ऐसी पिकनिकों में, जब अन्य महिलाएँ अपने घिसे-पिटे संस्मरण नये सिरे से सुनाती, इस उसके दान-दहेज से लेकर वैध- अवैध सम्बन्ध, रूप-विन्यास, गहनों के डिजाइन, सास-बहू- किस्सों वगैरह का रस लिया करती तब गौरी उस भरी महफिल में नितान्त अकेली पड़ जाती। वह डोंगे का पर्दा सरकाकर दूर तक फैली झील के भीतर झूमते लहरीले शैवालों का कम्पन्न देखती रहती। ऊपर छितरी हुई तित्तर-खम्भी बदलियों वाला आकाश और नीचे झील की छाती पर गुलाबी कमलों का फैला विस्तार, जिनके बीच सफ़ेद बतखें जोड़े बनाकर तैरतीं, पंख फड़फड़ाती रहती और किनारे पर बगुले मछलियों पर झपटने की ताक में ध्यानमग्न जोगियों का रूप धारण किये बैठे रहते। शंकराचार्य पर्वत की चोटी छूकर कोई हवा का खुशनुमा झोंका आकर गौरी की घुँघराली लट बिखेर देता तो वह कनखियों से पति को देखती, लेकिन राजनाथ मित्र-मण्डली में रमे मुगल बादशाहों के शौक़ और ऐय्याशी, शालामार और निशात के जिक्र में इतने तन्मय होते कि उनका गौरी की ओर ध्यान न जाता। ऐसे में नटखट पुरतैगा का झोंका गौरी को उदास कर चश्माशाही के ऊपर परीमहल के खण्डहरों में घुसकर गुम हो जाता। गौरी अकारण ही उदास हो जाती।

भीतर कहकहे लग रहे होते। शंकरलाल कोई क़िस्सा शुरू करते, ताराचन्द कोई प्रसंग छेड़ते, जिज्ञासाओं का समाधान होता।

“परी महल में परियाँ रहती थीं क्या?” बच्चे प्रश्न पूछते।

बुजुर्ग समाधान करते, “न, शाहजहाँ के पुत्र दाराशिकोह ने यहाँ अपने गुरु अखुन्द मुल्लाशाह के लिए ज्योतिषशास्त्र का एक स्कूल खोला था। अब तो खण्डहर भर है।

ताराचन्द पिछली मनायी पिकनिक की यादों को दुबारा जी रहे होते, “पिछली बैसाखी को आये थे हम स्प्रिंग शिकारे में निशात तक। याद है न नित्याभाई? कुंज़रुभाई आये थे आगरा से, खूब मज़ा किया था, आप तो राजभाई जम्मू गये थे किसी सेमिनार के सिलसिले में।” शायद, राजनाथ को चिढ़ाने के लिए।

शंकरलाल जोड़ देते, “राजभाई इधर होते भी तो हमारे साथ बैसाखी के दिन तो शिकारे में नही आते और शायद हमें भी न आने देते। इनके मन में पक्का विश्वास है कि उस दिन आँधी ज़रूर आती है, दुपहर ढले!”

“हाँ, बैसाख का मौसम श्रीनगर में हमेशा से धोखेबाज़ रहा है। पल में तोला पल में माशा समझिए। हवाएँ बड़ी बेवफा हैं। क्यों, आपको कोई नया तजरबा हुआ क्या?”

“भइया, समझो नया जन्म मिला। ऊँट कदल के पास पहुँचे ही थे लौटते वक़्त कि अचानक आँधी का तेज रेला-सा आ गया। शिकारे के परदे-झालर हवा के थपेड़ों से फरफराकर चिथड़े हो गये। शिकारा पानी के भँवर में फँस गया। यह तो नबी हाँजी का ही कमाल था कि हमें साबुत पुल के किनारे तक ले आया। बल्लम गाड़कर रस्सों के साथ शिकारा पुल के खम्भों के साथ बाँध दिया। हवा के साथ ऐसी धुआँधार वर्षा हुई कि क्या कहें, ऊपर पानी नीचे पानी। लगे बस प्रलय हो गयी।”

“और जो बादलों की कनफोड़ टकराहट के साथ पहाड़ों पर बिजली गिरी, तो अपने नास्तिक ताराचन्द बिरादर भी बहादुरी छोड़ थर-थर काँपने लगे और भवानी सहस्त्रनाम का जाप करने लगे।”

“हाँ भइया, जब मौत सामने खड़ी नज़र आयी तो भगवान् ही याद आ गया। ताराचन्द आत्मस्वीकार के लहजे में सिर हिलाते।”

“फिर कैसे लौट आये साबुत घरों को?”

“बाद में तो नबी ने शिकारा डल नाले के भीतर से निकालकर रफ़ीक शिया के घर में शरण ली। वे बेचारे भले आदमी थे, पर तूफानी रात में कुछ भी हो सकता था। हम लोग घास के पूलों पर पड़े रहे रात-भर। हर आहट पर हमारे रोंगटे खड़े हो जाते, भीतर ज़रा-सी आहट होती तो हमें लगता शायद हमें मारने की

साज़िशें हो रही हैं। रात-भर दम साधे बैठे रहे, सुबह जब तूफान थम गया तो लगा नया जन्म लिया और ऊपरवाले को हाथ जोड़कर घर को भागे।"

"हमने तो वहीं कसम ली कि आगे कभी बैसाखी के दिन शिकारे की सैर को नहीं जायेंगे। जाना ही हुआ तो बस-टैक्सी में चले जायेंगे..."

चलो देर आयद दुरुस्त आयद! समझ तो गये।"

वार्ताएँ चलती, किस्से कहे जाते, पाँच मील लम्बी और दस वर्गमील फैली झील डल की छाती पर उनका डोंगा तैरता तो जो भी जगह नज़र को बाँधती, राजनाथ उसकी जानकारी देते। वह अकबर का बनाया, हारी पर्वत, का किला हो या शंकराचार्य मन्दिर, जिसे गोपादित्य ने ईसा पूर्व तीन सौ अड़सठ वर्ष पहले बनाया, जहाँ दक्षिण भारत के शंकरचार्य ने सनातन धर्म का प्रचार करते समय कुछ दिन विश्राम किया और तभी से इसका नाम 'शंकराचार्य पर्वत' पड़ा...

गौरी को भी वह सब बुरा न लगता, स्वजनों का संग साथ वह भी चाहती थी। लेकिन कभी तो, कहीं तो वह भी राजनाथ के साथ हजारों-हज़ार बातें करती और उसके चेहरे पर उन्मुक्त हास्य देखती, जो उसके लिए होता, केवल उसके लिए और दोस्ताना चुटकियों- ठहाकों में शरीक़ होती, एक अपने, बेहद अपने दोस्त की तरह। दो क़दम उनके साथ चलकर अपने को खोज-टटोल पाती। पूछती उनसे-आप ही बताओ न, मुझे क्या हो जाता है कभी? क्यों अकारण उदास हो जाती हूँ? सब कुछ तो दिया है मुझे, फिर कमी कहाँ रह गयी है! मैं खों क्यों गयी हूँ भीड़ में?

श्यामभाई की पत्नी लक्ष्मी-कभार कहती हैं, "गौरी का मन जाने क्यों खोया-सा रहता था। क्या मालूम भीतर-ही-भीतर क्या सोच खाये जा रहा था। सब कुछ तो दिया था राजभाई ने। और क्या चाह सकती थी?" लक्ष्मी की सोच अपने पति से ज़्यादा अपनी नियति को समर्पित थी। वह इसके आगे सोचती नहीं।

गौरी खुद भी तो न जान पायी कि वह क्या चाहती है। सम्पूर्ण प्रेम? तन-मन और प्राणों की प्यास बुझानेवाला प्यार, जिसे पाकर व्यक्ति प्रेममय हो उठता है, जिस प्रेम को बँटना स्वीकार नहीं? लेकिन वह प्रेम कहाँ है? गौरी! क्या तेरे भीतर टाल्सटाय की 'अन्ना करिनीना' घुस गयी है! जो प्रेम की कोई सीमा नहीं स्वीकारती। यह प्रेम तो दुःख का कारण बनता है, क्योंकि ऐसा सम्पूर्ण प्रेम कहीं होता नहीं है। तमाम उम्र उसे खोजते अन्त में थकान ही तो हाथ आती है। एक-दूसरे पर निछावर होनेवाले प्रेमी पति-पत्नी इसी आकांक्षा के तहत एक-दूसरे के सुख का केन्द्र बनकर एक-दूसरे के लिए सहसा दुःख का कारण बन जाते हैं।

क्योंकि एक-दूसरे से उनकी अपेक्षाएँ पूरी नहीं होती। एक वृहत्तर सामाजिक दायरे में रहकर दूसरों के साथ खुद को बाँटने की बजाय जब हम एक-दूसरे में ही समपूर्णता ढूँढ पाने के स्वप्न देखते रहते हैं तो वे पूरे तो नहीं होते, बल्कि आकांक्षाओं की दीवारें ऊँची और ऊँची उठती है।

न! एक-दूसरे को पाने की आकांक्षा करने से बेहतर है एक-दूसरे को महसूस करना; मान लेना। शायद इस कथन से समझौते की गन्ध आती है। पर यह समझौता ही तो विवाह का दूसरा नाम है। प्रेमी-प्रेमियों की उन्मुक्त उड़ान विवाह की ज़ंज़ीर पड़ने के बाद अपने आप धीमी पड़ने लगती है और शायद एक दिन उन उन्मुक्त उड़ानों का अन्त होना ज़रूरी हो जाता है। ज़िम्मेदारियों की यह सुनहरी सांकल, जिसे विवाह कहते हैं, भारी होती है गौरी। इसके सामने हल्की उड़ाने टिक नहीं पातीं। उस प्रेम की नियति है बँट जाना और शायद अनेक पात्रों में अनेकों रूपों में बिखर जाना। इसे 'रच जाना' कहते हैं, अपना प्रकट रूप खोकर नये रंगों में आकार पाना, मेंहदी की तरह। उसे तुम 'मर जाना' क्यों समझती हो?

अब अगर गौरी के मन में इसी तरह के ऊलजलूल सवाल उठा करें तो भला उत्तर कौन दे सकता है? आकाश के नक्षत्रों या पाँखियों से बतियाना तो बचपना है न? सो आसमान में झुण्ड-के- झुण्ड पाँखी जुलूस बनाकर चहकते हुए अपने-अपने घरों की ओर दौड़ जाते गौरी के प्रश्नों का समाधान किये बिना या गौरी की दीदी के शब्दों में कहें तो उत्तर एक सन्देश रूप में मिल ही जाता कि सभी प्रश्नों का उत्तर 'घर!' घर की ओर मुड़ जाओ, अपने को भूल जाओ। कोई प्रश्न ही नहीं उठेगा मन में।

गौरी आकाश के पथ पर पाँखियों का जुलूस देखती। आकाश उनके डैनों से जैसे एक विशाल काले मेघखण्ड से ढक जाता। पलभर के लिए रोशनी गुम हो जाती और गौरी को कोई उत्तर न मिलता। बस! एक खालीपन का अहसास भीतर भर जाता।

उत्तर मिलना आसान भी कहाँ था? मन नाम की चीज़ जाने क्या खुराफ़ातें पालती है अपने भीतर जिनके ऊपर अपना ही काबू नहीं रहता। कई बार अपनी पंखहीन उड़ानों पर खुद ही हैरत होती है। बड़े बुजुर्ग ज़िन्दगी के तजरूबों से मंजे लोग, 'विवेक' से काम लेने की सीख देते हैं। जो सही-गलत का फ़र्क बताकर कील-काँटों से बचकर निकलने का साफ सुथरा रास्ता दिखा देता है, लेकिन भावनाओं के काबू में रहो तो मन मचलते बच्चे की तरह मनाहीवाले रास्तों से ले जाकर कील काँटो से बेतरह उलझाया करता है और आदमी बेवजह लहूलुहान हो

जाता है। सवाल अपनी जगह अनुत्तरित रह जाते हैं, कोई जवाब नहीं मिलता।

यों गौरी ने गृहस्थी के दैनन्दिन, समझ में आने वाले प्रश्नों से ही अपने आसपास को जानने-समझने की शुरुआत की थी। कई बातें वह जान गयी थी पर कुछ बातें वह अपने गले उतार नहीं पायी थी, शायद उन बातों का औचित्य उसे समझ नहीं आया था। राजनाथ अपने से पहले अपने साथ जुड़े हुए तमाम लोगों की बात सोचते हैं, ठीक है, यह उनका स्वभाव या बड़प्पन है, पर क्या कारण है कि उनके नन्हें बच्चे सर्दियों में धर के गर्म कमरे में पढ़ाई नहीं कर सकते? जबकि घर के स्वामी राजनाथ हैं। वह समझ न पाती थी कि तमाम सर्दी-बरसात, टपकती छतवाली पाँचवीं मंजिल पर छोटे बच्चों के साथ रहना-सोना उनके लिए ज़रूरी क्यों है जबकि मकान की तीन-चार मंज़िलें और हैं, जिनमें कई-कई कमरे हैं। अपने हाथों बनाये घर के बँटवारे के समय उसके पति ने बड़े भाई का कर्तव्य, प्रेम-त्याग वगैरह आदर्शों को ध्यान में रखकर खुद कष्ट सहना मंजूर किया, क्योंकि वे भाइयों व उनके परिवार को सुख-सुविधा देना चाहते थे, सो उनकी इच्छानुसार उनकी पसन्द पूरी कर दी गयी थी। पर अपने नन्हें बच्चों के लिए सोचना भी तो उनका धर्म था? गौरी राजनाथ की उदारता से वाक़िफ थी पर यह बात नहीं समझती थी कि खुले दिल-दिमाग़ वाला स्नेहिल व्यक्ति दूसरों को सुख-सुविधा मुहैया करने के बावजूद स्वयं तंगहाली व कष्ट सहने को अभिशप्त क्यों हो जाता है?

बच्चों को लेकर वह पहले-पहले पति से बात करती थी पर राजनाथ समझाते हुए कहते, "चलो, सभी बच्चे एक साथ पढ़ाई किया करेंगे। इसमें हमारा-उनका करने की क्या बात है? तुम जानती हो मेरे लिए सभी बराबर हैं..."

शुरुआत में कुछ समय सभी बच्चे एक साथ एक जगह पढ़ते भी रहे, पर बँटवारे का अर्थ धीरे-धीरे जगहों-कमरों से शुरू होकर तेरे-मेरे तक आ ही जाता है। सो राजनाथ अपनी पाँचवीं मंज़िल पर बच्चों समेत सिमटने को विवश हो गये। टपकती छत और ठण्डी हवा-बर्फ़ के थपेड़ों को झेलने के लिए तैयार! गौरी अपने घर में सबसे छोटी थी, सो शायद 'बड़ा' होने का सामाजिक अर्थ समझती न थी। राजनाथ के पास आकर मान तो गयी पर इतना तो वह जानती थी कि जो बच्चे उसकी क़ोख में पले-बढ़े, वही उसके हैं। उन्हीं के लिए वह रातें जागकर भी बितायेगी और ऊँच-नीच होने पर दो झापड़ मारकर उन्हें सही-ग़लत का फ़र्क भी समझायेगी। यह अधिकार उसी का है और इसीलिए उसका कर्तव्य हो जाता है कि वह उनके भविष्य की सुरक्षा का भी प्रबन्ध करे। राजनाथ कुछ भी कहें, घर के

छोटे-बड़े विवादों से वह सन्तुष्ट नहीं थी और अपने बच्चों के सुरक्षित भविष्य का आश्वासन चाहती थी। यह बातें जीने-जिलाने के मूल प्रश्नों से जुड़ी थीं जिसे राजनाथ अपने स्वभाव की उदारतावश भूल गये थे या शायद उनके लिए इनका महत्त्व उतना नहीं था जितना गौरी के लिए था वह तो मानकर चलते थे कि 'पुत्र-सुपुत्र तो क्यों धन संचय, पुत्र कुपुत्र तो क्यों धन संचय?' गौरी इसे याद दिलाती और समझ न पाती कि ऐसी ज़रूरी बातें कहने से प्रश्नकर्ता की उथली मनःस्थिति का आभास कैसे हो सकता है?

घरेलू खटराग किस घर में नहीं होते? गोरी से कहा गया कि वह सभ्य घरानों के तौर-तरीक़ों से नावाकिफ़ है। उसे मालूम होना चाहिए कि वह राजनाथ जैसे व्यक्ति से ब्याही गयी है, जिन पर एक नहीं अनेक दायित्व हैं...! बाद में यह सब बातें गौरी को भी छोटी लगने लगी थीं। लेकिन उम्र का एक दौर होता है न, जब चिड़िया चोंच में तिनका-तुनका लेकर नया-नया घरौंदा बनाने लगती हैं। उस वक़्त नितान्त छोटी, नामहीन व आकारहीन वस्तुएँ भी उसके नीड़-निर्माण में स्तम्भ का काम कर जाती हैं। नये निर्माण का वह नशा, वह धुन भी बड़ी अजीब होती है। उसमें युद्ध और प्रेम की तरह सभी चीजें, जायज़, सभी खताएँ माफ़ होती हैं। उन दिनों गृहस्थी में उठते विवादों या बँटवारे सम्बन्धी विषयों पर कभी गौरी गुस्सा करती तो राजनाथ उसका क्रोध शान्त करने के लिए कोई घटना या कथा सुनाते। एक बार राजा अम्बरीश की कथा सुनाते उन्होंने गौरी को समझाया कि क्रोध और जल्दबाजी के कारण मनुष्य क्या ऋषि-मुनि भी कष्ट पाने को अभिशप्त हुए हैं। महर्षि दुर्वासा ने यदि जल्दबाज़ी में बिना स्थिति समझे शीलवान और भक्त अम्बरीश पर क्रुद्ध होकर उस पर चक्र से आक्रमण न किया होता तो भगवान् विष्णु क्यों सुदर्शन चक्र उनके पीछे लगाते? ऋषि दुर्वासा के कोप का भाजन शकुन्तला बनी। प्रेमी पति के ध्यान में रत वह ॠषि की पुकार न सुन पायी तो दुर्वासा ने कुपित होकर शाप दिया, "जिसका स्मरण कर रही है वही तुझे भूल जाये..." देखा जाये तो शकुन्तला निर्दोष थी, जान-बूझकर तो उसने ऋषि का अपमान नहीं किया था। कई उदाहरण हैं तो ऐसे ऋषि को स्वयं भगवान् विष्णु ने शिक्षा दी कि बिना सही कारण के किसी को अपराधी ठहराना अन्याय है। सुदर्शन चक्र से दुर्वासा की रक्षा अन्ततः अम्बरीश ने ही की। तात्पर्य यह कि बिना सही स्थिति समझे और अगले की विवशताएँ जाने बिना क्रोध करने से नुकसान अपना ही होता है। यदि श्यामभाई कुछेक कमरें या ज़मीन के टुकड़ों को लेकर राजनाथ से कभी झगड़ा करते तो ज़रूर मन की भीतरी मज़बूरी के कारण ही। ज़ाहिर है वे

भी अपने बच्चों के भविष्य के लिए चिन्तित थे और उन्हें लगता था कि पिता होने के नाते 'अपने बच्चों के भविष्य की सुरक्षा के बारे में सोचना उनका धार्मिक व नैतिक दायित्व है और अपना यह दायित्व साम, दाम, भेद और दण्ड नीतियाँ अपनाकर वह पूरा कर रहे थे। बिना पूर्वाग्रह के देखा जाये तो अपनी जगह पर वे भी सही थे।

बाद में छोटे-बड़े समझौते करती गौरी समझ गयी कि बड़े नाम के पीछे एक नामहीन व्यक्ति का होना ज़रूरी होता है, तभी काम ढंग से हो पाता है। नहीं तो भीतरी किचकिच में ही आदमी की ज़िन्दगी निकल जाती है। वह खुद तो क्या जियेगा, हाँ, दूसरों के लिए भी मरा जैसा ही समझा जायेगा। सो राजनाथ के दिनों को उजला रखने में, उनके नाम को बेदाग़ रखने में गौरी को थोड़ा-बहुत अँधेरा तो झेलना ही पड़ेगा, थोड़ा, ग़म तो खाना ही होगा।

अँधेरा यों जीने का अहम् हिस्सा है, पर इसे खुद पर हावी होने देकर आदमी उस अँधेरे में गुम हो सकता है। जैसा कि उस वक़्त आम औरत अपनी नियति मानकर चलती थी। लेकिन उस हद तक अँधेरे में गुम होना भी गौरी को मंजूर न था। बहुत कम पढ़ी-लिखी पर लोकव्यवहार में कुशाग्र बुद्धिवाली गौरी अपने को मारकर जीने की क़ायल न थी। यही ज़िद शायद उसके ज़िन्दा रहने में आड़े आ गयी। घर-द्वार से तो वह निराश ही रही। वह मान गयी थी कि उस घर में गौरी का आगमन परिवारजनों की रज़ामन्दी से न होकर पति की इच्छा से हुआ था। राजनाथ ने घर की परम्परा को कहीं धक्का पहुँचाया था। परिवार जन इस बात को, इस-उस प्रसंग के माध्यम से बार-बार दुहराते थे। गौरी सुनकर क्षुब्ध होती, कभी-कभी अपमानित भी महसूस करती पर दूसरे का मुँह बन्द करना किसी के लिए सम्भव नहीं होता। सो गौरी ने अपना आत्मसम्मान समेटा और पति पर सारी उम्मीदें केन्द्रित कर दी। पर उसका पति भी कितना बँटा हुआ है, यह बात समझने पर वह खुद को बिखरने से बचा न सकी।

बस! यहीं से उसके दुःखों की शुरूआत हुई थी, बड़े चुपचाप ढंग से, बड़े बेख़बर तरीक़े से।

वही, आकाँक्षाओं का परिणाम! जो बेहद सीधी-सच्ची थी पर शब्द देने से ओछी पड़ जाती थी। नयी माँगें, नयी चाहें उसकी नहीं थीं। उसके संस्कार भी पीढ़ियों से चले आये संस्कार थे जो उसकी माँ ने उसे दिये थे। उसने वही बातें सीखी थीं जो वक्त के उस दौर में सभी माँएँ अपनी जवान होती बेटियों को सिखाया करती थीं। वही सीख-उपदेश जो उन माँओं को भी उनकी माँओं से

विरासत में मिले थे। वे मन्त्र-श्लोक जो गुरु-शिष्य परम्परा से आगे चलकर उसके बाप-दादाओं तक पहुँचे थे और अब उसके द्वारा उसके नाती-पोतों तक पहुँचने वाले थे, ऐसे ही विरासत में मिले सुकन्याओं के कण्ठस्थ किये यशोगान वह हर रात सोने से पूर्व गुनगुनाया करती थी। "अहल्या, द्रौपदी, तारा, कुन्ती, मन्दोदरी..."

लेकिन इतिहास-परम्परा का विश्लेषण करना उस दौर की हर स्त्री के लिए अक्षम्य अपराध था। गौरी ऐसा अपराध कैसे करती?

वैसे तो राजनाथ कभी-कभी स्वयं गौरी को पौराणिक कथाओं का महात्म्य समझाया करते। वे अपनी सभ्यता और संस्कृति में आस्था रखते थे और मानते थे कि इतिहास पुराण हमारा पथ प्रदर्शन करते आये हैं, वे हमारे अध्ययन मनन की चीज़ हैं। पर उनकी व्याख्या अपनी मान्यताओं के अनुरूप होती। राजभाई की जुबान पर अक्सर कुछ मिसलें रहा करतीं, जिनमें एक थी, "बीवी सब तुम्हारा, ईमान हमारा" इस मिसल के मुताबिक उन्होंने गौरी को ईमान के अलावा सब कुछ दिया था। घर संसार का सुख, सामाजिक सुरक्षा, बच्चे, नौकर-चाकर। अपना प्यार देने में भी उन्होंने कोताही नहीं की। बल्कि गौरी से शादी करके महीना-भर जब वे दोस्तों की मजलिसों में शामिल न हुए तो दोस्तों के ताने-तिश्ने भी सह लिये। नित्यानन्द ने कह ही दिया, "राजभाई, एतराज़ न हो तो बताइए कि अन्तःपुर में अभी और कितना वक़्त गुज़ारने का इरादा है? रोज-रोज़ यार लोगों को आकर ख़ामख़ाह उल्टे पैरों लौटना न पड़े। फ़ालतू में जूतियाँ घिसाने का शौक़ तो हमें नहीं है, भैया!

वे लोग परम्परावादी गृहस्थ थे। शादी की, घर में पत्नी आयी। घर-गृहस्थ उसे सौंप दिया। उसके पल्लू से बँधने में क्या तुक? चीज़ अपनी है जब चाहे इस्तेमाल करो। धर्म और क़ानून दोनों इसकी इज़ाजत देते हैं, इसमें अधैर्य की क्या ज़रूरत? तब शायद राजनाथ को भी अहसास हुआ कि गौरी के पल्लू की महक में वे बाहर की दुनिया कुछ काल के लिए भूल गये। फिर 'हनीमून' कहो या मधुचन्द्र, उसका खुमार उम्र-भर थोड़े रहता है। मन का तो यह बेढब सच है कि नायाब चीज़ को पाने में आकाश-पाताल एक कराता है, पर एक बार उसे प्राप्त कर उबाल शान्त हो जाता है। अपनी मनचाही वस्तु पर अपने अधिकार का ठप्पा लगाकर आदमी यों भी कुछ ज़्यादा ही आश्वस्त हो जाता है। शायद राजनाथ भी धीरे-धीरे गौरी को अपने पास पाकर आश्वस्त हो गये। अब वह उनकी पत्नी थी, आगे उनके बच्चों की माँ बननेवाली थी। इसके अलावा वह उनके बड़े परिवार की स्वामिनी भी थी, सो धीरे-धीरे राजनाथ गौरी की ओर से पूर्ण रूप से निश्चिन्त हो गये।

यों यह बात भी सच है कि महिला वर्ग से दूर रहने पर भी कुछ ललनाएँ राजनाथ पर ज़रूरत से ज़्यादा मेहरबान थीं। नाते-रिश्ते की कुछ महिलाएँ भी घर के अन्तरंग झगड़ों-टण्टों को निबटाने वास्ते उनसे सलाह-मशविरा करने आतीं। एक की शिकायत, दूसरे का शिकवा सुनने की प्रक्रिया में कभी किसी दुःखी सुनयना के आँसू भी पोंछने पड़ते, कभी किसी मूर्ख सुन्दरी को डाँट-डपटकर दो बातें सिखानी भी पड़तीं।

महिलाओं का इस तरह सावन-भादों, देर-सवेर घर में आ धमकना कभी-कभी उलझनें पैदा कर सकता था। पर चूँकि घर के द्वार किसी भी आगन्तुक के लिए बन्द नहीं थे, सो इस मामले में राजनाथ को शिष्टता का तकाज़ा निभाना ही पड़ता।

राजनाथ के परम मित्र शंकरलाल इस स्थिति के विषय में कभी विचार करते, ताराचन्द से कहते, "क्या करें भाई राजनाथ भी ! चेहरा-मोहरा और चाल-ढाल राजे-रजवाड़ों से कम नहीं। सेहत ऐसी कि बड़े-बड़े दण्ड पेले जिस्मवाले आदमी भी उन्हें देख 'च्यवनप्राश' खाने की ज़रूरत महसूस करें। अब आदमी कितना भी अनुशासन प्रिय हो, अदबी, सुसंस्कृत चरित्रवान वगैरह-वगैरह, जब सुन्दर सजीली लुगाइयाँ मीठे सुरीले बोलों में, ऐन कान के अन्दर विरह गीत गाने लगें और पलकों से एकाध नायाब मोती टपका लें, तो उनका हाथ आँसू पोंछने आगे बढ़ेगा ही। मन से जो दयावान हैं।"

लेकिन यह बात गौरी की समझ में नहीं आयी। पति की विभिन्न प्रकार की व्यस्तताएँ वह समझ सकती थी। पर गाहे-बगाहे घर में नमूदार होनेवाली यह दूर पार की नातेदारनियाँ और उनसे जुड़ी अपने पति की दयालुता-सहृदयता उससे सही नहीं जाती थी, आखिर वह एक औसत पत्नी थी। विशिष्ट यदि थी तो इतनी कि अपने अधिकार के प्रति सचेत थी। बाक़ी मन के भीतर पलने वाले —प्यार, ममता, ईर्ष्या, असन्तोष आदि माननीय जज़बातों से तो वह रिक्त नहीं हो सकती थी। उसकी दीदी जब देखती कि नन्नी फ़ालतू बातों पर अपना मन ख़राब किये बैठी है तो डाँटकर समझाती, "नन्नी! तेरी अक्ल घास चरने गयी है क्या? तू रागदाती नहीं कि मर्द के सौ खून माफ़ होते हैं। वह कोई लुगाई है कि कोई छू भर ले तो जूठी हो जाये? लिखा नहीं है शास्त्र-पुराणों में?" फिर तू तो राजनाथ की ब्याहता है। थोड़ी-बहुत तफ़रीह करेगा भी तो घूम-फिरकर तेरे ही पास आयेगा। बाल-बच्चों के संसार को छोड़कर घर का पुरुष कहाँ चैन पायेगा?"

अब शास्त्र-पुराण न बड़ी ने पढ़े थे और न छोटी ने। गौरी ने वे पढ़े भी होते

तब भी वह शास्त्र-पुराणों का क्या करती? सुनी थी उसने पंचकन्याओं की कहानी। बल्कि सोते समय अभ्यास वश वह उनका नाम ज़रूर लेती। माँ ने होश सँभालते ही आदत जो डाल दी थी, "नन्नी, आजन्म सोते-जागते समय पंचकन्याओं (जिन्हें वह पंच सतियाँ कहती थी) का नाम जपा करना। इससे तुझे शक्ति मिलेगी। ये तुझे सही रास्ता दिखायेंगी..."

गौरी ज्यों-त्यों बड़ी होती गयी। पंचसतियों के महात्म्य को समझने लगी जिसमें कि राजनाथ की समीक्षाओं का बड़ा हाथ था। अजाने ही वह पंचसतियों के इतिहास से डरने लगी। अहल्या, द्रौपदी, कुन्ती, तारा, मन्दोदरी! कहीं ये ठगी गयीं, कहीं इन्होंने धोखा खाया, कहीं लांछित हुईं, कहीं इनका उपयोग हुआ। अहल्या शाप की भागी किस अपराध के कारण बन गयी? तारा और मन्दोदरी ने क्लेश क्यों पाया? द्रौपदी ने तो वीर अर्जुन को वरा था, विजयी पुत्र घर आये और माँ को पुकारकर कहा, "माँ, देखो हम क्या लाये हैं? किसी कार्य में व्यस्त माँ ने उत्तर दिया, "आपस में बाँटकर ले लो!" और द्रौपदी पाँच पाण्डवों में बाँटी गयी। कैसे सहा होगा उसने यह अन्याय? या कि समझौते करना आदिकाल से नारी की नियति रही है? सिर झुका, आँख-कान बन्द कर सहना ही इनकी नियति थी? इसी को स्मरण कराया जाता है क्या स्त्रियों को तमाम उम्र? न, इसे न भूलना, यही नियति है तुम्हारी। आँचल में दूध और आँखों में पानी!

न, गौरी के गले यह मीमाँसा न उतरी। सीता का त्याग उसे रुलाता, अजीब बेबसी से भर देता। दिमाग़ में हथोड़े चलते। नारियों के लिए ही अग्नि-परीक्षा का विधान क्यों है, जबकि पुरुष-स्त्री दोनों गृहस्थ-रथ के दो पहिये हैं?

हमने कहा ना कि नारी स्वातन्त्र्य का नारा गौरी तक नहीं पहुँचा था। पति की हाँ को नहीं कहने का विधान उसके संस्कारों में नहीं था, शायद उस दौर की किसी भी स्त्री के विधान में नहीं था।

गौरी राजकौल को समर्पित थी। पति की इच्छा के अनुरूप जंगल की उन्मुक्त हिरणी, खिड़कियाँ, मूँद, चिकें डाल कमरे में बैठी रहती। मन में कोई मलाल न पालती, तन-मन की सँजोयी प्यास के अलावा अपने सपने, अपनी इच्छाएँ, अपना सम्पूर्ण अस्तित्व उसने अपने पति की हथेलियों पर रख दिया था। राजनाथ इस बात से अनभिज्ञ नहीं थे। तमाम विद्धता और सूझबूझ के बावजूद वे इसे पत्नी का धर्म समझते थे। इसमें असाधारण तो कुछ नहीं था। लेकिन गौरी जो बहुत कम पढ़ी-लिखी थी और तर्क करना नहीं जानती थी, भीतर-ही-भीतर कहीं पति से प्रतिदान की अपेक्षा करती थी। पुरुष का नारी के प्रति समर्पण! जो राजनाथ की

तमाम सदाशयता के बावजूद सम्भव नहीं था। क्योंकि वह पुरुष की प्रकृति में ही नहीं था।

देखा जाये तो चाहने से ही गड़बड़ी शुरू हो जाती है। वो कहा है न कि 'प्यार देने की चीज़ है माँगने की नहीं।' पर आप किसी प्यार करनेवाले से पूछिए तो कहेगा, "देने वाले मन्त्र से ही तो पाने की ध्वनि निकलती है।" यानी कि प्रेम में देना-पाना दोनों ओर से बराबर होता है। गौरी सचमुच बावली थी जो समझ न पायी कि विवाह के साथ प्रेमी-प्रेमिका सम्बन्ध समाप्त हो जाता है और पति-पत्नी के सम्बन्ध में तमाम दुनियादारी, रीति-नीति, अधिकार-कर्तव्य, सामाजिक साख आदि के बावजूद वह चीज़ गुम हो जाती है, जो प्रेमी-प्रेमिका को बाँधे रखती है। सब कुछ मंगल-कुशल हो तो भला सुख नाम की चीज़ ढूँढ़ने-तलाशने की क्या ज़रूरत? हुई न यह दिमाग़ी ख़ुराफ़ात कि अच्छी-खासी, खाती-पीती ज़िन्दगी में यों ही खुड़पेंच नकाल लिये जायें?

बहरहाल! गौरी जो थी, सो थी। हम उसके 'जो वह थी' में 'जो वह नहीं थी' जोड़कर मीन-मेख नहीं निकालेंगे। हर व्यक्ति का अपना एक निजी व्यक्तित्व होता है। कुछ उसे बचाये रखना चाहते हैं, कुछ दूसरे में मिलकर एक रूप हो जाते हैं या खाँटी बोली में कहें तो अपने को खत्म कर देते हैं। यह अपने सोचने-मानने की ही चीज़ हुई न?

गौरी उस तरह अपने को खत्म नहीं कर सकी। शायद उस जैसी सोच और संवेदनशील स्त्री खुद को खत्म कर भी नहीं सकती थी। तीस के आसपास की वय में तो इच्छाएँ भी तपकर सोना बन जाती हैं। उस वय में न मुक्ति सम्भव है और न मन मारकर विपरीत स्थितियों से समझौता ही सहज है। उसी उम्र में गौरी सास बन गयी। राजनाथ-सुभद्रा के गोद लिये बेटे रतन की पत्नी की सास। रतन की पत्नी गोकि एक खानदानी रईस घराने से आयी थी और पहनने-ओढ़ने से लेकर सम्भाषण तक में खास नफ़ासत की क़ायल थी, दुर्भाग्य से वह भी गौरी को समझ न पायी। तभी तो छोटी-बड़ी घरेलू घटनाओं को शिकायतों का रूप देकर वह ससुर जी के पास फरियाद करने पहुँचती। बड़े कारण तो खैर क्या होने थे, हाँ, छोटे कई थे। जैसे हमारा नौकर मायके से सन्देश लेकर आया तो सास जी ने उसकी खातिरदारी न की। हमारे घरों में तो नौकरों को घर के सदस्य की तरह रखा जाता है, बेअदबी मुआफ़ हो, हमें सासू जी का रवैया पसन्द नहीं। हमारे मायकेवाले क्या सोचेंगे कि फलाँ रईस के फलाँ बेटे ने अपनी लाडली किस जाहिल घर में ब्याह दी।

राजनाथ बहुओं के प्रति अतिरिक्त उदार व क्षमाशील थे। शायद इस कारण

भी बहुएँ अपने मन में उठती हर बात को ससुर जी की अदालत में पेश करतीं। ससुर जी जज की कुर्सी पर बैठकर न्याय करने लगते तो ज़ाहिर है दो पक्षों में एक ही पक्ष सन्तुष्ट हो पाता। राजनाथ के न्याय का पलड़ा बहुओं के पक्ष में झुका रहता, शायद यह सोचकर कि दूसरे घर से आयी हैं और मनों में ऊलजलूल भावनाओं के साथ परम्परागत सास-ससुर के अत्याचारों-ज़्यादतियों की भी तस्वीरें खुदी हैं, सो उन्हें भयमुक्त करने में कभी-कभार गौरी सास को निर्दोष होकर भी दोषी होना पड़ता। बातें छोटी होतीं पर गृहस्थी और परिवार की सुख-शान्ति में इन छोटी बातों से फ़र्क पड़ने लगता है। गौरी और बहू के बीच अदृश्य दरार आ गयी। ज़ाहिरन एक-दूसरे के प्रति संवेदनाओं में भी फ़र्क आ गया। गौरी अकारण दोषी न बन सकी। सामने नन्हीं बेटियों-बेटे के रहते उसने राजनाथ का कहना मान बीस तोले सोने के गहने गले से निकालकर रतन की बहू को पहना दिये, यह सोचकर कि घर की पहली बहू है। घर की लक्ष्मी...पर एवज़ में मिला ठण्डा उपेक्षापूर्ण व्यवहार! गौरी इससे समझौता न कर सकी। सो गृहस्थी की तमाम ज़िम्मेदारियों, खूबियों-खामियों के बावजूद वह अपने भीतर की स्त्री को मार न सकी। ये भीतर की स्त्री न्याय चाहती थी। एक बार इस भीतर की औरत को शिनाख़्त कर उससे मुक्त होना कितना असाध्य है यह वही बता सकती है, जिसने उसे पहचान लिया हो। गौरी उस अपने भीतर की स्त्री के प्रति जवाबदेह थी और गौरी के प्रश्नों के उत्तर राजनाथ ही दे सकते थे, जो संयोगवश या दुर्भाग्यवश तमाम उम्र गौरी की भीतरी हलचल से अनभिज्ञ ही रहे। अपनी ओर से तो उन्होंने पत्नी को देने में कोई कसर नहीं रखी, पर शायद गौरी की माँगों का अन्दाज़ा उन्हें नहीं लगा, नहीं तो जल में रहकर मीन प्यासी क्यों कर रहती? इस प्यास ने गौरी के हर दिन, हर पल को सोखना शुरू कर दिया, धीरे-धीरे पर लगातार। उसके शरीर के सत के साथ, जीवन के प्रति उसकी जिजीविषा भी क्षीण होती गयी।

प्रत्यक्ष कारण ढूँढ़ो तो छोटा नितिन था। कहनेवालियाँ कह गयीं कि लड़का माँ के लिए मौत का सन्देशवाहक बनकर आ गया था। उसे जन्म देने के साथ ही गौरी ने बिस्तर पकड़ लिया। अस्पताल से डांड़ी पर घर आयी तो चारपाई-पलंगों की डाँडियों पर करवटें बदलती रही और अपनी आख़िरी करवट तक धरती पर पाँव रखने को तरस गयी।

ग्यारह

राजनाथ का भाग्य! स्त्री-सुख भाग्य में न हो तो चाहे कितने ही जतन करो, रहोगे, वही 'हरमुख के गोसाईं!' लेकिन राजनाथ के साथ तो ऐसा भी न था। गोसाईं होते तो गृहस्थ का जंजाल न पालते। चले जाते कहीं काशी हरिद्वार घाट पर रामनाम जपने। लेकिन एक तो राजनाथ की प्रकृति संसारी थी, दूसरे उन्हें संसार छोड़ना भी नहीं था।

गौरी की दीदी राजनाथ का भाग्य गौरी से जोड़कर ही देखती थी। वह ठण्डे उच्छ्वास भरकर कहतीं, "गौरी का भाग्य! बदबख़्त अपनी ही झोली छोटी हो तो देने वाले का भी क्या दोष? यों देखो तो क्या नहीं दिया देनेवाले ने उसे। नन्नी को लेना न आया।"

गौरी की दीदी को विश्वास था कि जन्मपत्री के अनुसार गौरी की भाग्य रेखा लम्बी थी। रचे-बसे घर संसार का सुख था उसके लेखे में। पर वही जाने क्यों आजिज़ आ गयी जीवन से? भरी थाली से मुँह फेर लिया समझो। जाने किस सोच में घुला गयी अपनी सोने-सी देह। मरी जीती रहती तो जाने कितने गबरू जवानों को जन्म देती। उम्र ही क्या थी, तीस भी तो पार न कर पायी। जीना-मरना तो अपने हाथ में नहीं होता, उसके लिए अपनी जान कौन गँवाता है? बोलो कोई!

गौरी की दीदी कई बातें कहतीं, अपनी सोच, अपने अनुभव से रची-पगी बातें। गौरी को उसने बेटी की तरह पाला था। डाँटा-फटकारा, माथा चूमा, सिर सहलाया, कलेजे से लगाया था। बहन की तरह राज़दार बनी थी, उसे समय-समय पर चेताया भी था। पर गौरी को दुनिया ही जैसे रास न आयी। यह दुनिया उसकी दुनिया से बहुत अलग थी। जाने आसमान के किस टुकड़े को खोजती रही वह? आसमान में कुछ हो तो न मिले आदमी को!

गरज़ दीदी गौरी को समझ न पायी। अपनी तरफ़ से उसने कोई कोर-कसर न छोड़ी। हारी-बीमारी में साये की तरह साथ-साथ लगी रही। अपना घरबार भी छोड़ दिया बहन की खातिर। नन्हें बच्चों की माँ जो थी गौरी। जीना उसके लिए कितना अहम् था, यह दीदी के सिवा उसे समझा भी कौन सकता था?

जिन्दगी कितनी सुन्दर है? जिये आदमी तो नन्हीं कलियों को बढ़ते-खिलते देख लेता है, उनकी महक में सराबोर, उनके सुख-दुःख का भागीदार बनकर उन्हें पग-पग चलना-सँभलना और आगे बढ़ना सिखाता है। माँ से नानी-दादी बनती औरत, नन्हें-मुन्नों के संसारों को सजाती दुबारा अपना खोया बचपन और भूला

हुआ यौवन जीती है। उन नन्हें पुतलों को ईश्वर के बाद गढ़ती बेहतर शक्ल, वही तो देती है। ये हँसते-बोलते, तुतलाते, माँ की अँगुली पकड़कर ठुमक-ठुमक चलते बाल-गोपाल विश्व के रहस्य समझने लगते हैं, तो माँ अपने होने को अर्थ देती है। 'घुटुरुन चलत रेणु तन मण्डित' ये जीवन्त पुतले हर प्रश्न के उत्तर के लिए माँ की तरफ ही तो लपक लेते हैं। वह भी तो जानते हैं कि यह जननी उन्हें बाहों पर धरे-धरे, चिड़ी-चिरोंटे दिखाती, लोरी सुनाती, कौर-कौर खिलाती, तमाम रात गीले बिस्तर बदलती, कभी नहीं थकती। बल्कि इसके भीतर एक गुनगुना सोता उमड़ता रहता है, भरा-पूरा लबालब लहराता सागर, जो उसकी अस्मिता को नये आयाम देता है। ऐसी औरत को भला किस इच्छा के कारण अपनी जान निरर्थक महसूस होगी?

गौरी की दीदी हाथ झटक लेती, "ना बाबा! मेरे पल्ले कुऽऽछ भी नहीं पड़ा।"

गौरी के दमकते चेहरे पर पहली झाईं उसने कब देखी, वह बता सकती है। आप बात छेड़कर तो देखिए कि वह शुरू हो जायेगी।

जन्माष्टमी के आस-पास के दिन थे वे, सावन-भादों का महीना। वितस्ता में भयंकर बाढ़ आयी थी। राजनाथ के घर की निचली मंज़िल में पानी भर गया था। खेत, मकान, दुकान, घर-आंगन, शहर में जहाँ देखो बाढ़ का पानी लीलने को लपक रहा था। लोग परेशान-हैरान पानी के प्रकोप को देखते रहते। दो इंच और बढ़ जाये तो समझो पूरा शहर गर्क़ हो जाये। प्रलय समझो, बस चारों ओर पानी के सिवा कुछ भी न रहेगा। लेकिन जब तक शरीर है, शरीर में प्राण है, तब तक तो हाथ-पैर चलाने हैं, जीने-जिलाने के धन्धों में रमना है सो पानी में खड़े मकानों के बाशिन्दे खाते-पीते-सोते-जागते जीवन की तमाम प्रक्रियाओं से कमोवेश रोज़मर्रा की तरह ही गुजर रहे थे।

उन्हीं दिनों राजनाथ के घर की चौथी मंज़िल की बारादरी से गौरी की दीदी मटमैली वितस्ता का विकराल फैलाव देख रही थी कि घर के दरवाज़े के पास खड़ी भीड़ पर उसकी नज़र गयी। वितस्ता का पानी घर के द्वार से एकाध फुट नीचे सीढ़ियों को छू रहा था और सीढ़ियों पर किसी औरत की लाल-पीली छींट की साड़ी पड़ी थी, जिसको लेकर कुछ लोगों में संकेतों—कानाफूसियों में बातें हो रही थीं। ज़ाहिर था कि कोई हादसा हो गया था। जाने घर के किस सदस्य ने बात गौरी तक पहुँचा दी कि वह बिस्तर छोड़कर धीरे-धीरे बालकनी तक आ गयी—दीदी ने आगे आकर उसे वापस कमरे में ले जाने की कोशिश की। वह बहन के भावुक मन को जानती जो थी। पर इससे पहले ही गौरी ने घाट पर रखी, कपड़े

से ढकी पानी पीकर फूली हुई लाश देख ली। देखते ही गोरी का चेहरा स्याह पड़ गया था, भीड़ में से कुछ आवाज़ें उठने लगी थीं—मद्रासन है!

"क्यों ? कैसे ? क्या हुआ?" उत्सुक प्रश्नों की बौछारें!

"नहा रही होगी। कपड़े तो घाट पर रखे पड़े मिले!"

"नहायेगी, इस प्रकोप में? पागल थी क्या?"

"पागल ही समझो। दो बार पहले भी घर से भाग गयी थी। ये तो शिवा जाने किस मन्दिर-मस्जिद से पकड़कर ले आया। नहीं तो कब की चली गयी होती।"

"पर गयी क्यों?"

"क्या मालूम ? बड़े लाड से तो रखते थे, शिवा और जिया दोनों भाई।"

"उसने कितने सुन्दर बच्चे दिये उनको! फूल जैसे दो बेटे। देखने में बेचारी भूतनी-सी। एक टाँग की लँगड़ी। पर बच्चे-साक्षात् राम-लक्ष्मण!"

"ज़रूर कोई-न-कोई जुलुम किया होगा बेचारी पर, नहीं तो कौन बिलावजह अपनी जान देता है...। सो भी सामने नन्हें बच्चों के रहते !"

"ठीक बात! यह शिवा तो यों भी बड़ा ज़ालिम है, घर में कितने साँप और नेवले पाल रखे हैं। देखने में भी कितना क्रूर लगता है। कैसे रहती होगी बेचारी इन जालिमों के साथ? च-च, बेचारी!"

"पता नहीं कोई अपना था भी कहीं, जिसे पता कर देते।"

"अरे भई, कोई अपना होता तो इन आतताइयों के हाथ पड़ती..."

हाँ, वह लाश पड़ोस के शिवा की बीवी की ही थी। जिसे शिवा पाँचेक वर्ष पहले हरिद्वार से ख़रीदकर लाया था और घर आकर वह शिवा-जिया दोनों भाइयों की द्रौपदी बन गयी थी। उसका नाम पता कभी किसी को मालूम न पड़ा। बस मद्रासन नाम उसके साथ नत्थी हो गया। कोई उसके पास जाकर दो बात करना भी चाहता तो शिवा के डर के मारे हिम्मत न पड़ती। शिवा पता नहीं क्या काम करता था। पर मुहले के बच्चे तो बच्चे, बच्चों के बापों की भी जान सूखती थी उसके गुस्से से। लोग कहते थे कि वह भूत-प्रेतों को वश में करने की कला जानता है। गले में ज़हरीले साँप लटकाये घूमता था। उसके पास नागमणि भी थी, जिसे वह लोगों की आँखों से छुआकर आँखों की कई बीमारियों का इलाज़ करता था, ऐसा मुहल्लेवाले कहते थे। यों कभी-कभी घरों में आकर साँपों की दुम लोगों की आँखों पर फिराता था, जाने क्या-क्या हंगामें करता रहता था। धार्मिक-सामाजिक उत्सवों में घोड़े पर सवार हो, सज-धजकर लाल शनील की सुनहरे झालरवाली वर्दी डाट, सिर पर तुर्रेदार पगड़ी और कमर में तलवार लटका जुलूस की अगवानी

करता। लोग उसके मनमौजी ढंग और अक्खड़पन से मन-ही-मन डरते और इसलिए उससे कतराते थे। बच्चे तो शिवा के नाम से ही काँपते। बल्कि जब कोई बच्चा शैतानी करता तो माँ उसे 'शिवा आया!' 'शिवा को बुला दूँगी' कहकर उसे धमका देतीं। उसका नाम बच्चों पर प्रकारान्तर से कुछ ऐसा ही असर करता जैसा क्रोध के समय स्वामी विवेकानन्द पर जल की छींटों के साथ 'शिवः शिवः' शब्द का उच्चारण किया करता था। यानी कि बच्चे पलभर में गुस्सा थूककर परम आज्ञाकारी बालक बन जाते।

हाँ, तो उस दिन लाश देखकर गौरी ने थके स्वर में दीदी से पूछा, "शिवा की द्रोपदी है न? मुझे मालूम था।"

"हाँ, वही पगली है। तुझे क्या मालूम था? पगली का क्या भरोसा?"

"नहीं, वह पगली नहीं थी।" गौरी ने हल्का-सा विरोध किया।

"पगली ही तो! नन्हें बच्चों के रहते जो आत्महत्या करे वह दिमागवाली कैसे हुई?"

"हाँ, वही तो। वही तो मैं कह रही हूँ। पगली नहीं थी फिर भी..."

गौरी निढाल-सी लेट गयी थी। दीदी ने चाहा कि वह शिवा की पत्नी के बारे में कुछ न सोचे। पर गौरी के सोच पर दीदी का कोई अंकुश तो नहीं चल सकता था? वह बड़ी देर तक गुमसुम छत के कोने से लगे चिड़ियों के घोंसले को देखती रही, जिसमें नन्हें चिरोटे कुनमुना रहे थे। "कई बार उसे देखा। खिड़की पर बैठे उधड़े कपड़े सिया करती। बेचारी ठीक से उठ-बैठ भी तो नहीं पाती थी। दोनों भाई जब जी आये उसकी ठुकायी करते। नन्हें बच्चों को वहीं खिड़की के पास बैठे-बैठे नहलाती, खिलाती, लोरियाँ गाकर सुलाती, सड़क से गुजरते ताँगे-घोड़े दिखाती। बच्चे पास न होते तो सूनी आँखों से सड़क निहारती। उसकी आँखों में कितना सूनापन घिरा रहता। पता नहीं क्या सोचा करती थी?"

'क्या सोचेगी, इतना ही अन्न-जल था उसका। मौत तो कोई बहाना ढूँढ़ती है। छोड़ यह सोच, तू अपने को सँभाल। दुनिया में जीना-मरना तो लगा ही रहता है...'

गौरी चुप तो हो गयी पर कई दिनों तक उसकी आँखों के आगे उस अपाहिज औरत की फूली हुई लाश घूमती रही। उस निरीह लँगड़ी, आज्ञाकारी औरत की, जो शिवा-जिया की आज्ञा का पालन करती, मार खाती, उनकी वंश-बेल बढ़ाकर अचानक किनारा कर गयी। अब शायद उसकी ज़रूरत भी नहीं थी उन्हें। शिवा-जिया फिर किसी मेले-उत्सव में कुछ पैसा खर्च कर दूसरी औरत तलाश लेंगे, पर वे गोलमटोल आँखों से टुकुर-टुकुर ताकते नन्हे मासूम, जो खिड़की पर बैठी

एक लंगड़ी अपाहिज की गोद में बैठे, खाते-बिखेरते गीला करते थे और बिलावजह किलकारियाँ मारते थे। वे उस सूनी जगह को कैसे सह पायेंगे?

गौरी कुछ ज़्यादा ही भावुक थी और भावुकता गीली पलकों और उनींदी रातों के अलावा दे भी क्या सकती है? स्वास्थ्य उसका दिन-ब-दिन गिरता ही जा रहा था। ऐसी घटनाएँ जीवन की निःसारता की ही पुष्टि करती थीं, जीने की लालसा तो नहीं जगा सकती थीं।

वह तो एक हादसा था जो गुजर गया। शिवा-जिया के डर से मुहल्लेवालों ने आवाज़ भी न उठायी। वे जल्दी ही दूसरी तलाशने लगे और फ़िलहाल अपने अनाड़ी हाथों से बच्चों को सँभालने में भी जुटे रहे। कुछ ही दिनों में छोटे-छोटे हाथों ने अपने काम खुद करना सीख लिया और नन्हें हाथों के मालिक वक़्त से पहले सझदार होते गये। कई दिन दोनों भाई खिड़की की खाली जगह पर बैठे रहते, खाते-बिखेरते और वहीं गुड्डी-मुड्डी होकर सोये पड़े रहते। डाँटने-मनाने पर भी वहाँ से हिलते नहीं। जैसे पूरे घर में एक वही खिड़की उनकी अपनी पहचानी जगह हो। बाद में शिवा-जिया ने उस जगह घर के बक्से-वक्से रखकर खिड़की ही बन्द कर दी। मुहल्लेवालों ने कहा, “क्या करते शिवा-जिया भी। बेचारे बच्चे कुछ समझने-समझाने की उम्र ही कहाँ पा गये थे। मुहल्लेवाले भी कम ‘दानिशमन्द न थे। हर स्थिति में जीने का मन्त्र जानते थे।

गौरी ने भी देखा, पर कुछ नहीं कहा। सिर्फ़ उसकी गहरी नीली आँखों में पनियल बदली छा गयी और गले में लोथ-सी फँस गयी। एक गहरी उदासी उसके वजूद का हिस्सा बन गयी...तो यह है औरत की स्थिति! उसकी इच्छा-आकाँक्षा की परिणति, पातिव्रत्य और धर्माचरण का फल! उसके होने का अर्थ। पुरुष आगे बढ़ जाता है, स्त्री पीछे छूट जाती है। हिमालय की स्वर्णरेणु पर जब द्रौपदी का पैर फिसल गया था तब उनके पाँचों पतियों ने मुड़कर भी न देखा था। धर्मराज युधिष्ठिर ने भीम से कहा था। मुड़कर पीछे न देखो, आगे बढ़ो। आगे स्वर्ग की ओर वे बढ़ गये और मृत्यु के द्वार पर पांचाली अकेली खड़ी रह गयी। द्वापर का यह विधान कलियुग में कैसे बदलता?

राजनाथ हवा पानी बदलने और घुमाने-फिराने के लिए गौरी को कहाँ-कहाँ न ले गये! गुणी से पूछिए तो महीने की बात क्या, दिन गिनकर बता देगी, “उधर मुहरा-ऊड़ी से आगे, इधर गान्धरबल की पहाड़ियों के ऊपरवाले गाँवों में, चीड़-देवदार के सायों में, बर्फ़ ढकी चोटियोंवाले पहाड़ों तले! निशात-शालीमार-हारवन तो कई-कई दिन डोंगो-टेंटों में रखा। ‘चारचिनारी’ की छाया में, बर्फ़ीले पहाड़ों से

टकराती बासंती हवाओं में दुलराया। लेकिन गौरी दिन-ब-दिन सूखती चली गयी। उसकी भूख मर गयी थी। एक दिन गान्धरबल में हरमुख की पहाड़ियों के ऊपर शिवजी के जटाधारी शीश की कल्पना में खोयी जाने क्या सोच रही थी कि रिचा आकर सुना गयी, "माँ, नानी तो मर गयी! हमें अब कहानी कौन सुनायेगा?" नानी पोपले मुँह से चुभला-चुभलाकर कहानियाँ सुनाती। सोने का पानी, गानेवाला दरख़्त और बोलने वाली चिड़िया की कहानी। उस सोनकिसरी की कहानी—भाई को भात परोसते जिसकी थाली में बाल निकला और अपमान सहना पड़ा। जो घर छोड़कर चली गयी और साधुबाबा के सात बीजों से सात पेड़ उगाकर चन्द्रमा के द्वार तक पहुँच गयी। माता-पिता मनुहार करते थक गये, "वस-वस*, सोनकिसरी, दाजि लोंगुन ज़ायि गोय, रंग यंदर हायि गोय..." लेकिन उसने पीछे मुड़कर न देखा।"

राजनाथ ने घरवालों को हिदायत दे रखी थी कि गौरी को माँ की मृत्यु का समाचार न दिया जाये। वह खुद कभी समझाकर बतायेंगे। उसकी हालत दिन-ब-दिन गिरती जो जा रही थी। ज़ाहिर है माँ का शोक उसे और पस्त कर देता। उसे माँ की बीमारी की बात तो राजनाथ खुद बता गये थे, मृत्यु का समाचार देने का साहस नन्ही रिचा ही कर पायी, 'कलन्दर' जो ठहरी।

गुणी तब गौरी को देखने आयी थी। रिचा की बात सुन बड़ी उलझन में पड़ गयी, "अब बात तो छोकरी नासमझी में कर गयी पर तीर तरकश से समझो निकल गया था, उसे वापस कैसे लौटा सकते थे! गौरी ने सुना तो बड़ी हृदय विदारक हूक भरकर माँ को पुकारा। उन्हीं बर्फ़ ढकी पहाड़ियों की ओर देखते, जैसे प्रभावती उन्हीं पहाड़ियों के पार कहीं छुपी बैठी हो। हमने समझाया, असार-संसार की रीति-नीति बतायी। राजभाई ने गीता जी के श्लोक सुनाये, वासांसि जीर्णानि यथा विहाय...वाले श्लोक का अर्थ समझाया। जब किसी भी तरह गौरी के आँसू न थमे तो राजभाई हारकर बोले, "देख गौरी तू रोयेगी तो स्वर्ग में बैठी माँ को दुःख पहुँचेगा। तेरे आँसू उसे पीने पड़ेंगे। क्यों कष्ट दे रही उस स्वर्गवासिनी को?"

गौरी माँ को मृत्यु से पहले न देख पायी, इसलिए ज़्यादा दुःखी थी। दुःख उसका सही भी था। आख़िर अपने माँ-बाप किसे प्यारे नहीं होते! राजनाथ बराबर सिरहाने बैठ उसे दिलासा देते रहे, मन बहलाते रहे।

बेचारे राजभाई! दुःख और शोक तो जैसे उनके भाग्य में लिख गया था।

---

*वस-वस—"नीचे उतर सोन किसरी, तेरा रंगीन चरखा तेरा इंतज़ार कर रहा है...उस पर धुल जम रही है..."

राजनाथ की ज़िन्दगी की वह एक प्रलयंकारी रात थी, जब गौरी ने उनके सारे श्रम, उपक्रम और सेवा को अकारथ सिद्ध कर आँखें मूँद ली।

वही भादों मास, जो एक बार उसके संयोग का साक्षी बना, वही उनके चिर-वियोग का भी गवाह बनकर आ गया। तब शालीमार के पास वाले उस गाँव की शफ्फाक हवाओं में गौरी स्वास्थ्य सुधारने के भुलावे में अपनी आखिरी घड़ियाँ गिन रही थी। घरबार से दूर। बल्कि एक बार राजनाथ ने यह सोचकर कि घर की ममता महिलाओं को ज़्यादा होती है, उससे पूछा कि क्या वह घर जाना चाहेगी? गौरी ने सधी आवाज़ में कहा, "नहीं!" बस और कुछ नहीं। कोई कारण नहीं दिया। ईंट लकड़ी के खाँचों से बने घर से उसे कोई मोह न रहा था। आश्चर्य! औरतें तो घर द्वार के लिए मन का बेहद संवेदनशील कोना सुरक्षित रखती हैं। पर गौरी निस्संग थी, अनासक्त!

उस बार गाँव में वर्षा देर से आयी थी। धरती प्यास से तिड़क गयी थी। गाँव की रीति के अनुसार दो दिन पहले गाँव की कुँवारी युवतियाँ खाली मटके सिरों पर उठाये, अधसूखे तालाबों, कुओं और दुबलाती नदियों के कीचड़ तन पर मले, आकाश से पानी माँगने निकल पड़ी थीं। खेत-खलिहान, नदी-नाले सूख गये थे। तालाबों के तल के कीच में भी दरारें पड़ गयी थीं। जैसे धरती का सीना प्यास से दरक गया हो। कीकर-चिनार धूप में खड़े बच्चों की तरह कुम्हला गये थे और उस रात पानी बरसा था, धार बनकर! आकाश के नंगे कोने से बादलों का एक मेमना निकल आया और फिर झुण्ड-के-झुण्ड काले भेड़िये आकाश पर छा गये। घनघोर मेघों की टंकारों बीच बिजलियाँ काँपती रहीं। रहम कर! भय से लोग दहलने लगे थे। कहाँ का कहर बरपा था उस दिन! माँगी तो रिमझिम फुहार थी, पर कहर बरपा था राजनाथ के घर पर!

आधी रात के वक़्त राजनाथ नींद से चौंककर उठे, गौरी के पास आकर पूछा, "ठण्ड तो नहीं लग रही?"

गौरी की देह पलँग के बीच गुड्डी-मुड्डी होकर पड़ी थी। आकार में किसी बारह वर्षीय बालिका से ज़्यादा नज़र नहीं आती थी। अस्थि-पिंजर पर हल्की-सी पीली जिल्द भर! छूने मात्र से हड्डियाँ चुभती थीं। ज़र्द चेहरे पर उभरी हुई कपोलों की हड्डियाँ और आँखों के कोटरों में दो टिमटिमाते हुए दीप! गुलाबी होठों पर खुश्क-सफ़ेद झिल्ली-सी, जिस पर ग्लिसरीन-क्रीम मलने पर भी पपड़ियाँ उतरती रहतीं।

गद्दे की चद्दर भी तो उसके शरीर को छीलती थी। राजनाथ ने उसके चद्दर के

ऊपर बिछी रूई की सलें निकालीं, सिर-माथे पर स्नेह से हाथ फेरा, रूखे बाल सहलाये। लगा गौरी कुछ कहना चाहती है। राजनाथ गौरी के चेहरे पर झुक गये, "क्या बात है गौरी?"

गौरी ने धीमे से बाँह उठाकर खिड़की के बाहर झरती बौछारों की ओर संकेत किया और धीमे से कहा, "शॉल ओढ़ लें।"

राजनाथ भीतर से भीग गये। शरीर की इस अवस्था में भी पति के लिए चिन्ता! राजनाथ ने हल्का कुरता-पाजामा पहन रखा था। कहीं उसे सर्दी न लगे। उन्होंने पत्नी से प्रतिप्रश्न किया—तुझे सर्दी लग रही है? धुस्सा ओढ़ा दूँ?

गौरी ने पति के हाथ पर अपना गालटिकाया, शायद आख़िरी बार उसे अपने बहुत क़रीब महसूस करना चाहा। सिर हिलाकर 'नहीं' कहा और देर तक पति का हाथ नहीं छोड़ा। तभी उसे खाँसी का हल्का-सा दौरा पड़ा, कफ़ गले में अटक गया। राजनाथ ने छोटा नैपकिन लेकर हाथ गले तक डाला और कफ़ बाहर निकाल दिया। गौरी ने राहत की साँस ली। उसमें इतनी भी शक्ति शेष न रही थी कि गला खखारकर थूक बाहर फेंक देती। क्या से क्या हो गयी थी वह जंगल की हिरणी।

राजनाथ उस रात भी सो न पाये। शायद चौदह वर्ष पहले की एक और रात उन्हें याद आयी हो। जब सुभद्रा ने उन्हें शपथ देकर उनसे वादा लिया था, "मैं अब अच्छी नहीं होऊँगी, मुझे माँ के पास भेज दो"...और फिर "वादा करो तुम दूसरा ब्याह करोगे। मैं तुम्हारा बच्चा देखे बिना मरना नहीं चाहतीं...." सुभद्रा की अन्तिम इच्छाएँ पूरी हो गयी थीं। अब यह गौरी! यह भी तो कमोवेश उसी की तरह मौत की घड़ियों के इन्तज़ार में पलकें उघाड़े बैठी है। सामने छोटे-छोटे बच्चे हैं, प्रेमी पति है, नन्हें बच्चे माँ के लाड-दुलार से वंचित भले रहे हों पर उसकी मौजूदगी का अहसास उनकी चहचहाहट बरकरार रखे हुए है। अब वह तसल्ली भी ज़्यादा देर टिक न पायेगी। गौरी की नीली आँखों में तो आकाश की परछाइयाँ हैं—उसके स्पर्श में हजारों-हज़ारों प्रश्न! क्या वह कुछ कहना नहीं चाहती? कोई आश्वस्ति, कोई वादा? वह राजनाथ को थामे बैठी रही, कुछ कहा नहीं? क्या वह इतनी आशक्त है कि शब्द उसके होठों तक नहीं आते या शब्दों के सामर्थ्य पर उसका विश्वास चुक गया है? या सोच रही है कि मन के संवेदन शब्द देने से ओछे पड़ जाते हैं? या शायद यह कि होनी को तो परमात्मा भी नहीं टाल सके, राजनाथ होनी को अनहोनी कैसे कर पायेंगे?

इधर वर्षभर से राजनाथ की ज़िन्दगी ही सोच बन गयी थी। वह अहसास का

ऐसा मोड़ था जहाँ सोच पर आपका कोई अंकुश नहीं रहता। सोच और प्रतीक्षा! हरमन हेस के सिद्धार्थ ने नगर प्रिया कमला से कहा था, "मैं सोच सकता हूँ, मैं प्रतीक्षा कर सकता हूँ...लेकिन वह सोच और प्रतीक्षा राजनाथ की सोच और प्रतीक्षा से कितनी भिन्न थी। एक अकेला, दूसरा बड़े परिवार का स्वामी। एक प्रारंभिक प्रयत्नों बाद नियति चक्र को खामोश देखता जी लिया, दूसरे ने अन्त तक प्रयास नहीं छोड़े। प्रयत्न तो भरपूर उन्होंने किये थे। शक्ति-भर प्रयास कि यह नन्हें बच्चों की माँ, किसी भी तरह बिस्तर से उठकर अपना घर-संसार सँभाले। आधी-पूरी दवाइयों की शीशियों से अलमारियाँ भरी पड़ी थीं। पर सब कुछ निष्फल, निष्प्रयोजन सिद्ध हो गया था। एलोपैथी के साथ होम्योपैथी, आयुर्वैदिक इलाज, प्राकृतिक चिकित्सा, कुछ भी तो छोड़ा नहीं बगैर आज़माये।

सोचते-सोचते राजनाथ को ऊँघ आ गयी। उस हल्की-सी झपकी के लिए बाद में वे स्वयं को अपराधी मानते रहे। उन्हें लगा, "मैं उस वक्त सो न गया होता तो गौरी शायद बच जाती।"

सो उस रात एक हिचकी के साथ गौरी की आँखें बन्द हो गयीं। राजनाथ को झपकी आ गयी थी। तन-मन से थके राजनाथ! जो दिन में नौकरी करते, बीस, कोस आने-जाने की थकान सहते और घर आकर पत्नी के घुलते शरीर का सन्ताप झेलते, चूर हो जाते। उस राजनाथ को झपकी आयी और वह अपने को गुनहगार समझ बैठा, नींद में ही गौरी की हिचकी ने चौंका दिया, हड़बड़ाकर उठे तो देखा गौरी ने एक गहरी श्वास निकाल फेंकी, जो गले में अटक गयी थी। राजनाथ ने सोचा शायद खाँसी का दौरा फिर उठा हो, कफ गले में अटक गया हो, मैं जागा होता तो निकाल लेता...! लेकिन वह कफ़ नहीं था। देह के पिंजरे से आत्मा का पंक्षी आज़ाद हो गया था। "दस द्वारे का पिंजरा, तामें पंछी पौन!" कबिरा जो कह गये, इसके जाने पर कैसा अचरज, अचरज तो इसके रहने में है! राजनाथ कहाँ-कहाँ इसकी रखवाली करते?

फिर भी राजनाथ ने कहा, "गौरी बच जाती! अगर..." यह मन का उथला तर्क भी कितना भ्रामक होता है। मौत ज्यों पहरेदारी से भय खाती हो। तब तो उस राजकुमार की मौत कभी न होती जो हवा बन्द शीशमहल में इसलिए टिकाया गया कि मौत कभी किसी रंध्र से घर में प्रवेश न कर पाये। मौत की घड़ी टल जाये। लेकिन वहाँ भी तो फल के बीच कीड़ा बनकर मौत प्रकट हो गयी थी। राजनाथ का घर तो खुला था, हवादार खिड़कियाँ, जहाँ से देवदार की फुनगियाँ मायूसी से सिर हिलातीं हिलक पड़ती, कमरे से भीतर झुक-झुक आतीं थीं। मौत किसी भी

खिड़की-दरवाज़े से आ सकती थी और मौत ने सालभर पहले से अपने आगमन की सूचना या चेतावनी भी तो दे दी थी।

सो गौरी चली गयी राजनाथ बुत बन गये। रोये नहीं, या यों कहें किसी ने उन्हें रोते हुए नहीं देखा। हाँ, वे धुस्से से सिर मुँह लपेटे प्रार्थना की मुद्रा में जरूर कुछ देर बैठे रहे। हो सकता है भीतर आँखों से धार बनकर परनाले बहे हों। पर किसी दूसरे को अपना नितान्त निजी दुःख दिखाना-बताना उन्हें कभी रास नहीं आया। सुख में साझीदार बनाने वाला राजनाथ दुःख में हमेशा अकेला अडिग रहा। सहानुभूतियाँ बटोरकर खुद को दया-करुणा का पात्र बनाना उन्हें कभी नहीं सुहाया। गोकि यह सच है कि पत्नी की ओर से उन्होंने सुख के चंदेक दिनों के साथ दुःख के लम्बे युग देखे। पहले सुभद्रा और फिर गौरी! दोनों के भाग्य जैसे कमोवेश एक ही स्याही से लिखे गये थे।

राजनाथ तत्काल ही संयत हो गये। बिलखते बच्चों को सँभालने का एक और दायित्व उन पर आ पड़ा था। राजनाथ तब तक बच्चों को प्यार-दुलार ही देना जानते थे, उनकी छोटी-बड़ी ज़रूरतों की तरफ़ उनका ध्यान कहाँ गया था। वह तो उनके जाने बच्चों की माँ की चिन्ता थी और गौरी के रहते उन्हें इस ओर चिन्ता करने की ज़रूरत भी नहीं पड़ी। लेकिन अब गौरी ने राजनाथ को इस मामले में एकदम अकेला छोड़ दिया, बिल्कुल अपाहिज़ बनाकर! जिन्दगी के दुरूह मोड़ पर, खासकर तब, जब उनकी उम्र भी अब ढलान पर आने लगी थी। तन-मन की थकान लेकर राजनाथ अपने बच्चों को किस मंज़िल तक पहुँचायेंगे? ये अबोध-नन्हें बच्चे जो अभी ठोस ज़मीन पर अपने पाँव टिकाना भी नहीं सीख पाये थे, माँ की अँगुली थामे बिना ऊँचे-नीचे ऊबड़-खाबड़ कैसे पार करेंगे?

उस रोज़ सावन की मायूस बदलियों भरे आकाश तले गौरी की प्राणहीन काया दो गज कपड़े में लिपटी अखरोट के घने पेड़ के नीचे लेटी सो रही थी, अपनी आखिरी पूरी नींद में, उसके चेहरे पर कोई शिकन नहीं थी। उसका चेहरा शान्त-निर्द्वन्द्व व सभी ऊहापोहों से मुक्त था। अपने लिए उसने घरबार से दूर पहाड़ों की गोद चुन ली थी, अपनी चिर-परिचित जगह। उसके कपोलों पर उस वक़्त भी बालों की एक छोटी-सी घुँघराली लट झुक आयी थी। गौरी की दीदी, लक्ष्मी, गुणी व गाँव-समाज की औरतें उसके पार्थिव शरीर को नहला-धुलाकर अन्तिम यात्रा के लिए तैयार कर चुकी थीं। नन्हें बच्चे, रति, रिचा और मुन्ना रो-चीखकर माँ को बुलाते-पुकारते, थके-सहमे सिकुड़कर बैठे थे। छोटी मिन्ना पड़ोसी के घर में खिड़की से उड़ते पाँखियों को देख-देख तालियाँ बजाकर चहक

रही थी और पड़ोसी उसे देख चुपचाप अपनी बहती आँखें पोंछ रहे थे। रति-रिचा की नन्ही चोटियाँ अर्थी पर लेटी माँ के पैरों से छुआई जा रही थी और तमाम माँओं की आँखों से परनाले बह रहे थे।

गौरी, लोग-लुगाइयों, अपने-परायों के लिए कभी शायद इतनी महत्त्वपूर्ण न रही हो। अपने घर की चारदीवारी में हज़ारों-लाखों गृहस्थियों जैसी अच्छी-बुरी औरतों में से एक रही हो, पर नन्हें बच्चों की माँ के रूप में वह सभी की चहेती बन गयी थी। एक ही प्रश्न उनकी अँसुवाई आँखों में तैर रहा था, "इन नन्हीं जानों का क्या होगा? माँ के पीछे इन भोली-बेजुबान बेटियों को सही-ग़लत का फ़र्क़ कौन बतायेगा? वह तो मोह माया तोड़कर चली गयी।" वही मुहल्लेवालों की अतिरिक्त चिन्ता। ऐसे मौकों पर वे लोग अपनी परेशानियाँ भूलकर मुहल्ले वालों के दुःख दर्द में शामिल हो जाते थे। इसे आज क़सबाई दखलअंदाजी कहेंगे या बेवजह दूसरे के मामलों में टाँग घुसायी। पर उस वक़्त तो यह मुहल्लेदारों का धर्म माना जाता था, जिसमें बाहरी दबाओं से ज़्यादा उनकी भीतरी मज़बूरियाँ थीं। आख़िर एक मुहल्ले में वे रहते थे, यानी एक परिवार में।

गौरी की दीदी सुबकती हुई बहन की अधूरी आकाँक्षाओं का ज़िक्र कर रही थी, "नहीं रे, मोह माया तोड़कर जाना हुआ कभी किसी माँ से! कोख की पीर तो संन्यासिन भी नहीं बनने देती। मुट्ठीभर हाड़ की ढेरी रह गयी थी गौरी, तब भी मुझसे कहा करती, दिद्दी! क्या मैं एक-दो साल और जी नहीं सकती?"

मैंने डाँटा, "बैठे बिठाये खुराफ़ाती सोच! तेरे को तो अच्छी होना है, अपना घर-द्वार सँभालना है। अभी तेरी उम्र ही क्या है।"

"ना-ना, वह बात नहीं।" गौरी दूर नज़र गड़ाये सोचती-सी बोली थी। सोच रही थी, एक-दो साल ऐसे भी जीती रहती तो इन लड़कियों के हाथ पीले करवा देती। बड़ी तो सयानी है पर इस छोटी को देख, कैसी कलंदर-सी घूमती रहती है। कंघी-चोटी, कपड़े-लत्ते का होश भी नहीं है। कभी जंगल में भुट्टे तोड़ने चली जाती है, कभी बादाम-अखरोट के पेड़ पर बंदरिया-सी लटक जाती है—सभी लड़कों की-सी शरारतें हैं। सोचती हूँ, इसका क्या होगा?

मिन्ना का नाम वह नहीं लेती, बेटों का ज़िक्र भी नहीं करती। दस और आठ वर्षों की रति-रिचा के लिए ज़्यादा उद्विग्न रहा करती। मिन्ना और मुन्ना इतने छोटे थे कि उनके भविष्य के बारे में अटकलें लगाने की उसकी हिम्मत नहीं पड़ती थी। इन बच्चों के लिए कितने आधे-पूरों की बलि दी थी उसने!

राजनाथ के लिए भी वे लोग कम दुःखी न थीं। पत्नी का सुख देखा उन्होंने?

एक के बाद दूसरी लायी, पर दोनों की गति एक-सी हुई न?

गुणी कहती, "सुभद्रा ने तो अपनी यादें ही छोड़ दी, पर गौरी ने अपने पीछे ये ज़िम्मेदारियाँ जो छोड़ी, क्या राजभाई इसे निभा पायेंगे? पुरुष कितना ज्ञानी-ध्यानी हो, चूज़े-चिड़ियों के पंखों तले ही पलते-पुसते हैं।"

"दुहरी जिम्मेदारियाँ!" शंकरलाल उदास होकर जोड़ते, "अपने को भी कहाँ सँभालना सीख पाये थे राजभाई! कितना तो निर्भर करते थे गौरी पर। शेरवानी इस्त्री हुई, चूड़ीदार में कलफ लगा, साफे में अबरक-मांड लगा, जूते पालिश हुए—सब कुछ तो गौरी बीमारी में भी तैयार रखवाती। सुई से लेकर हाथी तक की खोज-खबर रखना क्या मामूली बात है? आदतें ही तो आदमी को लाचार बना देतीं हैं। बहरहाल!

गौरी गयी। मित्रों-सम्बन्धियों ने सलाह दी कि गौरी की काया को घर ले चलो। अन्तिम बार घर से ही प्रस्थान करना चाहिए, उस महायात्रा के लिए जहाँ सभी को अन्ततः जाना होता है। पर राजनाथ न माने, उन्हें गौरी की बातें याद आ गयीं। एक बार डोंगे में गाँधरबल से लौटते जब वितस्ता से होते वे शालीमार जा रहे थे तो राजनाथ ने गौरी से पूछा था—'रास्ते में घर देखना चाहोगी?' लेकिन गौरी ने ऐसी कोई इच्छा प्रकट नहीं की थी। बल्कि डोंगे का रुख नदी के भीतरी भाग की तरफ़ करवा दिया था। उसने मात्र कुछ शब्द कहे थे, "मेरा घर तो मेरे साथ ही है।" घर के बँटवारे के दौरान भाइयों में उठते छोटे-बड़े विवादों से वह वितृष्णा से भर गयी थी। मोह माया के उस घरौंदे के प्रति उसकी धारणाएँ बदल गयी थीं। ज़मीन-जायदाद के टुकड़ों पर जब राम-लक्ष्मण जैसे भाइयों में विवाद होने लगे, श्रीराम जैसा भाई स्वार्थी व शठ सिद्ध हो जाये, तो वह घर प्यार का घरौंदा न रहकर सिर छिपाने के लिए एक जगह तक ही महदूद लकड़ी-ईंटों का खाँचा भर रह जाता है। उन लोगों ने कोर्ट कचहरी नहीं की, राजनाथ ही ढीले पड़ गये। शंकरलाल और जनार्दन भाई बीच में आकर श्यामभाई को समझा गये। लड़कियाँ तो परायी, अपने एक-दो बेटों के लिए इतनी लानत-मलामत क्यों? बड़े होकर वे अपने जीने का ढँग, रहने की जगह खुद चुनने को आजाद नहीं होंगे? फिर क्या पता कहाँ रहें-बसें, किधर नौकरियाँ करें! आप लोग उन्हें एक जगह बाँधकर तो नहीं रखेंगे? कई बातें कही-सुनी गयी, जबकि इस सबकी अतिरिक्त चिन्ता उन्हें सुकून से ज़्यादा मानसिक तनाव ही दे गयी। बीमारी में गौरी यह भी जान गयी थी कि ज़मीन के जिन टुकड़ों के लिए प्यार बाँटनेवाले स्नेही जन कोट कचहरी तक करने को तैयार हो जाते हैं, उन्हें आखिर यहीं छोड़ना पड़ता है। वह टुकड़ाभर

जमीन भी तो साथ नहीं जाती, जिस पर काया का यज्ञ रचाया जाता है।

सो शालीमार के पास देवदार-सरो और कीकर से घिरे जंगल में धरती के एक टुकड़े पर गौरी लेट गयी, सज़ी-धजी सुहागिन पश्म का शॉल लपेटे, कानों में सोने की बालियाँ पहने। फिर भी निस्संग-निरासक्त। चिता से उठती चन्दन गन्ध से हवाएँ महक उठीं। अग्नि की लपटें उठीं और उसमें गौरी का प्यार, उसका मोह, उसकी ममता, उसकी आकाँक्षा, राग-द्वेष, ईर्ष्या, अच्छा-बुरा सब होम हो गया। गौरी की काया का यज्ञ पूरा हो गया!!!

बारह

गौरी को विदा कर राजनाथ बिलखते बच्चों को लेकर घर लौट आये और अपने भीतर-बाहर घिर आये उखड़ाव और बिखराव को समेटने में जुट गये। सँभालना आसान नहीं था लेकिन काल की गति कुछ ऐसी सख़्त, ठस व बेदर्द होती है कि बिना सँभले आदमी की मुक्ति नहीं। मौत जैसी क्रूर घटना के बाद हतोत्साहित व्यक्ति धक्के खाकर लस्त-पस्त हुआ भी खड़ा होने पर बाध्य हो जाता है। कोई विकल्प नहीं आदमी के पास। गुणी अक्सर कहती है कि 'श्मशान वैराग्य' ज़्यादा देर रहे तो संसार के कार्यकलाप ही न थम जाये! समय का रथ ही न रुक जाये। पर ऐसा होता नहीं। यों मौत को सामने देखकर किसमें विराग भाव नहीं जागता? उस वक़्त तो संसार का मोह-माया छोड़कर संन्यासी हो जाना ही सार्थक लगता है, शेष सब निरर्थक!

राजनाथ के बारे में शंकरलाल भी कहते हैं, "राजभाई उस वक़्त विरागी हो भी जाते तो कोई बड़ी बात नहीं थी। अपने तमाम श्रम और संघर्ष के परिणामस्वरूप जब मात्र पराजय हाथ लगती है, तो जीवन चन्द साँसों की निरर्थक और थकानेवाली उठक-बैठक के सिवा कोई भी अहसास नहीं जगाता। आशा-उपेक्षा, राग-उत्साह सभी के साथ एक व्यर्थता का अहसास जुड़ जाता है। राजनाथ सभी तरह से उस वक़्त थक-हार गये थे। उनकी जगह कोई दूसरा होता तो गेरुआ वस्त्र पहन लोटा कमण्डल हाथ में उठा हरिद्वार-काशी का रुख़ कर लेता। गया नहीं था रवीन्दर घर-बार छोड़ साधु बनने? राजनाथ ही उसे खोजकर फिर से गृहस्थ में ले आये थे। संसारी होना सचमुच बड़े जीवट का काम था। उस वक़्त तो राजनाथ का घर संसार ही उजड़ गया था। अपने ही घर में उनके मजबूत पैर लड़खड़ा रहे थे। नन्हें बच्चे उन्हें हर तरह से असहाय बना गये थे।

उन दिनों बच्चे दिन तो लक्ष्मी चाची या मौसी के साथ निकाल देते, पर रातों को माँ की कमी उन्हें महसूस होती। राजनाथ अपने शयनकक्ष में एक साथ बिस्तरे डलवाकर बच्चों को दायें-बायें लिटाकर उनके बीच में सोया करते। नींद तो ख़ैर, उन दिनों उनसे बहुत दूर चली गयी थी। खुली आँखों से वे अँधेरे को घूरते रहते। सामने बहती वितस्ता का अनवरत प्रवाह अपने ऊपर महसूस करते रहते। यह नदी उनके जीवन के सुख-दुःख की साक्षी थी, राज़दार थी। फिर भी कितनी निस्संग थी। हवा के झकोरों बीच, लहरों के अलोड़न-विलोड़न के साथ अपने नैरंतर्य में अकेली- अनासक्त। वे सोचते क्यों मनुष्य हो नहीं पाता निस्संग? क्या बुद्ध बनने के लिए गृहस्थ का त्याग ज़रूरी है?"

कहीं खटका होता, कहीं से अँधेरे को चीरकर कोई कुत्ता भौंकता या कोई पक्षी चीख उठता तो बच्चे चौंक उठते, "माँ!" बच्चे राजनाथ से लिपटकर ऐसे मुश्किल सवाल करते कि तमाम विद्वता व तर्कशीलता के बावजूद राजनाथ गूँगे हो जाते। ऐसी ही एक ठण्डी रात राजनाथ बच्चों के बीच सोने की कोशिश में करवटें बदल रहे थे। नींद, भूख, प्यास, शायद शरीर की आखिरी साँस तक खत्म न होनेवाली सच्चाईयाँ हैं, पर कभी-कभी नींद भी दग़ा दे जाती है। खुली आँखों के आसपास के सच-झूठ को देखने-महसूस करने को मजबूर करती अकेला छोड़ जाती है। ऐसी खामोश रातों के साथ जब भीतर का दुःख मिल जाता है तो वह प्रलय की रात जैसी भयावह बन जाती है। ऐसी ही एक रात, जुकाम-बुखार से पीड़ित राजनाथ आकाश में ठुकी तारों की मेखों को देख रहे थे। हर करवट के साथ कभी रिचा तो कभी मुन्ना की चद्दर खिसक जाती। वे बार-बार बच्चों के तन ढकते, उनके शरीर पर हाथ फिराते। रिचा भी बुखार में तप रही थी, कभी वह पानी माँगती, कभी कराहती। रति नींद में चौंककर माँ को पुकारती और जागने पर पिता से लिपटकर रोने लगती। मिन्नी-मुन्ना तो बार-बार आँखें मलते अपने इर्द-गिर्द खोजती नज़रों से देखते और राजनाथ उन सवालिया नज़रों का कोई उत्तर न दे पाते। केवल थपकियों-स्पर्शों से जता देते कि कुछ और माँगो, दुनिया की कोई भी चीज जो मेरी पहुँच में हो, पर ऐसी चीज़ मत माँगो जो मैं तुम्हें न दे पाऊँ। और न दे पाने की असमर्थता में खुद को कंगाल महसूस करूँ।

लेकिन बच्चों की तो एक ही माँग थी—उन्हें उनकी माँ चाहिए थी। वे बेहद डरे, दुःखी और बेचैन थे। कुछ खो गया था, कोई गन्ध, कोई स्पर्श कोई अबूझ एहसास, जिसमें लिपटे वे आश्वस्त थे। धूप-बरखा से सुरक्षित सतरंगी शामियाने तले, खेलते-खिलखिलाते अचानक आँधी का रेला आया था और रंगीन शामियाना

चिथड़ा होकर छितर गया था और नंगा बेदर्द आकाश उनके ऊपर झुक आया था। वे सुरक्षा के लिए राजनाथ के पास ढुक आये थे। बाहर से ज़्यादा भीतर की सुरक्षा के लिए। जबकि राजनाथ खुद भी एक भयावह खालीपन के अहसास से त्रस्त चिन्ता में डूबे थे। ऐसा खालीपन उन्होंने पहली बार महसूस किया था, जो अपने से ज़्यादा दूसरों की चिन्ता से उभर आया था। पहली बार अपने बुद्धिकौशल और विवेक-शक्ति पर उनका विश्वास डोलने लगा था। जीवन में आये इस अप्रत्याशित दुर्गम मोड़ पर वे दुविधाग्रस्त खड़े थे, अपार चिन्ता में डूबे हुए। कैसे सँभालें वे इन नन्हीं जानों को?

कैसी रात थी वह? बिना किसी चेतावनी पूर्व में किसी कोने से निकल घनघोर बादल मुट्ठीभर तारों को दबोच गये और नदी के पार मकानों की पाँत पर क्रूर शत्रुओं की तरह भिड़ गये। धरती दहल गयी, आकाश के सीने को बिजली चीरकर निकल गयी। बच्चे राजनाथ से लिपट गये। आँधी से खिड़कियों के पल्ले भड़ भड़ाये। तरकश से छूटे तीरों-सी बौछारें कमरे के भीतर घुस आयीं। राजनाथ बड़ी मिन्नत कर बच्चों को अपने से अलग कर पाये और खिड़कियों के पल्ले भेड़ गये। बुख़ार से तपते माथे और शीत से काँपते शरीर से पस्त बड़ी आजिज़ी के साथ बच्चों से मनुहार करने लगे—"सो जाओ रिचा, देखो वह आकाश में बिजली चमकी न, वह तुम्हारी माँ तुम्हें देखने आयी थी। मुन्ना राजा, तू आँखें बन्द करके सोयेगा तो माँ सपने में आकर तुझे लोरी सुनायेगी। वो पास ही तो है, ऊपर आकाश में बैठी देख रही है। रोओगे तो दुःखी हो जायेगी।" बच्चों ने शायद राजनाथ की आज़िज़ी भाँप ली या शायद उनकी बातों पर विश्वास कर लिया और आँखें बन्द कर लीं कि माँ सपने में आयेगी।

माँ शायद चीज़ ही ऐसी है कि सामने हो तो घर के ज़रूरी सामान का एक हिस्साभर नज़र आती है, लेकिन नज़र की ओट हो जाये तो पूरे घर में बियाबान उग आता है, बच्चे-बूढ़े दुःख-दर्द में आह-हाय करते माँ को ही तो पुकारते हैं। "ओ माँ!" अच्छा-बुरा शब्द उसके साथ जोड़े नहीं जुड़ता। वह तो बस होती है, उसी प्रकार जिस प्रकार श्वास होती है, उष्ण धड़कती हुई प्राणवायु! जैसे ज़िन्दगी होती है, तमाम खूबियों-ख़ामियों के साथ स्वीकृत! उसका होना ही बच्चे के लिए नरम-गरम पंखों के शामियाने का अहसास जगाता है। वो नहीं तो नन्हें चूज़े इतने बेपर्द हो जाते हैं कि पानी की हल्की फुहार भी उन्हें डुबाने को काफ़ी होती है। इसी अहसास से त्रस्त आजी, बिन माँ के बच्चों को देखकर उसाँस-भर कहा करती, "देवा! बच्चे दे,, तो माँ-बाप को ज़िन्दगी दे, नहीं तो बच्चों को मौत दे!"

आजी ने बिना माँ-बाप के बच्चों की बेइन्तहा तकलीफ़ें देखी थीं। उन्हें बिलखते-बिसूरते देखा था। नहीं तो बच्चों पर जान छिड़कने वाली आजी बच्चों के लिए ऐसी कठोर-क्रूर बात कहती?

सोचों में डूबे राजनाथ ने उस रात बच्चों की पलकें चूमीं और बार-बार खुलती, आपस में टकराती खिड़कियों के पल्ले बन्द करने उठे। आकाश वितस्ता के साथ जैसे मुँह सटाये रो रहा था ज़ार-ज़ार। हवा के थपेड़े राजनाथ के कुरते के भीतर घुसकर उन्हें सिहरा गये। अचानक उन्हें गौरी की आवाज सुनाई पड़ी, "शॉल ओढ़ लें!" उन्होंने चौंककर पीछे मुड़कर देखा—वहाँ कोई नहीं था। बच्चे सो गये थे। तो क्या उनके मन का भ्रम था? लेकिन आवाज़ तो उन्होंने अपने कानों से सुनी! राजनाथ प्रेत की तरह कमरे में घूमते रहे और चिन्ता में डूबे रहे उस तूफ़ानी रात! कुछ वैसे ही, जैसे प्रलय की रात जलमग्न प्रदेश में ऊँची शिला पर बैठकर मनु चिन्ता में डूबे थे। 'विश्व वन की व्याली चिन्ता, ज्वालामुखी स्फोट-सी भीषण हो सकती है।' इसे राजनाथ ने तब तहेदिल से महसूस किया था।

उस रात बच्चों के सो जाने पर भी जब राजनाथ न सो पाये तो उन्होंने गौरी की स्मृति में क़लम उठायी। गौरी के वियोग में राजनाथ के भीतर का कवि जाग उठा। दुःख मिथुनरत क्रौंचवध से उत्पन्न हुआ हो या निज के प्रिय-विरह से, दुःख का चेहरा एक जैसा ही होता है। टूटे हुए शीशे का क्षत-विक्षत चेहरा। सो राजनाथ ने अपने भीतर से उपजी आह को शब्द दिये :

नीले आकाश-सी तुम्हारी आँखों में
सहस्रों दीपों का आलोक
तुम्हारे चेहरे पर मुस्कान
जैसे कई सूरजों की जगमगाहट
सौन्दर्य की अप्रतिम गरिमा से मण्डित
कोमल, उदात्त, तुम,
ओ मेरी प्रिया! तुम कहाँ हो?
मेरे मन के घावों पर
फाहे रखती तुम्हारी दृष्टि स्निग्ध
तुम्हारे स्नेहिल आदेश और मीठी झिड़कें
मेरी सोई आत्मा को जगाती थीं,
तुम्हारे आँसू ज्यों तपी धरती पर
वर्षा की पहली बौछार

मेरे दर्द की टीसों को सहलाती
ज्यों कोई अदृश्य जादुई छुअन!
मेरे यौवन के अन्तरंग साथी, तुम कहाँ हो?
तुमने मुझे चाहा,
आत्मीयता की अन्तहीन सीमाओं तक
मेरी खुशियों में खिलखिलाई
मेरे दुःख में रोई
मेरा हाथ थाम साथ चली
गर्दिश में घूमते मेरे सितारों को
दिशा दिखाई
आज मैं अकेला हूँ, बहुत अकेला
आस्था और विश्वास से रिक्त
धुँधली दिशाओं और अपरिचित रास्तों में,
ओ मेरी प्रिया, मेरा विश्वास खो गया है
मेरी प्रार्थना है कि पहले प्यार की खातिर
मुझे राह दिखाओ
मुझे मेरा विश्वास लौटा दो !

राजनाथ का विश्वास सचमुच उस वक़्त डगमगाने लगा था, यह बात वे स्वयं भी मान गये थे। उनकी चिन्ता का क्षेत्र बच्चों तक ही सीमित नहीं था। गौरी बच्चों की चिन्ता ही उन्हें सौंपकर नहीं गयी, घर-गृहस्थ के दायित्व का भार भी साथ में थमा गयी। बच्चे छोटे थे, रति-रिचा भी दस और आठ वर्ष की बच्चियाँ थीं। उनका विवाह रचाकर वे अपना उत्तरदायित्व कुछ कम कर पाते, ऐसा भी असम्भव था। उनके खिलने, खेलने और कुछ बनने के दिन थे। इधर घर की मालकिन क्या गयी कि गृहस्थी में नयी समस्याएँ मुँह बाये खड़ी हो गयीं। घर में अब नौकरों का समझिए राज हो गया। लक्ष्मी चाची ने बच्चों को सहारा दिया, थोड़ा घर का भी ध्यान रखा, पर बच्चों को कब तक मना-पुचकारकर खिलाया जा सकता था? उसका अपना भी घर-परिवार था। ऊपर से श्यामभाई जैसे तेज़-तुर्श पति, ज़रा भी दायीं चीज़ बायीं ओर पड़ी मिली कि आसमान सिर पर उठायेंगे। उनकी अपनी समस्याएँ थीं।

नाते-रिश्तेदार त्राहि-त्राहि कर अफ़सोस ज़ाहिर कर अपने धन्धों में लग गये। राजनाथ देखते, बच्चे न ढँग से खाते-पीते हैं, न पहनते-ओढ़ते। पहले घर में साल

में दो-तीन बार खाद्य सामग्री—घी, तेल और दालें वगैरह आतीं, पर अब महीने में दो बार दाल-मसाले-आटे वगैरह के खाली डिब्बे उनके आगे टनटनाये जाते। घी-तेल का बघार सब्जियों पर तैरता रहता। ज़्यादा मिर्च-मसालों से राजनाथ परहेज़ किया करते थे, पर अब उनकी रुचि-अरुचि पर ध्यान देने की किसे फ़ुरसत या ज़रूरत थी? घर का बँटवारा हो गया था, ज़मीन-जायदाद बँट गयी थी पर लंगर अभी भी राजनाथ का ही चल रहा था। वे बड़े थे, परिवार के मुखिया का धर्म निभा रहे थे। अतिथियों-नातेदारों का आना-जाना चलता रहता था। भोजन के समय कोई पाहुन घर में आये तो घर में उसके लिए खाना न हो, इसे राजनाथ 'दरिद्रों के लक्षण' मानते थे। पर अब मेहमान पहले की अपेक्षा ज़्यादा आने लगे थे—हाल-चाल पूछने, खैर-खुशी देखने। वे लोग अकारण विशेष पकवान सेवन करने के अधिकारी हो गये थे। खर्च करनेवाला स्वामी खुले दिल व खुले हाथ का था और उस पर घर के खर्चों से इतना वाक़िफ भी नहीं कि देख-समझ ले कि फ़िज़ूलखर्ची कहाँ होती है और हाथ रोक ले!

लेकिन जब घर के खर्चों में बेहिसाब बढ़ोतरी हो गयी तो राजनाथ भी जरा चौकन्ने हो गये। अनभिज्ञ भले हों पर अनाड़ी तो नहीं थे, जानते थे कि गृहस्वामिनी के न रहने से घर सराय बनता जा रहा है। घर का खर्चा दुगुना तो बढ़ा ही, ऊपर से नौकर-चाकर भी मनमानी करने लगे हैं। बच्चों ने क्या खाया, गृहस्वामी की रुचि-अरुचि क्या है, इसकी चिन्ता करनेवाला कोई नहीं था।

राजनाथ को शिकायत किसी से न थी। गुणी के कहे अनुसार, होनी ने उनके साथ सुलूक ही ऐसा किया कि भरे पूरे घर में वे अकले पड़ गये। वक़्त की सन्तानें होतीं तो शायद अब तक उनकी ओर से वे निश्चिन्त भी हो गये होते। पर ये नन्हें बच्चे तो उन्हें अन्यत्र व्यस्त होकर गृहस्थ को भूलने भी न देते थे। रतन कलकत्ता में नौकरी करने लगा था और सपरिवार वहीं रहता था। बहू-बेटा कुछ दिन आकर रह गये, पर बेटे की नौकरी का प्रश्न था और बहू अपने नन्हें बच्चों को ही सँभालने में हैरान-परेशान थी। फिर बच्चे राजनाथ से दूर रहने पर क़तई राज़ी न थे।

यों समय गुज़रता गया, छः-सात वर्ष राजनाथ ने बड़े कष्ट में बिताये। समय का रथ चलता रहा। साथ ही रति-रिचा अब बड़ी होने लगी थी। सूरत-सीरत में भी अच्छी निकल आयी थी फिर यौवन की दहलीज़ पर क़दम रखनेवाली किशोरी में जो अछूते रूप का जादुई असर होता है, उससे वे भी अछूती न थीं। नतीजन कभी खिड़की की सीध में खड़ी होतीं तो शोहदे नैन-सैन मिलाने के चक्करों में घूरने लगे

थे। गोकि राजनाथ ने खिड़कियों पर चिकें डलवाई थीं, पर चिकों के भीतर भी लड़कियाँ जब कमरे में से रसोई तक या वितस्ता की बालकनी तक आवाजाही करतीं तो धर्मशाला की दीवार के साथ टेक लगाये धार्मिक शोहदे उनकी ओर टकटकी लगाये घूरते रहते। जब इन शोहदों से राह चलते लड़कियों का सामना होता तो वे श्लील-अश्लील रिमार्क कसते, फब्तियाँ पेश करते या भूख से बेहाल भिखमंगों की तरह हाथ में अदृश्य प्रेम का प्याला थामे बूँद-दो बूँद प्रेम की भीख माँगते। कुछ इस अन्दाज़ से कि हारी पर्वत के अहाते में माँगनेवाली सत्तो भिखमंगन याद आती, "ओ माँ, ओ भागोंवाली! दे दे, देवी के नाम दे दे, इस नबीना को दे दे..."

लड़कियाँ ग़र्मी में खुली बालकनी में बिस्तर लगाये सोना पसन्द करतीं। पर वहाँ भी नीले आकाश पर आँखमिचौनी खेलते तारों को देखना और उजली बदलियों के टुकड़ों के नीचे लुकते-छिपते चाँद के साथ आँखमिचौनी खेलना अब नामुकिन होने लगा था। धर्मशाला की ऊपरी मंज़िल पर 'ब्राह्मण मण्डल' वालों ने एक कमरा वक़्त-बे-वक़्त की बैठकों के लिए आरक्षित कर रखा था, वहाँ अक्सर धार्मिक शोहदे रात देर तक बड़बोली बहसें करते और कबीरदास से शुरू कर चालू फ़िल्मी संगीत तक उतर, भजन-भक्ति गीतों का रसास्वादन करते और मुहल्ले के नास्तिक-आस्तिक जनों के कानों में भी भक्ति-प्रेम रस की कुछ बूँदें गर्म तेल की बूँदों की तरह टपकाते। परिणामस्वरूप पप्पू जी, "पोथी पढ़ि-पढ़ि जग मुँआ पण्डित भया न कोय, ढाई अछर प्रेम का पढ़े सो पण्डित होय" से राग अलापना शुरू करते और टिट्टू-बिट्टू जी फटे सुर से "दो नैना मतवारे तिहारे हम पर जुल्म करें। ऐं ऐं ऐं ऐं..." तक उतर आते। आधी रात तक चलने वाले ये सामूहिक स्वर, नितान्त वैयक्तिक होने की घोषणा के बावजूद मुहल्ले के कानों में जूँ की तरह रेंगने लगे।

"हाँ, तो यह बात है! राजकौल की लड़कियों के साथ आशनाई हो रही है छोकरों की!"

"ज़रूर दाल में कुछ काला है! लड़कियों के पर निकलने लगे हैं।"

"और नहीं तो! एक हाथ से ताली थोड़ी बजती है! "

"शह भी तो दे रखी है पिता ने! ज़्यादा लाड का नतीजा होगा भी क्या?"

"हाँ! बिन माँ की लड़कियों के ऐसे ही लछन होते हैं...रोकने-टोकनेवाली जो नहीं रहती! बाप का क्या? वो तो दिनभर कॉलेज में रहेगा, घर में क्या गुल खिलते हैं क्या जाने!"

"अरे, दिन को छोड़ों यह जो आधी-आधी रात तक प्रेम राग चलते हैं..."

इधर कई बार खिड़की की संधों से, दरवाज़ों की दरारों से, मजनू-फरहाद स्टाइल में लिखे-महकते लिफ़ाफ़े भी बरामद होने लगे थे। एक बार राजनाथ के बड़े बेटे रतन हमाम में स्नान करने के इरादे से गये तो खिड़की के पास रंगीन लिफ़ाफ़ा देखा। एड्रेस पढ़ा, “टु हूम सो एवर इट कन्सर्नज़” वाले भाव से किसी भी लड़की के नाम लिखा गया वह पत्र बड़ा रंगीला, रसीला और अज़हद बेशर्म लहज़े में रतनभाई साहब को चुनौती देने लगा। वह धमाधम सीढ़ियाँ चढ़कर बहनों से मुखातिब हुआ, “यह किसकी चिट्ठी है?”

अब किसी को चिट्ठी के विषय में खैर-खबर हो तो न क़बूल करे? लड़कियाँ अवाक् एक-दूसरे को सवालिया नज़रों से देखने लगीं और माज़रा समझने की कोशिश करने लगीं, “मैं पूछ रहा हूँ यह किसकी चिट्ठी है? मुँह पर ताला क्यों लगा है?”

भाईसाहब दहाड़ मारकर जवाब-तलब करने लगे, पर व्यर्थ! लड़कियों को कोई ज्ञान न हो तो उत्तरपुस्तिका बेरंग ही लौट जायेगी न?

भाईसाहब ने गुस्से और शर्म से पानी-पानी होकर कुछेक वाक्यांश पढ़े, “मुझे रात तुम सपने में आयी (यह तुम कौन भला)? मैंने तुम्हारी कमर से साड़ी...साड़ी तो लड़कियाँ पहनती नहीं थीं, फिर? मगर यह तो सपना था। आगे छिःछिः छोड़ो. ..मैं रातभर तुम्हारे लिए गीत गाता रहा...अखियाँ मिला के, जिया भरमा के, चले नहीं जाना, ओ...(बकवास!)

रतन भाईसाहब ने बहनों पर निगरानी रखने का काम शुरू कर दिया। चिक के पीछे छिप-छिपकर शोहदों को त्राटक की मुद्रा में घूरते पाया तो अगले दिन सामना होते ही एक चितकबरे चेहरे को दो-चार झापड़ जड़ दिये। वह जवाँ मर्द भी सिर पर कफ़न बाँधे खड़ा हो गया–‘प्यार किया तो डरना क्या,’ वाले अन्दाज में। रतनभाई साहब गुस्से और अपमान से भरकर घर लौटे और रति-रिचा को खिड़की के पास फटकने की सख़्त मनाही कर दी और वे कर भी क्या सकते थे?

लड़कियों पर कुछ ज़्यादा पाबंदियाँ लगायीं गयीं। बस, घर से स्कूल, स्कूल से घर। कहीं नाते-रिश्तेदारी में भी नहीं जाना, सखी-सहेलियों के घर की बात तो दूर।

लेकिन इस पर भी मुहल्लेदारिनियाँ सिर जोड़े बैठतीं तो रति-रिचा का जिक्र इस-उस बहाने ज़रूर छेड़तीं...“लड़कियों ने क्या क़द-काठी निकाली है!”

“अब तो इनके हाथ पीले कर दी देने चाहिए।”

“हाँ री! लड़की की जात! ग़लत-सलत जगह पैर फिसल गया तो खानदान पर कीचड़ ही लगेगी न?”

इतनी चिन्ताएँ नाते-रिश्तेदारों की कि लगे बेचारे चिन्ता की चिता में भस्म होने जा रहे हैं। यह भी विचित्र विरोधाभास था कि राजनाथ की बेटियों के 'ताड़ की झाड़'होने की चिन्ता करनेवालों के अपने घरों में लड़कियाँ चीड़-बाँज की ऊँचाइयों को छूने लगी थीं।" शादी की उम्र तेजी से फलाँगती उनकी बेटियों ने सम्प्रति अपने-अपने माता-पिता की छातियों पर मूँग दलना शुरू कर दिया था। पर इससे क्या फ़र्क पड़ता था। चिन्ता तो उनकी सात्त्विक थी, अपनी जगह वाज़िब भी, क्योंकि यह तो बिन माँ की बेटियों के अपने-अपने घरों में सम्मानपूर्वक रच-बस जाने की सामाजिक चिन्ता थी। पास होने पर वे अपनी बेटियों को सम्बोधित कर सीख उपदेश कुछ इस ढंग से देतीं कि नज़र राजनाथ की बेटियों पर जमी होती। गोया ऐलानिया तौर पर स्पष्ट करना चाहती हों कि लो! हमने तो अपना धार्मिक व नैतिक दायित्व निभाया। अब आगे आपकी इच्छा! ललिता जी अपनी बेटी को डाँटभरे स्वर में धमकाती, "यह आँख में इतना गहरा काजल क्यों आँजा है भला? चार जनों की नजर पड़ जाये, इसलिए? ये रिबन बँधे बालों को चुन्नी से ढक नहीं सकती तुम सन्तोषी! राह चलते शोहदे चार बोल सुनायें तो अच्छा लगता है? शर्म हया सब बेच खायी हैं आज की छोकरियों ने। स्कूल-कॉलेज जाने का यही फ़ायदा हो गया! यह कसी-तनी बाडी पहनने का क्या मतलब है? राह चलतों की नज़र पड़ जाये उभरी छातियों पर? अरी बेशर्मियों ! ये तो बच्चों को खिलानेवाली चीज़ें हैं, इन्हें उन्हीं के लिए ढक-ओढ़कर रखना होता है..."

उस वक़्तशहर में स्त्री-शिक्षा का तेज़ी से प्रचार होने लगा था, सो लड़कियाँ घर की चारदीवारी से बाहर खुली सड़कों पर निकलने लगी थीं। घूँघट-पर्दा भी पुरानी पीढ़ी तक ही सीमित हो रहा था। कहाँ वह सिर ढके हब्बा कदल से गुज़रती गुड़ी-मुड़ी लड़कियाँ! अब तो खम ठोंककर कन्धों पर दुपट्टे लहराती लड़कियाँ बीच बाज़ार गुजरने लगी थीं?

संक्रमण के इस दौर में बदलती स्थितियों के बीच गुज़रते पुरानी पीढ़ी को पुरानी मान्यताएँ ढहने का दुःख व क्षोभ था और नयी पीढ़ी नये जोश में कुछ अतिरिक्त उत्साही, नयी रीति-नीतियों का स्वागत कर रही थी। ऐसे में राजनाथ अपने शुभचिन्तकों की मानसिक व्यथा को समझते थे और उनकी चिन्ता की क़द्र भी करते थे। साथ ही अपने कॉलेज व सुधार कार्यों में मसरूफ़ वे भविष्य की योजनाएँ भी बना रहे थे। एक साथ कई मसलों पर विचार करना उनके स्वभाव में था और उनकी स्थिति वालों के लिए ज़रूरी भी।

उन्हीं दिनों कुछ खैरख़्वाहों ने उन्हें सुझाव दिया, "यों तो राजभाई, कुदरत ने

आपके साथ बड़ी ज़्यादती की है, पर बच्चों के साथ तो बड़ा ही अन्याय हुआ है। क्या आपको लगता नहीं कि बच्चों को माँ का साया चाहिए और आपके घर को गृहस्वामिनी?"

यानी कि राजनाथ को एक बार फिर विवाह बन्धन में बँधना चाहिए। उन्होंने वे ही बातें अँगुली के इशारे से दिखाई जिन्हें राजनाथ कई वर्षों से देख और सह रहे थे, लेकिन कोई नया क़दम उठाने से पहले वे खूब सोच-विचार करना चाहते थे। राजनाथ जानते थे, उनके बच्चों को माँ फिर से नहीं मिल सकती। बच्चों का दुःख शायद उनके अपने दुःख से ज़्यादा कठोर व लाइलाज़ था, लेकिन उनका घर भी गृहिणी के अभाव में सराय बनता जा रहा था। नौकर के भरोसे घर में दो वक़्त का कच्चा-पक्का खाना मिलता था, यही बड़ी बात थी। पर राजनाथ मानते थे कि घर सँभालने के लिए महज़ एक औरत की जरूरत नहीं, बल्कि एक गृहस्वामिनी की ज़रूरत होती है, जिसे वेतन देकर ख़रीदा नहीं जा सकता। गौरी वर्षभर बिस्तर से बँधी रही। घर अस्त-व्यस्त ज़रूर हो गया पर उसका होना ही राजनाथ के परिवार को घर-गृहस्थ की शक्ल देने में समर्थ था। चारपाई पर लेटे-लेटे भी वह घर-द्वार और बच्चों की ज़रूरतों का ध्यान रखती। मौत से चार दिन पहले ही तो, जब रिचा का जन्मदिन सादगी से मनाये जाने की बात हो रही थी, उसने राजनाथ को बुलाकर कहा, "मेरे कलंदर के लिए इस बार सिल्क का सलवार, कुरता और चुन्नी लाना, उसे शौक़ है चुन्नी पहनने का। अमीरा कदल के पंजाबी स्टोर से खस्ता दालमोठ और समोसे भी उसे बहुत पसन्द है न! ज़रूर लाना। बच्ची सोचेगी, माँ बीमार है सो कोई ध्यान नहीं रखता।" बच्चों की इन छिटपुट आवश्यकताओं को समझने के लिए भी एक गृहिणी की ज़रूरत थी। या इस तरह कहें कि ढलती उम्र की ज़िम्मेदारियाँ निभाने में उन्हें एक साथी की ज़रूरत थी। एक राह पर दो मुसाफ़िर साथ-साथ चल रहें हों तो सफ़र बातों-बातों में कट जाता है, वक़्त छाती पर सवार नहीं होता। और तो कोई खास फ़र्क पड़नेवाला नहीं था अब!

उस रात भी राजनाथ विचारों की उहापोह में जागते रहे। वक़्त भी क्या ज़ालिम शै है, अपने ही विचारों का प्रतिरोधी होकर व्यक्ति हालातों के हाथों कठपुतली बनकर रह जाता है। शायद यह परिवर्तित स्थितियों की माँग होती है कि रीति-नीतियों और परम्परा से चले आते विश्वासों में वक़्त के मुताबिक संशोधन किया जाये।

प्रसंग उठने पर राजनाथ कभी-कभार कहा करते, "पहला विवाह व्यक्ति का कर्तव्य होता है, दूसरा बेवकूफ़ी और तीसरा पागलपन !"

और देखिए तो! वक़्त का चक्का कुछ इस तरह घूमा कि राजनाथ को यह पागलपन भी करना पड़ा।

उनकी इस हरक़त के पीछे जो भी सच छिपा था, शारीरिक, मानसिक या पारिवारिक ज़रूरतों सम्बन्धी कारण, बड़ा बेढब और खुरदुरा सच था। यों इस ढलती उम्र में भी राजनाथ यदि चाहते तो किसी नवयौवना को व्याहकर घर ला सकते थे। समाज में ऐसी घटनाएँ होती रहती थीं। उनकी पद-प्रतिष्ठा और समाज में उनकी तस्वीर भी कुछ ऐसी थी कि एक सज्जन व्यक्ति समझकर लोग उन्हें आदर देते थे और प्यार भी करते थे। सेहत भी उनकी अच्छी थी। नित्यानन्द इसे जायज़ समझते थे, "मधुसूदन कौल ने क्या किया? गोविन्द भट्ट ने पचास को छूती उम्र में बाईस-तेईस वर्षीय सुनयना से शादी नहीं की? घर में बहू-बेटियों के रहते? बाल-बच्चे अपनी दुनिया में मशगूल हो गये और पिता को गुज़री सदी का मानुस समझकर किनारे धकेल दिया, जा बबा, अब तू सुमिरनी हाथ में लेकर हरिनाम जप! पर गोविन्द जू निकला दमदार! सुनयना को घर लाकर साबित कर दिया कि बबा साठे पर पाठा है, अभी उसे घर के कोने अँतरे में धकेला नहीं जा सकता। उसे भी जीने का पूरा हक़ है! सुनयना भी अपनी बहू-बेटियों से हँसकर बतियाती और लोगों की हाय-हाय को एकदम ठुकराती रही। अब देखिए, लोग मुँह पर अँगुली दिये चुप बैठे हैं। किसी को आलतू-फ़ालतू बात करने की हिम्मत नहीं होती।"

ताराचंद हुंकारा भरते, "हाँ, भई, सही भी है। बेचारी सुनयना ने साग-भात खाकर जवानी में क़दम रखा। शम्भू बेचारा चपरासीगीरी करके आधे दर्जन बच्चों को कौन-से पकवान खिला सकता था! शादी के बाद कम-से-कम पहनने-ओढ़ने का सुख तो मिल ही गया! वह कहा है न कि 'पहले तन की भूख को भोजन चाहिए उसके बाद मन की भूख का जन्म होता है !'

एंथोनीभाई ने राजनाथ से साफ़ शब्दों में पूछा, "आपने विवाह के बारे में सोच-विचार किया हो तो बताइए, सुयोग्य लड़की ढूँढना मेरा ज़िम्मा!"

"नहीं भैया, वह बात नहीं।" राजनाथ बड़ी उलझन में पड़ गये थे। इस बार नया क़दम उठाना सचमुच बेहद कठिन काम था। उन्होंने एंथोनी से मन की बात कही, "एक तो इस उम्र में मैं नये झंझट मोल नहीं लेना चाहता। दूसरा जवान लड़की से विवाह करके मैं उसके साथ अन्याय नहीं करूँगा। यह मेरे असूलों के बिल्कुल ख़िलाफ़ है।"

शंकरलाल ने राजनाथ की बात की दाद दी। दोस्त भी सहमत हो गये, लेकिन

फिर विकल्प क्या था?

यह विकल्प राजनाथभाई ने स्वयं ही ढूँढ़ लिया। उन्होंने एक चालीस वर्षीया विधवा देवकी को अपनी घरवाली बनाने का निर्णय किया। उनकी इस हरक़त पर उनका समाज एकबार फिर दंग रह गया। यद्यपि उस दौर में स्वामी दयानन्द सरस्वती, राजा राममोहन राय आदि सुधारवादी विचारकों के प्रभाव स्वरूप समाज में इक्का-दुक्का विधवा विवाह हुए थे पर जनमानस ने इसे स्वीकृति नहीं दी थी, ऐसा क़दम उठानेवाला अक्सर समाज में तिरस्कृत होता। उसके बच्चों की शादी-ब्याह के समय भी उनकी यह हरक़त आड़े आती। परिणामस्वरूप बच्चों के रिश्तों के वक़्त भी लड़की देने-लेने वाले आनाकानी करते। लेकिन राजनाथ इन प्रक्रियाओं से कब डरे थे?

सो संक्षिप्त से धार्मिक अनुष्ठान के बाद राजनाथ देवकी को घर ले आये। घर के सदस्यों ने दम साधकर खिड़की-झरोखों से मन्दिर के प्रांगण में देखा। राजनाथ देवकी को घर लाने से पहले आदिदेव गणेश के चरणों में शीश झुकाने ले गये थे, जैसाकि वह हर संकल्प लेते समय किया करते थे। इसी शिवमंदिर की सीढ़ियों पर गणेश जी की मूर्ति के सामने देवकी खड़ी थी—आँख बन्द करके, प्रणाम की मुद्रा में। उसके गोरे चेहरे पर मन्दिर की दीपमालाओं का प्रकाश पड़ रहा था। घर की महिलाओं ने किंचित् ईर्ष्या व प्रशंसा के मिले-जुले भाव से कहा था, "राजभाई का चुनाव प्रशंसा की माँग करता है।" बच्चों ने कुछ-कुछ अनमने, कुछ सहमे और कुछ अशंकित भाव से नयी माँ को देखा, कोई प्रतिक्रिया व्यक्त नहीं की। इस नयी स्थिति से वे बिल्कुल अनभिज्ञ थे, इस कारण भीतर से नितान्त अनिश्चित और अस्पष्ट!

देवकी को घर लाकर राजनाथ ने उसे घर की चाबियाँ सौंप दी और कहा, "तुम्हें सुरक्षा चाहिए थी और मुझे गृहस्वामिनी। लो, सँभालो! अपना घर बार नौकर-चाकर! और हाँ, ये मेरे बच्चे हैं, अबोध! इनकी माँ इन्हें छोड़कर चली गयी है सो इनके नाजुक मन ज़ख्मी हैं। इनके दिलों पर अगर तुम मरहम न लगा सको तो भी कोई बात नहीं, मैं शिकायत न करूँगा। पर बिल्ली की तरह पंजे मार दोगी तो इनके साथ मैं भी लहू-लुहान हो जाऊँगा। मतलब यह कि इनके साथ मैं किसी तरह की ज़्यादती या अन्याय सह न पाऊँगा !"

राजनाथ ने देवकी को गृहिणी का पद दिया, पत्नी का दर्जा दिया, यह बात सभी की समझ में आ गयी पर गौरी के कपड़ो-लत्तों के बक्सों की चाबियाँ भी देवकी को थमा दीं, यह बात कम-से-कम लक्ष्मी चाची को पसन्द नहीं आयी। यों

लक्ष्मी चाची अपने काम से-काम रखने वाली औरत हैं, दूसरे के फटे में पैर डालने वाली नहीं, पर राजनाथ के बच्चों को उसने ममता दी है। और यह मानकर चली है कि माँ की चीज़-बस्त की अधिकारिणी उसकी बेटियाँ होती हैं। सो गौरी के बक्सों की चाबियाँ देवकी को देकर राजभाई ने अनजाने ही सही बच्चियों के साथ अन्याय किया है।

राजनाथ ने ऐसा क्यों किया? गुणी भी सोच में पड़ गयी। अपनी बेटियों को माँ की निशानियों से महरूम करना उन जैसे विद्वान् और ममतालु पिता को सूझा ही कैसे? उसने राजनाथ से दबी ज़ुबान में कहा भी, "देवकी भाभी के लिए कपड़ों की क्या कमी थी, गौरी की चीज़ें बेटियों के लिए रहने देते।"

राजनाथ कुछ देर चुप रहे, उनके चेहरे पर उदास परछाईं-सी डोली। बाद में संयत होकर बोले, "भाभी, बच्चों को भी कपड़े-लत्ते की क्या कमी? जैसा चाहेंगे, बना दूँगा, देवकी अब उनकी माँ की जगह पर है। उसे भी महसूस होना चाहिए कि घरवालों ने उसे गौरी की जगह दी है।" राजनाथ तेज़-तेज़ सुट्टे खींचकर तम्बाकू का धुआँ छोड़ने लगे। गुणी ने आगे पूछने का साहस ही नहीं किया।

तेरह

देवकी बात समझ गयी, शायद इसलिए कि उसने भी दुःख का भरपूर स्वाद जाना था। वैधव्य का यातनापूर्ण दुःख भोगकर औरत की ज़िन्दगी की मुश्किलातों का भरपूर सामना किया था और सूनी कोख का अपमानजनक लाँछन सहा था, गोकि वह जानती थी कि उस लाँछन की अधिकारी वह नहीं थी। परन्तु उन दिनों बहुएँ लाज-हया के पर्दे में अपनी इज़्ज़त-आबरू के साथ पति की कमजोरियाँ-लाचारियाँ भी ढकती थीं। मुँह खोलना बाज़ारू होना था और सभ्य गृहिणियाँ ऐसी बातों से परहेज़ करती थीं। सो नाते-रिश्तों में या पास-पड़ोस में जब कभी वह शादी, मुण्डन, जनेऊ आदि शुभ अवसरों में शामिल होती तो महिलाएँ मांगलिक अवसरों पर अपने बच्चों को उससे दूर रखतीं। बाँझ शब्द उसके साथ नत्थी हो गया था और उसकी नज़र भर से ही दूसरों की हरियाली कोख मुरझा सकती थी। ऐसे मौक़ों पर वह अपने को बेहद अकेली और अर्थहीन महसूस करती।

ऐसे में नयी जिन्दगी की महक उसे बौरा देती, इसकी गुंजाइश ज़रा कम ही थी।

देवकी ने आते ही राजनाथ का घर-द्वार सँभाला। अपने सधे हाथों से कोने-अन्तरों के झोल-जाले साफ कर दिये। घर के सदस्यों ने थोड़ी बहुत उपेक्षा दिखाई पर

देवकी दूसरों का मन जीतने की कला जानती थी। लक्ष्मी चाची ने उसे घर की रिवायतों से वाक़िफ कराया, श्यामभाई ने नयी भाभी को ज़रा कड़ी नज़र से परखा और देवकी ने सहज भाव से स्थितियों को स्वीकारा।

देवकी के आने से राजनाथ घर की ओर से सन्तुष्ट हो गये, पर बेटियों के मामले में वे अनिश्चित ही बने रहे। यों बेटियों को उन्होंने स्कूली शिक्षा के साथ संस्कारिता और अनुशासन के क़ायदे भी पढ़वाये। उनके जाने 'थ्री आर्स' (रीडिंग, राइटिंग और (अ) रिथमेटिक) बच्चों के सम्पूर्ण विकास के लिए काफ़ी नहीं थे। उनकी मानसिक-शारीरिक शिक्षा भी उतनी ही महत्त्वपूर्ण थी जितनी कि स्कूली शिक्षा। गरज़ कि उन पन्द्रह-सोलह वर्षों में राजनाथ जितना बेटियों को सिखा सकते थे, सिखा गये। उन्हें विश्वास होने लगा था कि मेरे बच्चे ग़लत काम नहीं करेंगे। छोटे-मोटे लालचों के कारण उनके क़दम डगमगायेंगे नहीं और सच तो यही है कि बेटियों-बेटों ने उन्हें अविश्वास के खास मौक़े दिये भी नहीं, कम-से-कम उनके सामने तो नहीं।

परन्तु राजनाथ के खैरख्वाह उनकी चिन्ताओं में घुले जा रहे थे। ज़रा ऊँची आवाज़ तो न वे निकाल सकते थे और न राजनाथ सुनने के आदी थे, सो वे दबी जुबान से उन्हें उनकी ज़िम्मेदारियों के प्रति इस—उसका हवाला देकर आगाह करते। क्या करते वे भी बेचारे लोक कल्याण की भावना उन्हें चुप बैठने नहीं देती थी।

"अब आपसे क्या कहें भाई साहब! जमाने को जितनी ख़ाक डालें, कम है। परसों मैं चिरंजन भट्ट की लड़की की बारात में गया था। जो देखा सो परमात्मा दुश्मन को भी न दिखाये।"

राजनाथ इन सुनी-सुनाई बातों में रस लेने के आदी न थे। कुछ चिढ़ भी थी आलतू-फालतू की चेहमेगोइयों से। एक की दाढ़ी जली और दूसरे ने हाथ सेंक लिये। एक पर मुसीबत आई और दूसरे को चार जनों बीच सुखनफरोशी के लिए मसाला मिला। उन्हें सख़्त नापसंद था यह रवैया, पर आगे वाला जब बेशर्म-बेग़ैरत होकर बिना सुनाये बाज़ आने वाला न हो, तो मन-बेमन से हुँकारा भर देते, यानी कि बोलनेवाले के अधिकार की रक्षा करते। सुनानेवाला हुँकारा पाकर चालू हो जाता।

"अब आपको क्या बताऊँ साहब! अपनी आँखों पर ही विश्वास न आया। एक के बदले दो-दो दूल्हे चले आ रहे हैं बारात लेकर। लड़कीवाले पर तो समझो आकाश ही गिर पड़ा। क्या माज़रा है, यह कैसा मज़ाक है? कोई समझ न पाये।

उधर दोनों दूल्हे एक-दूसरे के सामने तनकर खड़े हो गये। लगन मण्डप न हुआ, दंगल का अखाड़ा हुआ। कितनी फ़ज़ीहत हुई सो तो आप अन्दाज़ा लगा सकते हो। एक-दूसरे से कहे, "भई बोल, तू जीतेगा या मैं? अब सुना यों कि निरंजन की बेटी की किसी शोहदे से आशनाई थी...वक़्त की तासीर! मुँह उघाड़े लड़के-लड़कियों की खुल्लमखुल्ला ठिठोलियाँ रंग तो लायेंगी..."

"तो फिर क्या हुआ?" राजनाथ ने बात काटते हुए पूछा। स्वर में झुँझलाहट उभर आयी। बदलाव के प्रति क्षुब्ध नाथ जी जैसों से उन्हें कोई सहानुभूति न थी।

"बस, वही तो अर्ज़ कर रहा हूँ भाई साहब! सुना लड़की ने निरंजन से कहा था, "बबा, जो दौलत मेरा दूल्हा खरीदने में खर्च कर रहे हो, वह इस गरीब के बेटे को दो, जिसे मैं वरना चाहती हूँ वह भी चार आदमियों में बैठने लायक बन जायेगा और तुम्हारी बेटी भी सुख-सुकून की ज़िन्दगी गुज़ारेगी।"

"निरंजन को इस रिश्ते से एतराज़ क्यों था? क्या लड़का नालायक था?" राजनाथ ने संक्षिप्त में मुद्दे की बात जाननी चाही।

"भैया! लायक-नालायक क्या लड़कियाँ खुद तय करेंगी? निरंजन भट्ट ने क्या उम्र के साठ साल घास खोदते गुज़ार दिये?"

"पर उसे बेटी की बात पर सोचना चाहिए था। बालिग बेटी है, फिर उसकी बात में वज़न मालूम पड़ता है..." राजनाथ कुछ सोचते हुए बोले।

"वज़न पर खाक डालिए बिरादर! आप बुद्धिमान जन हैं, फिर भी कैसी बातें कर रहे हैं! लड़का कोई शरीफ़ घराने का थोड़े था, जात का कमीना! कुलचे बनाते थे हमारे मुहल्ले में उनके चाचे-ताये। एक मामा तो 'वाज़वान' पर बैठा रोगन जोश, कलिया पकाता था। अब शरीफ़ आदमी लड़के का हसब-नसब भी तो देखेगा! या यों ही आँख-कान बन्द कर कुएँ में ढकेल दे बेटी को?"

"हूँ !" राजनाथ ने गम्भीर हुँकारा भरा, "बहुत पुरानी बात कर रहे हो भाई। पढ़े-लिखे लोगों को इतना सोचना चाहिए कि ईमानदारी से किया गया कोई काम छोटा नहीं होता। लड़के का बाप 'नानवाई' कहलाया क्योंकि ग़रीब की छोटी-सी दुकान थी। पैसे वाला होता तो 'बेकरी' कनफेक्शनरी' का मालिक होता, तब शायद छोटी-ऊँची धोती की तरफ़ उनका ध्यान भी न जाता। मेरे जाने निरंजन को अपनी कमअक्ली की सज़ा मिल गयी। वक़्त के साथ सोच में थोड़ा बदलाव वाज़िब है।"

"क्या करता बेचारा! आख़िर एक समाज में रहता है। आगे भी नाते-रिश्ते करने हैं, सो चुप लगा गये। सोचा, चार दिन में लड़की का जुनून उतर जायेगा

और अपने आप सही रास्ते पर आ जायेगी, पर छोकरी के दिमाग़ में कुछ और ही फ़ितूर भरा था।

इधर निरंजन ने लड़की का सगुन राम जी सफ़ाया के लड़के से कर दिया। शादी तय हुई, घर में लिवुन, वनवुन से शादी की रस्में, गाने-बजाने शुरू हो गये। उधर लड़की के आशिक को कमरे में नज़रबंद कर दिया गया, पुलिस थानेदार की निगाह में! निरंजन को लड़के की बदमाश हरक़तों का कुछ सुराग पहले ही मिल गया था। लेकिन क़िस्मत खराब थी बेचारे की कि लाख एहतियात के बाद भी कालिख पुत गयी मुँह में समझो। आशिक महोदय पहरेदारों को कुछ सुँघा-सुघूँकर लैला के पास भाग आया, मननमाल, पाग की धज लेकर। आठ-दस गुण्डों को बारात की शक्ल देकर साथ ले आया। इधर असली दूल्हा भी द्वार पर खड़ा था द्वार-पूजा करवाने के लिए। यह काण्ड देखकर जरूर कड़ुआ गया होगा, पर उसके होश ठिकाने रहे तभी उधर रिश्ते-नातेदारों की भीड़ में तमाशा होने न दिया। उसने नक़ली दूल्हे से हाथ मिलाया, अकेले में उससे कुछ गुफ्तगू की और उसे वापस घर रवाना कर दिया।"

"चलो अन्त भला सो सब भला!"

"नहीं भाई, भला क्या होना था? लड़का-लड़की को घर ले तो आया लग्न कराके पर अगले दिन वापस माइके लौटा दिया।"

"अगर उस लड़की के चरित्र पर सन्देह था तो उसी वक़्त लग्न करने से इंकार करना था।"

"मगर हुजूर, आजकल के शरीफजादे भी कम घाघ नहीं, बदला जो लेना था लड़की से अपनी बेइज़्जती का। जो दो-सौ बारातियों के बीच हुई थी ससुराल में पहला क़दम रखते ही। सुनार की सौ पर लोहार की एक चोट कर गया समझो, लड़की को खराब करके चला गया..."

हुक्के का लम्बा कश खींचकर राजनाथ सोच में पड़ गये। राम जी सफ़ाया का लड़का भले ही इंजीनियर हो, पर उसकी शिक्षा-संस्कारिता में दोष था। किसी की भूल की सज़ा देने का यह ग़लत ढँग था। समाज में बेहूदा मिसाल क़ायम करने का फूहड़ तरीका लड़का दूसरी सुबह पहली गाड़ी से शहर छोड़कर चला गया। माँ को कहा छुट्टी नहीं है, कुछ ज़रूरी काम है, दफ़्तर का। जल्दी लौट आऊँगा। तब तुम्हारी बहू को साथ लेकर जाऊँगा। तब तक तुम रोठ-खबर वगैरह की रस्में निभा लो। पर जी, उसे बहू को साथ ले जाना होता तो रस्मे-कस्में कराकर न जाता, सभी बहाने थे। दस दिन बाद माँ को चिट्ठी लिख भेजी, "बहू को वापस मायके लौटा

दो! बाई रिटर्न मेल!"

"कुछ कारण तो बताया होगा?"

"कारण तो साफ़ जाहिर था। माँ-बाप को बताने की भला ज़रूरत भी क्या थी? वे यों भी साँस रोके बैठे थे बेटे के मुँह खुलने के इन्तज़ार में।"

"यह तो बिल्कुल ग़लत बात हुई।" राजनाथ के माथे पर सलवटें उभर आयीं, राजनाथ इन बातों का समर्थन नहीं कर सकते थे। बात की तह तक पहुँचे बिना निर्णय लेना और दूसरे के भूलों को अपराध समझकर दण्ड देना सभ्य व्यक्तियों का काम नहीं। ऐसी नाजुक परिस्थितियों में ही व्यक्ति की शिक्षा और उसके संस्कारों का पता चलता है, उसकी विवेकशक्ति और सूझ-बूझ का परिचय मिलता है।

सौ खैरख़्वाहों की दलीलों से प्रभावित हुए बिना राजनाथ ने एक ही बात कही, "भई नाथ जी, मैं सफाया के फरज़ंद से सहमत नहीं हूँ। उसने जो कुछ किया ग़लत किया, पर हम इस मुद्दे को घर-घर तक पहुँचाकर दुहरी भूल कर रहे हैं। हम सभी लड़की वाले हैं, यह वही बात हुई कि अपने घर काँच के और पत्थर मारें दूसरों के घरों पर। फिर ऐसा कौन है जिसकी नैया में छेद नहीं? हम अगर निरंजन की समस्या का समाधान न कर पायें, कम-से-कम अफ़वाहें फैलाकर उसकी तकलीफ़ को तो न बढ़ायें। मैं इतना ही कहना चाहता हूँ।"

"नाथ जी निःशब्द चाँटा खाकर तिलमिला गये पर सही बात का उत्तर खामोशी ही थी, सो अपना-सा मुँह लेकर घर लौट गये। राजनाथ लड़कियों की जात से प्यार करते थे, उनकी इज़्ज़त करते थे। उनसे लड़कियों के बारे में ऊलजलूल बातें सुनी नहीं जाती थीं।

लेकिन इस सब के बावजूद राजनाथ के भीतर एक अलग तरह की आशंका सिर उठाने लगी थी, अपनी ज़िन्दगी के शेष होने की आशंका। गौरी अब नहीं थी, उसने एक बार मृत्यु से कुछ ही दिन पूर्व पति से कहा था, "अब तो बच्चों के लिए माता-पिता दोनों जगहों पर तुम अकेले हो। यानी कि मेरी जगह का खालीपन उन्हें महसूस न होने देना।" सो गौरी की मृत्यु के बाद वे उसकी अमानतों को अपने-अपने घरों में जल्द-से-जल्द रचा-बसा देखना चाहते थे। अपने ही जीवन में अपना काम पूरा करना चाहते थे। मन में एक नामालूम-सा डर उगने लगा था। आगत की अप्रत्याशित आशंकाओं का डर, मृत्यु का डर! कल को मुझे ही कुछ हो जाये तो इन बिन माँ की बेटियों का क्या होगा? राजनाथ के लिहाज-आदर के बावजूद दूसरे के मामलों में नाक घुसाने के शौक़ीन लोग अभी से बेटियों को लेकर आलतू-फ़ालतू बातें करने लगे थे, उनके बाद क्या होगा, इसकी

कल्पना करना तक उनके बरदाश्त से बाहर था। वह ऐसी स्थिति पैदा होने नहीं देना चाहते थे कि कोई उनकी बेटियों को लेकर वाही-तबाही बके और उनके कोमल मन को ठेस पहुँचाये।

यों घर में अब देवकी आ गयी थी। घर फिर से घर जैसा लगने लगा था। पर यह भी सच है कि देवकी को तमाम सुविधाएँ, सुख व अधिकार देकर और बदले में घर की ओर से कमोवेश निश्चिन्त होकर भी वे बच्चों के बारे में निःशंक नहीं हो सके। शायद उनके पूर्णतः निश्चिन्त न होने का एक कारण यह भी था कि वे मनुष्य की सीमाओं से वाक़िफ थे। दूसरों से बहुत अधिक अपेक्षाएँ करना उनके स्वभाव में नहीं था। फिर यह भी तो सच है कि देवकी को वे बच्चों की शर्तों पर घर नहीं लाये थे। ग़लतफ़हमियाँ पालना और ख़ामख़यालियों में रहना उनका क़ौल नहीं था। वे जानते थे बच्चों को माँ अब नहीं मिल सकती। देवकी थोड़ी-बहुत देखभाल करे तो करे, उसके भीतर गौरी के बच्चों के लिए ममता के स्रोत फूट आयें यह ज़रूरी नहीं। और इसके लिए उसे मज़बूर नहीं किया जा सकता।

तभी रति-रिचा का विवाह राजनाथ ने सोलहवाँ साल पूरा होने से पहले ही कर दिया। बेटियों का रिश्ता पक्का करते समय उन्होंने लड़कों और लड़कों के माता-पिता के सामने अपनी पारिवारिक स्थिति स्पष्ट कर दी और अपने विचार भी साफ़-साफ़ बता दिये।

"बेटियों की माँ होती तो अभी इनके विवाह की बात मैं सोचता भी नहीं। अभी इनके पढ़ने-लिखने और कुछ सीखने-बनने की उम्र है, पर हालात से थोड़ा मजबूर हूँ। हर पिता की तरह बेटियों को अपने घरों में रचा-बसा देखना चाहता हूँ..."

सो लड़कियों की उच्च शिक्षा के हिमायती राजनाथ ने स्कूली उम्र में बेटियों को ब्याह दिया। उस वक़्त जरूर एक तसल्ली के बावजूद उन्हें अपनी करनी पर थोड़ा मलाल भी हुआ होगा कि इतनी जल्दी बेटियों का बचपन छीनकर उनके नन्हें हाथों में ज़िम्मेदारियाँ थमा दीं। तभी शायद राजनाथ ने बेटियों के ससुरालवालों से ज़िद की हद तक यह बात रखी कि "बेटियाँ कॉलेज की पढ़ाई पूरी करेंगी, जहाँ तक चाहें, पढ़ेंगी, पढ़ाई का सारा खर्चा मैं स्वयं उठाऊँगा..."

तो लड़कियाँ कान में डेजहोरु और गले में सुहाग चिह्न पहनकर सुहागवती हो गयीं। ससुराल जाकर वहाँ रीति-नीति भी अपनायी और पढ़-लिख भी गयीं। उनमें आगे बढ़ने की इच्छा थी सो शादी आड़े नहीं आयी। गोकि बजुर्गों की राय में वह बहुओं के घर-परिवार में समाकर गृहलक्ष्मी बनकर चारदीवारी में अपना सुखी संसार रचने के दिन थे, पर राजनाथ ने विवाह से पहले बेटियों के ससुरालवालों से वादा

लिया था सो इधर-उधर की फुसफसाहट, वक्त-बेवक़्त की फ़तवेबाजी और अहले-मुहल्लेवालियों की हैरान-परेशान मुद्राओं-फ़िकरों के बावजूद लड़कियाँ अपने दुहरे दायित्व निभाती रहीं। राजनाथ को इस बात का सन्तोष रहा कि बेटियों ने उन्हें निराश न किया।

निराश तो मुन्ना ने भी नहीं किया, बल्कि तमाम लाड व बचपने के बावजूद उम्र बढ़ने के साथ-साथ वह समझदार होता गया। बचपन में ही सिर से माँ का साया उठने के कारण और सेहत से कुछ नाजुक होने की वजह से वह कुछ अतिरिक्त लाड का भी हक़दार बन गया था। छोटे साहब की नित नयी फ़रमाइशें होतीं। गुलकाका ने गोद खिलाया है वह किस बात से बेख़बर है? छोटे साहब, जो बड़े होकर विजय कुमार कहलाये, उनके बारे में गुलकाका कहते हैं, विजयकुमार कौल तो स्कूल में नाम लिखवाया था। घर में कुमार जी बुलाये जाते रहे हैं। यों तो हम अभी भी मुन्ना राजा पुकारें पर अब ज़माना चूँकि बदल गया और बच्चों के बड़े होते उनके यार दोस्त भी अंग्रेजी कोट-पैंट पहनने लगे सो अब बाबू साहब भी उन्हें कुमार जी कहकर ही बुलाते हैं। मुन्ना बाबू की जरा-सी मसें क्या भीगीं कि वे कहने लगे, “गुलकाका, अब हमें मुन्ना-मुन्ना कहकर मत बुलाओ। इस लफ़्ज से बिस्तरे में सू-सू करनेवाले छोटे बच्चों का ध्यान आता है। मैं तो अब कॉलेज में पढ़ने जाता हूँ...”

अब गुलकाका क्या कहें, मुन्ना उर्फ़ कुमार जी से। अरे बेटे, अभी कल तक तो हमी कन्धे पर लादे-लादे बाग-बगीचे घुमा लाते थे। और तुम्हारे बाबू जी तुम्हारी ज़रा-सी फ़रमाइश पर नंगे-पैर चीज़-बस्त लाने दौड़ते थे। तुम्हारी फ़रमाइश भी तो ऐसी-वैसी चीज़ों के लिए न होती, बस, जो चीज़ कहीं नज़र में आयी पसन्द कर ली। मुन्ना बाबू कहें, हमें भी ला दो और वह भी अल्टीमेटम देकर कि जबतक चीज़ सामने हाज़िर न हो हम खाना नहीं खायेंगे! अब बच्चे खाने-पीने की चीज़ें माँगें तो दौड़कर हाट-बाजार से खरीद-फ़रोख़्त कर ले आये आदमी। बबूगोशा, पबंछ, बमचूँठ हो या डबलगिलास, आलूचे, फल-फ्रूट तो बाबू साहब यों भी बच्चों के लिए मँगाते ही थे। अहदू की स्पेशल क्रीम, ओवलटीन-शोवलटीन, सब तो बिना माँगे ही मुहैया होता। एक आसमान के चाँद के अलावा सभी मुमकिन चीज़ें बाबू साहब लिवा ही लाते पर बच्चों का मन, कब किस चीज़ पर फिसल जाये, क्या भरोसा? एक बार मुन्ना राजा ने किसी अंग्रेज को 'प्लसफोर' पहने देखा तो सुबह-सुबह राग अलापना शुरू कर दिया, “हमें प्लसफोर चाहिए, अभी चाहिए, इसी वक़्त !” बाबू साहब ने बड़े प्यार मनुहार से समझाकर शाम तक का वादा

लिया। उसी वक़्त शामू बज़ाज को बुलाकर कपड़ा मँगाया, सुलेमान दर्जी को बुलवाकर मुन्ना का नाप-वाप ले लिया, तब साहबज़ादे ने खाना खाया। शाम तक प्लसफोर सिलकर आ गया। सुलेमान ने भी चार काम रोककर बाबू साहब की बात रखी। सो कभी प्लसफोर, कभी पिक कैप, कभी हाफ पैंट तो कभी फुल पैंट। यह सब चीज़ें तब माँगी जाती थीं जब खुद उन्हें पहनने की न उम्र थी ओर न समझ। बहरहाल ! बड़े होते-होते कुमार जी की ज़िद भी कम होती गयी। बाबू साहब लाड लड़ाते भी थे, पर सीख-सिखौवल भी देते रहते। अब नवरेह हो या राम नवमी, दुर्गा अष्टमी हो या बैसाखी, बच्चे बाहर घूमने, सैर-सपाटेकी ज़िद तो करेंगे ही। यों भी ये तीज़-त्यौहारों के दिन बहार आते ही नमूदार हो जाते हैं। गर्म फिरन, ओवरकोट, दो-दो फुल स्वेटर, हाफ-स्वेटर पहने, काँगड़ी डाटे, मोज़ों दास्तानों से लैस बच्चे बसंत आते ही हल्के-फुल्के कपड़ों के लिए मचलने लगते हैं। घर की दीवारें जो बर्फ़बारी में पुरसकूँ लगती हैं, मौसम बदलते ही क़ैदखाना लगने लगती हैं। सो बच्चे बहारों की अगवानी करने खुले में आने को मचलेंगे ही। बाबू साहब यह बात जानते थे और बच्चों का मन भी रखते थे, पर थोड़े फ़र्क के साथ। यह फ़र्क़ अनुशासन का फ़र्क़ था। सही बात सही वक़्त समझाने और उस पर अमल करने की हिदायत के साथ सही-ग़लत का फ़र्क़ समझाने का अनुशासन। अब बच्चे श्रीरामनवमी को श्रीराम मन्दिर या दुर्गा अष्टमी को दुर्गानाग या बैसाखी को नाव में निशात-शालीमार जाना चाहेंगे, क्योंकि पूरा शहर यही करता है। राजनाथ को यह भेड़चाल बिल्कुल नापसंद थी। जहाँ तक धर्म-कर्म का ताल्लुक़ है वे घर की स्त्रियों से भी कहते कि मेलों-ठेलों में भगवान् की पूजा-अर्चना नहीं होती। ये जो ठट्ट-के-ठट्ट लोग टूटे पड़ते हैं रामचन्द्र के मन्दिर में श्रीराम नवमी को, ये क्या भक्तिभाव के कारण ही सुबह से शाम तक वहाँ घुम्मकड़ी करते हैं? जवान लड़के दोस्तों की बग़लों में बाहें फँसाये उसी ओर दौड़ेंगे जिस तरफ़ किसी साड़ी-चुन्नी की झलक मिले। फ़ब्तियाँ कसने, छेड़छाड़ करने से लेकर लड़कियों के नर्म-नाजुक अंगों का स्पर्श, धक्कामुक्की, यहाँ-वहाँ चिकौटियाँ काटना तो धार्मिक लोफ़रों का काम ही होता जा रहा है। इधर भगवान् की आरती हो रही है, उधर भीड़ में घिरी कोई लड़की चार जनों के बीच पिसी जा रही है। धर्म की आड़ में अनैतिक छेड़छाड़ जेष्ठ अष्टमी को खीरभवानी में भी कम नहीं होती, गोकि ब्राह्मण समाज देवी राज्ञा के इस मन्दिर को पवित्रतम धर्म स्थलों में गि़ना करता है।

राजनाथ ने इसी कारण भीड़-भड़क्के में जाने की घोर मनाही कर रखी थी। आप जाना चाहो सैर को तो ज़रूर जाओ। कम भीड़ वाली जगहों पर जाओ।

पूजा-अर्चना तो शान्त वातावरण में ही सम्भव होती है। हाँ, सैर-सूर के लिए जाना हो तो हारी पर्वत जाओ, चश्माशाही, हारवन वगैरह चले जाओ। देवी-देवताओं के दर्शन को किसी दूसरे दिन जाना। राजनाथ बच्चों को खुद साथ लेकर जाते। साथ में खाने-पीने का सामान भी रहता। किसी गिलास बादाम या आडू के बरजस्त बौरों भरे सफ़ेद-गुलाबी फूलोंवाले पेड़ के नीचे दरी बिछती। समावार में उबलती चाय खुशबुएँ उड़ातीं। बच्चे अपने संगी-साथियों और बड़े अपने हमउम्रों के साथ अपने-अपने ढंग से पिकनिकें मनाते। जब पांपोर में केसर की क्यारियों के केसर में फूल चटक जाते और क्यारियों पर रंगोबू की बहार छा जाती, वे पूनम की रात को चाँदनी के फैलाव में हवा के झकोरों से झूलते केसर के पौधों को देखने, घर की औरतों व बच्चों, बूढ़ों को साथ लेकर चले आते। गरज़ उनके हर काम, हर फ़ैसले और हर क़दम पर उनकी वैयक्तिक छाप होती। अगर दस जने नासमझी में कुएँ की तरफ़ दौड़ रहे हैं, हमारे लिए उनका अनुसरण करना ज़रूरी नहीं। हम अपने सोच से अपनी पगडण्डी अलग चुनने को स्वतन्त्र हैं।

बच्चों को भी जाने-अनजाने पिता के अनुशासन व उनकी सोच का कुछ हिस्सा विरासत में मिल गया। गन्तव्य के प्रति संघर्ष और अपने काम के प्रति ईमानदार कोशिश उन्होंने भी सीख ली। गोकि उनका तरीका थोड़ा भिन्न था, थोड़ा फ़र्क ज़रूरी भी था, राजनाथ इसके हिमायती भी थे। वे टेनिसन को कोट करके कहते भी—पुरातन को बदलना होता है, नये को जगह देने के लिए। वक़्त के बदलाव के साथ रीति-नीतियों में परिवर्तन ज़रूरी है 'लेस्ट एक गुड ओल्ड कस्टम शुड करअप्ट द होल वर्ल्ड...'

वे लकीर के फ़कीर नहीं थे, पर वे पुरातन का नमन करके नवीनता के साथ जुड़े। वे बच्चों से कहा भी करते कि आधुनिकता परम्परा की अगली कड़ी है। परम्परा त्याज्य नहीं पर उसमें वक़्त के साथ परिवर्तन करना होगा, जिससे कि बदलते परिवेश में व्यक्ति वक़्त की दौड़ में पीछे न रह जाये।

सो कुमार जी इण्टर में मेडल-वेडल जीतकर अपने पिता को आश्वस्त कर गये कि वे भी होनहार पिता के होनहार बेटे हैं। आगे ऊँची डिग्रियों के लिए देश-विदेश भी गये और पिता की आशा के मुताबिक कुशल इंजीनियर बनकर यश कमाया।

सबसे छोटी मिन्ना तो बल्कि बहुत कम उम्र में सयानी बन गयी। कच्ची उम्र का सयानापन संवेदनशील व्यक्ति को भिगो देता है। तमाम गुणवत्ता के बावजूद उसमें एक अजीब क़िस्म की आर्द्रता होती है। छोटी मिन्ना के सरल निष्कपट

स्वभाव में भी स्नेह-ममता से छलछल करती यह आर्द्रता मौजूद थी। राजभाई शायद सबसे ज़्यादा उदार गौरी की इस पेट-पोंछनी बेटी के प्रति ही रहे। उनकी इस आखिरी औलाद को बहनों ने जी भरकर प्यार-दुलार दिया पर माँ नाम की चीज़ से वह नावाक़िफ ही रही। बहनों के ससुराल जाते ही उसने राजनाथ की सुख-सुविधा का भरपूर ध्यान रखना शुरू किया। पिता की देखभाल का काम अपने हाथ में ले लिया, बाबू जी के अचकन पर सलवट दिखी कि आप ही प्रेस लेकर उसे ठीक-ठाक कर हैंगर पर टाँग दिया। चूड़ीदार में कलफ ज़्यादा तो नहीं? बाबू जी को पहने में दिक्कत होती है...

घर के कामकज में रुचि लेती मिन्ना स्कूल-कॉलेज में भी अपनी खास जगह बना गयी। गोल चेहरे पर आबदार आँखों में जीवन ज्यों ठाठें मार रहा हो और कपोलों पर थिरकती मुस्कान के जादू से बिंधे-बिंधे अज़ाने-अपरिचित भी एक बार मुड़कर मिन्ना को देखने का लोभ सँवर न पाते। बहनों में रति नाक-नक़्श और रंग के लिहाज़ से सबसे सुन्दर मानी जाती थी, लेकिन एक बार जो मिन्ना को देखता वह अपनी राय बदल देता..."रति तो सुन्दर है पर मिन्ना ! उसका तो जोड़ नहीं...!"

चौदह

उन दिनों राजनाथ घर व बच्चों की ओर से कुछ-कुछ निश्चिन्त होने लगे थे। देवकी ने घर की रास सँभाल ली थी, बच्चे भी पढ़ाई-लिखाई ढँग से कर रहे थे। राजनाथ मन-ही-मन देवकी के प्रति कृतज्ञ थे। उन्होंने देवकी से क्या वादे किये थे, सो तो किसी को मालूम नहीं, पर राजनाथ ने कभी उससे शिकायत नहीं थी। अब तक वे समझ गये थे कि घर-बार की सुख-सुविधाओं के अलावा भी पत्नी की कुछ जरूरतें होती हैं। नितान्त निजी जरूरतें, जिन्हें गौरी के रहते समझने की उन्होंने ज़हमत न उठायी थी। तब शायद व्यस्तताएँ इतनी ज़्यादा थीं कि मन की भीतरी तहों में जाने का मौक़ा न मिलता था या शायद यह परम्परागत विश्वास कि नोन, तेल, लकड़ी की घरेलू ज़रूरतों की तरह अपनी भावनात्मक ज़रूरतों को भी (कभी ऐसी ज़रूरत यदि पड़ जाये तो!) पत्नी उनके सामने रख देगी। लेकिन यहाँ राजनाथ तमाम सूझ-बूझ रखने के बावजूद चूक गये। उन्होंने सोचा ही नहीं कि पुरुष की तरह ही नारी का भी एक नितान्त निजी अहम् होता है, उसकी छुई-मुई सम्वेदनाओं की परत से ढका अहम् ! भावनात्मक दुलार से इसे पोसना पड़ता है इसकी मनुहार-पुचकार करनी पड़ती है, तभी वह स्त्री के अन्तरतम की चरम

आसक्ति को मर्यादित कर उसे प्रेम की प्रतिमूर्ति बना देता है। यों स्त्री के तेज, आवेग व भावनाओं के विस्फोट को तब लोग इतिहास-पुराणों में पढ़ते थे। कहते भी थे चपल गंगा को धरती पर अवतरित करने के लिए सगर के पौत्र भगीरथ ने घोर तपस्या की। ब्रह्मा और शिव को प्रसन्न कर दिया और गंगा को स्वर्ग से धरती पर प्रवाहित करने का वचन पाया। पर प्रश्न उठा, गंगा ठहरी चंचल, आवेगमयी, क्या धरती उसका छलछलाता आवेग सहनकर पायेंगी? लेकिन समस्या का समाधान भगवान शंकर ने किया। अपनी जटाओं में धारण कर उसके वेग को थाम लिया, तभी तो वह कपिल मुनि के शाप से पाषाण बने सगर पुत्रों के कल्याण के लिए धरती पर उतर आयी और तब से बराबर पापियों के पाप-शाप धोती रही है...

चपल गंगा के आवेग को तब महत्त्व नहीं मिला था। महत्त्व मिला था भगवान शंकर को, जिसने गंगा को जटाओं में बाँध लिया। आम ब्राह्मण जन तब बड़े विश्वास से माथा ऊँचा उठाकर कहता, "स्त्री पुरुष के बन्धन में रहे तभी उसकी गति है। स्वर्ग से उतरी गंगा को भी धरती पर मुक्त नहीं छोड़ा गया। धरती की औरत की तो मुक्ति ही बन्धन में है।"

पौराणिक कथाओं की व्याख्या विद्वान् पुरुष अपने तर्कों द्वारा अपनी जरूरतों के मुताबिक, अपने ढँग से करने के लिए स्वतन्त्र थे। महिलाएँ उस वक़्त तर्क नहीं करती थीं। व्याख्याओं का उन्हें न अधिकार था अैर न शायद क्षमता। प्रदेश में स्त्री-शिक्षा का अधिक प्रचार-प्रसार हो नहीं पाया था, गोकि शुरुआत हो गयी थी। ललदेदी और हब्बा खातून को गुजरे अरसा हो गया था। उनके गीत गाकर, उनकी कहानियाँ सुन-सुनाकर ही महिलाएँ अपने दुःखों-शिकवों, बन्धनों को नियति समझकर शिरोधार्य किये जा रही थीं, यही सभ्य घरों के संस्कार थे। इनका उल्लंघन न हो, इसके लिए पतिदेव अपने धार्मिक-सामाजिक दायित्व के साथ पुलिस की चौकसी का काम भी निभा लेते थे। खैर!

बात राजनाथ के चूक जाने की हो रही थी। सो गौरी के सन्दर्भ में जो ग़लती वे अनजाने कर बैठे थे, उसकी मृत्यु के बाद वही भूल उन्हें शूल की तरह चुभी जा रही थी। अब देवकी के साथ ज़ाहिर है, वे ज़्यादा सावधानी बरतना चाहते थे। वे देवकी को उसके सभी अधिकार, सभी बंचित सुख देकर उसके अभावों भरी ज़िन्दगी को भर देना चाहते थे।

अधिकारों की इस व्याख्या के साथ राजनाथ शायद-ज़्यादा प्रबुद्ध हुए पर इस आत्मबोध के साथ उन्होंने जो ठोस कदम उठाये, उनसे एक बार फिर उनके आसपास भूचाल के झटके लग गये। प्रदेश में अक्सर भूचाल के झटके आया

करते थे, ख्रिव में ज्वालामुखी पर्वत जो खड़ा था, अपनी चोटी पर लपलपाती आग की जिह्वावाली ज्वाला भगवती को धारणा किये। पर भूचाल के झटके के वक़्त राजनाथ 'ॐ नमः शिवाय!' कहकर कुछ देर शान्त स्थिर रहते। घर के दूसरे जनों को भी वे यही सीख देते कि तुम्हारे पैर के नीचे धरती डोलने लगे तो भागमभागी में हाय-हायकरने से अच्छा है कि शान्त स्थिर बैठकर 'ॐ नमः शिवाय' उच्चारना। झटका थोड़ी देर धरती को कँपकँपाता है पर फिर सब कुछ, यानी पूरा माहौल दुबारा शान्त हो जाता है लोगों का विश्वास था भूचाल में कोई गिर जाये तो उसे मिरगी का दौरा पड़ जाता है। शायद इसीलिए ध्यान लगाकर 'ॐ नमः शिवाय' का मन्त्रोच्चारण किया जाता था।

सो राजनाथ उस भूचाल के झटके के गुज़रने के इन्तज़ार में शान्त-स्थिर बैठे रहे। दिल व दिमाग़ को दुरुस्त रखने की कोशिश में धीर और अडोल!

राजनाथ के दोस्तों-दुश्मनों ने एक बार फिर दाँतों तले अँगुली दबा दी। राजनाथ ने तो वादा किया था निःसन्तान विधवा से विवाह करने का उसे निभाया भी। फिर यह सब क्या? यह वादाखिलाफ़ी? औरत के सामने कमज़ोर पड़ गये ? जी हाँ, लोगों को मालूम पड़ ही गया कि देवकी माँ बननेवाली है।

लक्ष्मी चाची को तो उसी दिन मालूम पड़ा जब शौक़ से पकाई यखनी खाते वह पहले ही कौर के साथ आक्-आक् उल्टी करने लगी। आखिर वह चार बच्चों की माँ थी। अपनी खास नजर से देवकी को देखते बोली, 'बहन, जो चीज अच्छी लगे मुझे बताओ, मैं बनाकर दूँगी और यह भारी बर्तन-भाँडे मत उठाओ। गुलकाका से कह दिया करो। तुम्हें खास-एहतियात की ज़रूरत है। चौके में 'पुलहोरू' पहना करो, खड़ाऊँ से फिसलने का डर है...'

लक्ष्मी चाची तो खैर, कनबतियों और कानाफूसियों से बचने वाली औरत रही हैं, पर अहले-मुहल्लेवालियों को तो सिर जोड़कर बैठने का मौका मिल ही गया, "इसे कहते हैं भेड़ बनाना! हमें-तुम्हें क्या खाक यह गुर आयेगा !"

"त्राहि-त्राहि ! कैसी जादूगरनी है यह देवकी! राजभाई जैसा असूलों वाला आदमी भी चक्कर में आ गया।"

हाँ भई, जादूगरनी ही तो! नहीं तो क्या कोई सोच सकता कि पैंतालीस-पचास के आसपास की उम्र पर बच्चों-बालों के सामने रहते, राजनाथ नये सिरे से बच्चे पालने का झंझट मोल ले लेंगे?"

"और, वो क्या कहते हैं, भगवान् से लड़कर लिये, लाड से पाले बच्चों के ऊपर पहले तो सौतेली माँ और उस पर सौतेले भाई-बहन जो भी हों, लादने की

सोच भी लेते?"

"लेकिन राजनाथ ने तो सन्तानहीन विधवा से शादी की। पहले ही तय किया बच्चे नहीं चाहिए फिर ?"

यह 'फिर' शब्द राजनाथ के मित्रों के सोच में भी घुसकर कुलबुलाने लगा। है ही यह शब्द ऐसा कि हर सोच में, हर तदबीर में और शायद हर अच्छे-बुरे कर्म में किसी-न-किसी अदेखे रन्ध्र से प्रवेश कर ही जाता है। श्याम भाई ने टिप्पणी की, "आख़िर भैया हार ही गये औरत से! कितना तो दम भरते थे अपने असूलों-क़ायदों का। चली कुछ भाभी के सामने? हम तो शंकर भाई! मानते हैं वो बात, जो कहनेवाले कह गये कि औरत को आदम की पसली से बनाया गया है। पसली चूँकि टेढ़ी होती है, इसलिए औरत को आज तक कोई सीधा नहीं कर सका! भाई साहब तो यों भी मन के कोमल हैं भाभी की मीठी-मीठी बातों में आ गये..."

शंकरलाल यह मानने को तैयार न थे कि राजनाथ पत्नी की मीठी बातों में आकर अपनी इच्छा के विरुद्ध कोई क़दम उठायेंगे। ज़रूर, किसी बात ने उसके मन को छुआ है। उन्होंने कहा भी, "शायद राजभाई देवकी के अधूरे अरमान पूरा करने के लिए ही ऐसा बेतुका क़दम उठा रहे हों। राजनाथ के बच्चे अब बड़े हो गये हैं, नन्हें-मुन्नों को पालने-पोसने की हौंस तो औरत को होती ही है...या सोचते हों अपना बच्चा न होने का दुःख देवकी को भी उनसे न छीन ले। दोष तो बेचारी के भाग्य का था, उसमें तो माँ बनने की सम्भावनाएँ थीं, तभी तो..."

अन्दाज़े से सोचे गये प्रश्न, अनिश्चय से भरपूर उत्तर।

हाँऽऽ भई! कुछ तो है ही ! नहीं तो देवकी भाभी भी उम्र के चालीस फागुन तो देख ही चुकी हैं। कोई कील गड़ी थी उसके कलेज़े में, जिसे राजभाई निकाल देना चाहते थे..."

"मेरे जाने देवकी भाभी ने शादी बच्चे के लिए ही की। आप कुछ भी कहिए। खाने-पीने की उसे कोई खास तंगी न थी। अकेली औरत का खर्चा ही कितना? फिर वह धर्म-कर्म में रहनेवाली स्त्री रही हैं। हमारी घरवाली कह रही थी, उसे हारी पर्वत में देखा कई बार। सूर्योदय से पहले 'जीठियार' के मन्दिर जाती थी, मीलों चलकर। ऐसे में शादी की तो किसी विशेष कारणवश ही न?"

नित्यानन्द जोड़ते, "बेअदबी मुआफ़ हो तो कहें। हमें तो लगता है इस बार राजभाई मज़बूर हो गये। जब भाभी रोज़-रोज़ सिरहाने की मैना सी एक रट लगाये बैठी रही हो तो कितना सख़्त बना रह सकता है भाई? आदमी औरत के मान के आगे भी हारता है और आँसुओं के आगे भी कमज़ोर पड़ जाता है। हमारा अपना

तज़रबा है, साहब, सच कहें तो त्रिया हठ कहो या त्रिया चरित्र। रोज़ रात को खूबसूरत बीवी शिकवों-गिलों का दफ़्तर खोलकर बैठे तो मर्द की तौबा समझिए..

ताराचन्द भला कहाँ चुप रहनेवाले थे, "दोष तो भाई का भी नहीं। कहा है न, 'त्रिया चरित्रम् पुरुषस्य भाग्यम्' इसे आज तक कोई बूझ न पाया। भाभी के मन में योजनाएँ तो पहले से ही बनी थीं, बस मौक़े की तलाश थी। अब जो नतीजा हो, सो तो भुगतना होगा भाई को।"

शंकरलाल सच के ज़्यादा क़रीब थे, यह हम जानते हैं। देवकी ने बच्चोंवाले घर में प्रवेश किया तो हमने मान लिया उसकी ममता तृप्त हो गयी। पर मन जो चेतन-अवचेतन तहों पर रंग-बिरंगे खेल खेलता है, उधर झाँककर किसने देखा? और देखा तो थाह पायी क्या? देवकी की प्यास राजनाथ के घर आकर भड़क उठी। आग की लपट-सी यह प्यास उसे जलाने लगी...क्या अपना कहलानेवाला उसका अंश, उसकी कोख से जन्म नहीं लेगा? क्या सभी तरह के सुख पाकर भी वह मातृत्व के सुख से वंचित वन्ध्या धरती की तरह बियाबान ही बनी रहेगी। रेतीली अनुर्वरा धरती? विवाह के कुछेक वर्षों बाद ही विधवा हुई देवकी ने नियति के आगे शीष झुकाकर ज़बरदस्ती एक सात्विक जीवन ओढ़ा था। इच्छा-आकाँक्षाओं का गला घोंट व संन्यासिनी बनकर धर्म-कर्म में स्वयं को भूलती रही। अचानक उम्र की ढलान पर राजनाथ से मिलकर वह अपने अधिकारों के प्रति सचेत हो गयी। कोई वरदान जैसे देवी ने उसकी झोली में डाल दिया था। नहीं तो क्या वह सोच भी सकती थी कि उम्र का चालीसवाँ साल पार करते कोई सम्भ्रान्त पुरुष उसे अपनी अर्धांगिनी बनाकर उसके खोये हुए अतीत को लौटा देगा? उसे फिर से सम्मान-सुहाग की अधिकारिणी बना देगा?

राजनाथ का प्रस्ताव पाकर उसके भीतर की स्त्री जाग उठी थी। स्त्री, जो माँ बनने को तरस गयी थी और अब उम्र के ढलते पड़ाव पर एक आखिरी सुयोग पा रही थी, एक अन्तिम अवसर, इसमें भला वह कैसे चूक सकती थी? सच तो यह था कि माँ बनने की हौंस के कारण ही देवकी ने राजनाथ से विवाह करना स्वीकार कर लिया था, गोकि राजनाथ से उसने यह बात न कही, इसे आप त्रिया चरित्र कहिए, नारी प्रपंच, स्त्री-हठ या पूर्णता की प्यास, हमें कोई हर्ज़ नहीं। हम तो यही जानते हैं कि राजनाथ के घर आकर चारेक मास बीतते ही उसने पति को मन की हौंस बता दी, "बस, एक बार ! सिर्फ़ एक बार मैं माँ बनना चाहती हूँ।"

"लेकिन, क्या मेरे बच्चे तुम्हारे बच्चे नहीं? मैंने तुमसे पहले ही इस बारे में बात नहीं की?"

राजनाथ को धक्का लगा। यह देवकी को अचानक क्या हो गया? "तुम इन बच्चों को ममता दोगी, तो क्या वे बदले में तुम्हें प्यार न देंगे? ये भी तो ममता के प्यासे हैं।" राजनाथ ने समझाने की कोशिश की, कई तरह से, प्यार, मनुहार, तर्क, विवेक से।

"तेरे ही बच्चे हैं " सुनते-सुनते देवकी की हौंस बेक़ाबू होने लगी थी। अपनी कोख में दुलराया एक बच्चा! निर्माण का सुख क्या होता है, कैसा होता है? एक बार उसका अनुभव तो कर ले। एक नन्हा माँसपिंड, जिसकी पहली करवट को वह पेट पर हाथ रखकर महसूस करे। जिसकी नन्ही मुट्ठियों को अँगुलियों के स्पर्श से टटोले, अपने भीतर उगते उस नन्हें बिरवे को वह उगता-फैलता महसूस करे!

राजनाथ से उसने कहा, "वो सब बातें तो सही हैं। मेरे ही बच्चे हैं वे भी। पर कोई तो मेरी गोद गीली करे। इतना ही अरमान है मेरा। नहीं तो बच्चा कब तक पलेगा, कब तक बड़ा होगा और कब मुझे माँ होने का सुख देगा, उस वक़्त तक मैं बैठी नहीं रहूँगी, यह तो मैं जानती हूँ पर मरने से पहले मेरी इतनी-सी इच्छा तो पूरी कर दो। बाँझ होने का कलंक जो मेरे माथे पर खुद गया है, उसे मिटा दो।"

देवकी ने अनुनय की, "अब जब तुमने मुझे अपनी पत्नी स्वीकार किया है, तुम्हारी शर्तें मुझे मंजूर हैं, तो क्या मेरी एक इच्छा भी तुम पूरी नहीं करोगे?"

यह इच्छा थी या शर्त! जो भी थी, बड़ी कड़ी थी। राजनाथ इसके अंजाम के प्रति आशंकित भी थे, वे अपने घर में अप्रिय स्थितियों को जन्म नहीं देना चाहते थे। इसी कारण विवाह से पहले देवकी से स्थिति स्पष्ट कर दी। पर देवकी की अपनी समस्या ज़्यादा कठिन थी। उम्रभर संयम का व्रत रखा, अब अपनी आकाँक्षाओं को मूर्त रूप देने का वक़्त आ गया था। देवता प्रसन्न हो गये थे तो वरदान माँगना उसके लिए स्वाभाविक था। उसके पास वक़्त बहुत कम था, उम्र और प्रकृति दोनों ही शीघ्र उसके साथ दग़ा करनेवाले थे। वह भागते वक़्त से अपना देय वसूल करना चाहती थी।

राजनाथ एक बार फिर डॉक्टरों-नर्सों के चक्कर में पड़ गये। गुणी कहती है, "काफ़ी कर्ज़ा था। अस्पतालों-डॉक्टरों का राजभाई पर, सो उसे चुकाना ज़रूरी था।"

गुणी जो राजभाई की ज़बरदस्त प्रशंसिका थी, उनके हर अच्छे-बुरे को पसन्द करती थी, राजनाथ के इन डॉक्टरी चक्करों का समर्थन न कर सकी। देवकी का दर्द वह समझ सकती थी, आख़िर वह भी एक औरत थी। माँ बनने की कामना किस औरत में नहीं होगी? पर राजनाथ को उम्र की ढलती वेला में नये झंझट लेने का विचार ही कैसे आया? उन जैसा स्थिर बुद्धिवाला व्यक्ति ही जब होश—हवाश

खो बैठे तो आप ही सोचिए हमारे आपके जैसे पतियों से क्या उम्मीदें की जा सकती हैं? ऐसे में एक की जगह वे दस ग़लतियाँ नहीं करेंगे?

गुणी राजनाथ से नाराज़ थी न, ऐसी ग़लतियाँ कब अपराध बन जाती हैं और हँसता-खेलता घर-द्वार युद्धक्षेत्र बन जाता है, पता नहीं चलता! राजनाथ दूरदर्शी हैं, उनसे ऐसी उम्मीद तो गुणी को नहीं हो सकती थी।

छोटी-छोटी भूलों को गुणी सह लेती थी, उसके पति शंकरलाल यों तो साधु पुरुष थे, पर ग़लतियाँ किससे नहीं होती? किसी परी चेहरे से दो बात ज़्यादा की, हँस-बोल लिए, इसे वो पुरुष की स्वभावगत विवशता समझकर नज़रअन्दाज कर लेती। हाँ, एक बार उसने ज़रूर क़रीब छः महीने पति से बोलचाल तक बन्द कर दी थी, क्योंकि जो ग़लती शंकरलाल ने की उसे वह औरत ज़ात के प्रति अन्याय और धोखाधड़ी समझती थी। उस बार उसके विश्वास को धक्का लगा था। गुणी जानती थी कि पति-पत्नी को ताउम्र बाँधकर रखनेवाली डोर विश्वास के धागे से ही बुनी जाती है, बाकी प्यार-व्यार की बातें तो ठीक हैं। जब तक देह का आकर्षण है, सब कुछ सुहावना है, बाद में जब जिस्म भी साथ नहीं देता, विश्वास ही टेक का पत्थर बन जाता है।

यह उन दिनों की बात है जब शंकरलाल नौकरी के सिलसिले में 'लेह' ट्रांसफर हो गये थे। लद्दाख उन दिनों आज का जैसा लद्दाख नहीं था। टट्टुओं-घोड़ों पर मीलों-मील फैला पहाड़ी रास्ता तय करना पड़ता था। ज़ोजिला दर्रे से होते हुए अनेक दर्रों को पार कर पन्द्रह-सोलह दिनों की कमरतोड़ यात्रा के बाद लद्दाख पहुँचते थे। आज हवाई जहाज जाते हैं, बसें जीपें जाती हैं, तब ऊँचे खड़े रास्ते और खतरनाक खड्डों के साथ-साथ खड़े रास्तों और ढलानों से चढ़ते-उतरते लगता कि बस, अब यही आखिरी साँस ली है, आगे राम मालिक! मिट्टी और पत्थरों के ढूहों बीच हरियाली का दूर-दूर तक नामोनिशान नहीं। कई जानलेवा पड़ावों को पार कर लद्दाख पहुँचते फिर वहाँ की हाड़ पिरा देनेवाली ठण्ड, गर्मी भी बेहद। हाथ धोते-धोते ही जम जाते थे, जैसे किसी ने उन्हें रेफ्रिजरेटर में रख दिया हो। उस पर वहाँ अपनों से दूर ठण्डी कब्र में दफन होने का अकुलाता अहसास हावी रहता था। गुणी का मन वहाँ यों भी न लगता था। खाना-पीना भी अपने मन का नहीं और न दो बोल बोलने के लिए अपनी कोई सखी-सहेली। ऐसे में कोई अपना था तो पति ही न? पर उसके सीधे-सादे पतिदेव भी एक बार इस सच्चाई को भूल बैठे, जो गुणी को बेहद नागवार गुज़रा।

हुआ यों कि एक बार अपने मुहल्ले की दया का पति ट्रांसफर होकर लेह

चला आया, पोस्टमास्टर बनकर। सो गुणी अक्सर दया के पास सूनी दुपहरियाँ बिताने जाने लगी। दया पहले भी लद्दाख आयी थी, सो जगह और लोग उसके परिचित थे। उसके साथ वह 'गोम्पा' (पूजास्थल) चली जाती, जहाँ लामा 'ओ मणि पदते हूँ, ओ आहं आदि के मंत्र उच्चारते थे। उसी के साथ वह हेमिस मेला देखने गयी थी। लामाओं का मुखौटे पहनकर किया 'पिशाच नृत्य' देखा था। उसका वक़्त अच्छा कटने लगा था। इधर शंकरलाल की रूखी मशीनी जिन्दगी में भी पुरवइया ने कुछ भीगी गन्धभरी बौछारें उड़ा दी, बिलकुल अप्रत्याशित ढंग से। यों तो वे नेक इरादों के ठण्डे दिमागवाले, काम मे रमे सज्जन पुरुष हैं। होनी थी समझिए, एक दिन दफ्तर से जल्दी घर लौटे तो दरवाजे पर दस्तक पड़ी, सोचा गुणी होगी, पर निकली हजार हा चोटियोंवाली सुमुखी, जो कभी-कभार लासा से रेशम-कालीन वगैरह समान लेकर गुणी के पास बेचने की गरज़ से चली आया करती थी। अकेले घर में औरत को सामने पाकर बेचारे शंकरलाल पेसोपेश में पड़ गये पर सुमुखी ने बेधड़क कमरे के भीतर घुसकर अपने रेशमी थान खोलने शुरू कर दिये। शंकरलाल को मजबूर होकर दरवाजे पर सांकल चढ़ानी पड़ी, क्या करते, इ़ज्जतदार आदमी थे। हया-शर्म का तक़ाजा था, लेकिन होनी को कुछ और मंजूर था। शंकरलाल बेचारे पहले ही क़सूर के साथ बेपर्द हो गये और वह भी अपनी सतफेरी लगाकर लायी पत्नी के सामने। गुणी उस दिन सिरदर्द के मारे सहेली के घर से उल्टे पैर ही लौट आयी। खिड़की के पास से गुजरी तो कमरे में रेशम की सरसराहट और खुसुर-पुसुर की-सी आवाजें सुनी। भला कौन हो सकता है भर दुपहर उसके घर में? खिड़की की झिर्री पर आँख रखकर भीतर झाँका तो अपनी ही नज़र क़सूरवार मालूम पड़ी। उसका सात्विक पति इन चपटी नाक, हजार हा चोटियों और गोंचेवालियों के फेर में ! जो दूर से 'जूले-जूले' करती सीधे उसके बिस्तर तक चली आयी। ऐसी कौन-सी 'छंग' (घरों में बनी शराब) पिला दी कि दुरुस्त दिमागवाले के भी होश उड़ गये? नहीं, वे ऐसा नहीं कर सकती थीं। मर्द को पहचानने की नज़र हर औरत के पास होती है, जरूर खोट उसके साधु पुरुष की नीयत में ही है। गुणी को उस दिन ज़बरदस्त धक्का लगा था। आठों पहर गुणी के साथ रहते भी यह हाल! उसने अपने इस साधु पुरुष को क्या नहीं दिया जिसकी उसे अचानक ज़रुरत आ पड़ी? यों इश्क-विश्क के चक्कर में पड़ने वाले मानुस तो वे नहीं रहे, फिर? पत्नी तो पुरानी अब हुई पर पहले भी कभी प्यार के दो बोल उसने सुने, सो उसे याद नहीं आता। बल्कि साल-छः महीनों तक तो गुणी से ज्यादा पसीना शंकरलाल को ही आता था, पफ़्रो ज़रूरत। तब यह सब क्या था?

गुणी पसोपेश में पड़ी दरवाजें के बाहर ही खड़ी रही, गला ख़खारा। गोंचेवाली तो पलक झपकते खिड़की से कूदकर भाग गयी और हाँफते-काँपते रह गये कठघरे में बेचारे शंकरलाल। असमंजस की भी गुंजाइश न रही, ज्यों भर दुपहर भूत देख लिया हो। गुणी की लानत-मलामत करने की आदत न रही। कभी मौका ही नहीं दिया शंकरलाल ने, सो दो-एक बोल सुनाकर अन्त:पुर में बैठ गयी, "गोंचेवाली का रेशम क्या इतना ज्यादा लिश्कदार था कि सधे पैरोंवाले भी फिसलकर कलाबाज़ी खा गये?"

फिर पूरे छः मास गुणी शंकरलाल से नहीं बोली। शंकरलाल कई बार ठण्ड में अकड़े बन्द दरवाजें पर थापें देते रहे, मनुहार- पुचकार करते रहे, पर गुणी न पसीजी। वह खाना बनाती, करीमें के हाथ कमरे में भिजवा देती। बच्चों के माध्यम से ज़रूरी बात करती। बाद में शंकरलाल ने पोस्टमास्टर के सामने अपील की। वे बीच में ज़ामिन बन गये तो गुणी मान गयी, पर एक कड़ी शर्त के साथ कि गुणी कभी भी किसी मनपसन्द गोंचेवाले के साथ तफ़रीह के लिए जाये तो उसका पति मुँह पर अँगुली रखे और कान में रूई ठूँसे बैठा रहेगा। गुणी ने यह अधिकार पा लिया है, अब यह उसकी मर्जी कि वह इसका इस्तेमाल करे या न करे।

गुणी ने उस अप्रत्याशित ढंग से पाये अधिकार का प्रयोग किया या न किया इसका महत्त्व नहीं, महत्त्व उसके दर्शन का है। पति-पत्नी तन के भागीदार ही नहीं मन के भी अनुबन्ध से बँधे हैं, इस अनुबन्ध का दोनों ओर से पालन होना लाज़िमी है। पुरुष को स्त्री ने कुछ छूट अपने मन से विवश होकर दी है पर हर बार अग्नि परीक्षा औरत ही दे, इस बात से गुणी सहमत नहीं। गलतियों का प्रायश्चित दोनों को करना होगा, जब जीवन-साथी होने का दावा करते हैं तो...

सो ज़ाहिर है गुणी राजनाथ की गलती को सही नहीं कह सकी। वह जानती थी कि राजनाथ न पत्नी के सामने भेड़ बननेवाले हैं और न अपना ईमान खोनेवाले। वे अक्सर कहा भी करते, "बीवी, सब तुम्हारा, ईमान हमारा।" पर निजी ज़रूरतों ने उन्हें अपने असूलों के प्रति ज़रूर कुछ नरम बना दिया है। गुणी ने राजनाथ से कुछ प्रश्न किये जिनके उत्तर में उन्होंने कहा, "भाभी, तुम देवकी को समझा सको तो समझा दो। मैं उसकी ज़िद देखकर इसी नतीजें पर पहुँचा हूँ कि उसकी हौंस पूरी न हुई तो वह अपनी जान दे देगी। कुदरत ने उसके साथ अन्याय किया है, अपना अधूरापन उसे रात-दिन कचोटता है। मैंने सोचा था अब तक वह नियति से समझौता करना सीख गयी होगी, पर यहाँ मैं ग़लत साबित हुआ। हर औरत का आख़िरी सपना निर्माण का होता है, यही शायद उसकी शक्ति है जो उसे

पुरुष से ऊँचा दर्जा देती है..."

"लेकिन इस उम्र में बच्चा जनना क्या उसके लिए जानलेवा नहीं हो सकता?"

राजनाथ जानते थे, इसीलिए कई डॉक्टरों से सलाह-मशविरा भी लिया था। डॉक्टर मोहिनी ने कहा था, "आप चाहें तो एक चांस ले सकते हैं, गोकि बच्चे के साबुत होने या बचने की गारण्टी कोई नहीं दे सकता। देवकी के लिए भी ख़तरा तो है ही।"

"फिर भी यह खतरा आप मोल क्यों ले रहे हो?" गुणी पूछने से बाज न आयी।

"इसीलिए भाभी कि एक बार वह अपना अरमान पूरा कर ले। मर भी गयी तो सन्तुष्ट होकर मरेगी।"

शायद राजनाथ देवकी को ठीक समझ गये, डॉक्टरों के आश्वासनों के बावजूद वे स्वयं भी बहुत आश्वस्त नहीं थे। देवकी दो बार गर्भवती हुई। एक बार चारेक मास का गर्भपात हुआ, दूसरी बार डॉक्टरी एहतियात में पूरे नौ मास रही, राजनाथ ने भी किमखाब के थान की तरह सँभाला, सँवारा तो एक बेटे को जन्म दिया जो दसेक घण्टे जिन्दा रहा, देवकी की उम्रभर की हौंस मिटाने, उसके मातृत्व को जगा-थपकाकर फिर से सुलाने के लिए, बंध्या शब्द के कलंक को मिटाने या उसी के शब्दों में, गोद-जंपर गीले करने का अरमान पूरा करने के लिए आया और किनारा कर गया।

इस करुण परिणति की प्रभावान्विति बड़ी मार्मिक थी। तमाम नाराज़गी के बावजूद गुणी को भी अफसोस हुआ, "इतनी कोशिशों, चीर-फाड़ के बाद हुआ भी बच्चा तो किसलिए? फालतू की कतर-ब्योंत! बेचारी को दुहरे जख़्म देकर चला गया!"

उसके बाद डॉक्टरों ने भी जवाब दे दिया। खुद उम्र और प्रकृति ने मुँह फेर लिया। लेकिन यह भी सच है कि इस नन्हे ने मुँह दिखाकर एक तरफ़ देवकी की हौंस कुछ हद तक मिटा दी। उसके आँचल में यह नन्ही जान दूध और आँखों में पानी भरकर चला गया। वक़्त बेवक़्त याद करने के लिए तन और मन पर कुछ घाव छोड़ गया, पर यह भी सच है कि इसके बाद देवकी ने अपनी अतृप्ति-असंतुष्टि का कभी नाम भी न लिया। वह जैसे गले-गले तृप्त हो गयी हो, सभी इच्छा-आकांक्षाओं से भी उसने जैसे मुक्ति पा ली हो।

देवकी राजनाथ के बच्चों की ओर मुड़ गयी। खाली वक़्त कभी-कभार बरामदे

या बुखारचे में बैठकर वितस्ता की लहरों को अनवरत बहाव में बहते देखती रहती। मकानों की कतार के ऊपर झाँकते, पहाड़ों पर ढलते सूर्य की निस्तेज होती आभा को निर्निमेष ताकती उन मुट्ठीभर यादों में खो जाया करती, जो ढलती उम्र की औलाद ने तमाम शारीरिक-मानसिक कष्ट सहने पर एक झलक दिख़ाकर उसे विरासत में सौप दी थी। उसकी जमा-पूँजी! यह देवकी के माँ बनने का लुब्बे-लुबाब था। भीतर बूँद-बूँद झरती हुई अमृत वर्षा, जो प्यासी धरती और आकाश को एकतान कर दे, प्यासी रूह छककर जिसे घूँट-घूँट पी ले, फिर से प्यासी रहने के लिए। वह एक अलभ्य सुख था, एक अकल्पनीय आन्नद जो मौत के साये में, मन पर नश्वरता का ठप्पा लगा गया। व्यर्थता के अहसास से रोम-रोम पुरा गया और देवकी को विचित्र वैराग्य से भर गया।

पन्द्रह

लेकिन इस सच को झुठलाता नहीं जा सकता कि तमाम विरक्ति के बावजूद देवकी राजनाथ के प्रति कृतज्ञ थी, जिसने देवकी की इच्छा पूर्ति के लिए हर सम्भव कोशिश की। रुपया-पैसा पानी की तरह बहाया, रिश्ते-नाते और अपनी बड़ी बिरादरी में दस तरह की बातें भी सुनीं।

देवकी की विरक्ति के कई कारण थे। विराग का एक कारण यह भी हो सकता है कि जब पाने को कुछ शेष न रहे, सब कुछ एकमुश्त मिल जाये और ज़िन्दगी में कोई हौंस बाकी न रहे, फिर इस धाम और उस धाम का फ़र्क भी सिमटने लगता है। ज़िन्दगी और मौत का अन्तर तो जद्दोजहद और आकांक्षाओं की पूर्ती एक तरफ और दूसरी और इच्छाओं से ऊपर उठकर निद्रालीन हो एक महास्वप्न में विचरण करने जैसा फर्क है।

जो भी हो, देवकी-राजनाथ दोनों अब उम्र के आखिरी पड़ाव पर निकल पड़े थे। यदा-कदा छोटी-बड़ी नोक-झोंकों के बावजूद वे एक-दूसरे की ज़रूरत बन गये थे। देवकी राजनाथ के बेटों की सास की जगह पा चुकी थी और राजनाथ की आकांक्षा के अनुरूप ही वह अच्छी सास प्रमाणित हो रही थी। बल्कि विजय के बच्चों को सीने से लगाये, उनका गीला-मैला साफ़ करती, चिड़ी-चिरोंटा दिखा कौर-कौर खिलाती, वह अपनी ममता बराबर उन पर लुटा रही थीं। रति-रिचा के लिए गोकि बहुत कुछ करने की ज़रूरत नहीं थी, क्योंकि वे विभिन्न प्रदेशों में अपने-अपने पति और ससुरालवालों के साथ रच-बस गयी थी और बेटियों ने भी

अपनी इस नयी माँ से उम्मीदें नहीं बाँधी थीं, फिर भी जब उनके पति कभी ससुराल आते तो देवकी दामादों की खातिरदारी में कोई कसर उठा न रखती। गुलकाका शरीर से अस्वस्थ होकर अब अपने गाँव में ही रहने लगा था पर देवकी के सन्देशा भिजवाने पर वह गाँव से गुच्छियाँ और ताज़ा क्लाड़ियाँ लाकर बेटियों-दामादों को देखने आ जाता। देवकी सभी का थोड़ा-बहुत ख़्याल रखा ही करती, सो सब ठीक-ठीक ही चल रहा था। राजनाथ ने तो देवकी को घर लाते समय ही बच्चों के सामने स्थिति स्पष्ट कर दी थी कि "बच्चों, जहाँ अपेक्षाएँ हैं वहाँ निराशा और दुःख भी है। जीवन में जितना हो सके, आशा-अपेक्षाएँ कम रखो, उसी में शान्ति है, क्योकि अपेक्षाओं का कोई ओर-छोर नहीं..."

इधर तो अधूरे-पूरे दवाइयों-इंजेक्शनों के ज़ोर से जन्में बच्चों की माँ बनकर देवकी की सेहत भी गिरने लगी थी। तन-मन की संचित शक्ति के क्षीण होते-होते देवकी उच्च रक्तचाप से पीड़ित रहने लगी थी।

राधारानी देवकी की सहेली बन गयी थी। वह गुणी से कहती थी कभी-कभार, 'बेचारी देवकी! ख़ाने-खिलाने की शौक़ीन इतनी कि पूरा-पूरा दिन रसोई में घुसी पकवान बनाती रहे, पर जब तक भोजन बनकर तैयार हो जाये, उसके सिर में चक्कर आना शुरू हो जाता है। नसें तड़कने लगती हैं और मुँह लाल अंगार-सा दहकने लगता है, कभी अनन्तनाग से ट्राउट मछली मँगाती तो चार जनों को न्योता देती है। प्रेम से पकाना-खिलाना जानती है, करेगा कोई विश्वास कि सालों इस औरत ने अपनी अकेली जान के लिए दमचूल्हे पर मुट्ठीभर साग-भात पकाया-खाया है? अभी परासों की ही बात लो, बच्चों के लिए शोरबा बना रही थी। बेटा सोनवार के जंगल से 'शिकार' लेकर आया था, पछिन, घण्टों आँच के पास बैठी। आप ही साफ़ किया, तल-भूनकर रोगनजोश बनाया, मानसबल की कमल-ककड़ी साथ डालकर। पर हुआ क्या? उसके दहाने में एकाध कौर भी गया? बेचारी पकाते-पकाते ही चक्कर खाकर गिर पड़ी। वहीं तपे चूल्हे के पास। शुक्र है लक्ष्मी दूध जमाने के लिए थोड़ा जामन लेने आयी। देवकी को चित्त पड़ी देख छाती पीटने लगी। सहारा देकर उसे उठाया, बिस्तर पर लिटाया। नहीं तो क्या मालूम, अपने हाथ-पैर ही जला देती। राजनाथ ने डॉक्टर बुलाये। उन्होंने ब्लडप्रेशर देखा, तो एकदम हाई! लेटकर आराम करने की सलाह दी। फिर बेचारी ने क्या खाना था शोरबा-वोरबा। वही बीमारों का थोड़ा पथ्य निगल लिया, दूध-भात-डबलरोटी। बघार-मसाले की तो बात ही नहीं, चुटकीभर नमक खाने की भी मनाही!"

गुणी सहानुभूति से जोड़ देती, "भाग्य में न हो तो कोई कितने जतन करे। दाने-दाने पर तो खानेवाले का नाम लिखा होता है, नहीं तो राजभाई के घर में खाने-पीने की चीज़ों की तो कोई कमी नहीं। यह बेचारी भी घर में आयी तो भली-चंगी थी, भरी-भरी देह, बेदाग चेहरा। रंग तो मेमों जैसा था। हारी-बीमारी जैसी कोई बात तो न थी..."

इस बीच दुनियावी रस्में निभती रही, अधूरे पड़े काम पूरे होते रहे। राजनाथ की आखिरी सन्तान मिन्ना भी ससुराल चली गयी। बहनों की ही तरह बिना तड़क-भड़क और फ़ालतू शोर-शराबे के। यों रति-रिचा ने एक बार मुँह खोलकर पिता से कहा, "मिन्ना के ससुरालवालों को कुछ दे दिलायें रस्मों के मुताबिक। सास को मुँहदिखाई, रिश्ते-नातेदारों के जन्मदिनों व पर्वों पर सगुनादि की रकम.. .क्यों व्यर्थ दस जनियों की बातें सुननी पड़े मिन्ना को?

राजनाथ ने बेटियों को देखा, उन्हें नये सिरे से समझने की कोशिश की। जाने क्यों मन में कुछ तरल-सा घुमड़ आया, "मेरी असूल कहो या खब्त, इनकी कीमत तुम्हे चुकानी पड़ी है मेरे बच्चियों! जानता हूँ तुम्हे दस लोगों की बीस बातें सुननी पड़ी है, पर तुम तो जानती हो कि कोई भी काम लीक से हटकर करो तो विरोध की आवाजें उठती ही हैं। उन्हें सुनकर भी अपना रास्ता आप ही तय करना पड़ता है। मेरी बात तुम सदा याद रखना, समाज को कुछ देना चाहो तो उसे वह दो जिसकी उसे ज़रुरत है, वह नहीं जिसकी वह प्रशंसा करे..."

रति-रिचा ने पिता को एक बार फिर आश्वस्त किया कि वे पिता के हर शुभ संकल्प में साथ देंगी। सहनशक्ति भी उनकी कम नहीं, पर वे नहीं चाहती कि जिन कड़वी फ़ब्तियों, तानों-तिश्नों की शिकार वे हुईं उनका शिकार मिन्ना भी हो। उसका मन बहुत कोमल है, आपने तो उस पर कभी खरोंच भी न पड़ने दी। शायद वह सह न पाये...

रति-रिचा ने अपने-अपने ससुराल में क्या कुछ सहा था और सास-ननदों से लेकर अहल्ले-मुहल्लेवालियों तक के मुख से राजनाथ की सुधारवादी नीतियों की कैसी छीछालेदर हुई थी, यह उन्होंने पिता को नहीं बताया। 'सब मंगल है' वाला भाव चेहरे पर धारण कर दोनों बेटियाँ पिता से मिलती। उन्हें पिता की बात याद थी, जो उन्होंने बेटियों को विदा देते समय कही थी कि मायके की बात ससुराल में और ससुराल की बात मायके में कभी मत कहना। यानी कि बड़ों की ऊँची-नीची बात सुनना-सहना, विनय-शील का दामन न छोड़ना। तुम्हारा आचरण एक दिन ज़रूर बड़ों को अपनी भूलों का अहसास दिलायेगा। तभी तो जब रिचा

की सासू जी बहूरानी के माँ बनने के बाद भी इस-उस का हवाला देती, शगुन दान-दहेज का ज़िक्र छेड़ती, तो कच्ची मछली और अखरोट के पेड़ का सहारा लेकर अपनी मुहल्लेवालियों को सुनाती, "तुमने सुना है ललितेश्वरी, कभी किसी ने कच्ची मछली खायी हो? हमारा भाग्य देखो। हमें तो निगलनी ही पड़ी" या "अपना फलों का पेड़ ही काना निकला, कितना झिंझोड़ा, देगा क्या खाक? यह तो मेरा ही हिया है बहन, नंगी-बच्ची बहू को सीने पर पत्थर-सा झेल लिया..."

यह वह महिला कहती थी, जिसके सामने विवाह से पहले ही राजनाथ ने अपने विचार स्पष्ट कर दिये थे और उत्तर में जिसने बेहद शाइस्तगी से मुस्कान बिखेरते हुए कहा था, "जैसी आपकी बेटी, वैसी हमारी बेटी। आप आश्वस्त रहें।"

राजनाथ इस मसले पर पुनर्विचार करते कि मिन्ना सामने आ गयी। हँसमुख, चंचल, जैसे पैरों में पंख लगे हों और मन आकाश की ऊँचाइयाँ नापना चाहता हो, "दीदी लोग मुझे इतना कमज़ोर समझती हैं, यह तो आज ही मालूम पड़ा पापा। सहने की बात करें तो वह तो हर लड़की की शादी की पहली शर्त है। तभी तो ललध्यदी और रूपभवानी को भी सहना पड़ा था। मैं तो मामूली-सी लड़की हूँ। बात करनी हो तो एक कारण ढूँढने से दस मिल जायेंगे और पापा! आपके शुरू किये काम को दीदी लोग ही आगे बढ़ायेंगी, और वे ही सेहरा पहनेंगी, यह तो मैं होने न दूँगी। आखिर शेयर होल्डर हूँ न! अपना हिस्सा तो लूँगी ही..."

मिन्ना की बातों से राजनाथ के मन से बोझ-सा उतर गया। यों गहनों के चार-छः सेट, दहेज का सामान-वामान, तामझाम, बैंड-बाजे वगैरह जुटाना राजनाथ के लिए कोई बड़ी बात न थी, चाहते तो मजमा इकट्ठा कर सकते थे, पर रुपये-पैसे का सदुपयोग करना वे सीख गये थे। आलतू-फालतू रस्मों-रिवाजों पर पैसा लुटाना उन्हें बेहूदा लगता था। एक बार ऐसी ग़लती वे कर चुके थे। उसी से शायद सीख भी मिली हो, श्यामभाई की पहलौठी की शादी के समय! बड़े होने के नाते उन्होंने किराये का बँगला लेकर धूमधाम से शादी करवायी, शामियाने सजे, आतिशबाजियाँ छूटीं। साजिन्दों को बुलवाकर लिवुन से लग्न तक गीतों, गजलों और भजनों का समाँ बँधवाया। पकवानों का तो कोई शुमार ही नहीं था। आधा शहर न्यौता गया, लेकिन बाद में उन्हें यह सब हंगामा महज़ फ़िजूलखर्ची ही लगा। परिश्रम से कमाये धन का ग़लत इस्तेमाल! यह उन लोगों के प्रति भी अन्याय था—प्रत्यक्ष या परोक्ष रूप से, जो अपना पेट काटकर भी अपनी बेटियों के लिए दो जोड़ी कपड़े और एक दो सुहाग के ज़ेवर भी जुटा नहीं पाते थे।

इधर मध्यम वर्ग में एक-दूसरे की देखा-देखी लड़कों की बोलियाँ लगने लगी

थीं। मुँह उठाकर लड़केवालों ने माँगना तब तक भले ही न सीखा था, उससे उनके धर्म को बट्टा लगता था, हसब, खानदान आदि-इत्यादि पर धूल पड़ती थी। पर अपने इंजीनियर और डॉक्टर बेटों की पढ़ाई के खर्चे का हिसाब जोड़-गुणाकर, उसे लड़कीवालों तक इस-उसके माध्यम से ख़बर की तरह पहुँचाकर परोक्ष रूप से वसूली के रास्ते खोलने की कोशिशें शुरू होने लगी थी।

"भइया, लड़का खज़ांची साहब का निकला लायक! असिस्टेंट इंजीनियर बन गया है, पब्लिक वर्क्स डिपार्टमेण्ट में। उपर वाले ने चाहा तो खायेगा कमायेगा खूब। लक्ष्मी की कृपा रहेगी।"

"सो तो रहेगी भैया, इसमें कोई शुबहा नहीं, पर फ़िलहाल बेचारी माँ के कंगन तक सर्राफे के पास गिरवी पड़े हैं..."

"अब अपने बच्चों की बेहबूदी के लिए एड़ी-चोटी की कोशिशें तो सभी करते हैं। आखिर कल कमायेगा तो पैसा वापस भी तो मिलेगा सूद समेत। फिर शादी-ब्याह भी किसी खानदानी घर में होगी..."

'खानदानी' का अर्थ यों शरीफ़ घराने से होता था। पर इस पारम्परिक अर्थ के साथ अब आधुनिक अर्थ 'पैसेवाले' भी जुड़ गया था। भला वह ख़ानदानी क्या जिसके घर में ऊपर से पत्थर डालो तो नीचे से आवाज़ गूँजने लगे। खाली मटके की तरह टनटनाये! हं?

अब अक्लमन्द को इशारा काफी और बेवकूफ को डण्डा वाली कहावत के मुताबिक समझदार-दुनियादार लोग बात का मर्म बूझ लेते। बात बूझकर सफेदपोश लोग अपना कपाल ठोक लेते या तो लड़केवालों को अधर्मी, पापी, लालची, कलियुगी आदि विशेषणों से विभूषित कर अपने दिल की भड़ास निकालते या हाथ की जगह पाँव और पाव की जगह हाथ का इस्तेमाल कर पाई-पाई जोड़ने के असाध्य अभियान में जुट जाते। आख़िर कौन पिता न चाहे कि उसकी लाडली चुन्नी-मुन्नी-निकी किसी इंजीनियर-डॉक्टर की घरवाली बने?

राजनाथ उन लोगों की तकलीफें जान गये, जो जोड़ने की ईमानदार कोशिशों में जवानी में ही बूढ़े हो जाते हैं। गंजी चाँद, कनपटियों पर झूलते सफेद खिचड़ी बालों की झालरों से सुशोभित सम्माननीय घर के ये मुखिया, अपने समाज में अपनी नाक ऊँची रखने के लिए किन-किन तिकड़मों का सहारा लेते, इसका तो अन्दाज़ा ही लगाया जा सकता है। जबकि इनकी बेटियों के पैबन्द लगे अधमैले कपड़ों के बीच यौवन पक्के बबूगोशों की तरह टपकने को आतुर रहता। माँओं की तमाम चौकसी के बावजूद रसदार फलों के शौक़ीन देर-सवेर गिल्ली मारने से बाज़

नहीं आते। ऐसी लड़कियों के कष्ट महसूस करना ही काफ़ी नहीं था, उनके हित के लिए क़दम भी उठाना था। पक्के अम्बरी सेवों में पड़े कीड़े जैसे भीतर-ही-भीतर फल को खोखला कर देते हैं, वैसी ही भरी जवानी में पीली, जर्द पड़ी बीमार युवतियाँ! कैसी माँएँ बनेगी यह लड़कियाँ ब्याह कर? कैसी उदास, रुग्ण और दीन पीढ़ी को जन्म देंगी ये तन-मन से अभावग्रस्त लाडलियाँ? कितनों के घर बसेंगे, सपने पूरे होगें, समाज की बढ़ती होड़ा-होड़ी और देखादेखी?

हरिकृष्ण वखलू की दुर्गी तीस पार कर गयी पर प्राइमरी स्कूल-मास्टर अपनी लक्ष्मी कन्या के लिए 'योग्य' वर न जुटा पाने के ग़म में घुलता आख़िर एक अधेड़ दुहेजू को सौंप गया बेटी को। हरिकृष्ण गंगा नहा लेता पर दो-जनियाँ और जो बैठी थी छाती पर मूँग दलने की तैयारी में! वह उसे गंगा क्या चुल्लूभर पानी में नहाने की भी हिम्मत नहीं देती थीं।

कट्टर ब्राह्मण समाज! पारम्पारिक मूल्यों से ज़्यादा रूढ़ विश्वासों से जकड़ा हुआ। अधिकांश जन वक़्त के बदलाव से आशंकित-भयभीत थे। कट्टर अनुशासन के हिमायती केशवनाथ ने बेटी मंगला को महिला महाविद्यालय में रत्न, भूषण, प्रभाकर तक की शिक्षा तो दिलवाई पर आगे केशवनाथ और उनकी धर्मपत्नी बटनी दोनों ने कान पकड़ ठाकुरद्वारे में माथा रगड़ा कि जो भूल हुई सो हुई, अब जवान-जहान बेटी को बाहर की प्रदूषित हवा से बचाकर रखेंगे, जब तक तू खुद उसके लिए किसी उचित वर का प्रबन्ध न कर दे। वे राज भाई से नाराज थे, जब देखो भड़काते- उकसाते रहते हैं, लड़कियों को स्कूल-कॉलेज जाने के लिए। कौन से 'अकूंटन्टी' के दफ्तर जाना है इन्हें कल? मर्दों से बराबरी करेंगी तो क्या घर-द्वार से किनारा कर लेंगी? लड़कियों को स्कूलों- कालिजों में पुरुषों के संग पढ़ने-पढ़ाने की छूट क्या मिली कि बिना लगाम की घोड़ियाँ सी हो गयी हैं, अलां की लड़की देखो तो आज नेहरु पार्क अपने दोस्तों के साथ पिकनिक मना रही है, फलां की बेटी गुलमर्ग-पहलगाम में लड़कों के साथ कैंप पर जा रही है..अब तो धरती रसातल को जायेगी ही। लक्षण वैसे ही हैं...

लेकिन माथे पर चन्दन लेप किये केशवनाथ जी और नित्यप्रति सूर्योदय से पहले मन्दिर में पूजा-अर्चना करनेवाली उनकी धर्मपत्नी ने जब एक दिन अकस्मात देखा कि घर में बैठे- बैठे ही बेटी का पेट फूलता जा रहा है और बदहजमी की शिकायतें होने लगी हैं तो माँ की अनुभवी आँखों के जाले साफ़ हो गये। बेटी की कुटाई-पिटाई जो भी, जैसी भी, हो सकती थी हुई और गोकि उससे कुछ फर्क पड़नेवाला न था, पर फिर भी उस अदृश्य जादूगर, भूत-प्रेत का नाम-पता

उगलवा दिया गया जिसने उनकी तमाम चौकीदारी-पहरेदारी को अँगूठा दिखा किसी अदृश्य रंध्र से घर में प्रवेश कर दिया था। बहरहाल, मुज़रिम घर का पुराना अधेड़ उम्र का रसोइया निकला। जो सजा की सुनवाई से पहले ही फ़रार हो गया और घरवालों ने भी उसकी खोज-ख़बर न ली, आखिर नाक तो कट गयी थी अब, उसे हाथ में लेकर गाँव समाज को दिखाने से वह वापस जुड़ तो नहीं सकती थी? सो माँ ने दाई-वाई को मनुहार-पुचकारकर मामला रफा-दफा करवाया। लड़के की ढुँढ़ाई हुई और संयोग ही समझिए कि लड़का भी अच्छा ही मिला, थोड़ा ग़रीब घराने का था। पर अब केशवनाथ ने उसे साक्षात् परमेश्वर समझकर दण्डवत करके बेटी उसके चरणों में अर्पित कर दी। पहले शायद जन्मपत्री-वत्री के चक्कर में पुरोहितों से सलाह- मशविरा करते, पर अब नक्षत्रों-ग्रहों को भूलकर सादर राजभाई को कोर्ट करके कहा, "विवाह तो स्वर्ग में तय होते हैं, जन्म कुण्डलियाँ मिलाने से क्या, होनी को तो परमात्मा भी टाल नहीं सकते..."

राजनाथ इन लड़कियों के लिए चिन्तित थे। कन्याजन्म के कारण शापित, माता-पिता पर बोझ बनने की अपराधिनी, तानों-तिश्नों और हिकारत की शिकार ये लड़कियाँ! क्या इन्हीं के लिए हमारे पूर्वज अर्धांगिनी, सहभागिनी, पूजनीय आदि-इत्यादि विशेषणों का प्रयोग करते थे? पूजने-पुजाने की बात तो भूल जाइए, पर इन्हे थोड़े सम्मान के साथ जीने का अधिकार तो मिलना ही चाहिए।

वे जानते थे कि यह सम्मान महज़ चाहनेभर से ही नहीं मिलेगा। इसके लिए बेटियों में आत्मसम्मान व आत्मनिर्भरता की क्षमता पैदा करनी होगी, उन्हें सही शिक्षा देनी होगी। इसी कारण राजनाथ ने प्रदेश की लड़कियों को उच्चशिक्षा के लिए प्रेरणा दी, एक परम्परा में पोषित होकर दूसरी परम्परा का सूत्रपात किया। उनकी माँ तो माँ, बहन भी कहाँ पढ़ना-लिखना जानती थी? लेकिन राजनाथ का विश्वास था कि शिक्षा का प्रसार ही इस समस्या का समाधान कर सकता है। उन्होंने इसी विचार से सरल भाषा में कई पुस्तकें लिखीं, सहज भाषाज्ञान और व्याकरण की पुस्तकें। घर में एक अच्छा-खासा पुस्तकालय बना लिया। जिसमें देश-विदेश के ख्यातिप्राप्त लेखकों की पुस्तकें संकलित की गयीं। यही पुस्तकालय उन्होंने अपने बच्चों को विरासत में दे दिया।

समाज की कुरीतियों को दूर करने की चिन्ता ने ही सुधार-समिति के गठन की भी प्रेरणा दी थी और राजनाथ समाज के कुछ अन्य जागरूक व्यक्तियों को साथ लेकर एक अभियान पर निकल पड़े थे, जैसा कि हम पहले ही ज़िक्र कर चुके हैं।

अब घर पर वे पोते-पोतियों से मन बहलाने लगे थे। अपने बच्चों के बचपन को इंच-इंच बढ़ते, 'माँ, पापा, ताता-बबा' उच्चारते, ककहरे से लेकर इंजीनियरी और डॉक्टरी आदि पास करते जिन्होंने देखा था, पर रात-रात सिरहाने बैठ उनके पलकों पर थिरकते स्वप्नों और होठों पर उगती सुस्कराहटों को महसूस करने का वक़्त न पाया, वे राजनाथ अब सेवानिवृत्त होकर और काया से कुछ-कुछ क्षीण होने पर नाती-पोतियों के ज्यादा क़रीब आ गये। अपने बैठकखाने में बैठ, फर्शी हुक्के के कश खींचते, वे बच्चों को अपनी नज़र के पास ही सुलाते-खिलाते। बच्चे जब लत्तों से ओढ़ना सरकाते, वे अपने धुस्से का एक छोर उन्हें ओढ़ाकर ढक देते। उनकी मुंदी पलकों पर नींद के थिरकते पंखों की फड़फड़ाहट महसूस करते। कब बच्ची नींद में कुनमुनायी, कब होठों पर नाराज़ कम्पन उगा, कब नींद के फरिश्तों ने उन्हें चिढ़ाया और कब सफ़ेद पंखोवाली परी ने सपने में गुदगुदाकर किलकाया। राजनाथ यह सब देखते और अपने ढलते-गलते शरीर के कष्ट भूल जाते। उनकी दुनिया अब सिमटने लगी थी, दीगर काम कम होने लगे थे। शायद उनकी ज़रुरत भी अब कम होने लगी थी, अगली पीढ़ी जो जवान हो गयी थी। जाहिर है, घर की रास अब उन्हीं के हाथ में थी, अप्रत्यक्ष रूप से ही सही।

दोनों बेटे अच्छे पदों पर काम कर रहे थे। उनकी अपनी बिरादरी थी, अपने दोस्त-अहबाब, अपनी व्यस्तताएँ, अपनी फुरसतें और अपने शौक़ पूरे करने के अपने ढंग! वक्त के बदलाव के साथ तो जीने के ढंग में बदलाव आना स्वाभाविक ही था।

पर राजनाथ की दिनचर्या घर के भीतर सिमटने के बावजूद अपनी विशाल बिरादरी से कटी नहीं। शरीर कुछ क्षीण होने पर भी वे एक-दो घण्टों के लिए प्राइवेट कॉलेजों में विद्यार्थियों को पढ़ाने जाते। कॉलेजों के प्रिंसिपल और मैनेजर उन्हें सानुरोध और सविनय एक-दो पीरियड पढ़ाने के लिए आमन्त्रित करते। राजनाथ के इस अवैतनिक ज्ञानदान से उन्हें कई लाभ मिलते। एक तो विद्यार्थियों को अनुभवी विद्वान् अध्यापक से कुछ विद्यालाभ का अवसर मिलता, दूसरा, उनके संस्थान को ख्याति अर्जन के साथ सरकार से आर्थिक लाभ भी ग्राण्ट आदि के रूप में मिल जाता। राजनाथ ने ताउम्र अध्ययन-अध्यापन का काम करके वादी के विद्वानों में अपनी ख़ास जगह और पहचान बना ली थी। उनका आदर प्रत्येक विद्वान् करता था, शायद इसलिए कि तब तक अवसरवादी राजनीति का प्रवेश विद्याकेन्द्रों में नहीं हुआ था। गोकि शुरुआत होने लगी थी। पर गुरु-शिष्य की विशुद्ध भारतीय परम्परा में दरारें आने के बावजूद थोड़ा-बहुत आदर मान बचा था

गुरुजनों के लिए। तभी तो कुर्सी और वक़्त को नमस्कार करनेवाले भी उन्हें राह चलते देख आदर से सिर झुकाते, कन्नी काटकर चले नहीं जाते!

कॉलेजों में ओल्ड स्टुडेंट्स डे पर मज़ेदार हंगामा होता। राजनाथ भी अपने पुराने सहकर्मियों समेत उस हंगामे में शरीक होते, क्रिकेट-हॉकी खेलते। उन्हें तमाम संचित शारीरिक बल से पिच पर दौड़ते-हाँफते और रन बनाते देखकर उनके शागिर्द उत्साह से तालियाँ गुंजाते, दोस्त वाह-वाह कर उठते। साठे पर पाठा का खिताब देकर उनकी हौसला अफ़जाई होती और नटखट विद्यार्थी लाउडस्पीकर पर 'अभी तो मैं जवान हूँ' नगमा गुंजा देते।

इस बीच समय अपनी निश्चित ताल-लय से सरकता गया। वार्धक्य ने धीरे-धीरे पर मज़बूती से अपने पंजे राजनाथ के शरीर में गड़ाने शुरू किये। लेकिन राजनाथ इतनी जल्दी थककर हार माननेवाले न थे। यों अब उन्होंने अपने अज़ीज दोस्त शंकरलाल के सिवा और मित्रों-बन्धुओं के पास जाना काफ़ी कम कर दिया था। वे लोग अक्सर घर पर आकर मिल जाते। कभी-कभार ताँगा बुलवाकर अमीरकदल या राजबाग तक वे भी चले जाते, पर शंकरलाल की बात फर्क थी। वहाँ तो कभी दिन में दो चक्कर भी लग जाते। बीसेक क़दम सड़क पर चलकर गली में मुड़ते ही उनका घर पड़ता था। जब कभी अपने हमसीनों से दो बोल बोलने का मन होता या कोई भूली-बिसरी दास्तान मन में उभरने लगती, तो वे कुरते के ऊपर जवाहर जैकेट डाल, पाँव में गुरगाबी पहन और हाथ में छड़ी लिये चल पड़ते, "ज़रा शंकरभाई के घर तक हो आता हूँ..."

घर में दस मिनट जाकर आने की बात होती पर राजनाथ घण्टा दो घण्टा आराम से बतियाकर ही लौट आते। गुणी केसर-बादाम डला कहवा पिलाती और शंकरलाल स्मृतियों की रेशमी पिटारी का ढक्कन खोल देते।

वह दोस्तों के साथ गुलमर्ग में की गयी स्कीइंग के किस्से! लकड़ी के पतले तिरछे पटरे पर बर्फ़ पर फिसलने और धपाधप गिरने के मजे!

शंकरलाल कहते, "अब तो गुलमर्ग में बाज़ाप्ता स्केटिंग होती है, स्नोगेम्स है, रोपवेज़ बनी है, पहली बार 1904 में जनरल कर्क ने ही यहाँ स्कीज का प्रयोग किया। आया तो था वह यहाँ शिकार खेलने और बर्फ़ के मैदानों ने उसे मोह लिया।"

'हाँ, राजनाथ बात की रास पकड़कर आगे ले जाते, "बाद में कई जाँचों-सर्वेक्षणों के बाद 1927 ईसवी में स्की क्लब आफ इण्डिया की पहली मीटिंग अल्ट्रेवाल्सर के सभापतित्व में हुई। तभी से गुलमर्ग में खिलाड़ियों के रहने आदि

का प्रबन्ध भी हुआ...”

‘लिल्ली व्हाइट शौल्डर’ पर स्कीइंग के किस्से कुछ इस तरह दुहराये जाते, मानो अभी-अभी वे बारह हज़ार फीट ऊँचाई पर मीलों बर्फ़ पर फिसलकर आये हों। तरोताज़ा, उत्साह और यौवन से भरपूर। कुछ देर के लिए दोनों दोस्त भूल जाते कि अब एक की टांगो में शाटिका के रोग ने जड़ पकड़नी शुरू कर दी है और दूसरे को गाऊट की तकलीफ़ परेशान करती रहती है।

वो याद है न, अहदू होटल में नित्याभाई के शामी कबाब खाने की सजा? भनक जब उनके काकलाल के कान में पड़ी तो बेटे को ‘सुच्चा’ करने के लिए उन्होंने पूरे माघमास सूर्योदय से पहले वितस्ता में डुबकी लगाने पर मज़बूर कर दिया था।

“पर नित्या भी कम घाघ न था। कर्मकाण्डी पिता की घनघोर निराशा देखकर अदब से माथा झुकाकर अपराध का दण्ड स्वीकार तो किया, पर शिशिरगांठे जब चाकुओं की धार-सी छतों पर लटकी देखीं और थक्कों-के-थक्के बर्फ़ होश उड़ाने लगे तो जनाव घुटनों-घुटनों पानी में उतर, दायें-बायें देख, मुँह-आँख धोकर पानी टपकाते घर लौटते, बस, हो गया स्नान।

“लेकिन यह चालकी काकलाल के साथ तो चलनेवाली न थी। एक बार कुछ शक पड़ गया उन्हें तो जनेऊ देख लिया, सूखा-चटक! बस, फिर क्या था, उसी पल दुबारा घाट पर हड़का दिया-हुँ! मेरी बिल्ली और मुझी से म्याऊँ?”

“साथ ही काकलाल खाँसते-खखारते, केन हाथ में लिये बतौरे एहतियात साथ हो लिये...अब बोल बच्चू, फिर बोलेगा झूठ!

वो गगरीबल के पैलेस में हिज़ हाईनेस महाराजा बहादुर के जन्म दिवस पर की रौनकें! जब महाराजा को बधाई देने तमाम गजटेड आफिसर लाल हुडवाले गाउन डाटे, अबरक मांड से धुले-निखरे साफ़े पहने, तलवारें लटकाये पहुँच जाते तो कैसे यार-दोस्तों समेत डोगों-किश्तियों में पिकनिकों का समाँ बँध जाता।

झील डल क्रॉस करने पर ‘बिस्को साहब’ से पुरस्कार पाने की यादें! चार चिनारी में छड़े दोस्तों की वह पहली और आखिरी पार्टी, जिसमें उन्होंने डरते-झिझकते हुए ‘सोमरस’ का स्वाद चखा था और गुलामअली की सोज़भरी आवाज में ‘बोंबुर यम्बरज़ल’ के इश्किया नगमें सुने थे। घर लौटकर दो दिन बड़ों से मुँह छिपाते फिरना, जैसे कोई भारी अपराध हो गया हो।

इधर नयी पीढ़ी धीरे-धीरे पर इत्मीनान से ‘बोल्ड’ होने लगी थी। यानी कि पहले-पहले बड़ों-बुजुर्गों से छिपकर, फिर माँ-भ्राता के सामने खुलकर सिगरेट-

विगरेट पीना, देर रात तक घर से गायब रहना और दोस्तों के साथ क्लब-होटलों मे यदा-कदा तफ़रीह करना आदि-इत्यादि आदतें बदलते वक़्त की पहचान बनकर उभरने लगी थी। यहाँ तक कि राजनाथ के सुपात्र बेटे ने भी पिता के इशारों से मना करने पर कि सिगरेट पीना बुरी आदत है' के उत्तर में निहायत भोलेपन से उत्तर थमा दिया, "बाबू जी, आपसे ही तो सीखा है..."

राजनाथ ठहाका लगाकर हँसते, "ठीक भी है! यों यह तम्बाकू की आदत मुझे बबलाल ने ही डाली थी, कुछ कब्ज-अब्ज की शिकायत रहती थी मुझे। पर फिर आदत बन गयी और आदत तो कोई भी हो, बुरी ही होती है।"

एक बात खत्म करता, दूसरा नया प्रसंग शुरू कर देता। बातों से जी ही न भरता, "और राजभाई, आप तो भूले होंगे पर हमें वह प्रोफेसर थामस की क्लास में आपकी झपकियाँ लेना भूलता नहीं। थे तो वे गज़ब के विद्वान्, चौकन्ने भी पर आपकी चोरी और मुँहजोरी पकड़ न पाये।"

"ओ! वह लिटरेचर की क्लासवाला वाक़या? बड़ी तेज़ नज़र थी उनकी। क्या रंगे हाथों पकड़ लिया मुझे।"

"पर आपने भी तो खूब छकाया।"

"नहीं भइया, दरअसल, 'राजनैट' कहकर जो वे गरजे, नींद के साथ मेरे होश भी फाख़्ता हो गये। उस रात बबलाल के बुखार के कारण मैं सो नहीं पाया था, सो क्लास में बैठे-बैठे ऊँघ आ गयी थी। उन्होंने इशारे से पूछा, हाँ तो मैं क्या कह रहा था? ज़रा एक्सप्लेन कीजिए....मैंने दायें बैठे रघुनाथ को टहोका दिया, क्या पढ़ा रहे थे सर? उस भले आदमी ने 'अरस्तू कहा, बस मैंने सूत्र थाम लिया।"

"फिर जो तुमने 'कथारसिस' और 'रेचनवाद' की तुलना की कि प्रोफेसर थामस भी मान गये, "सर, मैं सोच रहा था ट्रेजेडी से जो परगेशन आफ फीलिंग्स की बात अरस्तू ने कही, हमारे यहाँ भवभूति ने भी रामायण में इस तरह के सिद्धान्त की पुष्टि की है..."

तुमने बोलना चालू किया तो बोलते ही गये, "सर, ट्रेजेडी में किसी अच्छे पात्र की किसी कमज़ोरी के कारण उसे कष्ट मिलता है, पिटी एण्ड टेरर इसके मूल तत्त्व हैं लेकिन...जैसे नींद में तुम इसी टॉपिक पर सोच रहे थे।"

"बस, अपनी इज्ज़त बच गयी उस दिन यही समझो!"

"प्रोफेसर भी तो मान गये। तुम्हें शाबाशी मिली और हम मुँह देखते रह गये। उल्टे हमें उनकी दो बातें सुननी भी पड़ी।"

"वही बात तो मैं इन्हें कब से समझा रहा था। भैया! उस दिन तो तुम हमें

लंगड़ी लगा गये...”

कितनी ही स्मृतियाँ उन लोगों ने सँजोकर रखी थी, जो अब फुरसत मिलने पर, उम्र की रीती जा रही संध्या में गोष्ठियों के पुरज़ोर मज़मून बनती जा रही थीं, वे लोग अब यादों में जीने की उम्र तक पहुँच गये थे और अपने बालपन के सखाओं के साथ उन्हें दुबारा जिया करते थे। दोस्ताना अभी भी ऐसा था कि गाजर से लड़-पड़ते और मूली से मान जाते। शरीर पर थकान के चिह्न नमूदार होनें लगे पर जिजीविषा थी तो सब ठीक था।

वक़्त के बदलाव के प्रति वे चितिन्त नहीं थे। हाँ, बुज़ुर्गियत की पैनी नज़र से बराबर बच्चों-बालों की गतिविधियों को परखना, उन्हें दिशा-निर्देश देना वे अपना नैतिक व धार्मिक दायित्व मानते थे। उनके मनों में यह विश्वास जमकर बैठा था कि वंशानुक्रम और परिवेश दोनों हमारे व्यक्तित्व को बनाने के लिए ज़िम्मेदार होते हैं। वे—वंशानुक्रम की खूबियों को अपने बच्चों में देखना चाहते थे। नयी उम्र की नयी पौध की मज़बूत जड़ें। इसके लिए वे प्रयत्नशील भी थे और शायद चिन्तित भी।

प्रदेश में बख्शी साहब ने जो एम. ए. तक मुफ्त शिक्षा का ऐलान करके शिक्षा के क्षेत्र में क्रान्ति को जन्म दिया था, उसे आगे चलकर शेख साहब ने और बढ़ावा दिया। इस ‘नयी लहर ने कच्चे-पक्के घरों से लड़के-लड़कियों के हुजूम को निकाल स्कूलों- कालिजों का रास्ता दिखा दिया था। कल तक जहाँ मुट्ठीभर खानदानी व खाते-पीते घरों के फरज़न्दे ही शिक्षा पाने का अधिकार रखते थे, आज अचानक कण्ठ कौल चपरासी से लेकर सुला हांजी की औलादें तक उस नायाब हक को हासिल करने का मौक़ा पा गये थे। एक तरफ इस नयी लहर ने खुशनुमा झोंके की तरह वातारण महका दिया था, दूसरी तरफ़ कुछ समस्याएँ चिन्ताएँ भी जन्म लेने लगी थीं। वही, सिक्के के दो पहलूवाली बात! खानदानी लोगों को शिकायत थी कि अब अयोग्य पात्र भी विद्यार्जन का अधिकार पा गया है सो शिक्षा का स्तर गिरता ही चला जायेगा। वे लोग झुण्डों में सिर जोड़कर हालात की समीक्षा करते और अपने-अपने तर्कों से सिद्ध करने की कोशिश करते कि अलाँ-फलाँ डिमका यदि विद्यार्जन के अधिकारी हो सकते तो भील-बालक एकलव्य को अँगूठा कटवाना पड़ता? गुरु द्रोणाचार्य जहाँ कौरव पाण्डवों को विद्यादान देते रहे, एकलव्य को नहीं दे सकते थे? आप होशियारी की बात करते हैं, बुद्धि और साधना की कमी उसमें तो नहीं थी, इसे आप मानते हैं न?

लेकिन वही वक़्त की बात! विद्यार्थी परीक्षाएँ देते रहे, पास भी होते रहे और

स्कूल-कालेज उन लोगों के लिए भी अहम हो गया, जो अपने लड़के-लड़कियों को पारम्परिक धन्धों में दीक्षित कर घर की चारदीवारी से बाहर की दूषित हवा न लगने देते थे। इस वर्ग में जहाँ सब्ज़ीफ़रोश अली का बेटा रसूल आता था, वहीं पुरोहित नन्दलाल का बंसी भी शामिल था। पुरोहितों की पुरोहिती का तो समझिए तभी से अवमूल्यन होना शुरू हो गया, जब से भविष्य के पण्डितों, पुजारियों और कर्मकाण्डियों ने भवानी सहस्रनाम, विष्णुपुराण, देवस्तुतियाँ, जन्म-मरण के अवसरों पर किये जाने वाले, पूजा-अनुष्ठान आदि सीखने के बदले ए. बी. सी. डी. अंग्रेजी-उर्दू वगैरह का तोता रटन्तू पाठ पढ़ना शुरू कर दिया। सूर्यकण्ठ पुरोहित और मुगलबाबू ने अपने-अपने पूजा घरों, मन्दिरों के अलावा राजनाथ के सामने भी दुःखड़ा रोया, माथा पीटा कि कलियुग का प्रभाव अब उनके धर्मी-कर्मी सुपुत्रों पर भी हावी होने लगा, क्योंकि वे स्कूल-कॉलेज जाने की ज़िद में खाना-पीना छोड़ने और घर से भागने तक की धमकियाँ देने लगे हैं। अब उनकी पुश्तैनी पुरोहिती दम तोड़ने लगेगी। वे तो जब तक शरीर में प्राण है, अपना कर्म करते रहेंगे, पर उनके बाद? उनके बाद क्या होगा?

उनके प्रश्न भी अपनी जगह पर सही थे। जन्म-मरण तो आने वाली सदियों में भी होते रहेंगे और उन अवसरों पर ब्राह्मणों और पुरोहितों की ज़रूरत भी महसूस होती रहेगी। लेकिन बच्चों को रोकना भी अब सम्भव न था। राजनाथ ऐसे में क्या उत्तर देते? बस दिलासाभर दिया, "भइया, बच्चों को रोको मत। स्कूल-कॉलेज की पढ़ाई के साथ, वे चाहें तो उन्हें कुछ संस्कार घर में भी दे सकतें हैं। पूजा-अर्चना करना तो वे सीख ही लेंगे बाक़ी आगे आनेवाला समय स्वयं कोई-न-कोई उपाय ढूँढ निकालेगा।"

और यह उपाय भी जल्दी ही विद्वान् और दूरदर्शी पंडितों ने ढूँढ निकाले। उन्होंने कर्मकाण्डों, जन्म-मरण, त्यौहारों और पर्वों पर होनेवाली विशिष्ट पूजा और मन्त्रों के कैसेट रिकार्ड करवाये, पुस्तकें प्रकाशित करवायीं। इनसे उन्हें भी आर्थिक लाभ हुए और अगली पीढ़ी भी खुद को मुक्त अनुभव करने लगी। आखिर तरक्की के दौर की खूबियाँ पुरानी पीढ़ी के जन भी मान गये।

शिक्षा के प्रसार के साथ वादी के लोग बाहरी दुनिया से तेज़ी से जुड़ने लगे थे। विज्ञान के करिश्मों ने पूरी दुनिया के सामने चमत्कारों का पिटारा खोलना शुरू कर दिया था, पुरानी मान्यताओं में दरारें पड़ने लगी थीं। तभी, जब नाथ जी के भावुक बेटे ने अपनी मंगेतर से प्रशंसा भरी गद्गद वाणी में मन की बात संप्रेषित करते हुए कहा, "तुम्हारा मुख देखकर मुझे चन्द्रमा का ध्यान आता है" तो

मंगेतरबाला का चेहरा लाज के बदले गुस्से से रक्तिम हो उठा। उसके चेहरे पर बचपन में माता निकलने के बाद से दो-चार दाग जो रह गये थे, जिन्हें देखकर कालेज के शोख लड़के कभी-कभार नील आर्मस्ट्रांग का जिक्र करते, कहते कि मानव का चिरसंचित स्वप्न पूरा हो गया है। चन्द्रमा पर नील आर्मस्ट्रांग और एडविन एल्ड्रिन ने अपने पैरों के निशान छोड़ दिये हैं...

गरज़, इस सदी के आरम्भ में की गयी रूसी वैज्ञानिक कोसतोलिन त्सियोलकोव्सकी की भविष्यवाणी सच निकलने लगी थी कि मनुष्य सदा पृथ्वी पर नहीं रहेगा। अन्तरिक्ष की खोज में पहले सहमता हुआ वायुमण्डल की सीमा से बाहर निकलेगा और फिर आगे बढ़ता हुआ सम्पूर्ण सौरमण्डल पर विजय प्राप्त करेगा...बारह अप्रैल, 1961 को मेजर यूरी गागरीन 'वास्तोक एक' में अंतरिक्ष यान में बैठकर पृथ्वी के वायुमण्डल को भेदकर, अन्तरिक्ष में प्रवेश कर गया था। जल्दी ही पाँच मई को एलन शेफर्ड नामक अमरीकी भी 'फ्रीडम सात' में बैठकर, इस प्रतिस्पर्धा का उत्तर दे बैठा और फिर एक सिलसिला चालू हुआ और दशक के अन्त तक चाँद पर मनुष्य के पद-चिह्न पड़ते गये।

युवा वर्ग ने अचानक महसूस करना शुरू कर दिया कि उनके बब्बा-काका ज़माने से बहुत पीछे चल रहे हैं और उन्हें दुगुनी तेज़ी से आगे बढ़ना है।

इसी दौर में वादी के लड़के बड़ी तादाद में प्रदेश से बाहर ट्रेनिंग करने व नौकरियाँ खोजने के लिए निकलने लगे थे। यों इसकी शुरुआत तो काफी पहले से हो गयी थी, पर अब शिक्षा के प्रसार के बाद नौकरियों की समस्या भी मुँह बाये खड़ी हो गयी थी। प्रदेश उनके लिए छोटा पड़ने लगा था। नित्यानन्द, शंकरलाल और ताराचन्द आदि की सन्ताने ही नहीं, राजनाथ का बड़ा बेटा भी घर बनाकर दिल्ली में बस गया था। बच्चों के कारण बड़े भी सर्दियों में दो चार मास मैदानों में गुजार आते। इसी बहाने बच्चों से सम्पर्क बने हुए थे। नित्यानन्द को खाँसी-नज़ले की शिकायत रहने लगी थी। सो वे मगहर से फागुन तक बेटे के पास पंजाब चले जाते। ताराचन्द तो 'दरबार मूव' के साथ साल के छः मास जम्मू और शेष छः मास श्रीनगर में बिता देते। नाथ जी के बेटे ने भी दिल्ली की पंपोश कॉलोनी में घर बना लिया था।।

राजनाथ और शंकरलाल यों जम्मू और दिल्ली जाते रहते पर सुकून उन्हें वादी में ही मिलता। जहाज के पंक्षियों की तरह वे उड़-उड़कर पुनि जहाज़ पै आवे, वाली मनः स्थिति में थे। राजनाथ तो एक बार कलकत्ता में थे कि आधी रात को चौंककर उठे। बच्चों से पूछा, "मन्दिर में आरती नहीं हुई क्या? आज, ओम जै

जगदीश हरे...' के स्वर कानों में पड़े ही नहीं..." बच्चे टुकुर-टुकुर दादा जी को देखने लगे। "दादा जी, ये तो कलकत्ता है आप क्या वितस्तावाले घर पहुँच गये?" दादा जी ने सोच में रात बिताई और सुबह सच्चाई जान मन कुछ उदास-सा हो गया। इतना मोह क्यों घर-द्वार से?

लेकिन फिर भी मोह था, एक आदत-सी बन गयी थी। वितस्ता को बहते हुए नित-प्रति देखना, खिड़की पर बैठ मन्दिर में आरती के स्वर सुनना...घाट की सीढ़ियाँ चढ़ते-उतरते हुजूम-के- हुजूम लोगों को देखना...

सर्दी से उन्हें शिकायत न थी। वह तो उन्हें जन्म से ही माँ की गोद के साथ विरासत में मिली थी। बर्फ, वर्षा, कीचड़ की अपनी परेशानियाँ, कष्ट व हाड़ कँपानेवाली तकलीफों के बावजूद ठण्डे मौसम की अपनी खूबियाँ भी थीं। विचित्र-सा खुख! खासकर जब साथ में चार दोस्त हों दीन-जहान की बातें हों, मसले हल करने हों और कमरे में बुख़ारी की गर्मी हो, घूँट-घूँट पीने को खुशबूदार भाप उड़ता कहवा हो...खिड़की की फाँकभर खुली रखकर कम्बल-कांगड़ी, कनटोपे दस्तानों से लैस, हुक्के के कश खींचते, वितस्ता पर डोलती नावों-बाहचों पर बर्फ की जमी हुई तहों को देखते रहना। बचपन में बर्फ़ की यह चद्दरें देख सोचा करते कि पनीर के बड़े-बड़े टुकड़े बिखरे पड़े हैं, इन्हें चाकू से काटकर क्यों खाया पकाया नहीं जा सकता? तब की कल्पना तब, आज बच्चे कहते हैं कि ढेर-ढेर आइस्क्रीम-कुल्फी आकाश से गिर पड़ी है। अकड़ाने-सिहरानेवाली ठंड में भी बर्फ में मुँह धंसाकर कुल्फी चाटने का लोभ सँवर नहीं पाते और एवज में खाँसी-जुकाम मोल ले लेते हैं। भावना वही हैं, पर शब्द बदल गये हैं। आज भी वैसे ही नन्हे-नन्हें रूई के गोले, आकाश से गिरते हैं और वितस्ता में जज़्ब हो जाते हैं। छतों पर इकट्ठी होकर चेहरों की शक्ल अख़्तियार कर लेते हैं। कमरे की भीतरी छत के साथ, दूर देश से आकर, नन्हीं अबाबीलें घोसलें बनाती हैं, बच्चे जनती हैं और घोंसलों में नन्हीं पुकारें उगने लगती हैं। धीरे-धीरे नये जन्में पखेरू, माँ की चोंच सु चुग्गा खाकर पल-पुसकर उड़ना सीखते हैं और उड़ना सीखते ही अपना-अपना आकाश ढूँढने लगते हैं।

राजनाथ मुस्कराकर शंकरलाल से कहते, यह नन्हीं अबाबीलें! यह भी तो पंख लगते ही अपने अलग रास्ते ढूँढने लगती हैं, फिर हमारे बच्चे अगर हमारे बनाये घरौंदों में घुटन महसूस करें तो उन्हें दोषी कैसे ठहरा सकते हैं?

श्यामभाई नाराज थे, "रास्ते बनाना तो ठीक है, आखिर माँ-बाप ही बच्चों को इस लायक बनाते हैं कि वे रास्ते बना सकें, पर हम जो तमाम उम्र उनकी बेहबूदी

के सपने देखते हैं, इनकी सुविधा-सुरक्षा के लिए अपना पेट काटकर घरद्वार बनाकर देते हैं, उनसे तो उनका जी उचाट नहीं होना चाहिए।"

"अपने आगामी कल की तस्वीर उनके ज़ेहन में वह नही, जो हमारे मन में हैं। उन्हें अपनी इच्छा से ही अपना कल बनाने की छूट मिलनी चाहिए। राजनाथ इस बात को मानते थे, इसलिए शायद बच्चों की निजी ज़िन्दगी में उन्होंने दख़लअन्दाजी नहीं की। अपने फैसले उन पर कभी नहीं थोपे।

लेकिन श्यामभाई ही क्यों, एक बड़ा बुजुर्ग वर्ग परेशान था और 'कलियुग जो न दिखाये सो कम' वाले भाव से देख रहा था और कुढ़ रहा था," आजकल की यह सन्तानें! तौबा-तौबा! मसें भीगी नहीं, मुँह पर मुलायम रेखभर निकली कि मर्दानगी के तेवर दिखाने शुरू कर दिये। अब तो भइया, चार दिन के लौंडे भी सवाल-जवाब करना सीख गये हैं। वही बात, अण्डा सिखावै बच्चे को कि ची-ची मत कर! और इसे आप तरक्की कहते हैं?

"लड़कों की बेअदबी की बात ही होती तो चलो मन मारकर सह भी लेते, मानकर कि मर्द जात है पाजी कहीं के, पर लड़कियाँ भी तो तुर्की-बतुर्की' बोलने लगी हैं। बुजुर्गों के आगे ही-ही ठी-ठी हो रही है और तो और अब बोलना अच्छा नहीं लगता, पर सही बात जो है सो मैने न कही तो भी अगला चुप तो नहीं बैठेगा..."

"आख़िर हुआ क्या?"

"अजी, आप होने की बात पूछ रहे हैं। अब और क्या होगा, इससे बदतर! रामनाथ काज़ी के लड़के से उसकी शादी तय कर ली, बड़ी मिन्नत-मानत मानकर। इस तिकूवालों की श्यामली ने मालूम है क्या हंगामा खड़ा कर दिया? बेचारी माँ ने जबान भी दे दी, अगले मगहर में लगन भी देखा। पर लड़की ने सुना तो जाने कहाँ से ज़हर की एक पुड़िया लेकर आयी और माँ को दिखाकर बोली—अभी मेरी शादी की बात की तो इसे खाकर सो जाऊँगी। मुझे फ़िलहाल शादी करनी नहीं है।"

"ओ हो! पर बी. ए. तो पास कर ही चुकी है..."

"बोली—एम. ए. पी. एच. डी. करूँगी। नौकरी मिलेगी, उसके बाद जिधर तू चाहे शादी कराना..."

"आह! बातें सुनो! अभी से यह हाल, चींटी के पर निकले समझो, आगे तो राम ही मालिक है..."

इन लोगों का कष्ट समझ में आ सकता था, क्योंकि इन्होंने वह ज़माना देखा

था जहाँ उनकी माँएँ तो माँएँ, उनकी पत्नियाँ तक अपने बुजुर्गों-बड़ों से बात करते समय, दरो-दीवारों से मुखातिब होती थीं। ये तो उन लोगों ने वक़्त के बदलाव को ध्यान में रखते, दरियादिली का प्रमाण प्रस्तुत किया था कि अपनी लड़कियों को स्कूल-कालेज जाने की इजाज़त दी। नहीं तो वे क्या जानते न थे कि सौ किताबें चाटकर भी करना उन्हें वही कुछ है, जो उनकी दादी-नानी ने किया है, वही छाज-छलनी, सूप-वूप उठाना, दाल-भात बनाना, घरभर की टहल करना, सास-ननद की चार बातें सुनना और शौक़ के नाम पर कुछ कढ़ाई-कसीदा काढ़ना, स्वेटर बुनना। हाँ, पढाई का इतना लाभ तो ज़रूर मिलने लगा था कि बेटियों को सुशिक्षित वर मिलने में ज़रा आसानी होने लगी थी। पर यह न समझना कि खालिस लड़की माँगते थे लड़केवाले! ना भई ना! पढ़ी-लिखी चाहे कितनी भी हो, साज़ोसामान तो संग में होगा-ही- होगा।

"लड़कियों में जागरूकता भी आयी है भैया! वे अपना भला-बुरा समझने लगी हैं। अपने कर्तव्यों को भी बेहतर ढंग से निभा रही हैं। अपनी बहूरानी को ही देखो अनपढ़ लड़की में इतनी सुघड़ाई होती? बात करने का सलीका, सफ़ाई-सुथराई? और फिर ननद-देवरों को पढ़ने-पढ़ाने में भी मदद करती है। तुम्हारा उन्हें मास्टर रखने का खर्चा तो बचा ही लेती है न?..."

राजनाथ की बातों में सार होने के बावजूद कुछ लोग, जो सही से ज्यादा ग़लत पक्ष को देखने के आदी थे, उनकी सुन तो लेते पर प्रभावित ज़रा कम ही होते। सो स्कूली वाद-विवाद प्रतियोगिताओं की तरह कि विज्ञान अभिशाप है या वरदान नुमा विषयों पर दोनों पक्षों में बहस होती, प्रमाण पेश किये जाते, तर्क-कुतर्क होते, पर बहुधा निष्कर्ष निकलने से पहले ही वे लोग किसी तीसरे मुद्दे की तरफ़ मुड़ जाते।

सो बहस-मुबाहसों बीच वादी के लोग अबांबीलों को जन्मना, पलना-बढ़ना और फिर पंख लगते ही सुदूर देंशों में उड़ान भरना देखते रहे। नहीं उदास होकर नहीं, दैनिक कार्यकलापों के बीच जन्म-मरण की प्रक्रियाओं से गुज़रते हुए शादी-ब्याह ज़रकासय- काहनेतर आदि-इत्यादि रचाते-मनाते। तुम्बकनारियों पर श्रीराम जन्म से लेकर सीता वनवास तक की लीलाएं-गाथाएं हँसी और आँसुओं से विगलित स्वरों-कण्ठों से सुनते-सुनाते, "गयो मय राम दण्डक वन, सूत्य सीता त ब्येय लक्ष्मण..." युवा लड़कियाँ 'छकरी' बजातीं, बूढ़े-बुजुर्ग धारदार आँसुओं बीच कथा का रसास्वादन करते। रामायण-महाभारत से लेकर महजूर-ललदेदी-हब्बाखातून, जिंदाकौल और नादिम तक गीतों और गज़लों से बदलते वक़्त के

इतिहास का पारायण होता। गर्मियों-बहारों में तो करने को हज़ारों काम होते, पर शिशिर मास की बर्फबारी में भी बन्द कमरों में कई-कई कपड़ों से लदे-फदे, गर्म-गर्म शलजम नदरु, भाप उड़ाते बारिमुठ याजि या निका-निका कानुल बोस्तहाख खाते, (जिसे लक्ष्मी चाची अपनी रसोई में पकाकर प्यार से कटोराभर जेठ जी की थाली में रख आती), वे लोग सुकून ढूँढते-पाते जी रहे थे। बदलते वक़्त में टूटती मान्यताओं में सही गलत पर विचार करते।

ऐसा नहीं कि सर्दियों में गर्म अँगीठी की आँच से ऊँघते और अतीत में विचरण करते ही राजनाथ वक़्त गुज़ार रहे थे। आप लोग ग़लत निष्कर्ष न निकालें। वे तो जब तक स्वास्थ्य ने इजाज़त दी, एक दिन भी फालतू नहीं बैठे। उनके इसी वितस्ता के घर मे, चौथी मंजिल की बैठक में, बाज़ाप्ता क्लास लगा करती। हाँ, निःशुल्क ही। क्या करते? जन्मे ही अध्यापक थे। पढ़ने-पढ़ाने बिना चैन नहीं मिलता था। लड़के-लड़कियाँ भी हरी झण्डी मिलते ही अंग्रेजी साहित्य और संस्कृत, गणित आदि सीखने दौड़ पड़ते, एक अबूझे- अलिखित अधिकार के साथ। सो राजनाथ उम्र की ढलान पर भी सन्तुष्ट थे कि वे बच्चों के अच्छे व्यक्ति बनने में कुछ मदद तो कर रहे हैं। यानी जीने का कोई अर्थ तो अब भी शेष है।

इधर पूरे देश में सत्ता के लालचियों के फैलाव के साथ असली सत्ता एक नयी बिचौलिया ताक़त के हाथ में आ गयी थी। इस बिचौलिया ताक़त के करिश्में पर अक्सर बहस हुआ करती। इसी की बदौलत समाज में एक नव धनाढ्य वर्ग उभर रहा था। यह वर्ग पुराने मूल्यों, संस्कारों को अपने लिए लाभहीन समझकर नये रास्तों को अन्धाधुन्ध आज़माने लगा था। नये मूल्य तलाशना उचित भी था, पर बहुत जल्द बिना संघर्ष और सोच-विचार किये बहुत कुछ पाने के लिए जिन तिकड़मों और शार्ट-कट का सहारा लेना ज़रूरी था, उसमें अपने से इतर किसी दूसरे के लिए सोचने की गुंजाइश नहीं थी। 'पहले आत्मा फिर परमात्मा' वाले इस नारे में अर्थ और सत्ता की पहली जगह थी, शेष सब गौण! ज़ाहिर है इसके लिए सही-गलत, कई हथकण्डे अपनाने की ज़रूरत पड़ती थी।

शंकरलाल जिक्र उठने पर राजनाथ से कहते, "अफ़सोस तो यही है कि पढ़े लिखे नौजवान इस होड़ाहोड़ी में रास्ता भटक रहे हैं। यह भी चाहिए, वह भी चाहिए के लिए हाय-हाय मची है। मेजों के ऊपर-नीचे के अलग-अलग बहीखातों में अलग-अलग रकमें—सूचियां दर्ज हो रही हैं, धन भी काला हो गया, वक़्त की माया, क्या कहें!"

यह वक़्त का एक चेहरा था जिसे कोई भी बुजुर्ग ख़ुश होकर देख नहीं सकता

था, पर बुज़ुर्ग वही न, जो वक़्त की तासीर के रंग पहचान ले। हम-आप तो साधारण जन हैं, वक्त को बिगड़ते तो भगवान् को भी देखना पड़ा। फिर अनेक उदाहरणों का जिक्र होता महाभारत के नर संहार, रामायण में सती सीता के अपहरण के दृश्य...नियति नटी के कार्यकलाप...!

बुज़ुर्ग जानते हैं कि समय की शक्ति के आगे माथा अपने आप झुक जाता है, इसका कोई विकल्प नहीं!

लेकिन बुज़ुर्गों को अगर तकलीफ़ थी, युवा पीढ़ी भी आराम से दिन नहीं काट रही थी। उनके भीतर-बाहर नये तनावों का जन्म होने लगा था। निका रात के ग्यारह बजे तक अगर घर से बाहर रहता तो वह मटरगश्ती ही करता हो, ऐसा नहीं था। रसोई में खाना लेकर पटले पर बैठी ऊँघती माँ बेटे के इन्तजार में आँखों में अँगुली डाले बैठी भी जानती थी कि बेटा परेशान है और वह उसकी परेशानी कम नहीं कर पा रही, क्योकि परेशानी के बड़े कारण थे। राजनीतिक-आर्थिक कारण और उन कारणों से युवक क्षुब्ध थे। रोजी-रोटी के तनाव भी बढ़ने लगे थे। इधर प्रदेश में इंजीनियरों और डॉक्टरों की भरमार होने लगी थी। माल तैयार हो रहा था, पर उसकी खपत नहीं हो रही थी। प्रदेश में कुछेक कल-कारखाने ज़रूर खुल गये थे, पर बड़ी फैक्ट्रियों, कारखानों के शोर व धुँए से दूर यह वादी कितने कुशल इंजीनियरों को रोजगार दे सकती थी? अलग-अलग वर्गों, जातियों में सीटों का वर्गीकरण हो गया था। कमजोर वर्गों के लिए अधिकांश जगहें आरक्षित थीं, पर सीमित जगहें थीं। सो चाहे-अनचाहे सम्मिलित परिवार टूटने लगे थे। घर से दूर जाते बेटों-बेटियों को माता-पिता दिल पर पत्थर रखे और पलकों पर आँसू रोके विदा कर रहे थे। उस पर भी आश्वस्त होना कठिन था कि घर छोड़कर ही बेटा अन्यत्र सुख से रच-बस जायेगा।

ऐसे में एक दिन राजनाथ ने देवकी के कहने पर, गंगा स्नान करने के लिए हरिद्वार यात्रा का प्रोग्राम बनाया। राजनाथ भी एकाध मास के लिए यात्रा पर जाना चाहते थे। देश के अलग- अलग कोनों में बने इन तीर्थस्थलों के दर्शन से कई लाभ मिलते थे। विभिन्न लोगों से मुलाकात, उनकी बोलचाल, उनके संस्कार जानने-समझने का अवसर मिलता, विचारों का विनिमय भी होता। राजनाथ ने सोचा, गंगा जी के दर्शन कर, लौटते समय दिल्ली, पठानकोट, जम्मू में भी कुछ दिन रहकर आयेंगे। जम्मू में रिचा तो थी ही, ताराचन्द भी बेटे के साथ रह रहा था। पुराने मित्रों से भेंट भी करेंगे। चालीस वर्ष पहले वे मस्तगढ़ जुलाका मुहल्ला में कुछ वर्ष रहे थे। मस्तगढ़वाले मकान में ही उनके बबलाल का देहावसान भी हो

गया था। उनकी समृतियाँ भी वहाँ बिखरी पड़ी थीं, सो पुरानी जगहों को देखने की इच्छा भीतर ज़ोर मारने लगी थी।

राजनाथ की यात्रा ठीक-ठीक ही रही थी। देवकी शरीर से भारी होने के बावजूद छोटे-बड़े काम खुश होकर कर रही थी। बल्कि उसने हरिद्वार से अपने लिए गंगाजल में धो-सुखाकर अपने अन्तिम परिधान भी लाये थे। ताँबे के लोटे में गंगाजल, राम-राम पट्टू, चन्दन की मालाएँ...आदि इत्यादि। लौटते समय राजनाथ और देवकी आठ-दस रोज ताराचन्द के पास रहे। उसी ने रोका यह कहकर, "अभी वादी में खूब बर्फ़वारी हो रही है। ज़बरदस्त सर्दी पड़ रही है, थोड़े दिन और रुक जाओ। मौसम में ज़रा तबदीली आ जाये तो चले जाना..."

वह जनवरी मास की अन्तिम रात थी। राजनाथ-देवकी खाना खाकर बिस्तरे में लेटे थे कि दरवाजे पर हल्की-सी दस्तक हुई।

रात के करीब ग्यारह बजे का समय, इस वक़्त कौन-सी ज़रूरत पड़ी ताराचन्द को! राजनाथ के मन में संशय जाग उठा। सब मंगल कुशल हो! उन्होंने मन-ही-मन आदिदेव विघ्नहर्ता को हाथ जोड़ दिये!

"दरवाजा खोलो भाई!"

ताराचन्द का स्वर धीमा था, लरजभरा। तार लिये वह दरवाजे पर खड़ा था। संजीदा सूरत, पर हाथों में हल्का-सा कम्पन, जिसे तार थामते राजनाथ ने भाँप लिया, "हे भगवान्! क्या कोई अनिष्ट घट गया है? क्या पता श्याम ठीक है? सर्दियों में उसकी सेहत यों ही सी रहती है। देह ऐसी कि चाकू की नोक-सी हड्डियाँ कुरते से बाहर झलक आये। बस, ज़बान का ही ठसका है। कहीं बहन बेचारी का ही अन्त समय तो नहीं आया! पति और युवा बेटे की अकाल मृत्यु ने उम्र के पहले ही उसको बूढ़ा कर दिया है..." मन-ही-मन अपने बूढ़े-बीमार परिजनों को गिनते राजनाथ ने तार पढ़ा कि अचानक उनकी आँखों के आगे घटाटोप अँधेरा छा गया। नहीं, कोई वृद्ध या अशक्त बीमार नहीं हुआ था। भरी बहार में उल्कापात हो गया था। नंगे आकाश से बिजली गिर पड़ी थी, अविश्वसनीय, अकल्पनीय! राजनाथ बार-बार ऐनक साफ़ करते हुए बार-बार तार पढ़ने लगे, "मिन्ना! मिन्ना ही लिखा है क्या? लेकिन ऐसा कैसे हो सकता है? कहीं कोई ग़लती तो नहीं लगी है?

मिन्ना! 'मिन्ना इज़ नो मोर' स्टोव से जलकर मिन्ना की मृत्यु हो गयी है!

सोलह

अच्छी-भली, उन्नीस बर्षीय, जिजीविषा से गले-गले भरी मिन्ना की अकाल मृत्यु ने राजनाथ को ज़बरदस्त धक्का पहुँचा दिया। यह सच है कि राजनाथ उस दिन भी नहीं रोये। रिचा पास बैठी थी, जो उन दिनों पति के साथ जम्मू में ही रहती थी और दो दिन पहले माता-पिता से मिलने आ गयी थी। राजनाथ ने उसे भी रोने नहीं दिया, भीतर से उठते रुलाई के तूफान और जिगर हिला देने वाली हूकें उन्होंने भीतर- ही-भीतर घोंट दिये थे। राजनाथ बेटी और पत्नी को तसल्ली देना चाहते थे। स्वयं अपने छटपटाते मन को समझाकर शान्त करने की कोशिशें करते थे, लेकिन हो नहीं पा रहा था। हमेशा भगवद्गीता का सहारा लेनेवाले राजनाथ, श्रीकृष्ण के इन अमृत बचनों को भी आत्मसात् नहीं कर पा रहे थे, 'जिसने जन्म लिया, उसके लिए मृत्यु अवश्यम्भावी है।' वे समझा रहे थे," इसके लिए शौक क्यों करना? जो मृत्यु को प्राप्त होता है, उसे तो फिर से जन्म लेना है न?"

जातस्य हि ध्रुवो मृत्युः ध्रुवं जन्म मृतस्य च।
तस्माद परिहार्येऽर्थे न त्वं शोचितुमर्हसि।।

जन्म मरण के अखण्ड सत्य को मिन्ना के साथ जोड़ना बड़ा कष्टप्रद था। जीर्ण वस्त्र त्यागकर, नये वस्त्र धारण करने का सिद्धान्त उस झील के सद्यः प्रस्फुटित कमल जैसे, हवा के स्पर्श से सुगन्ध बिखेरते युवा शरीर के साथ किसी भी प्रकार तो जुड़ता न था। आत्मा-आत्मा रटते भी मिन्ना की हाड़-मांस से निर्मित कोमल काया के सच को झुठलाना सम्भव नही हो पा रहा था। जरा-सी आँच छू जाने मात्र पर देह-मन से जो चीत्कारें निकल पड़ती हैं, पूरी देह लपटों की गिरफ्त में आने पर किस महाकाल का ताण्डव नृत्य उसने देखा और महसूस किया होगा? क्या सोचा होगा मिन्ना ने उस वक़्त? कैसी हृदय-विदारक छटपटाहट उगी होगी मिन्ना के समूचे अस्तित्व से उस वक़्त? किसने सुनी होगी उसकी मर्मान्तक चीत्कारें? क्रूर काल भी दहल न गया क्या उसकी पुकारों से?

और उसके आस-पास जो भी थे, उन्हें किसके शाप ने पत्थर बना दिया था?

राजनाथ जलमग्न द्वीप-सी आँखों से यादों के खँडहर में मिन्ना को गुहारते रहे। उस मिन्ना को, जो गौरी के अन्तिम स्नान के समय पड़ोस के घर में खिड़की पर बैठी नन्ही चिड़ियों को आकाश में कलाबाज़ियाँ खाते देख रही थी और छोटे-छोटे हाथों से तालियाँ बजाती, उड़ते पाँखियों के साथ चहक रही थी। मृत्यु की भयावहता तब उसकी अबोध उम्र समझ नहीं पायी थी। क्या अन्त समय भी मृत्यु

उसके लिए उतनी ही भयहीन, अबूझ और महत्त्वहीन रही होगी? जीवन को बाहें खोलकर अँकोरनेवालों के लिए अचानक मृत्यु का आमन्त्रण मात्र एक स्वप्न-सा होता है क्या? जहाँ जीर्ण वस्त्र बदलकर नये वस्त्र धारण करने जैसा कोई आश्वासन मन को भयमुक्त कर देता है, कर सकता है? धारण करने जैसा कोई आश्वासन मन को भयमुक्त कर देता है, कर सकता है ?

नहीं, राजनाथ मिन्ना की मृत्य के दुख को उस सन्त व्यापारी की तरह न झेल सके, जो मालवाहक जहाज डूबने पर भी 'शुक्र परवरदिगार' कह गया था और जहाज के माल समेत सकुशल लौट आने पर भी 'शुक्र परवरदिगार' ही बोला था। राजनाथ का मन डोला ही नहीं, बहुत भीतर तक जख़्मी हो गया।

बच्चों की तरह वे अपने आप से प्रश्नोत्तर करते रहे, "अरे, अभी-अभी तो मिलकर गयी थी? यात्रा पर निकलने से पहले कपड़े-लत्ते अटैची में जमा दिये। गरम स्वेटर, अचकन, धुस्सा, मफलर, दस्ताने! ढेर-सी हिदायतें दे गयी। पापा, आप ठण्ड में ज्याद घूमना नहीं वहाँ। देर तक नदी में नहाना नहीं, गंगा माँ जानती हैं कि ज्यादा ठण्ड से आपको सर्दी-जुकाम हो जाता है और मिन्ना वहाँ आपके साथ नहीं रहेगी..."

राजनाथ हँसते, राजनाथ भीतर-ही-भीतर रोते। जाते वक्त वे मिन्ना को आशीष देना तो नहीं भूले? बब्बू के बारे में कुछ हिदायतें तो दी थीं, "इसे लपेट-ओढ़ाकर रखना। खुद भी ठण्ड से बचना। न हो तो कुछ दिन भैया के पास चली आना, दस-पंद्रह दिनों के लिए। उधर की तरफ़ तो ठण्ड भी बेहिसाब पड़ती है। फिर बब्बू और घर दोनों को सँभालना होगा।"

मिन्ना ने पिता की चिन्ता को महसूस किया था, "वो तो मैं आऊँगी ही पापा! सच मानिए तो मैं भैया-भाभी के पास ही ये सर्दियों के दो महीने गुज़ार देती। मुझे सर्दियों में कम्बल-शॉल लपेटकर बैठना और भाभी के हाथ की बनी सोंधी-सोंधी महकवाली मेथी पनीर और कमल ककड़ी की यख़नी खाना बहुत भाता है। पर उधर? उधर क्या होगा ?"

राजनाथ मुस्कराकर चुप हो गये थे, ठीक भी है। पति को उस सुदूर जंगली गाँव में अकेले छोड़कर अपना सुख ढूँढने-भोगने की शिक्षा वे बेटी को दे नहीं सकते थे। फिर दो-एक महीने का ही कष्ट था, बाद में सर्दियाँ भी कुछ कम हो जाती हैं। तब तक तो राजनाथ घर लौट ही आते, फिर दामाद का तबादला भी करवा लेते...

लेकिन आप जो सोचते हैं, वह हमेशा नहीं होता और जो सोचने से आप डरते

हैं, अक्सर वही होकर रहता है। राजनाथ अपने शिष्यों-बच्चों को मन और विचार स्वच्छ रखने की शिक्षा देते। उनका विश्वास था कि शुभ संकल्पों और विचारों से जीवन में शुभ घटता है। वे कहते, "अशुभ सोचो भी मत, क्या पता किस घड़ी का सोचा सच हो जाय!" ब्राह्मण समाज इस स्थिति को 'अभिज़ेथ' की संज्ञा देता था। इस सन्दर्भ में राजनाथ उस यात्री की कथा सुनाया करते, जो भटकता-भटकता, भूख-प्यास से बेहाल एक घने जंगल में आ पहुँचा था। उस जंगल में एक पेड़ के नीचे बैठा रात-भर कल्पनाओं के संसार में खोया सोचने लगा, "काश! इस समय मुझे सुस्वादु भोजन मिलता, तो मेरी भूख मिट जाती।" तब पलक झपकते ही पकवानों का थाल उसके सामने प्रकट हो गया। यात्री भोजन खाकर तृप्त हुआ तो सोचने लगा, 'काश, इधर एक शैय्या होती, मैं उस पर लेटकर विश्राम करता, तन की थकान उतार देता।' तभी एक नरम आरामदेह शैय्या सामने प्रकट हुई। अब शैय्या पर लेटकर यात्री सोचने लगा, "यहाँ एक सुन्दर रमणी सेवा के लिए उपस्थित होती, तो कितना सुख मिलता।"

तभी एक सुन्दर कमनीय रमणी सामने दिखाई पड़ी। तन-मन से सन्तुष्ट उस यात्री के मन में तब सहसा डर उग आया, "निबिड़ अन्धकार, घना जंगल, यदि कोई शेर-चीता कहीं से आकर मुझे दबोच ले तो?"

और तभी झाड़ी से शेर निकल आया और यात्री पर झपट पड़ा।

यात्री को मालूम न था, वह कल्पवृक्ष के नीचे बैठा था। राजनाथ जोड़ते, "बुरा सोचो भी मत। मन में आशंकाएं कभी मत पालो। जीवन में भी कोई-कोई क्षण कल्पतरु जैसा होता है।"

लेकिन इधर राजनाथ का विश्वास झूठा पड़ गया। बुरा सोचा ही नहीं, बुरा किया नहीं, फिर भी बुरा हो ही गया।

होनी बड़ी बलवान! राजनाथ ने सिर झुकाया। गुरुजनों ने रामायण और महाभारत के प्रसंग उद्धृत किये, "यश-अपयश, हानि-लाभ, जीवन-मरण, विरह-मिलन। यह सब तो विधि के हाथ है! इसमें हमारा क्या वश?"

जाहिर है, उन प्रसंगों की व्याख्या करना ज़रूरी नहीं था। यह राजनाथ स्वयं भी जानते थे।

जो वे नहीं जानते थे, वह एक अदृष्ट कारण था, जिसके तहत मिन्ना छः मास के बब्बू को छोड़कर चली गयी। तिनके के मानिन्द सभी गहरे-गूढ़ सम्बन्ध तोड़कर! दुर्घटना! लोगों ने कहा, माघ मास में स्टोव मृत्यु का कारण बन गया। लेकिन वह कोई नायलॉन, रेयॉन, पहनने का समय भी न था। गरम फलालैनों-रफलों

से नख-शिख ढका रहता है इस ऋतु में! पर प्रत्यक्षदर्शियों ने कहा, "उसका क्या बचा था? भरपूर यौवन की पींगे लेती देह, अधजले कंकाल में तबदील हो गयी थी। हाथों की त्वचा हड्डियों से अलग झूल रही थी। तन तो हमने न देखा, मलमल की धोती से उसे ढक दिया गया था। कुछ भी तो बचा न था उसका! और वह आखिरी साँसें गिनती कह रही थी, "मेरे कंगन बेच दो, मुझे अस्पताल ले चलो। न हो, तो मुझे भैया के पास भेज दो। मेरे पापा को तार दे दो..."

वह जीना चाहती थी। मौत से जूझती हुई, नीम बेहोशी में। फफोले पड़े हाथों से लटकते मांस के लोथड़ों को देखती पति से कह रही थी, "अब इन हाथों से दोसे बनाकर तुम्हें कैसे खिला सकूँगी...?"

नन्हें बब्बू के लिए उसने क्या कहा, यह किसी ने नहीं बताया। उस नन्हें बेटे के लिए, जो उस वक्त भूख-प्यास से बेहाल माँ की छातियों के लिए मचल रहा था। जिसे करुणावश रिश्ते की एक मासी ने अपनी छातियाँ निकाल मुँह में देने की कोशिश की थी और जिसने पलभर ठिठककर उन छातियों को देखा था और फिर उस चेहरे को जो उसके ऊपर झुका था। क्षणांश में उसके होठों में कम्पन हुआ और आँखों से आँसुओं की नदी बाँध तोड़कर बह निकली थी। वह बब्बू जो नहीं जानता था पर अचानक भाँप गया था कि उसके ऊर्जा के स्रोत पर उल्कापात हो गया था। भरी-भरी छातियों से निर्बाध बहती दूध की धार अचानक सूख गयी थी किसी ज्वालामुखी के फटने के बाद, उसकी हरियाली धरती पर अचानक उबलते लावे की नदियाँ हहराकर उसकी पहली और आखिरी उम्मीदों को जलते रेगिस्तान में तबदील कर गयी थी।

राजनाथ घर लौट आये थे! थके-टूटे और उम्र से बीस बरस ज्यादा बूढ़े। बेटे-बहू ने कहा, "चौथे दिन किसी रिश्तेदार को भेजकर हमें इत्तला दी कि मिन्ना नहीं रही, एक्सीडेंट में उसकी मृत्यु हो गयी। हमने तो उसके पार्थिव शरीर को भी नहीं देखा, आखिरी वक्त! उसे पहले ही निपटा आये थे..."

राजनाथ के इर्द-गिर्द दुःख, क्रोध व घृणा से लबालब भरा समाज इकट्ठा हो गया। राजनाथ के लिए सहानुभूति, बब्बू के लिए करुणा और अपनी बेटियों के लिए चिन्ता के अलावा राजनाथ के इस छोटे दामाद और उसके घरवालों के प्रति आक्रोश से तमतमाता हुआ।

"यही कद्र होगी अब हमारी बेटियों की ? सुन्दर, सुशील, सुशिक्षित मिन्ना को भी जब बख़्शा न गया तो हमारी औसत रूप-रंग की लड़कियों की क्या गत होगी? आप इस अत्याचार के विरुद्ध आवाज़ उठाइए। हम आपके साथ हैं..."

जितने लोग उतनी बातें। मिन्ना की मौत की वजहें ढूँढ़ी गयीं, अन्दाजे लगे। कइयों ने कहा, दहेज कारण था, उन्हें राजनाथ से जितनी उम्मीदें थीं, उतना न मिला होगा; कइयों ने कहा व्यभिचारी पति का अनाचार उसके लिए काल बन गया। कुछेक ने किसी घरेलू झगड़े पर उपजे क्रोध की परिणतिस्वरूप की गयी आत्महत्या को कारण माना, पर उनमें सच कोई नहीं जानता था। जो सच जानते थे, उन्होंने अपने होठों पर मुहर लगा दी थी।

राजनाथ अन्दाज़ों का सहारा लेने के आदी नहीं थे। जितना वे अपनी बेटी मिन्ना को जानते थे, उससे यह मान लेना कठिन था कि अपने अधिकारों से ज़्यादा दायित्वों के प्रति सचेत, उनकी यह संवेदनशील और संस्कारनिष्ठ छोटी बेटी, छः मास के नन्हें बेटे को छोड़कर आत्महत्या करेगी। अपने व्यक्तित्व की आग को उसने पति की देहरी पर क़दम रखते ही आँखों के पानी से शमित कर दिया था गृहलक्ष्मी और सती-सावित्री बनने के उपदेश देनेवाली माँ को उसने जाना नहीं, पर पिता की अपेक्षाओं से वह पूरी तरह वाक़िफ थी। यह बात, घरवालों के अलावा, मिन्ना की अन्तरंग सखी चित्रा भी जानती थी, जिसे यक़ीन था कि मिन्ना ओंकार से शादी करके खुश रहती, क्योंकि वे एक-दूसरे को चाहते थे। पर खानदान में कुछ खोट होने के कारण मिन्ना ने पिता को इस बात की जानकारी न होने दी। मिन्ना अपने पिता को ठीक से समझ न पायी। उसका दोष भी नहीं था। उम्र अभी कच्ची थी और अपेक्षाएँ आकाश-सी अनन्त, सही-ग़लत को आँकने की ताक़त वह अपने भीतर इकट्ठा नहीं कर पायी थी। कच्ची उम्र में ठोस इरादे कोई पक्की शक्ल अख़्तियार न कर पाये थे। बस, एक संवेदनशील और प्यार करनेवाला मन था, जो ज़रा-सी ठेस से टूटना जानता था और उस टूटन की तकलीफ़ से, ख़ुद से ज़्यादा दूसरों को बचाना चाहता था, हो सकता है, राजनाथ ओंकार के गुणों से प्रभावित होकर या बेटी के इरादों-ईमानदारी को समझकर इस विवाह के लिए राज़ी हो भी जाते, पर मिन्ना अपने भीतर उतना विश्वास पैदा न कर पायी या शायद पिता की 'नहीं' सुनने की आशंका से अपनी संवेदनाओं को कुचलना उसे ज़्यादा सही लगा हो। मिन्ना की तकलीफ़ उस युवा पीढ़ी की तकलीफ़ थी जो एक ओर तो संस्कारों का आदर करती थी दूसरी ओर आधुनिक विचारों की पक्षधर थी, पर उनके जेहन में सही-ग़लत की तस्वीर बड़ी गड्डमड्ड थी, सो यहाँ अनुमानों पर बेटी ने अपनी खुशी कुरबान कर दी। राजनाथ को तो मालूम भी न पड़ा। दरअसल अपने दैनन्दिन जीवन की नियमितता और अनुशासन ने उनके और उनके बच्चों के बीच तमाम आदर, श्रद्धा और प्यार के बावजूद एक अदृश्य दीवार-सी खड़ी कर

दी थी, जिसे फाँदकर उन तक पहुँचना बच्चों के लिए कभी-कभी असम्भव हो जाता था।

मिन्ना जानती थी कि वक्त के साथ चलते हुए पारम्परिक संस्कारों को निभाना आसान नहीं था, फिर भी उसने यह निभाव की चुनौती स्वीकार कर ली। सिमोन द बुवा और बेट्टी फ्राइडन को पढ़ने-जानने वाली लड़की जब शादी के वक़्त दो हाथ का घूँघट निकाले, आँखें धरती पर जमाये, घरवालों के सामने खड़ी हो गयी तो राजनाथ के साथ रति-रिचा और भाई-भाभी भी समझ गये थे कि मिन्ना ने ससुराल में क़दम रखने से पहले ही वहाँ का तौर-तरीक़ा समझ लिया है और शायद नारी की सनातन भूमिका को सिर झुकाकर स्वीकार भी कर लिया है।

चित्रा ने बाद में कहा, "मिन्ना का मन उसी दिन मर गया था। बाक़ी तो देह की रस्में थीं, दुनियावी दायित्व थे, उसे निभाना वह खूब जानती थीं। राजनाथ ने तो बच्चों को कर्तव्य बोध घुट्टी में ही पिला दिया था। कर्त्तव्य पालन उनके जीवन का एकमात्र धर्म था। उन्होंने श्रद्धा और कुशलता से अपनी भूमिकाएँ निभाने की सीख दी, पर अपनी भूमिकाएँ स्वयं तय करना भी वे जानते थे। मिन्ना, अल्हड़ लड़की, वह अपनी भूमिका खुद तय न कर पायी, सिर झुकाकर लीक-लीक चली।

उस वक्त सखियों ने मज़ाक किया था। थोड़ी हँसी भी, "इतना लम्बा घूँघट निकालने की प्रथा तो पीछे छूट गयी मिन्ना!"

"वे लोग ऐसा ही चाहते हैं, एकाध दिन की ही तो बात है..." मिन्ना का संक्षिप्त-सा उत्तर था। दरअसल वह नये घर के नये लोगों को अपने आधुनिक विचारों और व्यवहारों से चौंका देना नहीं चाहती थी और न किसी को चार बातें करने का मौक़ा ही देना चाहती थी। किसी का मन रखने में तो अपनी भी खुशी है..."

लेकिन फिर? फिर ऐसा क्या था, जो उससे सहा न गया? पति-पत्नी के बीच ऐसा कौन-सा विस्फोटक तनाव पल रहा था जिसकी अनिवार्य परिणति इतनी भयंकर साबित हो गयी थी? उसने तो सभी भ्रमों को तिलांजलि देकर विवाह को समझौता मानकर ही स्वीकार लिया था। मिन्ना के अहम् को कहाँ धक्का लगा ? डेढ़-दो वर्षों के वैवाहिक जीवन में ही उसने सास ससुर, पति-पत्नी आदि सम्बन्धों की मीठी-तीखी सच्चाइयों को जान लिया था। सास जी के सनातन शिकवे और पास बैठे पतिदेव का बुत बने निर्विकारभाव से धरती निहारना एक बार उसे असह्य प्रतीत हुआ था। तब बब्बू उसके गर्भ में आ गया था, इस कारण स्वास्थ्य भी गिरा-गिरा रहता था। उन्हीं दिनों, एक जन्माष्टमी के दिन वह व्रत-अनुष्ठान की दस तैयारियों से थककर, थोड़ा लेटकर दुःखती कमर को विश्राम देने लगी थी

कि सास जी बाज़ की तरह आकर झपट्टा मारने को तैयार हो गयी थी-"ऐंऽऽ, आराम फरमा रही हो ? इस वक़्त? जब दस काम बिखरे पड़े हैं समेटने को। ऐसा कौन-सा पहाड़ उठाया है कन्धों पर जो थकान लग रही है? अरे, एक हम थे कि सुबह से शाम तक दस जनों की बीस उल्टी-सीधी फ़रमाइशें पूरी करते, दस्त-बस्त नमस्कार की मुद्रा में बारहों घण्टे खड़ी रहती थी, सेवा टहल के लिए। टाँगें थरथराती थीं, पर क़सम ले लो दीवार का सहारा लेकर भी सुस्ता लिया हो कभी। हया-लाज का ज़माना था। अब तो बस अपनी पगड़ी अपने हाथों सँभालने का वक्त आ गया समझो। काम न धाम, बस हाथ लगाते ही थकान लग रही है महारानियों को—और यह अपने पूत हैं इन्हें तो कोई कुछ समझता ही नहीं। क्या करें, अपना ही सिक्का खोटा हो तो...."

सास जी ने झन्नाटे के साथ रसोई में घुसकर बर्तन-भाँडे पटकने शुरू कर दिये थे। मिन्ना अँसुवाई आँखों से देखती रह गयी थी, एक हाथ से दुःखती कमर दाबते हुए। पति महाशय पत्नी के कष्ट से तटस्थ, गुस्से से मुँह फुलाये, दूसरे कमरे में तशरीफ़ ले गये थे।

बात कुछ भी नहीं थी, पर माहौल अचानक भारी हो गया था। मिन्ना भीतर तब धँस गयी थी। जिस सम्बन्ध में संवेदन नहीं, आपसी समझ और साझेदारी नहीं, उसे मरी हुई खाल की तरह कब तक अपने इर्द-गिर्द लपेटकर रखा जा सकता है? उसके मन ने पहली बार यज्ञ की वेदी के इर्द-गिर्द चक्कर काटकर सात फेरे लगा पवित्र बन्धन के प्रति बगावत की थी। मात्र तन की भागेदारी ही पति-पत्नी का सम्बन्ध है? माँ बनने वाली पत्नी के शारीरिक कष्ट के बावजूद, उसके साथ आया-महरी से भी बदतर निर्मम व्यवहार किया जाये? सास जी का कष्ट वह समझ सकती थी, आख़िर उस बेचारी ने भी अपने बड़ों से इसी तरह के बेसिर-पैर के इलज़ाम सहे थे, अब वह अपने अपमान का बदला लेने का नायाब मौक़ा पा रही थी, सो उसे छोड़ कैसे सकती थी? पर पति? उसे क्या कष्ट था कि वह स्थिति को समझकर विवेकपूर्ण रवैया अपना न सका?

मिन्ना ने समझौते किये थे, पर सम्मान का त्यागकर जीने की क़ायल वह नहीं थी। राजनाथ ने बच्चों को सम्मान के साथ जीना सिखाया था। वे स्वयं भी सम्मान के साथ जिये थे और हम जानते हैं कि घर के बच्चे, बुजुर्गों के आचरण व्यक्तित्व से बिना कुछ कहे-सिखाये भी काफ़ी कुछ ग्रहण कर लेते हैं।

उस दिन मिन्ना ससुराल के घर से भर दुपहर पिता के पास चली आयी थी, क्रोध और दुःख में भरी हुई। उसे अपनी गृहलक्ष्मी और घर की रानी होने की

भूमिका झूठी और अर्थहीन लगी थी। राजनाथ ने उसकी भरी पलकों पर थरथराते आक्रोश को स्तब्ध होकर देखा था। उसे गले से लगाकर शान्त कर दिया था, "नहीं बेटा, नहीं! इन सोने की जंजीरों को एक झटके से तोड़कर अलग नहीं किया जा सकता। क्रोध के आवेश में किया गया कोई काम सुख नहीं पहुँचाता। थोड़ा ठण्डे दिमाग़ से सोचो...."

यानी कि ठण्डे दिमाग़ से दूसरों की कमजोरियों और मज़बूरियों के बारे में सोचो और उस सोच के बाद, थोड़ी सी देर के लिए ही सही, मन में एक क्षमाभाव उग आता है या वही मनःस्थिति कि जो होना है, उसी क्रम में हम भी वक्त की धार के साथ बहते चले जायेंगे, अपनी कमजोरियों-मजबूरियों और रिश्तों की सनातन विडम्बनाओं के साथ।

उस दिन राजनाथ ने बेटी को विवेक का मन्त्र थमाकर वापस घर भिजा दिया था। पीढ़ियों का अन्तर समझाकर, "उसने तो वक्त ही दूसरा देखा है बेटी, और फिर तुम शिक्षित हो..." दूसरे के फटे को सीने के आदी राजनाथ अपनी बेटी का घर ढहता कैसे देख सकते थे?

क्या वैसा ही कोई छोटा तर्कहीन कारण एकाएक घड़ेवाले भूत की तरह विशालकाय होकर मिन्ना की मौत का कारण बन गया?

किसी पड़ोसन ने कहा, "किसी औरत-वौरत का चक्कर था, कहते हैं। अब उन्नीस वर्ष की अल्हड़ गृहिणी जिसके हँसते चेहरे को औरतें भी मुड़-मुड़कर देखें, कैसे सह लेती वह सब?"

कोई बोला, "मरी शराब की लत बुरी। उसी की करतूत समझो कि एक अच्छा भला आदमी राक्षस बन गया..."

लेकिन मिन्ना ने कभी ऐसी कोई शिकायत तो नहीं की! बस, एक बार उसने पिता से रुंधे गले से कहा था, "आपने तो मेरा सुख चाहा था पापा...?" बस, और कुछ नहीं।

यह रिश्ता ही ऐसा था, जहाँ साथ रहना है तो सहने की शर्त के साथ, नहीं तो अलग होना है बिना शर्त, अलग होना शायद बेहतर होता, पर उसमें भी सौ अड़चनें थीं सबसे ऊपर गर्भ में पलता नन्हा बब्बू था और मिन्ना की उम्र भी कठोर निर्णय लेने के लिए अपरिपक्व ही थी। राजनाथ ने भी बेटी को सहने का मन्त्र ही दिया, क्योंकि उन्होंने इसे अल्हड़ नोक-झोंक से ज़्यादा कुछ भी न समझा।

तो फिर असलियत क्या थी?

शायद राजनाथ मन-ही-मन इसे दुर्घटना ही समझते थे। मिन्ना, जो पति के

लिए सभी सुविधाएँ छोड़कर साथ लगी रही, जंगल में भी शौक़ से अपना घर-संसार सँवारा, उसने अनुमानों के लिए भी तो ज़्यादा गुंजाइश नहीं छोड़ी थी।

"ये सब मेज़पोश, कढ़ी हुई चद्दरें, नायाब क्यूरोज, यह सब वहाँ कहाँ रखोगी? कौन देखेगा इन्हें कच्ची ईंटों के घरों में ?"

"हमारा ड्राइंग रूम तो वहीं फूस के छप्पर के नीचे ही सजेगा। दिल्ली-बंबई वाले घर तुम लोगों को ही मुबारक दीदी!"

यानी जहाँ हमारा पति, वहाँ हमारा घर-संसार। शायद स्वर्ग भी! कहा नहीं, पर चेहरे की मुद्रा में कोई सलवट भी तो नहीं थी।

लेकिन यह स्वर्ग इतना कच्चा था, अगर था भी तो रेत का घरौंदा साबित हो गया। राजनाथ सच जानने का प्रयास करते रहे, पर ऐसा कोई कारण न मिला जो मिन्ना की मौत के रहस्य का पर्दा उठा लेता। "मौत मशविरा करके नहीं आती।" कहने वालों ने कहा, "पर कोई बहाना ढूँढ़ती है।" यहाँ वह बहाना भी अन्दाज़ों का ही मुहताज रहा।

उन दिनों बहू-दहन के समाचार आज की तरह आये दिन की बात नहीं थी, वादी में तो बिल्कुल नहीं, यद्यपि ससुरालवालों की सनातन चिकचिक सुनना-सुनाना लड़कियों के लिए अनिवार्य था और इसे शादी की एक मानी हुई शर्त समझा जाता था। दो बर्तन साथ रहेंगे तो क्या खनकेंगे नहीं ?

पर मिन्ना की मृत्यु बर्तन खनकने की शर्त से काफ़ी आगे की हदें पार कर गयी थी। इसलिए बन्धुओं के लिए खतरे का साइरन बनकर बुजुर्ग-जवानों के कानों में कर्णभेदी स्वर-सा बजने लगी थी।

राजनाथ ने मिन्ना के पति को बुला भेजा। सोचा, शायद सच सामने आ जाये। दामाद साहब भी पक्का नौटंकिया निकला। घर में घुसते ही धाड़ मारकर रोने लगा और राजनाथ के पैरों पर सिर पटक दिया। राजनाथ खुद ज़ख्मी थे, दामाद के मगरमच्छी आँसुओ को हृदय विदारक अश्रुबिंदु समझकर करुणा विगलित होकर उसे कन्धे से लगा तसल्ली देते रहे। बेटी की मृत्यु का कारण पूछना और सवाल-जवाब करना बेहद क्रूर और असभ्य कार्य लगा, "अरे, इस लड़के का दुःख तो मेरे दुख से कम नहीं है, इससे क्या पूछताछ करना!"

दोस्त-नातेदार नाराज़ हो गये, "यही तो कमी है राजभाई आप में। हर ऐरे-गैरे पर भरोसा करना। भगवान की दया से उम्र और अनुभव के धनी हैं, यह सहज-विश्वासी स्वभाव कई बार पहले भी आपको छल चुका है, पर लगता है, आप अपने खट्टे-तीखे अनुभवों से भी कुछ सीख नहीं पाये...."

श्यामभाई ने खम ठोंककर कहा, “इस हत्यारे को तो फाँसी की सज़ा मिलनी चाहिए—जान के बदले जान। क़ानून हमारे साथ है और आप हैं कि इस जालसाज़ के हाथ-पैर पटकने को इसका दुःख समझ बैठे। दरअसल ये सब अपनी जान बचाने की तरकीबें है। मन में जो चोर है...”

नित्यानंद ने भी कहा, “कम-से-कम इसे नौकरी से सस्पेंड तो करवाना ही चाहिए....”

“हाँ, कुछ तो सीख मिलनी चाहिए। आख़िर वह किसी की बेटी ही नहीं, किसी की माँ भी थी, कोई गाजर-मूली तो न थी...”

नाते-रिश्तेदार ही नहीं, पूरा समाज राजनाथ के चौगिर्द इकट्ठा हो गया। लेकिन राजनाथ के हाथ बँधे थे, होठ सिले हुए। उनके पास दामाद का जुर्म प्रमाणित करने को कोई सबूत नहीं था, बेटी की हत्या का कोई चश्मदीद गवाह नहीं था। गाँव घर के आसपास के लोगों का या तो रुपये-पैसे से मुँह बन्द करा दिया गया था या डरा-धमकाकर उनकी आवाज़ छीन ली गयी थी।

राजनाथ पैसे की ताकत समझते थे, परन्तु पैसा आदमी की आदमियत छीनकर उसे पत्थर बना देता है, इस पर वे विश्वास करना नहीं चाहते थे। इधर पैसा अचानक सर्वोपरि होने लगा था। सफ़ेद को काला और काले को सफ़ेद करने की तिलस्मी ताक़त आ गयी थी उसमें। मान, ईमान, मानवीयता, यह सब पैसे के सामने फीके पड़ने लगे थे। लेकिन राजनाथ पैसे की इस शक्ति को अपना समर्थन नहीं दे पाये। अपनी प्यारी बेटी की मौत के सदमे से टूटकर भी नहीं, चाहते तो कुछ दे दिलाकर कुछ गवाह जुटा भी सकते थे, पर ऐसा रवैया उन्होंने ताउम्र अख़्तियार नहीं किया, उस वक्त भी नहीं।

लोगों ने कहा, “यह क्या कम सबूत है कि सुदूर गाँव में, बिना भाई-बन्धुओं को इत्तला दिये, लड़की को पेट्रोल छिड़ककर दाह संस्कार कर दिया, किसी को कानों कान खबर न हुई....”

उनके तर्कों में दम था, पर महज तर्कों से कानूनी कार्रवाई होती है? राजनाथ जानते थे कि कोर्ट के पास ठोस प्रमाण और चश्मदीह गवाह चाहिए, जो वे जुटा नहीं पाये।

जिस मकान में मिन्ना की मृत्यु हुई, वहाँ के पुरुष चुप थे, स्त्रियाँ सहमी हुईं। बहुत पूछताछ करने पर भी वे एक ही बात बोले, “हमें तो कुछे भी नहीं मालूम। चिल्लयकलान की सर्द रात, हाड़ ठिठुरा देनेवाली ठण्ड। हम सब रज़ाइयों में दुबके पड़े थे, खिड़कियाँ-दरवाज़े मुँदे हुए थे। चीख-चिल्लाहट की आवाज भी कैसे सुनाई देती?”

कौन ओखली में सिर दे! क्या पता क्या-क्या प्रश्न पूछे जायें! पुलिस-कानून का क्या भरोसा! कहीं हम ही लपेट में न आ जायें। लोग अपनी खाल बचाने की फ़िक्र में भी चुप हो गये थे।

मिन्ना की पड़ोसन ज़रूर भीतर-ही-भीतर उबल रही थी। वह शायद कुछ उगल देती। पर उसके पति ने उसे धमका-डराकर चुप करा दिया था, "खबरदार! मुँह खोला तो तेरी भी वही गत बन जायेगी, जो उसकी बन गयी...." वह पड़ोसी मिन्ना के पति का लँगोटिया था, एक ही थाली में खानेवाले। साथ ही पब्लिक वर्क्स डिपार्टमेण्ट में काम भी करते थे।

कुछ मालम पड़ा तो इतना कि एक दिन पहले घर में पार्टी का आयोजन था। पास-पड़ोसी, मित्रादि आमंत्रित किये गये थे। पुरुषों में शराब के दौर देर रात तक चले। उन दिनों पब्लिक वर्क्स डिपार्टमेण्ट में पीने-पिलाने का नया-नया शगल चल पड़ा था, जिसे सम्भ्रान्त परिवारों ने भी सामाजिक साख का प्रश्न मानकर स्वीकृति दी थी। बड़े पैमाने पर दो नम्बर के पैसों का व्यापार भी इसी विभाग नें शुरू किया था। यों छोटे-छोटे जायज़-नाजायज़ धन्धे तो जीने की शर्त समझकर लोग पहले ही स्वीकार कर चुके थे।

सो बेहिसाब पैसे का उपयोग भी, घरेलू नोन-तेल-लकड़ी की उम्र-खाऊ चिन्ताओं को दूर करने की तफ़रीहों के लिए किया जाने लगा था। फिर उस रात कहर की ठण्ड थी, हाड़ पिरा देने वाली। छाती तक आदमी बर्फ़ में धँस जाते थे। कहने वालों ने कहा, "क्या करते बेचारे? यानी कि विकल्प क्या था? आप ही बताइए"

राजनाथ इस पूरे रवैये से क्षुब्ध थे, दुःखी, थके और टूटे! लेकिन उनके होश हवास इतने बरकरार तो थे ही कि वे जानें, अब उनकी लाडली मिन्ना लौटकर उनके पास नहीं आ सकती। मिन्ना के पति को उम्र-कारावास भी यदि मिल जाये, तब भी नहीं। राजनाथ क़ानूनी कार्रवाई को तमाम आदर देते हुए भी दण्ड विधान के बारे में अलग विचार रखते थे। उनका विश्वास था कि क्षमादान अपने आप में दण्ड से ज़्यादा सशक्त विधा है, अपराधी को सुधरने का मौक़ा देने के लिए। मिन्ना के पति की अन्तश्चेतना ही एक दिन स्वयं उसे दण्डित करेगी। राजनाथ को दामाद की रोज़ी-रोटी छीनकर, उससे चक्की पिसवाना, समस्या का सही हल नहीं लगा। उससे समाज के एक वर्ग का क्रोध शान्त हो सकता था, पर वह समस्या का समाधान नहीं था। इस समस्या की जड़ें बहुत गहरी थीं। बहू-बेटियों के प्रति मानवीय चिन्ता और सौहार्द से जुड़ी हुई, जो इधर व्यक्तिगत स्वार्थों के

कारण, लोग बराबर भूलते जा रहे थे।

उन्होनें मन-ही-मन मिन्ना के पति को क्षमा कर दिया। लेकिन फिर भी इस घटना के बीसेक दिन बाद वे कोर्ट-कचहरी के चक्कर लगाने पर मजबूर हो गये। सुबह-सुबह बंसी पोद्दार राजनाथ के पास आकर सूचना दे गया, "काका, मिन्ना का पति बैंक के चक्कर लगा रहा है। मिन्ना के नाम जो कैश-सर्टिफिकेट्स वगैरह आपने जमा करवा रखी है, उन्हें निकालना चाहता है।"

"लेकिन क्यों ? वह तो सावधि जमा योजना की स्कीम में रखा गया पैसा है। अचानक ऐसी क्या जरूरत आ पड़ी?"

"क्या पता, मन में कोई खोट हो या आशंका, कुछ भी हो सकता है।"

बंसी बैंक में कैशियर था, राजनाथ के दोस्त का लड़का। मिन्ना के पति ने पैसे निकालने सम्बन्धी जानकारी उसी से चाही थी। राजनाथ ने बेटी को गहनों-कपड़ों के लिए कुछ धन उसके नाम कैश-सर्टिफिकेट्स बनाकर बैंक में जमा करवा दिया था, जो उसका स्त्री धन था। और उसकी मृत्यु के बाद उसकी सन्तान का उस धन पर अधिकार था।

ताराचन्द वकील ने राजनाथ से कहा, "जिन शंकाप्रद हालातों में मिन्ना की मृत्यु हुई, उससे लगता है, मिन्ना के पति का दिमाग़ ख़राब हो गया है, नहीं तो सामने नन्हा बच्चा होने के बावजूद वह मिन्ना के पैसे को हथियाने की सोचता भी कैसे? आप बैंक मैनेजर के नाम एक आवेदन-पत्र देकर स्थिति स्पष्ट कर दें। यदि मामला कचहरी में जाता है तो हम इस मामले की पैरवी करेंगे। आप बब्बू की ज्वाइण्ट गार्जियनशिप के लिए अप्लाई कीजिए।"

"हाँ, जब तक बब्बू बालिग न हो जाये उसका जिम्मा मुझे ही लेना होगा। पैसा भी उसी के नाम ट्रांसफर करवाना होगा। बच्चे की सुरक्षा के लिए यह जरूरी है..."

राजनाथ ने निर्णय लिया और इसके लिए क़ानूनी कार्रवाई भी की। मिन्ना के पति की यह हरक़त बेहद ओछी थी, उसके गैर-ज़िम्मेदार होने का एक और सबूत। राजनाथ का उसके प्रति रहा-सहा विश्वास भी उठ गया। सो राजनाथ कचहरी के चक्कर लगाने पर मजबूर हो गये। जिसे जीवन मिला, उसे जीने की सुविधाएँ भी मिलनी चाहिए—यह बेहद ज़रूरी था। हालाँकि उम्र के आख़िरी दौर में यह एक और यातना थी। अब जब उनके मन पर घाव हो गये थे और शरीर भी जवाब देने लगा था, पहले जो काम बेहद मामूली लगा करते, वे ही अब कष्टप्रद मालूम पड़ते थे। लेकिन अपने काम उन्होंने स्वयं ही करने थे। बेटों पर उन्हें

छोड़ना, उनके जाने, ग़लत था।

उन्होंने बब्बू को अपने पास बुलाया। उसे सीने से चिपकाये वे मिन्ना की धरोहर को पोसने लगे, अपने सामने, जिसमें तसल्ली के साथ दुःख और कष्ट भी थे। मातृहीन अबोध शिशु की शारीरिक ज़रूरतें तो पूरी होतीं पर उसके मानसिक अभाव कौन पूरे कर सकता था? बहू सँभालती-देखती थी। नौकर-चाकर भी थे, पर उसे बाँहों पर धरे-धरे दस काम निपटाने वाली मिन्ना माँ नहीं थी। बब्बू रोता तो राजनाथ का कलेजा चिर्रा जाता। हारी-बीमारी में राजनाथ से दुहरा दुलार पाकर भी बब्बू अभागा ही लगता, क्योंकि मिन्ना की गोद, उसकी थपकी, उससे छिन गयी थी। बब्बू की आँखों से ज़रा-ज़रा-सी बात पर सोते उमड़ आते और राजनाथ दुःख-क्रोध और अवश हताशा से कमरे-कमरे में चक्कर लगाते, मुट्ठियाँ भींचते और फिर भी इस सबको सहज स्थिति के रूप में स्वीकार न पाते। देवकी, बहू, गुलकाका, लक्ष्मी-जो भी सामने पड़ता, राजनाथ की डाँट-फटकार का हक़दार बन जाता।

इधर राजनाथ की चिड़चिड़ाहट और अवश क्रोध बराबर बढ़ने लगा था। यह क्रोध किसके प्रति था, वे शायद स्वयं भी न जानते थे। जानते तो शायद इस क्रोध की व्यर्थता महसूस करते। वे अपने साथ बराबर एक ख़त्म न होनेवाला युद्ध लड़ रहे थे और बराबर हार रहे थे। क्योंकि एक ओर उनके विश्वास ढहते जा रहे थे और दूसरी तरफ़ बदलते वक़्त के साथ उनके असूल-आदर्श भी पुराने पड़ने लगे थे। अपने-पराये का विभाजन क्रूरता की हद तक अपनों को अपनों से दूर छिटकाने लगा था। अपने कहलाने वालों का दायरा बहुत तंग हो गया था। परायों की कोई सीमा न थी। यानी कि जिन्हें पहले अपना समझा जाता था, वे ऐरे-गैरे, नत्थू खैरे में शुमार होने लगे थे। राजनाथ इस नयी स्थिति से त्रस्त थे। उन्होंने तो चाचों-तायों के जायों को भी अपनों के बराबर ही रखा। इधर घर में बब्बू को लेकर भी कई समयाएँ पैदा होने लगी थीं।

मिन्ना के पति ने पत्नी की मृत्यु के दो-तीन मास बाद ही बच्चे को भूलकर नया लग्न कर लिया और वह एक नयी जिंदगी की शुरूआत भी कर चुका था। समाज के तौबा-तौबा करने, अख़बारों में मिन्ना की मौत पर पन्नों के पन्ने रंगे जाने और लड़के और उसके घरवालों की जमकर लानत-मलामत होने के बावजूद मिन्ना का पति अपने इसी ब्राह्मण समाज से एक अदद लड़की चुन लेने में कामयाब हो गया था। आश्चर्य! लेकिन शायद नहीं, कोई आश्चर्य नहीं। ब्राह्मण समाज में एक कहावत प्रचलित थी—'एक का थूक-खखार, दूसरे की गिज़ा? फिर उम्र के तीस-तीस वर्ष फलाँगती कन्याओं के माता-पिता लड़के की नेकनामी-बदनामी

के चक्कर में पड़ेंगे या अपनी छाती का वज़न हल्का करें! सो समाज के ज्ञानी अनुभवी जनों ने एक बार फिर माथा झुकाया। राजनाथ को दामाद की करतूत से आश्चर्य तो नहीं हुआ, यह एक सहज स्वाभाविक क़दम था। गोकि थोड़ा जल्दबाज़ी में उठाया गया था, पर धक्का उन्हें इसलिए लगा कि मिन्ना के पति ने ससुर जी को नये विवाह की सूचना देना तक मुनासिब नहीं समझा। राजनाथ ने तो उससे कहा था, "बब्बू को माँ की ज़रूरत है और मैं उसकी माँ का चुनाव आप ही करूँगा, बेटे..."

लेकिन वह राजनाथ का दामाद था, बेटा नहीं। उसे बस एक अदद औरत की ज़रूरत थी, सो उसने पूरी कर ली। राजनाथ जब इस सच्चाई को जान गये तो उनका यह विश्वास भी बिखर गया कि बेटी न रही पर दामाद तो उसकी जगह पर है। दामाद को दिया क्षमादान उनका मुँह चिढ़ाने लगा। लोगों ने भी उन्हें आड़े हाथों लिया, "आपने कहा था कि उसका अन्तर्मन उसे आप ही धिक्कारेगा। वह अपनी भूलों का प्रायश्चित करेगा...अजी, उसके पास मन और चेतना जैसी चीज होती तो रातों-रात लड़की को जंगल में फूँक देता? इतना न समझ आता कि लड़की का पिता यहाँ न सही, भाई-बन्धु तो हैं, चाचे-ताये तो हैं, अपनों से सगे दर्दमन्द...आपने तो इस हत्यारे की हर करतूत पर चुप रहकर एक अपराधी को शह दी है। एक लच्चर स्थिति को स्वीकार कर कायरता का परिचय दिया है।" लेकिन राजनाथ ने कोई टिप्पणी नहीं की। दामाद से सभी सम्बन्ध अब अपने आप ही टूट गये। बब्बू उनके बीच पुल का काम कर सकता था। पर राजनाथ ने उसे अपने पास रखकर रिश्ते की यह अन्तिम कड़ी भी तोड़ डाली।

थोड़ी ही दिनों में बब्बू की गार्जियनशिप राजनाथ को मिल गयी। उनके बाद उनका बेटा विजय, बब्बू के बालिग होने तक ज्वाइण्ट गार्जियन रहेगा। यानी बब्बू की शिक्षा, लालन-पालन का ज़िम्मा उन्हें सौंपा गया। राजनाथ इसी में संतुष्ट हुए और दामाद के निर्मम व्यवहार को भुलाने की कोशिश करने लगे।

बकौल शंकरलाल, इस स्थिति का विश्लेषण करना उतना कठिन न था जितना इसके दूरगामी परिणामों से आश्वस्त होना। पर राजनाथ के विश्वास यहाँ झूठे पड़ गये थे। अब वे इस पूरे प्रसंग को भूलकर निस्संग मनःस्थिति ओढ़कर बब्बू की देखभाल में जुट गये। उन्होंने अपने इस छोटे दामाद का ज़िक्र तक कभी होठों पर न लाया।

गुणी कहती है, "हमने वह कथा सुनी है, जब भृगु ऋषि ने भगवान् विष्णु की छाती पर लात मारी और भगवान् ऋषि के पैर सहलाते हुए बोले कि हमारी छाती तो वज्र के समान है, आपके कोमल पैर दुःख गये होंगे। वैसी ही बात समझो।

राजनाथ की छाती पर, मिन्ना को मौत के हवाले कर इस दुष्ट ने जो लात मारी, सो कम तकलीफ़ देह न थी, और राजभाई ने क्या किया? करेगा कोई विश्वास ? उसे जेल की सीकचों के भीतर भिजवाने के बदले गले लगाया, रोते हुए बोले, "तुम्हारा दुःख मुझसे बड़ा है" बिन माँ की दुखियारी नन्हीं औलाद के अभागे पिता का दुःख! जिसे उन्होंने आप भोगा था। इतना ही नहीं, राजभाई ने तो दामाद से यह भी कहा कि मैं खुद ही तुम्हारे लिए दुल्हन ढूँढ़ लूँगा। अपने लिए बेटी और बब्बू के लिए माँ! ऐसा क्षमादान तो भगवान् भी नहीं कर सकता।

"लेकिन वह बदभक्त! दो महीने में ही अगले-पिछलों को भूलकर जो भी पहले सामने पड़ी उससे लग्न कर लिया। ससुर को कानों कान ख़बर न होने दी। ऐसा अविश्वासी राक्षस भी तुमने कहीं देखा है?"

लक्ष्मी चाची ने जेठ जी का कष्ट महसूस किया, महिला मण्डल को रोकती हुई बोली, "अब यह सब बातें दुहराने से क्या लाभ? इससे तो हमारी बच्ची वापस नहीं लौटेगी! वह पापी अपने किये का फल आप भुगत लेगा। आख़िर न्याय करनेवाला ईश्वर तो सब देखता है, वहाँ देर सही, अँधेर तो नहीं है। उसकी लाठी तो बेआवाज़ होती है...."

राजनाथ लक्ष्मी चाची को बड़ी बहू की तरह स्नेह और आदर देते थे। अपने कर्मों को समर्पित लक्ष्मी चाची श्रद्धा की पात्र थी। अपने ढंग से उसने राजनाथ के ज़ख्मों पर मरहम लगाने की कोशिश की।

राजनाथ के आँगन में चहकती-फुदकती मिन्ना नाम की चिड़िया ने चुग्गा चुगकर दूर देश के लिए उड़ान भरी थी। ससुराल तो एक पड़ाव भर था। अँधेरी रात का ठण्डा-ठस्स और कुहासे भरा पड़ाव। वहाँ उस उजाले की चिड़िया को कितनी देर क़ैद करके रखा जा सकता था? फिर भी, मिन्ना के पति की हरक़तों से राजनाथ को विश्वास होता गया कि जाने-अनजाने वे अपनी बेटी की अकाल मृत्यु के कहीं तो ज़रूर ज़िम्मेदार हैं। उन्होंने व्यक्ति को पहचानने में चूक कर दी। एक ऐसे क्रूर व्यक्ति के हाथ में अपनी नन्हीं लाडो सौंप दी जो पत्नी की भयावह मौत के साथ बिलखते बेटे को भी पलक झपकते भूल गया, बल्कि उसे राजनाथ के पास भेजकर उसने मुक्ति की साँस ली, ऐसा-उदाहरण राजनाथ ने पहली बार ही देखा था। उन्हें बार-बार सोते-जागते मिन्ना की याद आती रही, उसके हँसते चेहरे पर व्यथा की छाया, अस्त-व्यस्त कपड़े, थकान से लस्त, थरथराते हुए उसके कुछ टूटे वाक्य, "पापा, आपने तो मेरा सुख चाहा था। अच्छे लोग ढूँढे थे...पापा...?"

मिन्ना एक प्रश्न छोड़ गयी थी, जिसका हल राजनाथ ढूँढ़ नहीं पाये। ग़लती

कहाँ हुई, किससे हुई? राजनाथ से? मिन्ना से? उत्तर देना आसान नहीं था। राजनाथ ने तो अपनी तरफ से देख परखकर ही लड़का चुना था? और मिन्ना ने तो शुरू से ही रिश्ते निभाने सीखे थे। ताज़ी हवा में पली मिन्ना ने तो पिंजरे का दमघोंट वातावारण भी क़बूल कर लिया। कहीं यही बात प्रत्यक्ष-अप्रत्यक्ष रूप से उसके दुःखद अन्त का कारण तो नहीं बनी? तमाम तकलीफ़देह स्थितियों के बीच, वह अँधेरे में जुगनुओं का प्रकाश ढूँढ़ती रही। चित्रा ने कहा, "उसका पति ही कहाँ उसका अपना हुआ!"

"लेकिन क्यों?"

इस क्यों का उत्तर तो शायद मिन्ना भी न दे सकती थी। मनुष्य के अवचेतन की गुत्थियों की गिठानें समझना सबके वश की बात थोड़े होती है।

चित्रा ने कहा था, "एक बार जो सिर झुकाया, सो सही-ग़लत के आगे झुकती ही गयी। सोचा, शायद इसी में सुख हो। उसे सूरज से प्यार था, पर उसके सामने अन्तहीन अँधेरा था और जुगनुओं का प्रकाश खोजती वह सुहागन की भूमिका निभाती रही। कितनी देर निभा? वहाँ तो जुगनू भी नहीं थे। अँधेरे में जब-तब सूखे कंकालों का फासफोरस चमक उठता था और रोशनी का भ्रम लिये मिन्ना रिश्ते निभा रही थी, जो नहीं निभा। बेटे की मज़बूत डोर भी उसे बाँध न पायी। रिश्तों पर बात करते एक बार उसने मुझसे कहा था, "मैंने निश्चय कर लिया है कि हर रिश्ते को पूरी कोशिश के साथ निभाऊँगी, हाँ, नहीं निभा तो, दूसरों के मनोरंजन के लिए तमाशा न बनूँगी..."

यानी? चित्रा ने पता नहीं पूछा था अर्थ? न निभा तो? आत्महत्या? तलाक? या और कोई विकल्प था उसके मन में?

राजनाथ आख़िरी वक्त तक न जान सके। दूसरों की उलझी सुलझाने को हमेशा तैयार राजनाथ अपनी बेटी की उलझनें सुलझाना तो दूर, उसे जान भी न सके। यह दुःख आख़िर तक उन्हें सालता रहा—वे अपनी बेटी की रक्षा न कर सके।

अनुभवी बुजुर्ग जनों ने तसल्ली दी। विधि का विधान, प्रारब्ध का खेल! इतना ही लेना-देना था। इसमें अब सोच कैसा? दोष किसी का भी हो, उम्र घट गयी थी।

शंकरलाल ने कल्पनाओं, अन्दाजों, क़यासों पर पूर्णविराम लगाकर कहा, "माघ मास की हाड़ पिरानेवाली ठण्डी रात, शयनकक्ष के बन्द द्वार! भीतर क्या घट रहा था, कौन कह सकता है?"

यों भी शयनकक्ष के रहस्यों के बारे में अनुमान लगाना कितना ग़लत है, यह आप और हम भी जानते हैं। जाहिर है, राजनाथ को समझाने की ज़रूरत नहीं थी!

सत्रह

लक्ष्मी चाची ने मिन्ना के पहले श्राद्ध दिवस पर कमरे में बैठी शोकाकुल महिलाओं को सम्बोधित किया :

"हशि मरय हेहरस मरय, वोट बरय कुठ बरय,
बबा मरय मोज्य मरय, अछिन हुंदिस गाशस फरय"

(बहू मरती है तो सास-ससुर के घर-आँगन में भीड़ इकट्ठा करती है, बेटी मरती है तो माता-पिता की आँखों की रोशनी हर लेती है।)

"बुजुर्गों की अनुभव पगी बातें! जेठ जी को ही देखो, आँखों की रही-सही बीनाई भी बेटी हर ले गयी।"

गुणी ने समर्थन में उच्छ्वास छोड़ा "ठीक कहती हो बहन, सन्तान का दुःख भगवान् दुश्मन को भी न दे, भीतर-ही-भीतर दीमक बनकर चाट जाता है यह सर्वनाशी दुःख ! बाहर से तो दुनियाबी रस्में निभानी ही हुईं...."

मतलब, फूलों से भी कोमल मन और पत्थरों से भी सख्त इरादों के राजनाथ मिन्ना की मौत से बिखर गये। भीतर मर्म में कहीं कोई काँटा धँस गया, जो निकाले न निकला।

शंकरलाल ने डॉ. जियालाल की दुकान पर राजनाथ की बात करते हुए कहा, "राजभाई के घुटने तो पहले ही कमज़ोर हो गये थे। ऑरथेराइट्स की शिकायत रहती थी। अब तो आँखों से भी धुँधला दिखाई देने लगा है..."

"हे भगवान्!" डॉ. जियालाल ने लम्बा निश्वास फेंका, "किस राजनाथ की क्या दशा? मैं तो विद्यार्थी रह चुका हूँ। हमें पढ़ाते थे तो चार गज़ दूर रखी पुस्तक पर तनिक नज़रभर डाल देते। बस, फिर पूरी-की-पूरी कविता, नाटकों के डायलॉग, प्रसंगों सहित एक साँस में समझा देते। उनकी प्रभावी आवाज़ लेक्चर हॉल में देर तक गूँजती रहती। मुझे कभी सड़क के आखिरी मोड़ से गुज़रते हुए देखते तो तुरन्त पहचानकर आवाज़ लगाते। अब तो सामने खड़े आदमी को भी पहचान नहीं पाते, बस, आवाज़ से ही अन्दाज़ा लगाते हैं..."

राजनाथ के शरीर में कई रोग यके-ब-दीगरे प्रकट होते गये। डायबिटीज़ से शुरुआत हुई थी, फिर टाँगें जुड़ गयीं। अब आँखों की बीनाई धुँधला गयी। शरीर का एक-एक अंग बीमारियों की गिरफ्त में आकर उन्हें अपाहिज बना गया।

मिन्ना की मौत को सालभर ही हुआ था कि बकौल गुणी, "देवकी की भी कामना पूर्ण हुई। वह कामना, जिसे मन में लिए वह अलसुबह हारी पर्वत जाया

करती थी, जेठियार और शंकराचार्या की पहाड़ियाँ चढ़ी थी कि हे देवी, देवताओं! एक बार जो वैधव्य का कलंक भरा दुःख मेरे भाग में भर दिया, उस कलंक को दोबारा मेरे माथे न मढ़ना।"

वही प्रार्थना भगवती राज्ञा ने सुनी, भगवान् शंकर ने 'तथास्तु कहा और एक दिन जब घर में अपने-पराये आमन्त्रित-अनामन्त्रित, ढेरों-ढेर अतिथि इकट्ठा हो गये थे, क्योंकि राजनाथ की नन्हीं पोती बबली का पहला जन्मदिन धूमधाम से मनाया जा रहा था, उसी दिन मेहमानों को मना-मनाकर खिलाते, हड़बड़ी में सीढ़ियाँ उतरते, देवकी का पैर फिसल गया और वह धड़ाम़ से धरती पर गिर पड़ी। सिर दीवार से टकरा गया और दिमाग़ की नस फट गयी।

सो बोलते-बतियाते देवकी चली गयी। राजनाथ दाँतो तले अँगुली दबाये देखते रहे। कहना क्या था! डॉक्टर और नर्सों को इकट्ठा किया, देवकी को होश में लाने की कोशिशें की गयीं। इंजेक्शन लगाये गये, पर सब व्यर्थ! अस्पताल पहुँचाने की ज़रूरत ही न पड़ी। उससे पहले ही देवकी के प्राण देह का पिंज़रा छोड़कर चले गये।

यह क्या हुआ? देवकी ने दवा-दारू की प्रतीक्षा भी न की। शंकरभाई ने अपनी आदत के अनुसार स्थिति का निरीक्षण किया, "गौरी के वक़्त तो दवाइयाँ उपलब्ध न थीं। ये पेंसिलीन-वेंसलीन भी तब कहाँ थे? डिसकवर तो इसे फ्लेमिंग ने काफ़ी पहले किया था और वे ऑक्सफोर्ड यूनिवर्सिटी के प्रोफ़ेसर चेन जो थे, उन्होंने पस, निमोनिया वगैरह के लिए इसे उपयोगी बताया था। पर तब तक इस्तेमाल कहाँ हुआ था! ये तो दूसरे विश्वयुद्ध के ज़ख्मी सिपाहियों पर पैंसिलीन का उपयोग किया गया, उसके बाद ही आम जन तक पहुँच पाया। लेकिन अब तो टी. बी. के लिए स्ट्रप्टोमाइसीन है, डिपथीरिया, काली खाँसी, टिटनेस के लिए ट्रिपल वैक्सीन है, ब्लडप्रेशर के लिए दवाइयाँ हैं, पर भाग्य देखो। एक बेचारी सही दवाइयों के लिए तरसकर दम तोड़ गयी और दूसरी ने दवाइयाँ लेने से पहले ही प्राण त्याग दिये! यह सब तो विधि की विडम्बना ही है और क्या कह सकते हैं!"

भाग्य ही तो! राजनाथ नियति-नटी के कार्यकलापों पर एक बार फिर दंग रह गये। सारी कोशिशें धरी रह जाती हैं जब अघट को घटना होता है। क्या सचमुच हम नियति के हाथों की कठपुतलियां मात्र हैं? यह जन्म-मरण, आशा आकांक्षा, तेरा-मेरा, जीने के संघर्ष, यह सब क्या किसी अदृश्य नियन्ता के हाथों से ही संचालित होता है? फिर इस सब में हमारी क्या भूमिका है?

एक बार नित्यानन्द के ज़ोर देने पर राजनाथ मन्यग्राम के साधुबाबा के पास

चले गये थे। गौरी उन दिनों अपनी आख़िरी घड़ियाँ गिन रही थी। राजनाथ बेहद चिन्तित थे, मन अस्थिर रहता था। सभी मुमकिन इलाजों के बावजूद गौरी का शरीर बर्फ़ के ढले-सा गलता जा रहा था। यों वे पीरों-फ़कीरों के पास दया की भीख माँगने जानेवालों में से नहीं थे। भविष्यफल जानने की उन्होंने कभी कोशिश नहीं की। वे मानते थे कि जब होनी को अनहुआ करना हमारे हाथ में नहीं है तो उसे जानकर क्या होगा? मौत से पहले मरने वाली बात ही न! प्रारब्ध के खेल पीर-फ़कीर ही कब जान पाये और यदि जान भी पाये, तो क्या मौत की घड़ी को टाल सके? लेकिन नित्यानन्द के आग्रह पर वे चले गये थे। शायद भीतर की छटपटाहट के अँधेरे में हाथ-पाँव मारने की एक विवश कोशिश थी वह। कहीं कोई उम्मीद की किरण तो नज़र आये। उम्मीदें यों भी आखीर तक आदमी का दामन कहाँ छोडती है? होप! जिसके बारे में ऐमिली डिकेंसन ने कहा, "होप इज़ द थ्रिंग विद फेदर्स, दैट पर्चज़ इन द सोल एंड सिंग्स द सांग विदाउट द ट्यून, एंड नेवर स्टाप्स एट आल!"

मन्यग्राम के साधुबाबा ने अपने पुराने झब्बे से जुएँ बीनते एक बार राजनाथ की ओर देखा। और मायूसी से सिर दायें-बायें हिलाकर फिर जुएँ बीनने में मसरूफ़ हो गये। राजनाथ अवश दुःख व क्षोभ से हाथ मलते रह गये। उनकी रही-सही आशाओं पर एक निर्मम प्रहार था यह संकेत। वे अतिरिक्त दुःखी होकर घर लौट आये।

तब से उन्होंने पीरों-फ़कीरों से बिल्कुल किनारा कर लिया था। न, उन्हें अपना भविष्य जानने की इच्छा नहीं थी। वे कहते भी, यदि भविष्य जानने से, मनुष्य हतोत्साहित होता है, उसके कर्म में बाधा पहुँचती है, तो उसे न जानना ही बेहतर! नियति चक्र में आस्था रखते हुए भी वे कर्म को पहली जगह देते थे। कर्म ही तो अपने हाथ में है, उससे क्यों पीछे हटना?

देवकी को बढ़े हुए रक्तचाप और मुटापे में भी खानपान की लापरवाही बरतते देख वे अक्सर उसे डाँटते-धमकाते, "देख लेना, एक दिन बैठे-बिठाये पैरेलिटिक अटैक हो जायेगा। हाथ-पैर हिलाने को तरस जाओगी। अपने साथ मुझे भी हैरान-परेशान कर दोगी। क्या पता, क्या होना बदा है तेरे भाग्य में।

"कुऽऽछ नहीं होगा मुझे! देख लेना, हँसते-हँसते चली जाऊँगी।" देवकी हँसकर उत्तर देती। और शायद ऐसे ही किसी वक्त उसकी राज्ञा मुस्करायी थी और शंकर ने हाथ उठाकर 'तथास्तु' कहा था।

सो राजनाथ को देवकी का सफ़र भी ख़त्म होता हुआ देखना पड़ा। खम-बख़्म,

जैसा भी था, दोनों का कुछ दूर तक साथ किया गया सफ़र था यह। इसे राजनाथ ने नत-मस्तक होकर देखा। मुहरा की घाटियों में चन्दन की लकड़ियों के बीच, सुवासित अग्नि को समर्पित होती देवकी की देह के आगे।

अभी अपना कितना सफ़र शेष है? राजनाथ के मन में उस वक़्त ज़रूर यह प्रश्न उठा होगा। पर पूछने से बात कितनी बचकानी हो जाती है? मन के लिजलिजेपन को दर्शाना राजनाथ के लिए शोभनीय भी तो नहीं था और फिर इसका अभ्याय भी उन्हें कहाँ था ?

जितना भी था, शेष समय अशेष होते देखना ज़रूरी था, जो अनन्त आकाश की तरह अछोर दिखाई पड़ने लगा था और बिताये भी न बीतता था। लम्बे दिन और उनसे भी लम्बी रातें! कालरात्रि-सी भयावह, सूनी तकलीफ़देह अकेली रातें! तन और मन से जर्जर राजनाथ को कभी लगता जैसे नरक में पड़े हों। हाथ-पैर शरीर की मांसपेशियाँ कीड़े-मकौड़े और जलजीव नोच-नोचकर खा रहे हों। शरीर के अंग-अंग से पीड़ा उठती, अन्तस से भयावह चीखें निकलतीं। रात को कभी घुटनों में पीर उठती, कभी उबलती गर्म पानी की बोतल का ढक्कन खुल जाता, वे असह्य जलन से चीत्कार कर उठते। कभी हाजत की ज़रूरत महसूस होती। अब कितनी बार आवाज़े दे देकर बहू-बेटे को जगाते। अक्सर जीभ दाँतों तले दबाये पड़े रहते। खिड़की की फाँक से दिखते टुकड़ाभर आकाश के तारों की असंख्य मन्दाकिनियों में भटकते रहते। यह कैसी पीर? किस अपराध का दण्ड है प्रभो! मैं तो ताउम्र अपने छोटे समाज से जुड़े लोगों के छोटे-छोटे हितों की बात ही सोचता रहा, उनकी छोटी-छोटी चिन्ताएँ ही मेरी चिन्ताएँ रहीं। अपना कर्तव्य ही मेरा लक्ष्य रहा। यह प्रमथ्यु की असह्य यन्त्रणा क्यों? शीत और अन्धकार में डूबी पृथ्वी को रोशनी और ताप देने के लिए मैं किसी देवलोक से अग्नि चुराकर भी नहीं भागा। मैंने कोई महान् कार्य भी नहीं किया जिसे इतिहास के किसी पन्ने पर जगह मिलती। फिर क्यों, "जकड़े हुए हैं मेरे हाथ लौह शृंखलाओं से किस द्युपितर की आज्ञा से नरमक्षी बूढ़ा गिद्ध, मेरे कन्धों पर बैठ, दिनभर नोचा करता है मेरा हृदय पिण्ड, और मैं बेबस हूँ....' राजनाथ खुली आँखों से रातें काटते रहते। गालिब, मीर और ज़फर के नगमें गाते रहते। भगवद्गीता के श्लोक दुहराते रहते। अतीत की बिखरी यादों को बार-बार जी लेते। किसी भी तरह भीतर-बाहर का विराट शून्यभर तो जाये।

अपनों से कटने का दुःख लिए अतीत अवसाद भरा था, वर्तमान तन-मन के रोग से कष्टप्रद और भविष्य में अँधेरे के सिवा कुछ भी नज़र न आता था। कैसे इस महाप्रलय की स्थिति से उबरा जाये? राजनाथ बार-बार मन को समझाते।

मिल्टन ने 'ऑन हिज़ ब्लाइंडनेस' में क्या कहा था, 'दोज़ आलसो सर्व हू, स्टैंड एंड वेट, यही नाँ? अपने संगी-साथियों के कष्ट याद करते। टूटते शरीर और ज़ख़्मी होते मन! उम्रभर दूसरों के लिए खटती फिरकनी बनी घरभर की टहल करनेवाली आजी-मामी, जो अन्त समय चारपाई पर पड़ी और अपने शरीर को गलते-ढलते देखती चली गयी। और रात-रातभर मैले और गीले कपड़ों में पड़ी आजी की आँखों के आँसू आख़िर में सूख गये पर शिकायत नहीं की। केवल एक ही वाक्य बार-बार दुहराती रही, "वे बड़े-बड़े लोग हाथी-घोड़े पर सवार दम-खमवाले तीसमारखाँ, वे भी तो आखिर में पैदल पाँव घिसटते ही चले गये, अकेले अलिफ़! कौन किसके साथ जाता है राजे?

वे मास्टर ज़िदा कौल! युवा पुत्र के दुःखद निधन से थके-टूटे! धुँधली आँखों पर काँपते हाथों से चश्मे की कमानी चढ़ाते, अपने दुःख को शब्द देते रहे। उनका दुःख जन-जन की जुबान पर चढ़कर प्रेम के गीत बन गये। मन का कलुष धोती अमृत वाणी! दुःख और पीड़ा से किसी को छुटकारा मिला है? शायद, "शायद यह मेरी ज़्यादती है" राजनाथ ने नये सिरे से स्थितियों को देखने की कोशिश की, "शायद यह मेरी ज़्यादती है, मुझे नहीं भूलना चाहिए/उन महान् आत्माओं को/जिन्होंने मेरे हृदय में भर दिया/आशा और उत्साह का प्रकाश/सही रास्ता दिखाया/मुझे, मेरी भूमिका अदा करने के लिए/उन्होंने भी भोगे थे/अपने हिस्से के दुःख/पर वे झेल गये तूफ़ानों को/अधिक धैर्य से/इस विश्वास के साथ/कि सृष्टि का नियामक/अपने नियम आप बनाता है/और वह न्याय करना जानता है/ऐसे दृष्टान्त सामने हों/तो निराशा क्यों?/नहीं, हमें कृतज्ञ होना चाहिए और प्रसन्न/कि हम अकेले नहीं हैं/और न निरुपाय/हमारा पथ-प्रदर्शन करते हैं भले लोग/ईश्वर के कृपा पात्र/वे मौन/कर्मरत, सहनशील भोक्ता/वे अपरिचित। इतिहास के पृष्ठों से अलग पड़े लोग/वे ही हैं हमारे सच्चे मित्र!"

तब अपनी सोच को राजनाथ जी लेते, "जीवन में सुख भी तो मैंने देखे भोगे। हाथ-पाँव से अशक्त होकर नकारात्मक पक्ष क्यों हावी हो गया मुझ पर? कमल के फूलों भरी झीलों में शिकारे पर बैठ हलकारे लेती लहरों के साथ स्वर मिलाकर मैंने भी तो नगमे गाये हैं। सिहरानेवाली शीत में आबशारों के नीचे खड़े होकर जी भर नहाया भी तो हूँ। तब अपनी बज्र-सी देह पर गुमान भी तो तो कम न था? दूसरों के लिए किये गये छोटे-छोटे काम, वे 'लिटिल एक्ट्स ऑफ काइंडनेस,' मुझे अपार सुख की अनुभूति देते थे। चुनौतियाँ हर क़दम पर स्वीकार की मैंने। पीछे हटना सीखा ही कहाँ था। पटन के खूनखराबे में जब बहनोई की हत्या हुई, उस

साम्प्रदायिक तूफ़ान की परवा किये बिना मैं अकेला ही तो चला गया था उसका क्षत-विक्षत शव ले आने! शरीर का मोह तब नहीं था तो अब क्यों? तब यही बात अहम् थी कि बहन अपने सुहाग को नज़र भर देखने के लिए तड़प रही है और नाते-रिश्तेदार दुःख और भय से भरे हुए हाय-हाय कर रहे हैं। किसी करिश्में के इन्तज़ार में! किसी को तो खतरा उठाना था।

आख़िर ऐसा क्या है जो इच्छाशक्ति के रहते सम्भव नहीं?

सो बची-खुची इच्छाशक्ति समेटे राजनाथ कुछ समय के लिए रिचा के पास कलकत्ता चले गये। जगह और माहौल बदलने से मन की भावदशा में फ़र्क़ आ सकता है। राजनाथ ने एक बार फिर मरे हुए मन को जिलाने की कोशिश की। राजनाथ ने एक आदमी के कन्धे और लाठी का सहारा लेकर कुछेक क़दम चलने का अभ्यास शुरू किया, बेहद एहतियात के साथ वे क़दम उठाते। टाँगें शरीर का बोझ सँभाल नहीं पातीं। एक नौकर हमेशा साथ लगा रहता। पर डॉक्टरों का कहना था कि कुछेक क़दम चलने का अभ्यास जारी रखें। टाँगों को पूरी तरह जुड़ने से बचाने के लिए यह ज़रूरी था। यों भी चौबीस घण्टे बिस्तरेपर लेटा-लेटा आदमी ज़्यादा बीमार हो जाता है...

बेटा सुविधाओं का ख़्याल रखता था। बहू भी खान-पान, स्नान, दवाई आदि की व्यवस्था में कोताही न करती। राजनाथ ने कॉलेज में पढ़ाते समय लड़कियों से भरी कक्षा में कुसुम को अपने बेटे विजय के लिए चुना था। लड़की के शील-गुणों से प्रभावित, बाद में घर पर विजय से भेंट कराकर दोनों की सहमति पूछी थी। कुसुम को राजनाथ से पिता का स्नेह मिला था। बेटियों की तरह ही उसे ममता दी। कुसुम ने भी अपनी तरफ से उन्हें, शिकायतों का मौक़ा नहीं दिया। लेकिन चौबीस घण्टे बिस्तर से बँधे व्यक्ति में आशा, उत्साह और जिजीविषा की अपेक्षा करना, हवा में महल बनाने जैसी कल्पना है, ऐसे महल धरती पर तो नहीं बनते। रात-दिन वही कमरा, वही बिस्तरा और बिस्तरे से उठती बीमार उमसीली गन्ध, जो तमाम डेटोल, फिनाइल, और अगरबत्तियों की गन्ध से भी दूर नहीं होती। कमरे की सीकचोंवाली खिड़की से घिरता अनवरत अँधेरा। इसी नीम अँधेरे में जीने को अभिशप्त हो गये थे राजनाथ। इधर वितस्ता की कल-कल ध्वनि भी नहीं थी, और न मन्दिर में सुबह-शाम उठने वाले आरती के स्वर! सड़क पर भागने वाले वाहनों की पीं-पौं-पौं, ट्रन्नू ट्रन्न, 'हतबी', 'हतमाहरा' मल्लाहों के 'शिकारा वांटेड,' 'नाव महारा,' कोई भी परिचित स्वर कानों का स्पर्श नहीं करता था। 'अज़हद गर्मी में 'गुलमर्ग कूलर' की शॉ-शॉ करती ठण्डी हवा के स्वर के अलावा दरोदीवारों पर

अजनबियत का चेहरा चस्पाँ था। जी हाँ, राजनाथ अब बेटे के तबादले के कारण जम्मू आ गये थे। धुँधली आँखों से दृश्य अब दिखाई नहीं पड़ते थे पर कान भी परिचित ध्वनियों के लिए तरस गये थे। इससे राजनाथ का अकेलापन बराबर बढ़ता जा रहा था। अपने संगी-साथियों के साथ मोह सनी दरो-दीवारें भी साथ छोड़ गयी थीं। शारीरिक कष्ट, रोग-शोक और जीवन-सन्ध्या का अकेलापन! जैसे कुदरत ने अपाहिज बनाकर किसी सूने टापू पर धकेल दिया हो!

रिचा ने सोचा शायद जगह बदलने से मन थोड़ा उबर जाये, कुछ दिन पिता को साथ रखने का भी मन था। और बेटी की मनुहार राजनाथ ने तमाम शारीरिक सीमाओं के बावजूद मान ली।

रिचा के पास आकर राजनाथ कुछ दिन सँभलते से नज़र आये। खान-पान में भी रुचि दिखाई, "ये मेथी पनीर की सब्जी जो तुमने आज बनायी, मेरी काकनी बहुत अच्छी बनाती थी। उसकी बनाई खट्टे आलूचों की चटनी में जो ज़ायका होता था उसका तो जवाब नहीं था...

वे अक्सर वर्तमान से सुदूर विगत में लौट जाते। पुरानी यादों में बार-बार सुकून पाते। बचपन के नानी-दादी से जुड़े ढेरों-ढेर संस्मरण उनके जेहन पर हावी रहते, रिचा छोटे-छोटे प्रश्नों से उन्हें खोलने की कोशिश करती।

"काकनी माँ की तारीफ़ तो आप बहुत करते हैं बाबू जी, पर मैंने सुना है कि मेरे जन्म पर उन्हें ग़श आ गया था। क्या दूसरी बेटी इतनी तकलीफ़ पहुँचाती थी उन दिनों?"

"नहीं पगली! "राजनाथ मुस्कराते। मुस्कराहट में उनके दाँतों की उखड़ी-पुखड़ी पाँत नज़र आती, लेकिन चेहरे पर कुनकुनी धूप-सी नरमी छा जाती, "दरअसल माँ, घर में बेटे का आगमन चाहती थी। उन दिनों औरतें शिक्षित तो नहीं हुआ करती थीं सो पीढ़ियों से चले आते सही-ग़लत विश्वास पला करते थे मनो में, बेटा वंश परम्परा को आगे बढ़ाता है और बेटी पराये घर की अमानत होती है, शायद यह भी कारण रहा है..."

"और बेटा न हो तो मरकर मुक्ति कैसे मिले!"

"नहीं! ऐसी बात नहीं, माँ तो सीधी-सादी स्त्री थी। मुक्ति की ऊँची बातें वो क्या सोचती? वंश परम्परा का मोह ही था उसे। फिर मरकर मुक्ति कौन दिला सकता है अपने कर्मों के अलावा? यह बात तो बबलाल उसे अक्सर समझाया करते। बबलाल, अपने मन, वचन और कर्म से सच्चे अर्थों में महात्मा थे..."

और राजनाथ बबलाल और काकनी की यादों में खो जाते। माता-पिता ही

नहीं। बल्कि नानीं, दादी, मामी और पुराने दोस्त-संगी वगैरह-वगैरह भी उनमें शामिल होते। यहाँ तक कि मिडिल स्कूल के वे बैकुंठनाथ मास्टर जी भी, जो छठी कक्षा के नये-नये अंग्रेजी सीखे बच्चों को 'टच नॉट, टेस्ट नॉट, इंटाक्सिकेटिंग ड्रग्स' जैसे कठिन वाक्य अनुवाद के लिए लिखा देते, यह सोचकर कि बच्चों को शुरू से ही 'थ्री आर्‌स' के साथ सही शिक्षा और दिशा ज्ञान की प्रेरणा दी जाये ताकि आगे चलकर वे मजबूत चरित्रवान व्यक्ति बनें। ऐनक के नीचे से देखते, बैकुंठनाथ मास्टर जी रौबदार आवाज़ में हिदायतें देते, "इस वाक्य को पहले समझना (उँगली से सिर में दिमाग़ की जगह टटोलते हुए) फिर अनुवाद करके ले आना; तोते की तरह रटने से काम नहीं चलेगा। सुना?

"जी मास्ससाहब!"

सामूहिक स्वरों में आश्वस्त करता उत्तर पाकर भी मास्टर जी एकाध वाक्य जोड़ना भूलते नहीं, "हूँऽऽ ! भूलना नहीं। भूलने की सज़ा मालूम है न?"

"भूलने की सज़ा क्या थी नाना-पापा? केनिंग?" नन्हें नाती नाना के पास बैठे, उत्सुकता से प्रश्न पूछते।

"यों ज़्यादा सज़ा देने की ज़रूरत नहीं पड़ती थी तब। बच्चे मन लगाकर ही अपनी पढ़ाई करते थे। हाँ, कभी-कभी शैतानियों पर सज़ा जरूर मिला करती। बैकुंठनाथ तो बच्चों को अक्सर मुर्ग़ा बनाते थे।"

"मुर्ग़ा! सो कैसे?"

"इधर सज़ा देने के नये तरीक़े इजाद हो गये थे स्कूलों में। टाँगों की बीच से हाथ निकाल कान पकड़ने पड़ते थे। बड़ी तकलीफदेह सज़ा होती थी यह। यों केनिंग करते थे कभी-कभार बिस्को साहब! पर सबसे ज़्यादा कष्ट बिच्छू बूटी छुआने से होता था।"

"बड़े सख़्त होंगे तब के टीचर। क्रूर, निर्दयी..." बच्चों को सज़ा देने के ढंग से वितृष्णा तो होनी ही थी, सो एकाध विशेषण जोड़ देते।

"ना!" राजनाथ इंकार में सिर हिलाते। हमारे समय में बड़े समर्पित अध्यापक हुआ करते थे। गुरु-शिष्य उम्रभर स्नेह-सम्बन्ध से जुड़े रहते। पैसा कमाने मात्र के लिए अध्यापक का पेशा अपनाया नहीं जाता था।"

राजनाथ के नाती-पोते उस गुरु-शिष्य प्रेम सम्बन्ध के विषय में भले ही कोई जानकारी न रखते हों पर राजनाथ के बेटे-बेटियाँ इस कथन की सच्चाई से वाक़िफ थे। गौरी की बीमारी में मास्टर ज़िन्दा कौल, जो कभी राजनाथ के गुरु रहे थे, अस्वस्थता में भी, गौरी का हाल पूछने 'हारवन' के उस छोटे से गाँव तक पहुँच गये

थे जहाँ गौरी ने अपनी जीवन-यात्रा समाप्त कर ली थी।

राजनाथ मास्टर जी के भक्त ही नहीं थे, उनकी विद्वता के क़ायल भी थे। वादी के श्रेष्ठ कवियों और दानिशमन्दों में उनकी जगह सुरक्षित थी। उनके लिखे भजन व गीत जन-जन की ज़ुबान पर अंकित हो गये थे। बूढ़ी आजी और मामी से लेकर राजनाथ की छोटी बहू तक उनका लिखा दर्द-भरा गीत करुण स्वरों में गाती थी, "सुमरन पनिन्य दिच़ेनम, प्रेमुक निशान व्यसिये, रछ़रुन तोगुम न रोवुम, ओसुम न बान व्यसिए!" (तुमने तो मुझे अपनी स्मृति की धरोहर, अपने प्रेम की निशानी दी थी, पर मैं ही अपात्र निकला, उसे सँजो-सँभालकर न रख सका और मैंने उसे खो दिया।)

इधर शिक्षा के बेधड़क प्रसार की नीतियों ने स्कूल-कॉलेज तो विद्यार्थियों से भर दिये और नये विद्यालय भी बहुतायत से खुल गये, पर शिक्षा का स्तर थोड़ा नीचे की ओर ही गिरता गया। लगता था परीक्षाएँ पास करना, डिग्री हासिल कर कोई अच्छी नौकरी पा लेना ही शिक्षा का उद्देश्य हो गया। तभी तो लड़के-लड़कियाँ, नयी-नयी, एम. ए., एम. एस. सी. आदि कि डिग्रियाँ पाकर कॉलेजों में पढ़ाना शुरू करते ही अपने नाम के आगे 'प्रोफ़ेसर' लिखना शुरू कर देते। जबकि उनकी भाषा का सामान्य ज्ञान भी माशाअल्लाह ही समझिए। वही, 'कम बिहाइंड द पीरियड व्हेन आइ एम एम्पटी' नुमा भाषा। वे अपने नये पद के अहंकार से ही पीड़ित रहते। गुरुजनों का आदर-मान करने की बात तो अतीत का क़िस्सा ही बनती जा रही थीं।

ऐसे नौसिखिए 'प्रोफ़ेसरों' को भला अपने विद्यार्थियों से क्या सम्मान मिलना था? लेक्चरार खान की हथेलीनुमा चाँद पर लड़के सिक्के बजाकर देखते और वे बेचारे रोंदू बच्चे की भाँति प्रिंसिपल के पास शिकायतें लेकर जाते, "सर, दे थ्रो पाइसिस एट मी।"

प्रिंसिपल मदन साहब मामले की गम्भीरता को समझ खान साहब को दिलासा देते कि वे विद्यार्थियों को समझा देंगे। साथ ही जोड़ देते, "खान साहब, लड़कों को समझाने, दण्ड देने का ज़िम्मा मेरा, आप कृपया अपनी भाषा सुधारें..."

बच्चे नाना-पापा के सामने सुने-सुनाये क़िस्से पेश करते। राजनाथ मुस्कराते हुए किसी दूसरे माहौल में पहुँच जाते। वे तो स्वयं शुद्ध भाषा और सही व्याकरण के मामले में बड़े सख़्त थे। वे सरल-सहज पर शुद्ध भाषा के क़ायल रहे हैं। इसी बात को मद्देनजर रखकर उन्होंने कई व्याकरण व अनुवाद की पुस्तकें लिखीं। कॉलेजों में उन्हें ग्रेट ग्रेमेंरियन कहकर पुकारा जाता। उनके निजी पुस्तकालय में

जहाँ टाल्सटॉय, गोर्की, मोपासाँ शेक्सपीयर, हर्मिंग्वे, दस्तोवस्की से लेकर कालिदास, प्रसाद, प्रेमचन्द तक विद्यमान थे। वहाँ उसमें इनसाइक्लोपीडिया और भाषाज्ञान की पुस्तकें भी शामिल थीं।

यों राजनाथ कुछ समय के लिए अपने कष्टों को भुलाने में कामयाब हो गये थे। पर भूलना कितनी देर सम्भव हो पाया! उन्हीं दिनों राजनाथ को ताराचन्द का पत्र मिला जिसमें उनके अजीज़ दोस्त और हमदर्द शंकरलाल की मृत्यु का शोक समाचार दिया गया था, "दोस्त, शंकरभाई तो दग़ा देकर चला गया। अपनी चौकड़ी टूट गयी। हमारी भी सेहत कुछ ठीक नहीं चल रही है, क्या मालूम और कितना सफ़र बचा है...!"

रिचा ने पत्र पढ़ा। इस दुःखद समाचार को राजनाथ से छिपाना भी उतना ही क्रूर था, जितना उसे सुनाना। सुनकर राजनाथ देर तक शून्य में ताकते रहे। जाने क्या देखते रहे, कौन-कौन सी स्मृतियाँ रीलों की तरह मानसपटल पर खिचती गयीं। राजनाथ के हर सही-ग़लत के जानकार, उनके हर कष्ट के भागीदार, हर सुख के हिस्सेदार, भाई-बन्धु से भी सगे शंकरलाल अब नहीं है। एक बार वे विश्वास न कर सके कि शंकरभाई उन्हें अकेला छोड़कर जा सकते हैं। घरेलू तनातनी में, घर के बँटवारे के वक्त, एक दानिशमन्द दोस्त की तरह निष्पक्ष सलाह-मशविरा देने वाले, पिकनिकों, ताश-पार्टियों में कहकहे लगानेवाले, हारी-बीमारी में माँ की तरह चिन्ता करनेवाले शंकरभाई उन्हें छोड़ गये। यह राजनाथ के थके-टूटे मन पर आख़िरी चोट थी, जो उन्हें सुन्न कर गयी। रिचा से उन्होंने एक ही वाक्य कहा, "मेरे पुराने अज़ीज़ दोस्त पतझड़ के पीले पत्तों की तरह झर रहे हैं..."

जीर्ण-शीर्ण पत्तों को झरना ही होता है। जीर्ण वस्त्रों को बदलना होता है। नवनिर्माण की यह मूलभूत शर्त है, कितनी ही मर्मघाती क्यों न हो। राजनाथ जानते थे, लेकिन जानने और मानने के बीच जो अन्तर है, वही तो आम व्यक्ति और बोधिसत्त्व का अन्तर है। उससे गुज़रते हाड़मांस के व्यक्ति को कड़ी परीक्षाओं का सामना करना होता है। दुःख-सुख, जन्म-मरण से ऊपर उठकर बोधिसत्त्व की मनःस्थिति धारण करनी पड़ती है तभी, 'सुख, दुःखे समे कृत्वा, लाभालाभौ जयाजयौ. ..वाली स्थिति में पहुँचा जा सकता है। संसार जिन्हें छोड़ता नहीं, वैराग्य जिनके लिए सुलभ नहीं, वे झरते हुए, बूढ़े, अशक्त टहनी से साँसभर लटकते पत्तों की तकलीफ़ को शिद्दत से महसूस कर लेते हैं, मुक्ति उन्हें सहज प्राप्य नहीं।

शंकरलाल की मृत्यु के बाद राजनाथ बेहद अकेले पड़ गये। रात-रातभर करवटें बदलते वे अपने अन्त समय के बारे में सोचते रहते। मौत एक सच्चाई

बनकर उनके सामने खड़ी हो गयी थी। वे आधी-आधी रात चौंककर उठते और रिचा को आवाज़ देकर जगाते, "बेटा, घर में कुछ लकड़ी-वकड़ी मौजूद है? आसपास कोई पड़ोसी-दोस्त हैं जो आड़े वक़्त काम आ जायें?" रिचा पिता के सन्दर्भहीन वाक्यों का अर्थ समझती और भयभीत हो जाती, "क्यों ऐसी बातें करते हैं बाबू जी, आपको कोई कष्ट है?" उसकी आवाज़ का कम्प महसूस कर राजनाथ फिर अपनी खोल में सिमट जाते, "ना, ऐसा कुछ नहीं। बस, ऐसे ही पूछ रहा था। सो जाओ अब मैं तो बिल्कुल ठीक हूँ..."

लेकिन फिर वे ज़्यादा देर रिचा के पास नहीं रुके। वापस विजय के पास लौट गये। हँसते-खेलते उनका जी उचट गया। शायद लगा कि अन्त समय अब करीब आ रहा है। घर जाने के लिए इतनी उतावली मचाई कि हवाई जहाज से उन्हें अकेले भेजना पड़ा। रिचा के पति दौरे पर गये थे, पर वे रुके नहीं। बेटों को तार दिलवाकर एयरपोर्ट पहुँचने के लिए कहा। रिचा ने भारी मन से पिता को विदा कर दिया, शरीर से निःसहाय अवश, जो अब भी व्हील चेयर पर न बैठ क़दम-क़दम चलने की ज़िद कर रहे थे, "ना, ना, इसकी ज़रूरत नहीं! थोड़ा सहारा पाकर चल सकता हूँ..."

जेब में बेटे का पता, टेलीफ़ोन नम्बर आदि रखकर, एयरहोस्टेस के हवाले कर जब रिचा ने पिता से बिदा ली तो उन्होंने बड़े उखड़े- उखड़े से शब्द कहे, "अच्छा! गुज़ार दिये हमने भी अपने दिन....।"

उस दिन दिल्ली हवाई अड्डे पर राजनाथ घण्टों प्रतीक्षा में बैठे रहे। बेटों को तार नहीं मिला था। घर से बाहर रहने के कारण टेलीफ़ोन का संदेशा भी बहुत देर से उन्हें पहुँचा था। इस बीच कई घण्टे राजनाथ धुँधली आँखों से हवाई अड्डे की भीड़ में अपनों को ढूँढ़ते रहे। उस वक़्त अपनों से दूर एक अजानी जगह पर शरीर और मन की असहाय अवस्था में राजनाथ ने कैसा महसूस किया होगा? यह हम नहीं बता पायेंगे। इस अकेलेपन की भयावह स्थिति का अन्दाजा स्वर्गीय श्रीकांत वर्मा ने लगाया था तभी तो उन्होंने लिखा, "कभी भी पूछो उस व्यक्ति से, जो अकेला पड़ा हो, कभी भी लड़ा गया हो महाभारत, क्या फ़र्क़ पड़ता है?"

बहरहाल! राजनाथ भाग्यशाली रहे दोनों बेटे शाम ढलने से पहले-पहले उन्हें लेने आये। न भी आते तो एयरहोस्टेस उन्हें घर भिजवाने का प्रबन्ध कर ही देती।

अब राजनाथ के लिए एक अलग तरह की प्रतीक्षा का दौर आरम्भ हो गया। अपना काम, जैसा और जितना वे कर सकते थे, उन्होंने शक्तिभर पूरा कर लिया था। जिस राजनाथ के पिता ताउम्र अपनी छोटी-सी दुकान पर पश्म बुनते-बेचते

रहे और शेष समय भगवान् श्रीगणेश की सेवा में अर्पित रहे और माँ अपने विश्वासों-अन्ध विश्वासों को मन में धारण किये बड़ों की सुझाई लीक पर चली। बाहर की दुनिया से बेख़बर अपनी चारदीवारी में कुएँ के मेढक की ज़िन्दगी जीते वे अपने सुख-दुःख भोगते जीते रहे। अपने पारम्परिक कर्मों में रत, अपनी लक्ष्मण रेखाओं में क़ैद! उनके बेटे राजनाथ ने अपने माता-पिता की तमाम सेवा-श्रद्धाभाव के बावजूद घर में बाहर की ताज़ी हवा का प्रवेश करा दिया। अपने सुख-दुःख को एक बड़े समाज के सुख-दुःख से जोड़कर देखा। अशिक्षा और अन्धविश्वासों की बेड़ियों में जकड़े समाज में शिक्षा का प्रसार किया। घर की लड़कियाँ पहली बार घर और बाहर विद्या प्राप्त करने की हक़दार बनीं। महिलाओं को अपने अधिकारों के प्रति उन्होंने सचेत करा दिया। एक बेहतर समाज का सपना जो उन्होंने देखा उसे बनाने में कुछेक कदम उठा लिये थे। लेकिन यह बहुत लम्बा कार्यपथ था। इसे निर्माण की शक्ल देने के लिए एक पीढ़ी की उम्र नाकाफी थी, बल्कि अगली पीढ़ियों को इस अधूरे कार्य को सम्पन्न करना था। क्या राजनाथ की अगली पीढ़ियाँ सामाजिक अन्धविश्वासों व रूढ़ नैतिकताओं को अपनी विवेक-दृष्टि से परखकर सही-ग़लत का चुनाव कर लेंगें? अगली पीढ़ियों में राजनाथ की बड़ी आस्था थी? उम्मीदें भी कि वे एक स्वस्थ समाज का निर्माण करने में अपना योग देंगे। कमोवेश खुली हवा में साँस लेती नयी पीढ़ी से उन्हें प्यार भी बहुत था। लेकिन स्वयं अब वे अपने स्वास्थ्य से बिलकुल अपंग और बेज़ार थे। अब जो कुछ भी था, प्रतीक्षा में ही था। बकौल ईलियट-'होप एंड द लव एंड द फेथ, ऑल आर इन वेटिंग...'

और वे प्रतीक्षा कर रहे थे। खिड़की की सीध में नीबू के ठिगने पेड़ के पत्तों बीच चाँद उझक आता। एक सर्द हवा की लहर रीढ़ की हड्डी कँपा जाती। अब तक वे ज़िन्दगी की सच्चाइयों को बखूबी जान गये थे। टूटना-जुड़ना, मोह-ममता, आकर्षण-विकर्षण, हर बन्धन से धीरे-धीरे कट जाना, भीतर से रिक्त होते चले जाना फिर भी साँसों का जंजाल बरकरार रखना।

उम्र-भर जिस जीवन को उन्होंने प्यार किया, कमलपत्रों का गलीचा तो नहीं था वह! उन्होंने अपने तन-मन को वक़्त की धूप-शीत के लिए तैयार कर लिया था। अपने तमाम बदलावों का स्वप्न देखने और उन्हें पूरा करने की कोशिशों के साथ राजनाथ ने बुजुर्गों से कर्म की प्रेरणा ली थी। उनके अर्थ गोकि निजी थे। उनकी यात्रा में कई तूफ़ान आये पर थकान से घबराकर उन्होंने टेनिसन के लोटस ईटरस की तरह 'वी शेल नॉट वांडर मोर' कभी नहीं कहा। वक्त के हर सच को

सिर माथे धारणकर स्थितियों का सामना किया। अपने देखे उनके लिए संघर्ष भी किये, कोशिशें कीं। असफलताओं से वे कब पीछे हटे? ताउम्र उन्होंने बच्चों-बालों को ही नहीं सिखाया, खुद भी सीखते रहे। "सक्सेस इज नॉहट, एंडवेचर इज ऑल।" वही तो गीता का भी सार था—कर्म का रास्ता।

राजनाथ ने जिस वर्तमान में जीना क़बूल किया था, वह वर्तमान विगत और आगत से कटा हुआ नहीं था। वे तो भविष्य की कल्पना भी अतीत और वर्तमान से जोड़कर ही किया करते थे। बाज़ वक्त पीछे मुड़कर देखना भी जरूरी होता है। वहाँ स्मृतियों के अक्षय भण्डार ही नहीं थे, पीठ पीछे की रोशनियाँ थीं जो आगे का रास्ता सुझाती हैं और वर्तमान का रास्ता मिलने के बाद ही भविष्य में पदार्पण हो सकता है। लेकिन विगत के छूटे हुए के ग़म में गर्क़ होकर उन्होंने वर्तमान का अनादर कभी नहीं किया। जहाँ ज़्यादतियाँ हुईं वहाँ अपनी ग़लती समझकर उन्हें सुधारने की कोशिशें भी कीं।

स्वयं राजनाथ इसी दर्शन के साथ जिये और अपने बच्चों के लिए भी उन्होंने एक लीक बनायी। पर रास्ता उन्हें अपने आप अपने विवेक से ही चुनना था। आँख बन्द कर चलने की शिक्षा उन्होंने नहीं दी। पथ के झाड़-झंखाड़ उन्हें स्वयं साफ करने थे। राजनाथ के बेटे-बेटियाँ इतना तो जान गये कि वक्त के प्रवाह के साथ मान्यताओं में थोड़ा संशोधन जरूरी है, नहीं तो एक अच्छी परम्परा आगे बढ़ने में अवरोध पैदा कर सकती है। परन्तु जीवन के शाश्वत मूल्यों में क्या रद्दो बदल हो सकता है?

इस बात को समझने के लिए राजनाथ की तीसरी पीढ़ी अभी परिपक्व नहीं हुई, उन्होंने समझने की कोशिश भी नहीं की। वे नयी उम्र, नये विश्वासों और नये फैशन की आँधी के आगे सन्तुलन क़ायम नहीं कर सकी। शायद वक़्त लगता है, सन्तुलन बनाने में! वे एक नयी दुनिया में साँस लेना चाहते थे, विज्ञान के सनसनीखेज़ आविष्कारों की अनोखी दुनिया में, जहाँ स्टार-वार की बातें होने लगी थीं। नोबेल ने अणुबम बनाकर विनाश का जो विष बीज बो दिया था, वह विष वृक्ष के रूप में बराबर फैलता जा रहा था। उसके साये में जीवन-मूल्य और मानवीय सन्दर्भ दम तोड़ने लगे थे। जगह-जगह खून खराबा बढ़ने लगा था। इधर भाई-भाई में युद्ध की चुनौतियाँ और सिर फुटौवलें होने लगी थीं। हर क्षण तृतीय विश्वयुद्ध की आशंकाओं की तलवार सिर पर खड़ी महससू करती नयी पीढ़ी का विश्वास डोलना असम्भव भी तो नहीं था।

इस सारे शोर में खुशहाली की चिड़िया की आवाज़ गुम होने लगी। संचार

माध्यमों से, दूरदर्शन, समाचार पत्रों, टेलीफ़ोन आदि से देश-विदेश नयी खोजों के साथ एक-दूसरे के क़रीब आ गये, पर हालातों ने दिलों के भीतर एक ठण्डी अजनबियत भर दी। लोग व्यस्तता के लबादे में लिपटे इस सच्चाई को शायद जान भी न पाये। दरअसल एक अबूझे बोझ के तले नयी पीढ़ी पलने लगी। पैसा इज़्जत, आबरू, शराफ़त आदि-इत्यादि का मापक यन्त्र बनने लगा। कुछ लोगों के फाइव स्टार होटलों में कांटिनेंटल, यूरोपियन, चाइनीज़ पकवानों के स्वाद के लिए अनेक साधनहीनों की दाल-रोटी छिनती गयी। बड़ी मछली छोटी मछली को खायेगी ही, वाली उक्ति सभ्य समाज में मान्यता प्राप्त कर गयी। सशक्त जियेगा, यह तो नियम है प्रकृति का। इसमें दुःख और करुणा की जगह ही कहाँ है?

गरज़ कि लोग सभ्य होते-होते ज्यादा व्यावहारिक, व्यस्त और प्रगतिशील होने लगे। उन्हें कई काम करने थे, बहुत कुछ पाना था। और जीवन का कोई विश्वास नहीं रहा, पता नहीं कब एक परमाणु बम आधी दुनिया को बरबाद कर डाले। सो लोग भागते वक़्त की झोली से मुट्ठी भर-भर सुख हथियाने की कोशिशों में व्यस्त हो गये। काम-काम-काग! ओ दादा! आप लोगों को तो फुर्सतें रहा करती थीं हमें तो साँस लेना भी मुश्किल है। कितने तो काम पड़े हैं करने को।

व्यस्तता के बोझ तले नयी पीढ़ी दबने लगी। राजनाथ बच्चों से कहा करते कभी कि काम करने से न शरीर को नुकसान पहुँचता है और न मन को, पर उसका बोझ महसूस करने से आदमी ज़रूर मर सकता है। उस सूत कातनेवाली बुढ़िया की तरह, जो मण्डी में अचानक ढेर सारी रूई आने पर बीमार हो गयी। उसे चिन्ता सताने लगी, इतनी-इतनी रूई? कैसे कतेगी? कितना तो वक्त लगेगा, कैसे कर पायेंगे?

किसी ने पूछा, 'अरी नानी, मण्डी की सारी रूई तुम्हारी थोड़े ही है, जो तुम चिन्ता करने लगी हो? तुम अपने हिस्से की रूई कात लो और बाक़ी की चिन्ता छोड़ दो।' पर नानी की चिन्ता का कोई ओर-छोर न था, मेरी न सही, पर मण्डी तो अपनों की है न! क्या होगा? कैसे होगा?

सो परेशानी से नानी की नब्ज भागने लगी। रातों की नींद हराम हो गयी। लोग नानी की बीमारी का राज़ न समझ सके। एक दिन एक वैद्य उधर से गुज़रा। उसने नानी को देखा, उससे बातचीत की और उसकी तेज चलती साँसों का रहस्य जान लिया। पुराना पापी था, बोला, नानी, रात मण्डी में अचानक आग लग गयी। और सारी रूई जल गयी। नानी ने जवाब में कुछ न कहा, चुप रही।

दूसरे दिन लोगों ने क्या देखा कि बुढ़िया नानी शान्तभाव से एक पेड़ के नीचे

बैठी सूत कात रही है। कोई रोग नहीं, कोई चिन्ता नहीं।

शायद ऐसी ही स्थिति कमोवेश नयी पीढ़ी की भी थी। काम से ज़्यादा काम के बोझ की चिन्ता; एक बोझ लिये वे जी रहे थे। कहने को वे कहते कि हमें आपकी जैसी फुरसतें कहाँ! पर उनके सभी काम अपने लिए थे, दूसरे उनमें शामिल नहीं थे। लोग धीरे-धीरे पर बाक़ायदा अपनों से भी कटने लगे थे। रिश्तों में ठण्ड घुसने लगी थी, अहा, अब किसके पास फ़ालतू वक्त है जो ऐरों-गैरों नत्थू खैरों की खोज़ खबर लेता रहे! अपनी ज़िन्दगी ही कितनी जद्दोजहद भरी है। लेकिन यह जद्दोजहद क्या अपने या अपने निकट परिवार से इतर किसी दूसरे के लिए थी? सो शिकवे क्यों? कोई उनसे पूछे तो। 'जद्दोजहद' शब्द पर चिढ़कर गुणी अक्सर राधारानी से कहा करती थी, 'पता नहीं यह 'जद्दोजहद' क्या होता है। मैं तो जानती हूँ कि इस शब्द को दिन में दस बार मन्त्र की तरह पढ़ने के बिना भी, राजभाई अपनों से ज्यादा गैरों के लिए ही जिये। संतुष्टि की बात करें तो कौन किससे खुश रहता है, किसके गुण गाता है या दोष गिनता है, सो इन बातों पर जायें तो त्रेता के श्रीराम में भी काने धोबी ने खोट ढूँढ ही लिया था कि पराये पुरुष के पास रही पत्नी सीता को अपने घर में जगह दी। यों राजभाई से भी कितने लोग खुश हैं, हम क्या जानते नहीं? मैं तो कहूँ कि होने को उनके अपने बच्चों को भी उनसे दस शिकायतें हो सकती हैं, अख़िर अपने पिता से तो सभी उम्मीदें बाँधते हैं, अब यह बात भी, एक राह चलते के लिए गले उतारना ज़रा मुश्किल है कि राजभाई नाते-रिश्ते के भानजे-भतीजों को तो पढ़ा-लिखा गये और अपने बेटे के वक्त सरकारी लोन लेने की ज़रूरत महसूस कर गये या बेटियों को ही लो कहा नहीं था, उनकी मासी ने कि पचास-पचास तोले सोने से कम में बेटियों को ब्याह दोगे, तो मैं शादी में शामिल नहीं होऊँगी? पाँच जोड़े कपड़े और पाँच तोले सोना देखकर वह नाराज होकर चली नहीं गयी?

राधारानी कहती, "पर उन्होंने बेटियों को पूछकर ही तो निर्णय लिया था। फिर कपड़े-गहनों की जगह नक़द पैसे कैश-सर्टिफिकेट में जमा करवा के दिये थे, जिसे उन्होंने 'गुप्त ही रखा। यों दिखा-दिखाकर देने का रवैया तो उनका कभी रहा नहीं..."

"वो तो मैं जानती हूँ बहन! मुझे उन्होंने रक़म भी बता दी थी। पर सच मानों तो वह रकम भी राजनाथ जैसे रुतबे और हैसियतवाले के हिसाब से औनी ही थी। यों मैं शिकायत नहीं कर रही। मेरे कहने का मतलब यही है कि राजभाई सिर्फ़ अपने ही परिवार के लिए जीते तो बेटियों को सिर से पाँव तक गहनो-रुपये से

भले ही न लाद देते, पर जो दिया, उससे दुगुना तो दे ही सकते थे। पर उन्होंने ऐसा किया? बल्कि देवकी गुज़र गयी तो उसके गहने-डेजहोरू श्रीकंठभाई को लड़की की शादी के लिए दे डाले। वही जो कुल का पुरोहित था। चार-चार बेटियों का दरिद्र बाप! असल में उन्होंने जन्म ही लिया था औरों के लिए। मैं तो यही कहूँगी जी...

"हाँऽऽ कण्ठभाई की लड़की भी शादी की उम्र पार कर गयी थी। औनी-पौनी पुरोहिती पर अब दो वक्त रोटीभर जुटानेवाला पिता बेटी को क्या खाकर ब्याह देता? उसके तो रोम-रोम आशीष दे रहे हैं राजभाई को...."

"सो तो है, पर कहनेवालियाँ तो यह भी कह रही है कि माँ की चीज-बस्तु बेटियों को न देकर उनके साथ ज़्यादती की। गौरी की चीज़ें भी तो राजभाई ने बेटियों को नहीं दी। अब उनकी सोच को सभी थोड़े समझ सकते हैं?"

सो किसी के आशीष किसी का आक्रोश, किसी का प्यार-दुलार और किसी की हँसी-हिकारत—इसी का नाम तो जीवन है। राजनाथ जीवन के इस 'साँझ उषा के आँगन और चिरहास-अश्रुमय आनन वाले रूप को बहुत पहले जान-समझकर स्वीकार कर चुके थे।

अब अपने अन्तिम दिनों में वे इस जीवन से विरक्त होते जा रहे थे। हर बन्धन से धीरे-धीरे कट जाना चाहते थे। मुक्ति, निजात पाना चाहते थे। लेकिन मुक्ति कहाँ? निजात किससे? भूख से, इच्छा से, दिनोंदिन क्षीण होते शरीर की जरूरतों से? या मन के भटकाव से?

अठारह

मन के भीतर की तो राजनाथ स्वयं जानते होंगे, पर बाहर का शरीर उन्हें मुक्त नहीं होने देता था। तमाम दवाइयों, सैकरीन, इंसुलीन आदि के बावजूद वे अब टूटा-फूटा, अपाहिज शरीर लिये बिस्तर से बाकायदा बँध गये थे और वक्त अपनी सरपट चाल भागता जा रहा था। घरों में रेडियो की जगह टेलीविजन आने लगे थे, ट्रांजिस्टर की जगह टू-इन-वन और पुस्तकों की शेल्फों पर जमी धूल को हटाने के बदले लोगबाग वी. सी. आर. पर कोई लेटेस्ट गुनगुनी या गर्म फ़िल्म देखने में तन्मय होने लगे थे।

राजनाथ के नाती-पोतियाँ अब बड़े हो रहे थे और बड़े होते-होते चारपाई से बँधे एक बुजुर्ग को देखने के आदी भी हो गये थे, जो उनके माता-पिता और

कभी-कभार दादा जी से मिलने आते अजनबी लोगों के कहे अनुसार आदर-सम्मान के हक़दार रहे हैं। होंगे जरूर, क्योंकि वक्त-बेवक्त उनके पुराने शिष्य हालचाल पूछने आ ही जाते हैं, उनमें ओंकार तो था ही, जो अब उम्र और रुतबे के बढ़ने से चीफ़ इंजीनियर ओंकारनाथ जी हो गये हैं, इन्हें तो राजनाथ ने बेटे की तरह पाला और आत्मसम्मान से जीने की प्रेरणा-शिक्षा दी। राजनाथ के लिए इनके मनों में वही पुराना स्नेह और आदर था। बच्चे आश्चर्य से देखते और सोचते कि तमाम फिनायल-डेटोल आदि-इत्यादि से युक्त कमरे की अस्पताली बीमार गन्ध में, जहाँ उनके लिए पाँचेक मिनट से ज़्यादा रुकना मुश्किल हो जाता था। वहीं उनके पुराने विद्यार्थी घण्टों बैठकर कैसे बतियाते हैं? उतना ही नहीं, इस बीच यदि राजराथ को हाजत के लिए उठना पड़ता तो वे उन्हें बच्चे की तरह खुद गोद में उठाकर कमोड़ पर भी बिठा देते, यह नहीं कि नौकर को आवाज़ दें।

एवज़ में राजनाथ की आँखों से आँसू बहने लगते। उम्रभर रोके रखे आँसू अब बहने को बेताब हो रहे थे। ज़रा-सा किसी की आत्मीयता ने छू लिया कि भरे बादलों के गुब्बारे में पिन चुभ गयी। ये क्या वही राजनाथ थे जिन्होंने तमाम उम्र बड़े-बड़े हादसों को भी निःशब्द झेल लिया? खुद तो आँसू पीते ही थे, घर की औरतों को भी रोने-धोने की रस्मों पर पाबंदियाँ लगाते थे। न, रोना नहीं, आवाज़ नहीं निकालना, दुःख का प्रदर्शन करना दुःख का अपमान है, उस प्रियबन्धु की अवमानना, जिसे तुम अन्तरतम से प्यार करते थे। लेकिन अब? यह कैसा दुःख था जो उन्हें निहायत बेबस बना गया था? शरीर और मन की सीमाओं का दुःख? यह दुःख अपने इन प्रिय विद्यार्थियों-शिष्यों के छूने भर से बूँद-बूँद झरने को आकुल हो जाता था। इन कुछ न लगते आत्मीयों ने राजनाथ को ताउम्र बाँधे रखा। विचित्र-सा बन्धन था, इन मानस पुत्रों के साथ! जिसे कोई भी समझ न पाया। कहने वाले तो यहाँ तक कह गये कि विद्यादान तो ठीक है, पर अपनी इच्छा-आकाँक्षा भी तो पूरी होती है अपने चौगिर्द जवान-ज़हीन छात्रों को इकट्ठा करके। फिर जो वे एहसान के बोझ तले दबे हुए हों तो ताबेदारी में शक की गुंजाइश कहाँ है? हाँ भई, इन ज़रूरतमन्दों से ही तो सेवा कराई जा सकती है, गोड़ जाँघ दबाये जा सकते हैं...'अरे भैया, कलियुग में तो स्वार्थ के बिना भगवान् की भी पूजा नहीं होती, दान-पुण्य भी नहीं किया जाता। हमनें तो सुना था राजभाई को विशी को दीक्षा देते हुए। वे स्वयं मानते हैं कि मनुष्य के मन का कोई एतबार नहीं, कब किस पर बेईमान हो जाये, ऋषि विश्वामित्र का मन भी डोला था मेनका सुन्दरी पर। हम तो साधारण प्राणी हैं...हमसे क्या ग़लतियाँ नहीं होंगी?

अब ग़लती हो या स्वार्थ, कमज़ोरी हो या रुझान। शरीर की सीमाओं से जुड़े प्रश्नों पर राजनाथ ने कभी बहस नहीं की। वे मानते थे कि जीवन में धर्म दर्शन, ज्ञान-विज्ञान यदि सच है तो जीव का शरीर भी सच है, उसमें इच्छा का उगना भी सच है। उसकी खूबियाँ-खामियाँ ही व्यक्ति को बनाती हैं। बकौल परमहंस, यदि चाहना पाप है तो मन में चाह का उगना भी पाप है।

उत्सुक बन्धु उनसे सीधे प्रश्न पूछने का साहस नहीं कर पाते थे। यदि करते तो वे शायद उन प्रश्नों के समाधान की भी कोशिश कर लेते। खैर! वे नाचते हुए मोरों को उनके मैले पैरों की ओर इशारा कर उन्हें शरमिंदगी का अहसास दिला सकते थे, पर अक्सर वे इन मामलों को टाल जाना बेहतर समझते। वे यही कहते कि तमाम खामियों के बावजूद यदि किसी व्यक्ति के सामने व्यष्टि से बाहर समष्टि की चिताएँ हों, तो उसका जीवन अपने आप अर्थवान हो जाता है। तब व्यक्ति देह से जुड़ी सीमाओं से अपने आप ऊपर उठने लगता है।

राजनाथ के आस-पास के ये हितैषी बन्धु जो भी कहते रहे हों, पीठ पीछे इस सच को वे भी झुठला न सके कि राजनाथ के इस शौक़ या खब्त के फलस्वरूप कई कोंपले हवा-पानी पाकर खिल उठीं और पूरे माहौल को अपनी सुगन्ध से खुशगवार कर गयी, ताज़ा-पानी और खाद पाकर उनके ये मानस पुत्र तो उम्रभर राजनाथ के कृतज्ञ बने रहे कि वे उनके जीवन में प्रेरणा बनकर आ गये। उन्हें शिक्षा के साथ संस्कार दे गये।

अब ऐसे शिष्यों को देख किशोर पोते-पोतियों को अचरज होना अस्वाभाविक भी तो नहीं था। उन्होंने अपने मम्मी-डैडी से सुना था कि दादा जी विद्वान् हैं, प्रोफेसर-प्रिंसिपल रहे हैं, मुख्यमन्त्री और सदरे रियासत के भी गुरु रहे हैं, वे उन्हें मानते भी बहुत हैं। अपने समय में पढ़ने-पढ़ाने में रिकार्ड होल्डर रहे हैं... वगैरह-वगैरह। एक अच्छा-खासा पुस्तकालय तो घर में वे देख ही रहे थे। बल्कि उनके स्कूलों में प्रोफ़ेसर कौल की रचित पुस्तकें पढ़ाई भी जाती थीं। दादा जी सचमुच कितना जानते हैं इसके लिए समय-समय पर वे दादा जी की परीक्षा भी लिया करते, अपने अधकचरे ज्ञान से। दादा जी, "होप स्प्रिंग्स इंटरनली इन ह्यूमन ब्रेस्ट, कविता ऐमिली डिकेन्सन ने लिखी है?" "नहीं मीतू, यह एलेक्जेंडर पोप की कविता का अंश है। होप के बारे में ऐमिली ने जो कविता लिखी उसके अंश जरूर कुछ मिलते-जुलते हैं—होप इज़ द विंग विद फेदरस, दैट पर्चज इन द सोल..."

"अच्छा दादा जी, रोमांटिक कवि और क्लासिकल कवि में क्या फ़र्क है? जो रोमांस की कविता लिखे वह रोमांटिक कवि है?"

राजनाथ मुस्कराकर बच्चों की जिज्ञासा शान्त करते, "नहीं बेटा, रोमांटिक कवि परम्परा को तोड़ता है, क्लासिकल काव्यशास्त्र के निर्धारित नियमों और अनुशासन को मानता है।" अंग्रेजी साहित्य में जो भी नाम उन्होंने सुने पढ़े थे उनसे सम्बन्धित प्रश्न पूछे जाते—शेक्सपियर, मिल्टन कोलरिज, बाइरन, कीट्स, शैली...ओथेलो, किंगलियर, ओइटु नाइटिंगेल और दादा जी कमज़ोर, बिस्तर से बँधे, बच्चों के प्रश्नों के उत्तर देते।

ए बॉर्न टीचर! प्रोफ़ेसर एन्थोनी ग़लत नहीं कहते। प्रश्नों का समाधान करते वे कभी नहीं थके। तब भी उन्होंने सही उत्तर दिये। जब कि वे सुबह क्या खाया, दुपहर तक भूल जाया करते थे और कमरे में कौन आया-गया, इसे बिना स्पर्श किये, आवाज़ सुने बिना पहचानने की शक्ति खो बैठे थे। तब शायद राजनाथ के नाती-पोतियाँ समझ गये कि उनके स्कूल-कॉलेज में उनकी पहचान, अपने पिता-माता से ज्यादा नाना-दादा के नाम से क्यों बनी है?

तुम विजय कुमार कौल की बेटी हो? प्रोफ़ेसर आर. एन. कौल तुम्हारे दादा जी हैं?

कैसे हैं वे आजकल? सुना उनका स्वास्थ्य ठीक नहीं रहता...

तुम प्रोफ़ेसर कौल के नाती हो? ही हैज बीन एन इंसट्यिूशन। मैं उनका विद्यार्थी रह चुका हूँ...

शेक्सपियर तो प्रोफ़ेसर कौल पढ़ाते थे—ओथेलो, जूलियस सीज़र। उनकी गहरी-गम्भीर आवाज़ पूरे हॉल में गूँज उठती, विद्यार्थी तन्मय हो जाते जैसे सामने स्टेज पर नाटक चल रहा हो। वह जूलियस सीज़र की मौत पर मार्क एंटनी का भावपूर्ण भाषण, 'आई केम टु बेरी सीज़र नॉट टु प्रेज़ हिम...' भावनाओं के अजस्र प्रवाह को ज़िन्दा कर देते थे कौल साहब...थे तो अंग्रेजी और गणित के प्रोफ़ेसर पर संस्कृत के भी प्रकाण्ड पण्डित। अपनी संस्कृति से उन्हें प्रेम था।...भगवद्‌गीता उनका आराध्य ग्रन्थ था, कर्मयोग के श्लोक उनकी जिह्वा की नोक पर।

मतलब कि नयेपन के दीवाने कुछ देर के लिए मान जाते कि ये पुराने लोग भी अपने नाम व काम को इतिहास बनाने की ताक़त रखते थे।

पिता बहुत बीमार हैं, सुनकर रिचा मिलने आयी। रति कई महीनों से पास ही रहती थी। पर रिचा से यही अंतिम भेंट थी। सप्ताहभर वह पिता के पास रही, साथ-साथ लगी रही। जी भरकर, दोनों बतियाये। रिचा माँ बन गयी और राजनाथ शिशु, "बाबू जी, आपको भगवद्‌गीता पढ़कर सुनाऊँ?"

"सुनाओ बेटा!"

"कौन-सा अध्याय?"

"अठारहवाँ।"

रिचा पढ़ती, राजनाथ अशुद्ध उच्चारण पर टोकते। ऐसे नहीं, ऐसे। बॉर्न टीचर। रिचा पिता को देखती रहती। शरीर ने साथ छोड़ा पर उम्रभर का अभ्यास नहीं छूटा। ग़लत उच्चारण, ग़लत आचरण, ग़लत व्याकरण, इन्हें राजनाथ अन्त तक न सह पाये।

"थक गयी अब, थोड़ा आराम करो। खाना खा लिया?"

"तुम्हारी आवाज थकी-थकी क्यों लग रही है? स्वास्थ्य तो ठीक है न?"

राजनाथ फिर शिशु से पिता की जगह पर आ जाते। कुछ दिन फिर से आकाश में आशा के पँछियों ने उड़ान भरी।

"अच्छा बाबू जी आपने कविताएँ भी लिखीं, पर उन्हें प्रकाशित क्यों नहीं कराया? जबकि आपने भाषा और व्याकरण की कई पुस्तकें प्रकाशित करायीं?"

"कविताएँ तो लिखीं पर कुछ खास नहीं। कुछ यादों को जिया, अपनी कुछ अनुभूतियों को अपने से अलग किया..."

"मैं आपके बारे में लिखूँगी।" जाने क्या सोचकर रिचा ने कहा कि राजनाथ की पलकें भीग गयीं। उन्होंने बेटी के सिर पर हाथ रखा, आशीष देता, काँपता हड्डियों के पिंजरवाला हाथ।

घर लौटने से पहले रिचा ने राजनाथ के पास बैठकर नाश्ता किया, फिर विदा ली। शब्द उस वक्त साथ न दे पाये। इस विदा का अर्थ दोनों पिता-पुत्री जानते थे। रिचा पास खड़ी रही, पिता शायद कुछ कहे लेकिन पिता अपनी धुँधली, कहीं न देखतीं आँखें उठाये बेटी को देखते रहे। शायद बहुत दूर तक देखते रहे, स्थान और समय के अवरोधों के पार। वे आँखें तब एकदम लबालब भर आयीं और धार बनकर बरसने लगीं।

"तुम भी जा रही हो?"

राजनाथ ने एक ही वाक्य कहा; बड़ा असंगत-सा वाक्य। लेकिन पिता देह त्यागकर जाये या बेटी अपने घर-संसार के लिए प्रस्थान करे, यह बात लगभग तय थी कि वे अब एक-दूसरे को देख नहीं पायेंगे। यह अलविदा है।

राजनाथ बच्चों को विदा देते समय कभी बाई-बाई करते तो साथ में, 'कम अगेन', कहना न भूलते। लेकिन अभी वे चुप थे, कम अगेन कहने को उन्होंने होठ नहीं खोले—अऽऽच्छा! बस, भीतर से उठती हिचकी अधबीचही रोक ली, जो हिचकी टुकड़ों में बँटकर उनके समूचे अस्थि-पिंजर को कँपा गयी। आँसू बहाकर

जो उन्होंने अपनी टूटन-थकन को बेपर्द कर दिया, इसके लिए वे थोड़े लज्जित भी थे। ताउम्र जो नहीं किया, वह इस चलती बेला क्योंकर करना?

रिचा को लगा, आज उसके पिता सचमुच बूढ़े हो गये। वे पिता, जिन पर यौवन निछावर हो जाता था, वे अचानक बहुत बूढ़े हो गये क्योंकि वे शरीर की सीमाओं से हार गये; शरीर के भीतर उगती और शरीर के साथ लगी सीमाएँ! सारा दर्शन हार जाता है इस देह की सीमाओं के आगे। यह देह जो बकौल कैलाश वाजपेयी के, "होती है देह फिर, होकर नहीं हो जाती है। कहाँ से आती है देह, कहाँ जाती है। सुख सोख लेती है सब, दुःख भोग लेती है। चले तो चलती जाये सौ साल पार। वरना यह वह फसल है खेती यम की। जिसके कटने की, पकना कोई शर्त कहाँ होती है..."

वर्षों इस ज़िस्म के एक-एक अवयव को नाकारा होते देखना आसान भी तो नहीं होता। सफ़ाई की खब्त थी उन्हें लेकिन अब असहायता की चरमावस्था में कभी-कभी गीले बिस्तर पर घण्टो पड़े रहना उनकी नियति बन गयी थी। वे रात-दिन का अन्तर ही भूलने लगे थे। दूसरों पर निर्भर हो गये राजनाथ अब बेटे-बहू के लिए एक विवश दायित्व भर बनकर रह गये। शौक़ से सँजोयी चुनी हुई पुस्तकों की अलमारियाँ जैसे उनका मुँह चिढ़ाती रहतीं। यह बूढ़ा आदमी जीवन के हहराते सागर में गोते लगाता, शार्क मछलियों से लड़ता हुआ, पस्त और लहूलुहान हो गया। वर्षों सुबह प्राची में उगता सूर्य भी नहीं देखा। पश्चिम दिशा में अस्त होते सूर्य की लालिमा का अक्स जब वितस्ता पर पड़ता है तो कैसा लगता है? क्या अब भी वैसा ही लगता है जैसा उन्होंने जाना है? वैसा ही, जैसा एक कवि ने अपने छोटे से निबन्ध में लिखा था, "पानी ने अपने आराध्य को देखा और लाल हो उठा।" लाल! रक्तिम! लज्जा से, उछाह से या प्रिय मिलन के रोमांच भरे सुख से?'

अब एक अँधेरा था; चारों ओर गहन, गहराता अँधेरा! जिसमें वे अपने आपको पहचान नहीं पा रहे थे। इस अँधेरे ने उनका समूचा अस्तित्व बदल दिया था। ब्राजील की कवयित्री सिसीलिया मिरेलस की तरह उनके भीतर से हूकें उठती थीं, यह/आज का चेहरा तो मेरे पास/कभी न था/इतना शान्त, इतना दुःखी इतना पतला/न ही यह इतनी रीती आँखें/न ही यह कडुआ मुँह। न ही—मेरे पास यह बेजान हाथ थे/इतने ठण्डे निश्चेष्ट और मृत/न ही मेरे पास यह हृदय था/जो कि अपने होने को भी नहीं दर्शाता/किस दर्पण में मैंने अपना चेहरा खो दिया?

ऐसे ही वक्त ओंकारनाथ मिलने आया। राजनाथ का मानस पुत्र, जिसने

राजनाथ के घर में रहकर ही शिक्षा पायी और राजनाथ प्रोफ़ेसर के साथ राजनाथ व्यक्ति को भी जाना। एक अनुशासन में बँधे व्यक्ति को, जिसके स्नेह की कोई सीमा नहीं थी, पर जो अनुशासन तोड़ने पर दण्ड देना भी जानते थे। वह चाहे ओंकार हो या अपने पुत्र-पुत्रियाँ। बल्कि गुलकाका जैसे पुराने मुँहलगे नौकर को भी चूकने पर वे बख़्शते न थे। छोटी-छोटी बातें, जिन्हें दूसरे जल्दी ध्यान से उतार देते, उनके लिए अहम् थी। जैसे बिना घर में कहे देर रात तक बाहर रहना, उनके जाने अक्षम्य अपराध था। माँ-बहनों को घर में प्रतीक्षा कराना और आप किसी होटल में या दोस्त के साथ मस्ती मारना! नहीं, राजनाथ इसे सह नहीं पाते। आप अपनी इच्छा से कहीं भी आ-जा सकते हो, पर घर में इत्तला देना अनिवार्य था।

राजनाथ के हाथ छूकर ओंकार ने हाल पूछा, "कैसे हैं बाबू जी? मैं बहुत दिनों से आपके पास पहुँच नहीं पाया..."

"बस! इन्तज़ार कर रहा हूँ" राजनाथ की आँखें डबडबाईं।

इन्तजार! एक मुश्किल इम्तहान। एक अनिवार्य अन्त की प्रतीक्षा। उस आख़िरी साँस की प्रतीक्षा जिसके बाद देह मिट्टी हो जाती है और आत्मा स्वतन्त्र, फिर से नयी देह में प्रवेश करने के लिए। क्योंकि उसके लिए तो सीमाएँ नहीं हैं उसे न शस्त्र छेद सकता है, न अग्नि जला सकती है, न जल भिगो सकता है और न पवन सुखा सकती है।

देह राख मिट्टी हो जाती है। पुत्र-पुत्रियाँ मुट्ठीभर अस्थियाँ राख में से चुन, कलश में भरकर उन्हें गंगा माँ की गोद में प्रवाहित कर देते हैं। यही इस ब्राह्मण समाज की परम्परा है। राजनाथ के साथ भी ऐसा ही होगा, क्योंकि उनकी संतानें संस्कारशील हैं। वे पिता की लिए मुक्ति की कामना करेंगे। चौरासी लाख योनियों में जन्म लेकर कष्ट-सहने से मुक्ति। मुक्ति देना माँ गंगे! मुक्ति! जो जीवन में असम्भव है, उसे मरकर सम्भव कर देना।

तेरह दिन श्रीमद्भगवद्गीता का पाठ करते सूर्यकंठभाई, पुरुष-स्त्रियों बहू-बेटियों से खचाखच भरे कमरे में उद्घोषणा करेंगे, "राजभाई ने इसी जन्म में सुख-दुःख रोग कष्ट भोगकर अपने हिस्से का स्वर्ग-नरक भोग लिया। अब शरीर का परित्याग कर वे मुक्त हो गये। सभी लेना देना इसी जन्म में पूरा हो गया।'

राजनाथ शायद मुक्त हो जायें। वक्त बीतते लोग उन्हें भूल जायेंगे, क्योंकि समय का स्वभाव है भूलना।

"इतने अधीर क्यों हुए बाबू जी? आपका विश्वास कहाँ खो गया?"

ओंकार ने हाथों की छुअन से प्रश्न पूछे। मुँह खोलकर उन्हें दिलासा देने का

साहस वह अपने भीतर पैदा न कर सका। बूढ़ा, दन्तविहीन थका शेर भी अपने जंगल का राजा ही होता है। उसे गीदड़ समझकर रू-ब-रू नहीं हुआ जा सकता।

"मैंने आपकी कुछ कविताएँ सँजोकर रखी हैं। आपको शायद याद न हो। आप कहें तो पढ़कर सुना दूँ?"

"कौन-सी कविता?" राजनाथ को सचमुच याद नहीं आया कि जो रचनाएँ उन्होंने लिखकर किसी फ़ाइल में रख दी और भूल गये, उन्हें ओंकार ने कब और कहाँ सँजोकर रख दिया...

"वो अतीत की स्मृतियों से सम्बन्धित एक कविता है..."

राजनाथ ने याद करते हुए कहा, "हाँ, मैंने हमेशा/विगत की स्मृतियों से प्यार किया है/जो भी हो/वे मेरा अकेलापन कम करते हैं..." और...

ओंकार ने आगे कविता की पंक्तियाँ पढ़कर सुनायीं 'मैं मानता हूँ/मानव जीवन के अन्त अनिश्चित हैं/कि हमसे ज्यादा विवेकपूर्ण है/हमारे इच्छित स्वप्न और कल्पनाएँ/जीवन की निर्मल अवस्था-वार्धक्य/जिसमें अनावृत होते हैं/हमारे पाप और कष्ट/आशाएँ और डर/और जो हो सकता था/नहीं हुआ/अन्त में हाथ लगता है पश्चात्ताप/प्रबुद्ध होने के साथ/जो करता है हमें शान्त/और निरर्थक चिन्ताओं से मुक्त/हम प्रश्न पूछते हैं/कि जीवन का सच क्या है? प्रकृति की बलवती चाहें/जिन्हें वहन करते हैं हम/तमाम पीड़ाओं के साथ!/संत्रस्त यौवन, चिन्ताग्रस्त बुढ़ापा/कोई आध्यात्मिक सुकून नहीं/आस्था और प्रेम से रिक्त/ऐसी सृष्टि में/हम किस पर विश्वास करें/सिवा अपने और ईश्वर के?

राजनाथ का विश्वास ओंकार, उन्हें उन्हीं के शब्दों में याद दिला गये। और राजनाथ ने ओंकार के दोनों हाथ थाम लिये। विश्वास तो है, तुममें और तुम्हारी अगली पीढ़ियों में। कहा कुछ नहीं, पर सभी बातें बोलकर ही तो संप्रेषित नहीं होती?

राजनाथ उस अज़हद तकलीफ़ के दौर से गुज़रते वक़्त, बाहर से जितने चुप और तटस्थ थे भीतर से स्मृतियों की तेज़ चलती रीलों को खोलने-लपेटने में उतने ही व्यस्त होते जा रहे थे। ओंकार उनकी मनःस्थिति पकड़ पाया था।

कौन कहता है कि आदमी उम्र के आख़िरी दौर में मुक्त हो जाता है? कटने से पहले तो यह जीवन चित्र की सम्पूर्ण रील बड़ी तेज़ी से एक बार शुरू से अन्त तक खुल जाती है और शुरू से आखिर तक के रंग भरे, उजले-फीके दृश्यों में हम, साक्ष्य और साक्षी बनकर फिर से जीने लगते हैं। राजनाथ के जीवन चित्र की रील भी पूरी होते-होते एक बार फिर से रीवाइंड होकर शुरू से घूमने लगी थी। तेज़ी से,

पर साफ़, तस्वीर के एक-एक बारीक़ बिन्दु की पहचान कराती हुई।

वही माघ मास, ठण्डा ठस्स। भीतर-बाहर ठण्डा कुहरा जैसे घिर रहा हो और राजनाथ को ताप चढ़ा था। दो-चार दिनों से सर्दी-जुकाम की शिकायत थी और कोई खास बात नहीं। उन्हें खूब लिहाफ-ओढ़नों, काँगड़ी, गर्म पानी की बोतलों आदि के सहारे ठण्ड से दूर रखा गया था। रति ने गर्म जोशाँदा बनाकर आधा कप पिला दिया। कुसुम ने ससुर जी की नरम तबीयत देखकर ननद को बुला भेजा था, 'बाबू जी कुछ ठीक नहीं लग रहे, बार-बार वितस्तावाले घर की बातें करते हैं। मैंने कहा, इस वक्त आप जम्मू में हैं, पर वे नाराज़ हो गये कि तुम मुझसे झूठ बोलती हो। मैं क्या करूँ कुछ समझ नहीं पा रही हूँ।' रति माथा दबा रही है। रति सुगढ़ लड़की है। बहुत पहले से ही, वह कहा न 'पूत के पाँव पालने में' छोटी-सी थी तो बिस्तर से बँधी माँ को दवा पिलाती थी। सिर दुखने पर हल्के-हल्के माथे पर अमृतांजन लगा देती। रिचा तो बस गौरी के कहे 'कलन्दर' थी। दिन-भर खुले खेत-खलियानों और चीड़-देवदार के सायों में घूमना, पेड़ों पर बन्दरिया सी लटककर बादाम, नाशपातियाँ तोड़ना। वह गुलागनबी अपना माथा यों ही क्या पीटा करता, "भइया, कोई इस छोकरी को समझाये, यह मेरी नौकरी छुड़वा के रहेगी।" फलों का नुकसान मालिक लोग कैसे सह लेते?...छोटी मिन्ना को तो रति ने ही पाला पोसा...

राजनाथ स्मृतियों के संसार में विचरण कर रहे हैं, अब उन्हें अपनी यादों से कोई अलग नहीं कर सकता। वे ज़रा-सा हाथ बढ़ायें तो पहाड़ों के शिखर छू सकते हैं, कितनी आसानी से, कितने विश्वास के साथ।

गौरी की क्षीण काया बिस्तर पर सिकुड़ गयी है। 'काश! काश मैं दो बरस और जी पाती। इन लड़कियों को अपने घर जाते देख लेती।

लेकिन गौरी! तेरी बेटियाँ तो अपने-अपने घरों को चली गयीं।

ठण्ड-ठण्ड, रीढ़ की हड्डी तक सरसराती ठण्ड। बाहर ढेर-ढेर बर्फ़ पड़ी है। कैसी उदासी भरी है हवाओं में आसमान के सीने में बर्फीले तूफ़ानों का मन्थन। नवधारा की दूकान बर्फ़ में धँस गयी है, छत से बर्फ़ उतारनी होगी। गुले से कह दो कोई आठ-दस बेलचे बर्फ़ निकालकर छत का वजन हल्का कर दे। और दो दिन बर्फ़ पड़ी तो छत ढह जायेगी, बर्फ़ के भार से।

यह कौन तसला-तगारी रख रहा है कमरों में? क्या अभी भी छत टपक रही है? जरूर बच्चों ने छत पर घिया-तोरी की बेलें उगायी होंगी। लक्ष्मी कह रही थी मिट्टी खोद-खोदकर भूर्जपत्र निकाल दिये हैं, लेकिन...लेकिन टिन की छत तो छवाई थी हमनें, अब तोरी-कुम्हड़े कहाँ उगेंगे?

कितनी बड़ी-बड़ी शिशिर गाठें लटक रही हैं छत के कोनों से। चाकुओं की धार सी नुकीली और तेज। बितस्ता में थक्कों-के-थक्कें बर्फ़ जज़्ब होते जा रहे हैं। नावों-वाहचों की छतें बर्फ़ की मोटी तहों से ढक गयी हैं। नूरा-ज़ेबा की आवाज़ नहीं सुनाई पड़ रही। काँगड़ियों से चिपके बैठे होंगे बच्चे, बाहचों की पस्त खिड़कियों पर लटकती चटाइयों की झिरियों से धुएँ की शहतीर भर बाहर निकल रही है।

श्याम की चिट्ठी आयी है। पूरी सर्दियाँ बीमार रहा है। मैं घर से दूर कहाँ आ गया? नहीं मुझे वापस जाना होगा। लक्ष्मी अकेली कैसे सँभालेगी? बच्चे परेशान हो रहे होंगे। आह! यह गेरूबाबा काँपता-थरथराता कहाँ से आ गया? रामनाम लड्डू है...गौरी से कह दे कोई, इसे कम्बल-काँगड़ी दे। मुट्ठीभर भात खिला दे। ठण्ड में जरूर निमोनिया हो जायेगा इसे। नन्हीं अबाबीलों ने छत से लगे घोंसले बना दिये हैं। कोई इन्हें गत्ते से ढ़क तो दे। पिछली बार कितने तो अण्डे फर्श पर गिरकर टूट गये थे। ओंमी! ठण्ड से तेरे हाथ अकड़ जाते हैं, कॉलेज जाते वक्त मेरे दस्ताने पहनाकर......

धम....धम...धम। सीढ़ियों पर यह कैसा शोर? शंकरभाई पीछा कर रहे हैं ताराचन्द का? ये हाथ में जूते लेकर कहाँ खिसक गये भाई। खेलने बैठे हो तो डटकर खेलो। मेरा ग्रैंड स्लैम बिगाड़ दिया। अब मुँह छिपाकर कहाँ जा रहा है बच्चू? यह गुला हँस क्यों रहा है? हुक्का ठण्डा क्यों हुआ जा रहा है? यह तम्बाकू किसने बनाया आज? बिल्कुल बेस्वाद। गोबर जैसे भरा हो चिलम में।

यह बुलर झील के सिघाड़ों की महक कहाँ से आयी? कमलताल के खिलवतरों पर पानी की बूँदे मोती-सी ढुलकी जा रही हैं। न...न...नाव के बाहर ज्यादा झुकना नहीं। वुलर झील गहरी है, बेअन्त। पानी के भीतर ये नरकुल शैवाल! कितने रहस्य भरे? सिद्धि का भाई झील क्रास करते यहीं इसी जगह डूब गया था। इन्हीं पनियल झाड़ों ने उसे जकड़ लिया था।

आहा! ये वेद के कतारों के बीच से झाँकता पूनम का चाँद कितना सुन्दर लगता है! डोंगे के साथ-साथ चलता, बदलियों में लुकते-छिपते बार-बार उझककर लुका-छिपी का खेल। शान्त स्निग्ध झील की छाती को आन्दोलित करते चप्पुओं की आवाज। छा...छा...छक...। हबीबा चप्पू चला रहा है। दूसरे छोर पर बैठी उसकी बीवी 'हमतुल' पानी में डाले ढोंगे की दिशा निर्देश करती धीमे-धीमे गा रही है।

"ब तिना यि दूरेर चोन ज़रय, बाल मरेयो...(ओ मेरे प्रियतम, तुमसे यह दूरी मैं सह न पाऊँगी, तेरे विरह में मर जाऊँगी..."

डोंगे के दो विपरीत कोणों पर खड़े दो युवा शरीर, आसमान में लुका-छिपी खेल खेलता कार्तिक का चाँद, मल्लाह की युवा पत्नी विरह गीत नहीं गायेगी?

ये सिन्ध गान्धरबल के किनारे, दूधिया नदी की शफ्फाक लहरें। घुटनों-घुटनों पानी में घुसकर लड़के रेत में कावशुप (सीपियाँ) ढूँढ़ रहे हैं लड़कियाँ चिनारबाग में झूला झूल रही हैं। लक्ष्मी यहाँ भी सिरीराम के साथ पकाने खिलाने में ही जुटी है, खीरभवानी से लौटते ही सिंध नाले से मछलियाँ पकड़कर खाना। कितना खराब लगता है ये बेतुका रिवाज। देवी के दर्शन करने आते समय तन-मन शुद्ध कर, एक-एक कपड़ा धो-धाकर वैष्णव बने ब्राह्मण भक्त लौटते ही मांस मछली के भक्षण के लिए उतावले हो जाते हैं। श्यामभाई महिला मण्डल में घुसकर कोई चुटकुला सुना रहे हैं, हाँ तो भाभी हुआ यों...

दरियों पर तकियों की टेक लिये आकाश की ओर मुख किये लेटना और गुलामनबी को सुनना अच्छा लगता है। सोज़भरी आवाज़ दूर पहाड़ों से टकराकर गूँजती है, 'म्ये करिमस पोशन दस्तै/कर यीयम बेल्य बाले यार। दादि तीहन्दे दिल गोम खस्तय/ कर हाव्यम बेल्य दीदार' (मैंने फूलों के गुलदस्ते बनाये सखी, मेरा प्रियतम कब आयेगा? मेरा विरहदग्ध हृदय चूर-चूर हो गया है, मेरा प्रिय कब दीदार दिखायेगा?)

हब्बाखातून प्रियतम को पुकार रही है, पर उसका प्रियतम यूसुफशाह चक तो षडयन्त्र का शिकार हो गया। अब वह लौटकर कहाँ आयेगा? क्या जानेवाला लौटकर आया है, कभी?

विरह...वियोग। "दादि चाने दिल गोम खस्तय"...हब्बाखातून महल छोड़कर चली गयी। गौरी! गौरी तू कहाँ गयी? भादों की रात, इतनी घनघोर वर्षा! रहमति बारान। तुझे ठण्ड लग रही है? नहीं, यह गौरी की आवाज कहाँ से आ रही है? 'शाल ओढ़ ले'। बाहर वर्षा हो रही है, धारासार।

नहीं, ठण्ड नहीं है अब पूरा बदल तप रहा है। गले में घुटन का-सा अहसास है। गला सूख रहा है। ओ माँ! तू कहाँ है?

अरे, यह काकनी माँ कहाँ से आ गयी! तेरे हाथ में दही भात का कटोरा! इतने बड़े बड़े कौर न खिला, मेरे गले में अटक रहे हैं। क्या कहा? बड़े-बड़े कौर खाने से जल्दी बड़ा हो जाऊँगा? मेरी भोली माँ! कितने दिनों बाद तेरी स्नेह गन्ध मिली है। मुझे नींद आ रही है, अपनी गोद में मुँह धँसा कर सोने दो। यह गीला-गीला-सा क्या लग रहा है। लगता है पानी में बहा जा रहा हूँ। नाव नहीं है फिर कैसे बह रहा हूँ मैं? मेरे साथ ये कितने-कितने तो चेहरे बह रहे हैं। अरे, ये

तो सुभद्रा है! सुभद्रे! यह तो दूर जा रही है..."मैंने कहा था न कि तुम्हारी सन्तान देखे बिना मरूँगी नहीं"...गौरी...देवकी....रुक जाओ, तुम्हें तैरना तो नहीं आता... "पापा! पा पा!" यह मुझे किसने आवाज़ दी? कन्धे तक लहराते रेशम के पट्ट हवा में लहरा रहे हैं। मिन्ना! मेरे आँगन की नन्ही चिरैया! तेरा चुग्गा इतनी जल्दी क्यों चुक गया? तुम बब्बू को छोड़कर कैसे चली गयी? तुम्हें क्या हो गया था? अपना चेहरा दिखा बिटिया। तुम आग की लपटों में झुलसती रही और मुझे मालूम न पड़ा। नहीं मिन्ना ! मैं तो तब से बराबर उस अदेखी आग में झुलसता रहा हूँ. ..तुम्हें मालूम नहीं पड़ा? तुमने पुकारा था मुझे? सच? 'मैंने पुकारा था तुम्हें पापा। बस, सिर्फ़ तुम्हें।' यह कौन बोला?

आह! यह लकड़ी का फट्टा शायद किनारे से अटक गया। एक झटका-सा लगा है पूरा ज़िस्म तो सुन्न है, कुछ ख़ास महसूस नहीं हो रहा। आँखों के आगे अँधेरे के बारीक़ लच्छे तैर रहे हैं। कितना घना अन्धेरा! अब कोई चेहरा नहीं दिख रहा। कई-कई छायाएँ हवा में तैर रही हैं। आवाज़ों का शोर सुनाई दे रहा है। यह श्याम चिल्ला रहा है क्या? शंकरभाई कुछ समझा रहे हैं। यह मन्दिर की ओर से खुलनेवाली खिड़की, इसके पीछे से पार्टिशन होगा...दीवारें उठ रही हैं, लेकिन क्यों? आगामी कल के लिए हम दीवारें क्यों बनायें?

'हम बच्चों के भविष्य की चिन्ता न करें?' यह श्याम है क्या?

लेकिन तुम्हारे पुत्र-सुपुत्र हैं। तुमने उन्हें इस क़ाबिल तो बनाया कि अपना सही-गलत समझ लें, फिर कल के लिए अपना आज क्यों बिगाड़ना? राजभाई ने तुम्हें तुम्हारा अधिकार दिया है। तुम राम-लक्ष्मण से दो भाई...

"राम-लक्ष्मण।"

टन....टन....टन। दीवार घड़ी की टंकार है क्या? नहीं, ये तो मंदिर का घण्टा बज रहा है। शायद आरती का समय हो गया। ॐ जै जगदीश हरे...सामूहिक ध्वनियाँ, आरती के थाल, वाद्यों के रलेमिले स्वर। बीसियों दीयों के आलोक में स्मितानन गणपति जगमगा रहे हैं। ऊपर मन्दिर की दीवार पर भगवान् कृष्ण के चित्र के नीचे अंकित श्लोक प्रकाश से मुखर हो उठा है, "सर्व धर्मान् परित्यज, मामेकं शरणं व्रज, अहं त्वां सर्व पापेभ्यो मोक्षयिष्यामि मा शुच!"

कितनी शान्त्रि महसूस हो रही है। श्रीकृष्ण का आशीष देता हाथ, तपे शरीर पर जैसे चन्दन का लेप हो रहा हो। लेकिन...ये शोर कैसा? नन्हा बब्बू रो क्यों रहा है? किसी ने मारा तो नहीं? गिर तो नहीं पड़ा? यह शोर...अनवरत बढ़ता शोर...वितस्ता में बाढ़ आयी है क्या? पानी घर में घुसने लगा है बेतहाशा! किनारे

तोड़कर बहते पानी का निर्बाध प्रवाह...लगता है गले तक पानी आ गया। अरे, कोई मुझे सँभालो। हाथ पकड़ लो मेरा। यह रति...विजय...कुसुम...रतन...वह... वह दूसरी कहाँ है? दूसरी बेटी...नाम ज़बान पर आ नहीं रहा...मस्तक सुन्न हुआ जा रहा है। शरीर की संज्ञा छूटती जा रही है। सिर्फ आवाज़ें आ रही हैं, दूर से दूऽऽर और दूऽऽर होती हुई। कोई सप्तश्लोकी गीता पढ़ रहा हैः

ओमित्येकाक्षरं ब्रह्म व्याहरन्माम अनुस्मरन्
यः प्रयाति त्यजन देहं सयाति परमांगतिम्।

कोई हाथ पकड़कर अपनी ओर खींच रहा है मुझे..लम्बी सफ़ेद दाढ़ी, ऋषि-मुनियों का वेश। कितनी शान्ति है इस स्पर्श में! 'बबा?'

राजनाथ ने बची-खुची संचित शक्ति लगाकर होठ खोले। ओऽऽम! की मुद्रा में। विजय ने मुँह में गंगाजल डाल दिया और राजनाथ की रोग जर्जर काया के पिंजरे में बन्दी, प्राणों का पाखी सुदूर आकाश में उड़ान भरने के लिए मुक्त हो गया, नये वस्त्रों की तलाश में!

और अन्त में

राजनाथ की मृत्यु के पूरे बारह वर्षों के बाद एक बार हम फिर इस पंचमंज़िला बारादरियों, जालीदार गवाक्षों, नक्क़ाशीदार बुख़ारचों और बारजोंवाले मकान के सामने आ खड़े हुए हैं, जहाँ से हमने राजनाथ की ज़िन्दगी में झाँकने की एक कोशिश या गुस्ताखी की थी। आज हमारे साथ राजनाथ की बेटी रिचा भी है, जिसने एक दिन पिता से वादा किया था कि मैं आपके बारे में लिखूँगी' जाने किन यादों-कहानियों को ढूँढ़ने-कुरेदने आयी है यहाँ? ज़ाहिर है, इस बीच वितस्ता के नौ पुलों के नीचे काफ़ी पानी बह गया है। मकान वक्त की धूप-शीत सहते ज़्यादा जर्जर, ज्यादा बदरंग हो गया है। इधर काफी कुछ घट गया है। भीतर-बाहर से तेज़ी से बदलाव आ गये हैं, वे बदलाव जिनकी शुरुआत काफ़ी पहले हुई थी, उन्होंने अब रफ्तार पकड़ ली है। सातवीं पंचवर्षीय योजना के साथ देश प्रगति के पथ पर तेजी से आगे बढ़ रहा है। हमारे नेतागण कह रहे हैं हम अगली सदी में प्रवेश करने जा रहे हैं, अपनी सांस्कृतिक गरिमा के साथ।

लेकिन थोड़ा रुकिए, यह तो बताइए कि यह सांस्कृतिक गरिमा कहाँ से और कैसे आती है? इतिहास की क़ब्र में सोयी उन घटनाओं से, जिन्हें वक्ते ज़रूरत, यानी चुनावी भाषणों के दौरान वोट बटोरने के लिए हम खोदकर निकालते हैं और

फिर तहाकर वापस अपनी जगह रख आते हैं? या चौराहों पर बने उन विजयस्तम्भों और प्रतिमाओं पर बर्ष में एकाध बार फूल मालाएँ चढ़ाने-माथा टेकने से, जो शेष वर्ष के तीन सौ चौंसठ दिनों धूल, वर्षा और पक्षियों की बीट तले उपेक्षित खड़े रहते हैं? सांस्कृतिक गरिमा क्या उस सांस्कृतिक परम्परा की पहचान और समझ से नहीं आती जिसमें नामी-गिरामी लोगों के साथ हजारों ऐसे लोग भी शामिल हैं जो तमाम उम्र नदियों की तरह बहे और दीयों की तरह जले? जिनके लिए महादेवी वर्मा ने सुभद्रा कुमारी चौहान के सन्दर्भ में कहा था कि नदियों के स्तम्भ नहीं बनते। दीपक की लौ को सोने से मढ़ा नहीं जाता...

अपने स्वधर्म को पहचानकर चलनेवाले उन अनेकानेक व्यक्तियों से जीने का मन्त्र जानने से क्या सांस्कृतिक गरिमा नहीं आती, जिन्होंने एक परम्परा से पोषित होकर दूसरी परम्परा का सूत्रपात किया? पुरातन को एक बीमारी की तरह छोड़ने की पक्षधर और आस्था शब्द से बिदकनेवाली पीढ़ी, क्या पलभर रुककर सोचेगी कि कुछ चीजें रोशनियों से छनकर आती हैं और काल का अतिक्रमण करती हैं? वही पीठ पीछे की रोशनियाँ आगे का रास्ता दिखाने की शक्ति भी रखती हैं। आगे आती चकाचौंध आँखें चुँधिया देती हैं। क्या ये पीठ पीछे की रोशनियाँ सही-गलत का फ़र्क़ करने में हमारी सहायक नहीं हो सकतीं? कमोवेश यही प्रश्न रिचा के ज़ेहन में भी कुलबुला रहे होंगे, नहीं तो नयी पीढ़ी के व्यस्त और त्रस्त नये लोगों को राजनाथ जैसे अतीत हुए लोगों की कहानी सुनाने का क्या अर्थ? कोई मसीहा, पैगम्बर, नेता भी तो नहीं थे वे?

उसके ज़ेहन में क्या है, हम नहीं जानते। इस घर के बिख़राव में कौन से मोती-माणिक चुनने वह आयी है यह भी हम नहीं जानते। हम देख रहे हैं कि इस घर के निवासी अलग-अलग रास्तों पर रोज़गारों की तलाश में छिटक गये हैं। हमारे बड़े होते-होते जो दुनिया सिमटने लगी है।

वितस्ता के किनारे जो घर कभी सिर ताने तना हुआ खड़ा रहता था अपनी नितान्त निजी शैली, रूप और सज्जा में, देवदार के मज़बूत दरवाज़ों, लोहे की साँकलों और गोल कुण्डोंवाला यह घर आज घरवालों के इन्तजार में बूढ़ा हो गया है, चौके और वोट्ट (खाना खाने का कमरा) को अलग करती लकड़ी की दीवार किसी जाहिल ने मिट्टी से पोत दी है। इस चौके में अंगारो पर सिकते गरम-गरम भात की भाप और मसालेदार सब्ज़ियों की महक से बेसब्र होकर इस मुंडेरनुमा दहलीज़ पर बैठे राजनाथ के बच्चे मुकुंदराम रसोइये से उतावली में चीख-चीखकर खाना परोसने की माँग करते थे और वह ऊपर छत से लगी लकड़ी की चौड़ी शहतीर पर चॉक से

'शिकायतें' लिखता था। किस बच्चे ने कौन-सा गन्दा लफ़्ज, गाली-वाली का इस्तेमाल किया। बाबू साहब को दिखाने के लिए, क्योंकि घर के अनुशासन में फ़र्क़ आने पर दण्ड देने का अधिकार तो उन्हीं का सुरक्षित अधिकार था। मुकुंदराम एक उँगली का इशाराभर करता और बच्चे कही-अनकही समझ दूरगामी परिणामों को सूँघ, मनुहार करने लगते, अब आगे से ऐसी चूक न होगी, लो कान पकड़ लेते हैं...

यहाँ महिलाओं के खनकते सुर और मर्दों की ठसक भरी आवाज़ें गूँजती रहती थीं, अब यह कमरा इतना सूना-सूना और चुप्प कैसे हो गया?

वितस्ता की ओर खुलती खिड़कियों की चूलें हिल रही हैं। नदी की ओर खुलती डब (बारजा) में पाँव रखने की हिम्मत नहीं होती। बर्फ़, ओलों और धूप-बरख़ा की मार खाई, बुसी हुई लकड़ी की खपच्चियाँ चरमराने लगती हैं।

चार-चार लम्बी सीढ़ियाँ। उन पर वही पुरानी सोंधी गन्ध। लिपी-पुती माटी की महक। बुजुर्गों में बची एकमात्र लक्ष्मी चाची साल में एक बार, गर्मियों का बहाना बनाकर मैदानों से भागकर इस घर की बाहों में शरण लेने आ जाती हैं। और इस बूढ़ी अशक्त माँ को सजा-सँवार देती है। सिर में टटोले देना, नहलाना-धुलाना। बेटियों का जो भी फ़र्ज है, उस स्वधर्म को वह चुपचाप निभा रही है। पहली सीढ़ी की दीवार का यह ताख, वह छोटा-सा गवाक्ष। इसमें लिलिपुट-से छोटे बच्चे पंजों के बल उचक-उचक पड़ोस में झाँकने की कोशिश करते थे। उधर से भानो की कमला रतनभाई को छिप-छिप के कैसे-कैसे इशारे किया करती थी और वे बेचारे वहाँ घण्टों टँगे कभी आहें भरते तो कभी, दो नैना मतवारे तिहारे, हम पर जुलम करें...वगैरह...वगैरह गाने गाते थे। कितना पस्त लगता है यह गवाक्ष आज! इससे झाँकने पर लगता है जैसे अचानक लिलिपुट से गुलिवर बन गये हों, बाहर दृश्य वही, कमोवेश वैसे ही तीसेक साल पुराने...हाँ, पहले कामदेव के बाणों से युवा हृदय शरविद्ध हुआ करते थे, अब वीनस का बेटा 'ईरॉस' अपनी कमान से अन्धाधुन्ध तीर बरसाता है। माहौल थोड़ा यहाँ भी बदला है, पर जिसे तीर चुभा उसके लक्षणों में कुछ खास फ़र्क नहीं आया। वही उन्निद्र रोग, भूख न लगना, दिल में दर्द होना...तब भी लोग खिड़कियों से जूठा पानी चावल की पीच गलियों में उड़ेल देते थे। आज भी कभी-कभार अभ्यासवश झोंक ही आते हैं।

वितस्ता की छाती पर अभी भी बाहचें-ढूँगे खड़े हैं। किश्तियाँ जरूर कुछ कम हो गयी हैं। पहले नावें नदी पार कराती थीं। रिचा-रति इधर से नदी पार करके रैना साहब की गली से होकर स्कूल जाया करतीं जहाँ बाँसुरी बजानेवाला छोकरा

नुक्कड़ पर खड़ा एकाधिक बार दायें-बायें देख भारी बन्द लिफ़ाफ़े लड़कियों की चुन्नियों के चुन्नटों में डाल जाता और वे घबराकर उससे इस तरह छिटककर दूर हो जातीं, मानों अचानक किसी ज़हरीले नाग ने छुआ हो।

इधर टैक्सी, थ्री व्हीलर, मिनी बसों आदि-इत्यादि की बाढ़ ने नावों-ताँगेवालों की रोज़ी रोटी छीन ली है। नावें झील डल में नेहरू पार्क, गगरीबल वगैरह के आस-पास सिमट गयी हैं। इक्का-दुक्का नावें ही यात्रियों को नदी पार कराती हैं।

किनारों पर फुर्सत से बैठीं: बतियातीं राख-मिट्टी से बरतन घिसतीं, कपड़े पछीटतीं औरतें भी अब दिखाई नहीं पड़तीं। यों राख-मिट्टी की जगह विम-निरमा ने ज़रूर ली, वॉशिंग मशीनें भी कई घरों में आ गयीं, पर उससे ज़्यादा रोज़मर्रा की ज़िन्दगी के ढंग बदल गये हैं। कहीं-कहीं किनारों पर मुर्गियों के दड़वे अब भी मौजूद हैं। रिचा, लक्ष्मी चाची से पूछती है, "क्या अभी भी मल्लाहों की बीवियाँ झगड़ा करते शाम होने के सूरत में टोकरा उलट देती हैं? सुबह उसे फिर से उठाकर झगड़ा चालू करने के लिए? लक्ष्मी चाची हँसती है।

नहीं रे, अब उस तरह कौन झगड़ता है! वह लड़ना भी एक शग़ल था। अब तो चाकू-छुरे का ज़माना है फिर अब मल्लाहों के बच्चे भी ऊँची शिक्षा पा रहे हैं तमीज़ तहज़ीब सीख़ गये हैं।"

"यह मन्दिर का घाट इतना तंग क्यों हो गया? इतनी ऊँची दीवार किसने उठाई?"

"सीढ़ियों को काटकर थोड़ी ज़मीन मन्दिर के अहाते में जोड़ दी गयी है। उधर नयी धर्मशाला बनी है न!"

"पर घर में सूरज की रोशनी कैसे आती है? रिचा उदास है, लेकिन लक्ष्मी चाची को कोई शिकायत नहीं, बड़ी सुन्दर धर्मशाला बनी है बिटिया! पक्की रंग-रोगन वाली। सफ़ेद टायलोंवाले बाथरूम...अच्छा किराया मिलता है।" यानी लक्ष्मी चाची भी वक्त की माँगों और बदलावों को स्वीकृत देकर चुकी है। आधुनिकीकरण समय की माँग है।

"अच्छा चाची, शाम को नदी के पार मल्लाहों की लड़कियाँ रोव करती थीं, "जून खंचय ओबरस छाये लो...(चन्द्रमा बादलों के साये में झाँकने लगा है...) क्या अब वे रोव नहीं होते?"

"अब वे फुरसतें कहाँ रहीं? अब तो घरों की लड़कियों से लेकर बड़ी-बूढ़ियाँ तक फुर्सत मिलते ही टी. वी. के आगे टँग जाती हैं। बस उसी पर रोव वगैरह दिखाये जाते हैं अब....वक्त के साथ रहने सहने के ढंग तो बदलते हैं बेटी...।

मन्दिर में गणेश जी वैसा ही भाव धारण किये बैठे हैं, जैसा उनके जन्म से

उनके चेहरे पर विराजमान था। सूँड़ में लड्डू दबाए, सिन्दूर से सजे, स्मितानन। लेकिन वक्त को बदलने से वे भी नहीं रोक पाये हैं। पूजा-पाठ अब निश्चित समय से होता है। एक अनुशासन में वे भी बँध गये हैं। पण्डे-पुरोहितों की कमी के कारण मौजूदा पुरोहितों के भाव भी बढ़ गये हैं। और तेवर भी बदल गये हैं। तभी तो, जब रिचा ने पुजारी के आगे हाथ बढ़ाकर आचमन-नैवेद्य माँगा और सोचा, वह टीका लगाकर आशीर्वचन देगा। 'देहि सौभाग्यमारोग्यम् देहि में परमं सुखम्...' उसने नज़र उठाकर देखा भी नहीं। वह नोट गिनने में व्यस्त था।

लेकिन घर के आँगन में पुरानी यादें संचित हैं। हालाँकि ऊपरी मंज़िलों की सीढ़ियाँ टूट गयी हैं, दीवारें ध्वस्त। कहीं-कहीं बिजली के कटे तार खतरनाक ढंग से लटक रहे हैं।

आँगन के उस कोने में जहाँ विजय ने फ्लशवाला सण्डास बनाया है, वहाँ पहले गुलकाका का साफ़-सुथरा कोना रहा करता था। उधर वह ईंटों के चूल्हे पर 'शीरचाय' बनाता था। और बच्चों के ज़िद करने पर एकाध घूँट छिपकर उन्हें भी पिलाता था। इधर खिड़की की सीध में बैठकर वह बच्चों के मचलने पर उन्हें कहानियाँ सुनाया करता था। सोनकिसरी की कहानी, 'बस-बस सोनकिसरी रंग यंदर-हायि गोय। जाजि लोंगुन ज़ायि गोय/दोद-बत टूर प्रारान छुय (ओ सोनकिसरी नीचे आ जा। तेरा रंगीन चरखा धूल में अटा पड़ा है। लौट आ। तेरे लिए दही-भात का कटोरा इन्तज़ार कर रहा है)...और बच्चे खुली आँखों सोनकिसरी को, एक-एक कर कटते सात पेड़ों पर चढ़ते हुए देखते। हवा में उसकी सुनहरी केशराशि उड़ती हुई और वह मज़बूत इरादोंवाली लड़की माँ-पिता भाई बहन किसी की भी अनुनय से ढिगती नहीं। आगे और आगे बढ़ती हुई चन्द्रमा का द्वार खटखटाती है, "जून भोज़्य जूनी, त्रावुम हांकल, निम खैरिथ...(ओ चन्दा मामा, किवाड़ खोल दे और मुझे अपने पास ले जा)

लक्ष्मी चाची रिचा से कहती है, "गुलकाका अब बहुत बीमार रहता है, बूढ़ा भी हो गया न? हाँ, अभी भी कुरते की जेब में तुम बच्चों की फ़ोटो रखता है और हर आते-जाते को दिखाता है।

यह गज़-गज़भर धूल से अटा कमरा। इसमें अपने-अपने नक्काशीदार अखरोटी सन्दूकचियों-डेस्कों के आगे बच्चे पढ़ा करते थे। इधर पूर्व की दीवार पर टँगी धूल सनी गौरी की तस्वीर टूटी सूतली के सहारे लटक रही है। राजनाथ ने बड़ा आग्रह करके मोहन आर्टिस्ट से यह तस्वीर बनवायी थी। रिचा ने तस्वीर को छूना चाहा पर हाथ लगते ही दीमक खाई तस्वीर की चौखट में से ढेर सारी दीमक-तिलचटे

आदि-इत्यादि की फ़ौज निकल आयी। जैसे किसी ने उनके आराम में खलल डालकर, उनकी वर्षों की नींद उचाट दी हो। उत्तर की ओर खुलनेवाली झरोखेनुमा खिड़की के ऊपर के ताखे पर पेपरमैशी का अधटूटा डिब्बा पड़ा है बैंगल बॉक्स। इसमें मिन्ना काँच की रेशमी रंग-बिरंगी चूड़ियाँ रखा करती थी और तमाम एहतियात बरतती कि कोई उस रंग-बिरंगे खज़ाने को छू न ले। मिन्ना को गुजरे कितने साल हो गये?

कमरे की कुर्सीनुमा चौड़ी खिड़की पर बैठकर रिचा नीचे वितस्ता और ऊपर घरों की कतारों के ऊपर उठती, बर्फ़ ढकी पहाड़ियों पर उगता और अस्त होता सूरज देखा करती। अपनी पहली कविता उसने इसी जगह पर लिखी थी, 'भर आता जब यह मौन हृदय।' रिचा के गले में लोथ-सी फँस रही है। अपने मोह भीगे अतीत के खँडहरों को देखना कैसा न भूलनेवाला अनुभव है, न व्यक्त हो सकनेवाली अभिव्यक्ति।

इधर, यह धूल भरा एटिक, ऊपर। बचपन में एक बार इस भारी दरवाज़े के पीछे वह और विजय प्रकाशराम मास्टर के डर के मारे घण्टों दुबके बैठे रहे थे। गिनकर दो-तीन शैतानियाँ जो की थी उन्होंने, जिनकी जवाबदेही से वे बचना चाहते थे पर मास्टर जी भी हार माननेवाले कहाँ थे? थोड़ी-बहुत कसरत-भरी ढुँढाई के बाद उन्हें खोज ही निकाला था।

वह परलेवाला एटिक श्यामभाई ने अपने बेटे नन्दन के लिए बनवाया था। इस घर में दो भाइयों-बुजर्गों, पिताओं और घर के रखवालों की चिन्ताएँ हँसी-मज़ाक झगड़े, मान-मनौवल, सभी खूबियाँ-खामियाँ जैसे धीरे-धीरे आकार ले रही हैं। खाली घर में आवाज़ें उग रही हैं। बच्चों के सुरक्षित भविष्य के लिए नोक-झोंक और बहस मुबाहसे। और आज बच्चे बड़े होते, उनकी चिन्ताओं को झुठलाकर अन्यत्र बस गये हैं। माता-पिता की अतिरिक्त चिन्ताओं का यही हश्र होता है? वह वीरान स्थिति, ईंट-चूने के खाँचों पर भविष्य की दीवारें बनानेवालों पर करुण-उपहास करती लगती है। शुक्र है राजनाथ और श्यामभाई ने अपने बेटों को आचार-व्यवहार के मजबूत आधार भी दिये।

सबसे ऊपर के हवादार टॉवर की काँच जड़ी खिड़कियाँ खुली पड़ी हैं। हवा पानी के ज़ोरों से नीले-पीले काँच टूटकर बिखर गये हैं। छत पर कमोवेश नयी टीन चमचमा रही है। वह भूर्जपत्तोंवाली छत कहाँ गयी जिस पर बच्चे तोरी-कुम्हड़े उगाते थे और जिसकी हरियाली घासों में पीले डेजी के फूल लहलहाया करते थे? इस ऊँचे टॉवर से आज भी वही पुराने दृश्य नज़र आते हैं...एक ओर हारी पर्वत, दूसरी

ओर शंकराचार्य की पहाड़ी, उधर दूर से गदाधर मन्दिर के प्रांगण में सिर उठाये चिनार-सफ़ेदे के वृक्ष और इधर अनवरत बहती वितस्ता।

टॉवर की रंग उड़ी दीवारों पर चॉक से कुछ पंक्तियाँ लिखी गयी हैं, जैसे किसी ऐतिहासिक इमारत पर सैलानी अपने स्मृति-चिह्न छोड़ गये हों।

"ज़स्ट लाइक बिफोर, इट इज़ यसटरडे वंस मोर।" शायद रिचा की तरह कोई और अपनी यादें ढूंढ़ने यहाँ आया हो।

यादें, शायद नये-पुराने सभी के लिए यादें अहम् हैं। लेकिन फिर भी यह सच है कि यादों के तमाम खज़ानोंवाले इस घर की वीरानियत से दहशत होती है। शायद इसीलिए राजनाथ और श्यामनाथ के बेटे अन्यत्र नयी इमारतें खड़ी कर गये और अब इस घर को बेचने की सोच रहे हैं। लेकिन बेटे संस्कारवान हैं, तभी इन्तजार कर रहे हैं। श्यामभाई तो गुज़र गये पर लक्ष्मी चाची अभी ज़िन्दा है। लक्ष्मी चाची के रहते घर बेचना ठीक नहीं होगा, उनका दिल दुखेगा। बेटे बड़ों की सेवा-आदर करते हैं। वही संस्कारों की बात। लक्ष्मी चाची तो अभी मौजूद हैं, राजनाथ को गुज़रे वर्षों हुए पर अभी भी तमाम श्रद्धा से उनके श्राद्ध-जन्म दिवस आदि बराबर मनाये जाते हैं और...? कृपया और प्रश्न मत पूछिए। बदलते वक्त के चेहरे को पढ़कर समस्याओं-तकाज़ों का जायज़ा स्वयं लें। अपनी हज़ार उलझनें सुलझाए आदमी कि गैरों की खातिर साँपों की बिल में हाथ डाले? फिर सामाजिक साख भी कोई चीज़ है न? तो, अपने हिस्से के सुख-दुःख भोगती लक्ष्मी चाची अभी भी इस मकान को घर बनाये हुए है। आश्चर्य होता है। एक, किसी दुःखियारी पति-परित्यक्ता सीधी-सी युवती को लेकर वह हर साल तीन-चार मास यहाँ बिताती है। नहीं, वह पालनहार के अहंकार से ग्रस्त नहीं है। पूछने पर कहती है, "यह जया मेरा बहुत ख्याल रखती है..."

यह जया—दहेज विरोधी क़ानून बने युग में दहेज के कारण पीड़ित लड़की। लक्ष्मी चाची कहती है, "क़ानून तो बन गये पर वे लोग नहीं रहे जिन्हें ग़लत रिवायतों का विरोध कर नकटे बनने का शौक़ था।" ज़ाहिर है लक्ष्मी चाची राजनाथ को भूल नहीं पा रही—अब तो भेंट उपहार के नाम पर कार-बँगले भी दिये जा रहे हैं। दरिद्र जन तो बेमौत ही मरेगा न? देखा-देखी की होड़ है।

रिचा को ममता से अँकोरती हाथ में शगुन के पैसे थमाती है, 'ले, ले, इनकार न कर, माँ के घर आयी है। अभी तो मैं, हूं न! अगली बार आयेगी तो क्या पता, मैं रहूँ न रहूँ?

लक्ष्मी चाची सहज है, लहज़े में भी कोई गिला-शिकवा नहीं। अपने सहज

कर्म को समर्पित यह नारी सालों से ऐसी ही है।

रिचा विदा ले रही है, भीगे भारी मन से, निरर्थकता के बोध से ग्रस्त भी, शायद। अचानक लक्ष्मी चाची उसके दोनों हाथ थामकर, बिना भूमिका कहने लगती है, बता बेटी, तू ही बता। तू तो देश-विदेश घूम आयी। ऐसा कोई घर देखा तूने? ऐसा? यानी आस्था और कर्म का संगम इधर गणेश जी, उधर सड़क पर आती-जाती रौनकें और...और फिर यहाँ वितस्ता बहती है।'

लक्ष्मी चाची जैसे रिचा के मन की भावदशा जान उसके प्रश्नों के समाधान करना चाहती हो। लक्ष्मी चाची के लिए वितस्ता जीवन की नदी है, जो न महलों की तरह ढहती है और न शरीर की तरह नष्ट होती है। बल्कि हर युग में बदलती स्थितियों सन्दर्भों के बावजूद अपने अविरल प्रवाह से समय की छाती को उद्वेलित करती रहती है। यही इसका सच है यही इसका लुब्बेलुबाब। बहना, और अनवरत बहना।

❖ ❖ ❖